Sarah MacLean

Après avoir obtenu un diplôme de lettres et travaillé dans une agence littéraire, elle décide de se lancer dans l'écriture. Elle est autrice de romances, ainsi que de livres pour jeunes adultes devenus des best-sellers. Son talent lui a permis d'être classée à de nombreuses reprises sur la liste des meilleures ventes de *USA Today* et du *New York Times*.

L'amour en 9 défis

DE LA MÊME AUTRICE AUX ÉDITIONS J'AI LU

Les diaboliques
1 – *Belle de nuit*
2 – *Le temps d'un battement de cœur*
3 – *L'explosive lady Imogène*

Le cercle des canailles
1 – *Le flambeur*
2 – *La curiosité est un vilain défaut*
3 – *Le paria*
4 – *Discrétion assurée*

Les mauvais garçons
1 – *Par une nuit sans lune*
2 – *L'amazone aux yeux verts*
3 – *La reine de la nuit*

Les sœurs Talbot
1 – *L'inoubliable voyage de Sophie*
2 – *Le colosse venu d'Écosse*
3 – *Le retour de Seraphina*

SARAH

MACLEAN

LA FAMILLE ST. JOHN – 1

L'amour en 9 défis

Traduit de l'anglais (États-Unis)
par Léonie Speer

J'AI LU

POUR elle

Si vous souhaitez être informée en avant-première
de nos parutions et tout savoir sur vos autrices préférées,
retrouvez-nous ici :

www.jailu.com

Abonnez-vous à notre newsletter
et rejoignez-nous sur Facebook !

Titre original
NINE RULES TO BREAK WHEN ROMANCING A RAKE

Éditeur original
Avon Books, an imprint of HarperCollins Publishers

Neuf interdits à braver
quand on fréquente un séducteur

1 – Embrasser quelqu'un – passionnément.
2 – Fumer un cigarillo et boire du scotch.
3 – Monter à cheval à califourchon.
4 – S'essayer à l'escrime.
5 – Assister à un duel.
6 – Tirer au pistolet.
7 – Jouer de l'argent (dans un club pour gentlemen).
8 – Dans un bal, ne pas manquer une seule danse.
9 – Être considérée comme belle. Juste une fois.

À l'espion et à l'Italien qui – personne
ne devrait être surpris – a fourni
toutes mes histoires.

À Éric, mon roc.

En mémoire de Barbara Delhi Joan MacLean,
de Thomas Pearson, d'Ada Fiori
et de Giuseppe Trabucchi.

Prologue

Londres, avril 1813

Luttant contre les larmes, lady Calpurnia Hartwell se précipita hors de la salle de bal de Worthington House, théâtre de son humiliation la plus récente – et la plus accablante. L'air nocturne et frais embaumait le printemps qui arrivait lorsqu'elle dévala l'escalier de marbre pour s'enfoncer dans le grand jardin plongé dans la pénombre. Elle attendit de se savoir hors de vue pour ralentir le pas et poussa un soupir. Enfin seule ! Sa mère serait horrifiée si elle découvrait qu'elle se trouvait dehors sans chaperon, mais rien n'aurait pu retenir Callie dans cette horrible salle.

Sa première saison était déjà un échec total, alors qu'il n'y avait pas un mois qu'elle avait fait ses débuts dans le monde. Fille aînée du comte et de la comtesse d'Allendale, Callie aurait dû être, en principe, la reine du bal. Son éducation ne l'avait-elle pas préparée à une existence qui ne serait que danses gracieuses, manières irréprochables et beauté éblouissante ? Hélas ! Callie était peut-être une danseuse accomplie et possédait des manières impeccables… mais la beauté n'était pas au rendez-vous. Et elle était trop lucide pour croire un instant le contraire.

« J'aurais dû me douter que ce serait un désastre », songea-t-elle en se laissant tomber sur un banc de marbre, à l'entrée du labyrinthe végétal.

Depuis trois heures que durait le bal, elle n'avait pas été une seule fois invitée à danser par un cavalier convenable. Après deux danses avec des coureurs de dot notoires, une autre avec un fâcheux assommant et une dernière avec un baron de soixante-dix ans bien sonnés, il avait été au-dessus de ses forces de continuer à feindre de s'amuser. Il était évident qu'aux yeux de la haute société elle ne valait guère plus que la somme de sa dot et de sa lignée – et que même celles-ci ne suffisaient pas à lui procurer un cavalier susceptible de lui plaire. Non, la vérité, c'était que Callie avait passé la majeure partie de la saison à être ignorée par les célibataires jeunes, beaux et intéressants.

Cette soirée était la pire de toutes. Comme s'il ne suffisait pas qu'elle n'existe qu'aux yeux des hommes vieux et ennuyeux, elle avait senti peser sur elle, ce soir, les regards insistants du reste de l'assemblée.

— Jamais je n'aurais dû laisser ma mère me sangler dans cette monstruosité, marmonna-t-elle entre ses dents en baissant les yeux sur sa robe.

Non seulement la taille trop étroite et le corsage trop serré ne parvenaient pas à contenir sa poitrine, beaucoup plus opulente que ne l'exigeait la mode, mais aucune autre jeune fille n'arborait une toilette d'un ton abricot aussi criard. Bref, cette robe était hideuse.

Mais sa mère avait décrété qu'elle était à la pointe de la mode. Et quand, alors que la couturière s'évertuait à l'ajuster sur elle, Callie avait suggéré qu'elle n'était peut-être pas très flatteuse pour sa silhouette, la comtesse avait balayé l'objection en assurant qu'elle serait stupéfiante. Tandis qu'elle observait sa transformation dans le grand miroir de l'atelier, Callie avait fini par tomber d'accord avec les deux femmes : stupéfiante, elle l'était effectivement, dans cette robe... stupéfiante de laideur !

Refermant les bras autour de son buste pour se protéger de la fraîcheur de l'air, elle ferma les yeux, mortifiée.

— Impossible de retourner là-bas, murmura-t-elle. Je n'ai plus qu'à vivre ici pour toujours.

Un gloussement masculin résonna dans l'ombre, et Callie se releva d'un bond avec un cri étouffé. C'était à peine si elle distinguait les contours de l'homme. Tout en s'efforçant de contenir les battements précipités de son cœur, elle s'adressa à lui avant même d'avoir songé à fuir.

— Vraiment, monsieur, s'entendit-elle dire d'un ton où transparaissait toute l'amertume de la soirée, vous ne devriez pas vous approcher ainsi à pas feutrés dans l'obscurité. Ce n'est pas agir en gentleman.

— Je vous présente mes excuses, répondit-il d'une voix profonde. Évidemment, on pourrait arguer que traîner dans le noir, ce n'est pas agir en demoiselle.

— C'est là que vous faites erreur. Je ne traîne pas dans le noir, je me cache, ce qui est totalement différent, répliqua-t-elle en se rencognant dans l'ombre.

— Je ne vous trahirai pas, promit-il, comme s'il lisait dans ses pensées. Mais autant vous montrer. Vous êtes bel et bien prise au piège.

Alors qu'il s'approchait, Callie sentit la haie épaisse qui lui picotait le dos et poussa un soupir d'irritation. Malheureusement, l'inconnu avait raison. Cette soirée pouvait-elle devenir encore pire ?

À cet instant, un rayon de lune lui révéla l'identité de l'intrus, et elle eut la réponse à sa question : oui, bien pire.

Beau et terriblement charmeur, son compagnon était le marquis de Ralston, l'un des séducteurs les plus connus de Londres. Et c'était à elle qu'il décochait ce sourire encore plus sulfureux que sa réputation.

— Oh non... lâcha-t-elle sans parvenir à dissimuler son accablement.

Elle ne pouvait pas se montrer à lui. Pas alors qu'elle était troussée comme une dinde de Noël. Une dinde de Noël couleur mandarine !

— Qu'y a-t-il de si grave, ma belle ?

Le terme affectueux, bien que désinvolte, la réconforta. À présent, il était assez près pour qu'elle puisse le toucher, et il la dominait d'une bonne tête. Pour la première fois depuis longtemps, elle eut l'impression d'être petite. Délicate, même. Il lui fallait s'échapper à tout prix !

— Je... je dois m'en aller. Si jamais on me trouvait ici... avec vous...

Elle ne termina pas sa phrase. Il savait pertinemment ce qui arriverait si on les trouvait ensemble.

— Qui êtes-vous ? demanda-t-il en plissant les yeux pour la dévisager. Attendez... Vous êtes la fille d'Allendale. Je vous ai remarquée tout à l'heure.

— Je n'en doute pas, monsieur, riposta-t-elle, sarcastique. Il serait plutôt difficile de ne pas me voir.

Elle porta aussitôt la main à sa bouche, confuse de s'être exprimée si librement.

— C'est vrai, acquiesça-t-il avec un léger rire. Disons que ce n'est pas la plus flatteuse des robes.

Callie ne put s'empêcher de rire à son tour.

— Quel diplomate vous faites... Vous pouvez l'admettre : je ressemble un peu trop à un abricot.

Cette fois, son rire fut plus franc.

— Une comparaison pertinente. Cela dit, existe-t-il une manière de ressembler *suffisamment* à un abricot ?

Il lui fit signe de reprendre sa place sur le banc et, après un instant d'hésitation, elle s'exécuta.

— Il est probable que non.

Elle lui adressa un large sourire, stupéfaite de ne pas se sentir aussi humiliée par sa réponse qu'elle l'aurait cru. En vérité, elle trouvait cela plutôt libérateur.

— Ma mère... ma mère rêve d'une fille qu'elle pourrait habiller comme une poupée de porcelaine. Malheureusement, je ne serai jamais ce genre de créature. Comme j'ai hâte que ma sœur fasse ses débuts dans le monde et que ma mère reporte son attention sur elle !

— Quel âge a votre sœur ? s'enquit-il en s'asseyant à côté d'elle sur le banc.

— Huit ans, répondit-elle d'un ton morne.

— Ah... Ce n'est pas l'âge idéal.

— C'est le moins qu'on puisse dire. Je serai déjà vieille fille lorsqu'elle fera ses débuts dans le monde.

— Pourquoi êtes-vous si certaine de finir vieille fille ?

Callie lui jeta un regard oblique.

— Même si j'apprécie votre galanterie, monsieur, feindre d'ignorer l'évidence est une insulte pour nous deux.

Comme il ne répondait pas, Callie baissa son regard sur ses mains, avant d'ajouter :

— Mon choix est plutôt limité.

— C'est-à-dire ?

— Il comprend apparemment les sans-le-sou, les vieillards et les fâcheux d'un ennui mortel, dit-elle en énumérant les différentes catégories sur ses doigts.

Il rit de nouveau.

— Je trouve cela difficile à croire.

— Oh, c'est la vérité. Je ne suis pas le genre de demoiselle devant laquelle les hommes se retrouvent à genoux. Il suffit d'avoir des yeux pour s'en rendre compte.

— J'ai des yeux. Et je ne vois rien de tel.

Sa voix s'était faite plus douce, plus chaude, et il leva la main pour lui caresser la joue. Le souffle coupé, Callie sentit un trouble violent s'emparer d'elle. Incapable de s'en empêcher, elle inclina légèrement la tête. Il lui prit alors le menton.

— Comment vous appelez-vous ?

Elle tressaillit, anticipant sa réaction.

— Calpurnia.

Puis elle ferma de nouveau les yeux, embarrassée par ce prénom extravagant – un prénom dont personne, hormis une mère désespérément romantique et vouant un culte malsain à Shakespeare, n'aurait eu l'idée d'affubler un enfant.

— Calpurnia... Comme la femme de Jules César ?

Gagnée par une rougeur galopante, elle hocha la tête.

— Je vais mettre un point d'honneur à connaître mieux vos parents. C'est un prénom audacieux, assurément.

— C'est un prénom horrible.

— Sottises ! Calpurnia aurait été impératrice de Rome si César n'avait pas été assassiné. C'était une femme forte, belle, et plus intelligente que les hommes qui l'entouraient. Elle prévoyait l'avenir, elle a affronté la mort de son mari. C'est un homonyme merveilleux.

Sa tirade la laissa sans voix. D'autant qu'il poursuivait déjà :

— Je dois prendre congé, à présent. Et vous, lady Calpurnia, vous devez retourner dans la salle de bal, la tête haute. Pensez-vous en être capable ?

Il serra une dernière fois son menton et se releva. Callie éprouva une sensation de froid quand il s'écarta. À son tour, elle se leva.

— Oui, monsieur, répondit-elle, subjuguée.

— Brave fille.

Il se pencha alors, et elle frémit en sentant son souffle tiède sur son cou lorsqu'il lui chuchota à l'oreille :

— Souvenez-vous que vous êtes une grande dame. Conduisez-vous en conséquence, et les autres n'auront d'autre choix que de vous voir comme telle. C'est déjà le cas pour moi...

Quand il marqua une pause, elle retint son souffle dans l'attente des mots suivants.

— ... princesse.

Sur ce, il tourna les talons et s'enfonça dans le labyrinthe végétal, laissant Callie avec un sourire idiot sur les lèvres. Elle voulait tant prolonger ce moment que, sans réfléchir, elle lui emboîta le pas. À cet instant, elle aurait suivi n'importe où cet homme qui l'avait remarquée, elle. Non pas sa dot, non pas son horrible robe, mais *elle* !

Si elle était une princesse, il était le seul homme digne d'être son prince...

Elle n'eut pas à aller loin pour le rattraper. Quelques dizaines de mètres plus loin, le labyrinthe ouvrait sur un large bassin au centre duquel se dressait une fontaine ornée de chérubins. Là se trouvait son prince, baigné d'une lumière argentée qui soulignait ses larges épaules et ses longues jambes. Callie retint son souffle en le voyant : lui aussi paraissait sculpté dans le marbre.

Ce ne fut qu'ensuite qu'elle remarqua la femme dans ses bras. Les yeux écarquillés, elle plaqua sa main sur sa bouche pour étouffer une exclamation. Au cours de ses dix-huit années d'existence, elle n'avait jamais été témoin d'une scène aussi... merveilleusement scandaleuse.

Le clair de lune faisait de l'amante du marquis une créature éthérée, aux cheveux blancs et à la robe d'une finesse arachnéenne. Callie se renfonça dans l'ombre, partagée entre le regret d'avoir suivi Ralston et l'impossibilité où elle se trouvait de détourner les yeux de leur étreinte. Ce baiser qu'ils échangeaient !

Sa surprise ne tarda pas à céder la place à la morsure de la jalousie. Jamais elle n'avait désiré à ce point être quelqu'un d'autre. L'espace d'un instant, elle se laissa aller à imaginer que c'était elle qui était dans les bras du marquis, qu'elle enfonçait ses propres doigts dans sa chevelure brune, que c'était son corps souple qu'il pétrissait de ses larges mains, ses lèvres qu'il mordillait, ses gémissements qui s'élevaient dans la nuit sous l'assaut de ses caresses.

Alors qu'il laissait descendre sa bouche le long de la gorge de la jeune femme, Callie posa ses doigts sur son cou, comme si c'était lui qui l'effleurait. Les yeux agrandis, elle le regarda caresser le buste de son amante, puis tirer sur l'étoffe légère de son corsage pour dénuder un sein rond et ferme. Elle vit ses dents étinceler quand, après en avoir contemplé le modelé parfait, il prononça un seul mot :

— Magnifique !

Et il referma ses lèvres sur le mamelon sombre, gonflé par la fraîcheur de la nuit et par la chaleur de leur étreinte. La femme rejeta la tête en arrière, en pleine extase. Incapable de détourner les yeux, Callie passa la main sur son propre sein, dont elle sentit la pointe s'ériger sous la soie de sa robe. Elle voulait croire qu'il s'agissait de sa main à lui, de ses lèvres...

— Ralston...

Ce nom chuchoté d'une voix de gorge tira brusquement Callie de sa rêverie. Choquée, elle laissa retomber sa main, tourna les talons et s'engouffra dans le labyrinthe, ne s'arrêtant qu'une fois parvenue au banc de marbre. Haletante, elle se morigéna tout en essayant de recouvrer ses esprits. Une demoiselle bien élevée ne se livrait pas à des indiscrétions de ce genre !

En outre, ces songeries fantasques ne lui vaudraient rien de bon.

Puis la vérité lui apparut dans toute sa cruauté, et un brusque accès de désespoir l'envahit. Jamais le magnifique marquis de Ralston ne serait à elle, pas plus que quiconque de son envergure. Hélas, les paroles qu'il avait prononcées n'étaient pas sincères... Il s'agissait simplement des mensonges d'un séducteur invétéré, soigneusement choisis pour l'apaiser et la renvoyer d'où elle venait, afin qu'il puisse rejoindre tranquillement son ensorcelante maîtresse. Il ne pensait pas un mot de ce qu'il lui avait dit.

Non, elle n'était pas Calpurnia, femme de Jules César. Elle était cette bonne vieille Callie. Et elle le resterait.

1

Londres, avril 1823

Le tambourinement insistant finit par le réveiller.

Tout d'abord, il s'efforça de l'ignorer. D'ailleurs, le bruit ne tarda pas à s'arrêter, et un silence épais s'abattit dans la chambre.

Gabriel St. John, marquis de Ralston, ouvrit les yeux et constata qu'une lumière très matinale baignait la pièce toute de dorures et de tentures de soie – un cocon décadent voué aux plaisirs sensuels.

Il tendit la main vers la femme voluptueuse allongée à côté de lui et esquissa un léger sourire lorsqu'elle pressa son corps nu contre le sien. Il referma les yeux, dessinant du bout des doigts le contour de son épaule tandis que, d'une main délicate, elle effleurait son torse, puis son ventre, en une caresse pleine de promesses érotiques.

Au moment où il laissait échapper un grognement de plaisir, de nouveaux coups retentirent sur la lourde porte de chêne.

— Arrêtez ! ordonna-t-il.

Il sauta du lit de sa maîtresse, prêt à renvoyer l'intrus de si terrifiante manière qu'il lui ficherait la paix le reste de la matinée. Sans même prendre le temps de nouer la ceinture de son peignoir, il ouvrit la porte en lâchant un juron bien senti.

Sur le seuil se tenait son frère jumeau, impeccable jusqu'au bout des ongles, comme s'il était tout à fait normal de venir déranger son frère à l'aube au domicile de sa maîtresse. Derrière Nicholas St. John, le domestique bredouilla :

— Monsieur, j'ai fait de mon mieux pour empêcher monsieur de...

Le regard glacial de Gabriel lui fit ravaler ses derniers mots.

— Laissez-nous.

Nick suivit d'un regard amusé le valet de pied qui détalait.

— J'avais oublié à quel point tu étais charmant le matin, Gabriel.

— Au nom de Dieu, qu'est-ce qui t'amène ici à une heure pareille ?

— Je me suis d'abord rendu à Ralston House, expliqua Nick. Comme tu n'y étais pas, je me suis dit que j'avais des chances de te trouver ici.

Il dirigea son regard derrière Gabriel, sur la femme assise au milieu du gigantesque lit. Avec un sourire nonchalant, il salua la maîtresse de son frère d'un signe de tête.

— Bonjour, Nastasia. Toutes mes excuses pour cette irruption.

La beauté grecque s'étira comme une chatte sensuelle. Son geste fit glisser le drap qu'elle affectait de tenir par pudeur, dévoilant un sein parfait.

— Bonjour, lord Nicholas, répondit-elle avec un sourire malicieux. Je vous assure que cela ne me dérange pas le moins du monde. Aimeriez-vous vous joindre à nous pour... le petit déjeuner ? acheva-t-elle après une pause suggestive.

— C'est une proposition alléchante...

— Nick, coupa Gabriel, si tu es à ce point en manque de compagnie féminine, je suis sûr que tu aurais pu trouver une destination qui t'aurait évité de déranger mon repos.

S'adossant au chambranle, Nick laissa son regard s'attarder sur Nastasia, avant de reporter son attention sur son frère.

— Tu te reposais ? Vraiment ?

Gabriel tourna les talons pour se diriger vers la cuvette posée sur la table de toilette.

— Ça t'amuse, n'est-ce pas ? lança-t-il tout en s'aspergeant le visage.

— Énormément.

— Nick, tu disposes de quelques secondes pour m'expliquer la raison de ta présence ici, avant que je ne me lasse d'avoir un jeune frère et ne te jette dehors.

— C'est drôle que tu t'exprimes en ces termes, répliqua Nick. Il se trouve que c'est justement parce que tu es l'aîné que je suis ici.

Le visage dégoulinant, Gabriel tourna la tête pour le regarder.

— Vois-tu, Gabriel, il semble que nous ayons une sœur...

— Une demi-sœur ? répéta sèchement Gabriel.

Il fixait sur son avoué un regard volontairement intimidant – une tactique perfectionnée dans les tripots de Londres – pour obliger l'homme à lunettes à surmonter sa nervosité et à s'expliquer.

— Je... C'est-à-dire, monsieur...

Gabriel traversa le bureau pour aller se servir un verre.

— Lancez-vous, mon brave. Je n'ai pas toute la journée.

— Votre mère...

— Ma mère, si on peut appeler ainsi la créature insensible qui nous a mis au monde, a quitté l'Angleterre pour le continent il y a plus de vingt-cinq ans. Quelle certitude pouvons-nous avoir que cette fille est notre sœur, et non une mystificatrice qui tente d'abuser de notre bonté ?

— Son père était un riche négociant vénitien, et il lui a laissé toute sa fortune. Il n'avait aucune raison de mentir au sujet de sa naissance, monsieur, poursuivit-il en observant Gabriel d'un œil méfiant. D'ailleurs, d'après ce que j'en sais, il aurait préféré ne pas avoir à vous signaler son existence.

— Dans ce cas, pourquoi l'avoir fait ?

— Elle n'a pour ainsi dire pas d'autre famille, même si on m'a dit que des amis étaient prêts à la recueillir. Selon les documents envoyés à mon cabinet, cependant, tout est l'œuvre de votre mère. Elle a demandé que son... *son mari* prenne des dispositions pour que votre sœur soit envoyée ici, s'il décédait. Votre mère était certaine que vous...

Il s'éclaircit la gorge avant de conclure :

— ... que vous accompliriez votre devoir envers votre famille.

— N'est-il pas ironique, répliqua Gabriel avec un sourire crispé, que notre mère en appelle à notre sens des obligations familiales ?

L'avoué ne feignit pas d'ignorer de quoi il parlait.

— Certes, monsieur. Mais, si je puis me permettre, la jeune fille est ici, et elle est très gentille. Je ne sais vraiment pas quoi faire d'elle.

Il n'alla pas plus loin. Mais il était évident qu'il aurait aimé ajouter : « Je ne suis pas certain que je devrais la laisser entre vos mains. »

— Elle doit rester à Ralston House, bien sûr, finit par déclarer Nick, ce qui lui valut un regard reconnaissant de l'avoué, et un regard irrité de son frère. Nous allons l'accueillir chez nous. Elle doit être bouleversée, je suppose.

— Je n'avais pas conscience que c'était à toi de prendre de telles décisions dans cette maison, mon frère, grommela Gabriel, sans quitter l'avoué des yeux.

— Je veux simplement abréger le calvaire de Wingate, répliqua Nick. Tu ne vas pas renvoyer quelqu'un de notre sang.

Nick avait raison, bien sûr. Gabriel St. John, septième marquis de Ralston, ne rejetterait pas sa sœur, en dépit de l'envie qu'il en avait. Tout en se passant la main dans les cheveux, il s'étonna de la colère qui le submergeait encore à la simple mention de sa mère, qu'il n'avait pas vue depuis des décennies.

Elle s'était mariée très jeune, à peine âgée de seize ans, et avait mis au monde des jumeaux l'année suivante. Dix ans plus tard, elle était partie sur le continent, laissant derrière elle ses fils et leur père désespérés. Se serait-il agi de n'importe quelle autre femme, Gabriel aurait éprouvé de la compassion, aurait compris sa peur et pardonné sa désertion. Mais il avait été témoin de la douleur de son père et avait ressenti la souffrance causée par la perte d'une mère. Sa tristesse avait donc cédé le pas à la colère. Des années s'étaient écoulées avant qu'il ne soit capable de parler d'elle sans qu'une boule de fureur l'étouffe.

Découvrir qu'elle avait détruit une autre famille ravivait sa blessure. Qu'elle ait mis au monde un autre enfant – une fille, qui plus est – et qu'elle l'ait abandonné à son tour le rendait furieux. Évidemment, sa mère ne s'était pas trompée en jugeant qu'il ferait son devoir envers sa famille. C'était peut-être ce qu'il trouvait le plus insupportable : que sa mère le comprenne toujours, qu'un lien les unisse encore.

Après avoir posé son verre, il reprit sa place derrière le bureau d'acajou.

— Où est la fille, Wingate ?

— Je crois qu'on l'a installée dans le petit salon vert, monsieur.

— Autant qu'on aille la chercher, déclara Nick qui, après avoir ouvert la porte, donna un ordre à un domestique.

Dans le silence pesant qui suivit, Wingate se leva et tira sur son gilet d'un geste nerveux.

— Si je peux me permettre, monsieur... c'est une gentille fille, insista-t-il, malgré le regard irrité que lui lança Gabriel. Très douce.

— Oui, vous l'avez déjà dit. Contrairement à ce que vous pensez, je ne suis pas un ogre attiré par les jeunes filles. Du moins, ajouta-t-il avec un sourire en coin, pas par les jeunes filles de ma famille.

L'arrivée de leur sœur empêcha Gabriel de savourer la désapprobation de l'avoué. Il se leva au moment où la porte s'ouvrait et plissa les yeux, abasourdi, en rencontrant un regard bleu étonnamment familier.

Quant à Nick, il murmura :

— Seigneur...

Que cette fille fût leur sœur ne faisait aucun doute. Outre les yeux, du même bleu intense que ceux des jumeaux, elle avait la même mâchoire volontaire et la même chevelure brune et bouclée qu'eux. C'était le portrait de leur mère : grande, mince et jolie, avec une flamme indéniable dans le regard. Gabriel jura entre ses dents.

Nick se reprit le premier et s'inclina profondément.

— Enchanté, mademoiselle Juliana. Je suis votre frère, Nicholas St. John. Et voici notre frère Gabriel, marquis de Ralston.

Après une révérence gracieuse, elle se redressa et se désigna d'une main délicate.

— Je suis Juliana Fiori. Je l'avoue, je ne m'attendais pas à... *i gemelli*, dit-elle après avoir cherché vainement le mot. Je suis désolée, je ne sais pas le dire en anglais.

— Des jumeaux, dit Nick en lui souriant. J'imagine que notre mère ne s'attendait pas non plus à *i gemelli*.

La fossette qui se creusa dans la joue de Juliana reflétait à la perfection celle de Nick.

— Comme vous dites. C'est vraiment... étonnant.

— Bien, intervint Wingate après s'être éclairci la gorge, si ces messieurs n'ont plus besoin de moi, je vais prendre congé.

— Vous êtes libre de partir, déclara Gabriel d'un ton froid.

L'avoué s'empressa de les saluer et s'élança vers la porte, comme s'il craignait de ne plus jamais pouvoir s'échapper s'il s'attardait.

— Ne vous laissez pas impressionner par Gabriel, conseilla Nick à Juliana. Il n'est pas aussi méchant qu'il en a l'air. Certains jours, il aime à jouer les seigneurs du château.

— Je crois que je suis bel et bien le seigneur du château, Nicholas, souligna Gabriel, ironique.

Nick adressa un clin d'œil à leur sœur.

— Il a quatre minutes de plus que moi, et il ne peut pas s'empêcher de me le faire sentir.

Après lui avoir souri, Juliana se tourna vers son frère aîné.

— J'aimerais moi aussi prendre congé, monsieur.

— C'est compréhensible, acquiesça Gabriel. Je vais demander qu'on vous monte vos affaires. Vous devez être lasse, après ce voyage.

— Non. Vous ne m'avez pas comprise. Je voudrais quitter l'Angleterre. Retourner à Venise.

Comme Gabriel et Nick gardaient le silence, elle ajouta avec une émotion qui intensifiait son accent :

— Je ne comprends absolument pas pourquoi mon père a insisté pour que je vienne ici. J'ai des amis, chez moi, qui seraient heureux de m'accueillir et...

— Vous resterez ici, coupa Gabriel d'un ton ferme.

— *Mi scusi*, monsieur. Je préférerais l'éviter.

— Je crains que vous n'ayez pas le choix.

— Vous ne pouvez pas me retenir ici. Je ne suis pas à ma place, ni avec vous... ni en... Angleterre.

Elle cracha le mot comme s'il avait un goût déplaisant.

— Vous oubliez que vous êtes à moitié anglaise, Juliana, fit remarquer Nick, amusé.

— Certainement pas ! s'exclama-t-elle, les yeux étincelants. Je suis italienne !

— Et votre caractère le prouve, mon petit, ironisa Gabriel. Mais vous êtes le portrait vivant de notre mère.

— Portrait ? répéta Juliana en regardant autour d'elle. De notre mère ? Où cela ?

— Non, corrigea Nick en riant de sa méprise, vous ne trouverez pas de tableaux d'elle ici. Gabriel veut dire que vous ressemblez à notre mère. En vérité, vous lui ressemblez trait pour trait.

— Ne me redites jamais une chose pareille ! Notre mère était une...

Elle s'interrompit, et un silence pesant s'installa entre eux.

— Je vois que nous avons trouvé un point sur lequel nous sommes d'accord, finit par dire Gabriel.

— Vous ne pouvez pas m'obliger à rester.

— Je crains que si. J'ai déjà signé les papiers. Vous êtes sous ma protection jusqu'à ce que vous vous mariiez.

— C'est impossible ! Mon père n'aurait jamais exigé une chose pareille. Il savait que je n'avais pas l'intention de me marier.

— Pourquoi ? demanda Nick.

Elle se tourna vivement vers lui.

— J'aurais pensé que vous étiez bien placé pour le comprendre. Je ne veux pas répéter les péchés de ma mère.

Gabriel l'observa, les yeux plissés.

— Il n'y a absolument aucune raison pour que vous soyez comme...

— Vous me pardonnerez de ne pas avoir envie de courir le risque, monsieur. Il est sûrement possible que nous parvenions à un accord...

— Vous avez connu notre mère, n'est-ce pas ? demanda Gabriel, dont la décision était prise.

Droite et fière, Juliana soutint son regard.

— Elle nous a quittés il y a près de dix ans. Je crois qu'elle a agi de même avec vous ?

— Nous n'avions même pas dix ans, confirma Gabriel.

— J'imagine donc qu'aucun de nous n'éprouve beaucoup d'amour pour elle.

— Effectivement.

Ils restèrent silencieux et songeurs pendant un moment. Ce fut Gabriel qui reprit la parole.

— Je vais vous proposer un marché, dit-il.

Comme Juliana faisait mine de protester, il leva la main.

— Ce n'est pas sujet à négociation. Vous allez rester ici deux mois. Si, ensuite, vous décidez que vous préférez retourner en Italie, je m'en occuperai.

La tête inclinée sur le côté, elle réfléchit quelques instants.

— Deux mois, finit-elle par répondre. Pas un jour de plus.

— Vous pouvez choisir à l'étage la chambre qui vous convient, petite sœur.

— *Grazie*, monsieur, dit-elle avant de les saluer avec une révérence.

Mais, au moment où elle se dirigeait vers la porte, Nick lui demanda avec curiosité :

— Quel âge avez-vous ?

— Vingt ans.

— Il faudra que vous soyez présentée à la société londonienne, continua Nick en jetant un coup d'œil à son frère.

— Je ne pense pas que ce soit nécessaire, puisque je ne suis là que pour huit semaines.

— Nous en reparlerons lorsque vous serez installée, intervint Gabriel qui, après avoir ouvert la porte, appela le majordome. Jenkins, veuillez accompagner Mlle Juliana à l'étage et trouvez quelqu'un pour aider sa femme de chambre à défaire ses bagages. Vous avez bien une femme de chambre ? demanda-t-il à la jeune fille.

— Oui, répondit-elle avec un amusement manifeste. Dois-je vous rappeler que ce sont les Romains qui ont apporté la civilisation dans *votre* pays ?

— Vous n'avez pas la langue dans votre poche, n'est-ce pas ? répliqua Gabriel en haussant les sourcils.

— J'ai accepté de rester, monsieur, dit-elle avec un sourire angélique. Pas de garder le silence.

— Jenkins, Mlle Juliana vivra désormais avec nous.

Mais, soutenant le regard de Gabriel, elle secoua la tête.

— Pour deux mois.

Avec un hochement de tête, il corrigea :

— Elle vivra avec nous pour le moment.

Le majordome se contenta d'incliner la tête, puis il envoya plusieurs valets décharger les malles de la jeune fille.

Satisfait, Gabriel referma la porte du bureau. Quand il se retourna, Nick, adossé à une console, arborait un léger sourire.

— Bien joué, mon frère, dit-il. Si seulement on savait, dans la société, que tu possèdes un sens de la famille aussi exacerbé, ta réputation d'ange déchu serait pulvérisée.

— Tu ferais bien de te taire.

— Sincèrement, c'est réconfortant. Le marquis de Ralston, si sulfureux… transformé en agneau par une gamine.

Gabriel lui tourna le dos pour rejoindre son bureau.

— Tu n'as pas quelque part une statue qui réclame d'être nettoyée ? Une vieille dame à Bath qui désespère de te faire estimer un marbre ?

— Il se trouve que si, répondit Nick en croisant négligemment l'une de ses jambes sur l'autre. Cependant, il lui faudra attendre – de même que mes légions d'admirateurs. Je préfère passer l'après-midi avec toi.

— Ne reste pas pour moi.

L'expression de Nick se fit plus sérieuse.

— Que se passera-t-il dans deux mois, quand elle voudra toujours partir et que tu ne pourras pas la laisser faire ? Ça n'a pas été facile pour elle, poursuivit-il quand Gabriel garda le silence. Être abandonnée par sa mère à un âge aussi tendre, puis perdre aussi son père…

— C'est ce qui nous est arrivé aussi, répliqua Gabriel en feignant de s'intéresser à son courrier. En fait, d'une certaine façon, nous avons perdu notre père en même temps que notre mère.

— Nous étions tous les deux, alors qu'elle n'a personne. Nous savons mieux que quiconque ce que cela fait d'être abandonné par ceux qu'on aime.

Gabriel croisa le regard de son frère, assombri par le souvenir de leur enfance. Les jumeaux avaient surmonté le départ de leur mère, puis la descente de leur père au fin fond du désespoir. Ils n'avaient pas eu une enfance agréable, mais Nick avait raison : ils étaient ensemble, et cela avait tout changé.

— S'il y a une chose que j'ai apprise de nos parents, c'est que l'amour est très surestimé. Ce qui compte, c'est le sens des responsabilités. De l'honneur. Mieux vaut que Juliana l'ait compris très jeune. Nous sommes là, à présent. Cela lui est sans doute plutôt indifférent, mais il faudra qu'elle s'en contente.

Les deux frères gardèrent le silence, perdus dans leurs pensées. Finalement, Nick déclara :

— Il sera difficile de convaincre la société de l'accepter.

Gabriel ne put retenir un juron. Fille d'une femme qui n'était pas clairement divorcée, Juliana ne serait pas accueillie à bras ouverts dans le beau monde. Au mieux, on la considérerait comme l'enfant d'une femme mise au ban de la haute société, et il lui faudrait lutter pour se faire accepter malgré le fardeau de sa mauvaise réputation ; au pire, elle serait la fille adultérine d'une marquise déshonorée et de son amant italien et roturier.

— On mettra sa légitimité en doute, reprit Nick.

— Si notre mère a épousé son père, répliqua Gabriel après réflexion, cela signifie qu'elle a dû se convertir au catholicisme en arrivant en Italie. L'Église catholique n'aurait jamais reconnu un mariage célébré par l'Église anglicane.

— Ah, dans ce cas, c'est nous qui sommes illégitimes, fit remarquer Nick, ironique.

— Au moins aux yeux des Italiens. Heureusement, nous sommes anglais.

— Tout va bien, alors. Pour nous, en tout cas, pas pour Juliana. Nombreux sont ceux qui refuseront de la côtoyer. Ça ne leur plaira pas qu'elle soit la fille d'une femme déshonorée. Et catholique, de surcroît.

— Ils ne l'auraient pas acceptée, de toute manière. Nous ne pouvons rien changer au fait que son père était un roturier.

— Nous pourrions peut-être essayer de la faire passer pour une cousine lointaine.

— Certainement pas, décréta Gabriel. Juliana est notre sœur. Nous la présenterons comme telle et affronterons les conséquences.

— C'est elle qui les affrontera. La saison va bientôt battre son plein. Si nous voulons réussir, nous devons être au-dessus de tout soupçon. Notre renommée fera la sienne.

Gabriel avait déjà mesuré l'importance de la chose. Il allait devoir mettre un terme à sa liaison avec sa chanteuse d'opéra, car elle n'avait pas la réputation d'être discrète.

— Je parlerai à Nastasia aujourd'hui même.

— Et il faudra que Juliana fasse son entrée dans le monde présentée par une personne irréprochable, ajouta Nick.

— Oui, c'est ce que j'ai pensé.

— Nous pourrions toujours recourir à tante Phyllidia…

Au moment même où il prononçait ces mots, Nick eut un frisson. La sœur de leur père était certes une duchesse douairière et un pilier de la bonne société, mais elle ne se gênerait pas pour proclamer son opinion haut et fort.

— Non, dit aussitôt Gabriel.

Phyllidia ne serait pas capable de traiter une situation aussi délicate que l'irruption d'une sœur inconnue à Ralston House au début de la saison mondaine.

— Aucune des femmes de la famille ne fera l'affaire.

— Qui, dans ce cas ?

— Je trouverai quelqu'un, affirma Gabriel.

2

Elle court alors à Ulysse en pleurant, lui jette ses bras autour du cou, lui baise la tête et le visage, et lui dit : « Ulysse, tu as touché mon cœur quoiqu'il soit insensible. »

À ces mots, le divin Ulysse verse des larmes de tendresse et embrasse avec transport son épouse fidèle et chérie.

Cessant là sa lecture, Callie laissa échapper un profond soupir de satisfaction. Il résonna dans le silence de la bibliothèque d'Allendale House où elle s'était réfugiée quelques heures plus tôt, en quête d'un bon livre. Pour Callie, un bon livre devait contenir une belle histoire d'amour… ce qu'Homère lui avait fourni.

« Oh, Ulysse… songea-t-elle en essuyant une larme. Vingt ans plus tard, de retour dans les bras de ton amour ! Des retrouvailles bien méritées, s'il en fut. »

La tête appuyée sur le haut dossier du fauteuil, elle inspira profondément en s'imaginant dans la peau de Pénélope – la femme aimante, objet d'une quête héroïque, pour laquelle son merveilleux bien qu'imparfait époux combat les Cyclopes, résiste aux Sirènes, remporte d'innombrables victoires, tendu vers un seul but : retrouver sa place à son côté.

Quel effet cela ferait-il d'être une telle femme ? Une femme dont la beauté incomparable avait conquis l'amour du plus grand héros de son temps ? Quel effet cela ferait-il d'accueillir un tel homme dans son cœur ? Dans sa vie ? Dans son lit ?

Elle ne put s'empêcher de sourire à cette pensée inconvenante.

Si l'on avait su que lady Calpurnia Hartwell, vieille fille convenable et bien élevée, nourrissait des pensées aussi débridées au sujet de héros fictifs ! Elle soupira de nouveau. Qu'elle était sotte de rêver ainsi aux héros de ses lectures ! C'était une habitude terrible, à laquelle elle s'adonnait depuis bien trop longtemps.

Cela avait commencé lorsqu'elle avait lu *Roméo et Juliette*, à l'âge de douze ans. Puis elle avait enchaîné les héros, grands et petits, depuis Hamlet et Tristan jusqu'aux personnages ténébreux des romans gothiques. Peu lui importait la qualité de l'écriture, ses goûts en matière de héros étaient éclectiques.

Fermant les yeux, elle s'imagina loin de cette pièce au plafond élevé, entièrement tapissée de livres et de papiers rassemblés par une longue lignée de comtes d'Allendale. Elle n'était plus la sœur célibataire du dernier en date, mais Pénélope, si profondément amoureuse de son Ulysse qu'elle avait rejeté tous ses soupirants.

Alors qu'elle était assise devant son métier à tisser, son héros apparut, fort et résolu. L'apparence qu'il revêtait était la même depuis dix ans : grand, élancé, avec d'épais cheveux noirs où n'importe quelle femme aurait rêvé de plonger les doigts, des yeux du même bleu que cette mer parcourue par Ulysse pendant vingt ans, une mâchoire carrée qui s'agrémentait d'une unique fossette lorsqu'il souriait, et ce sourire audacieux qui promettait tant de plaisir…

Oui, tous ses héros reprenaient les traits du seul homme dont elle avait jamais rêvé : Gabriel St. John, marquis de Ralston. On aurait pu croire qu'après dix longues années elle aurait renoncé. Hélas, elle était tombée irrémédiablement amoureuse de ce séducteur invétéré et semblait condamnée à passer le reste de sa vie à l'imaginer en Antoine et elle en Cléopâtre.

Callie faillit éclater de rire. Certes, elle portait le prénom d'une femme de haut rang, mais il aurait fallu être sérieusement toqué pour la comparer à Cléopâtre. Déjà, Callie n'avait jamais subjugué un homme par sa beauté, contrairement à la reine d'Égypte ; cette dernière n'avait pas les cheveux bruns quelconques ni les yeux bruns ordinaires de Callie, et personne ne l'avait jugée grassouillette. Et Callie était prête à parier que jamais Cléopâtre n'aurait joué les potiches durant un bal entier ni porté un bonnet en dentelle.

Malheureusement, on ne pouvait pas en dire autant de Callie.

En cet instant, cependant, Callie était la belle Pénélope, et le marquis de Ralston le séduisant Ulysse qui avait construit leur lit conjugal autour d'un olivier. Au fil de sa rêverie, une chaleur diffuse se répandit sous sa peau. Ulysse s'approchait du lit légendaire, relevait lentement sa tunique et dévoilait un torse puissant, hâlé par les années passées sous le soleil égéen... Quand il la prit dans ses bras, elle imagina son grand corps qui l'enveloppait. Il avait passé des années à attendre cet instant... et elle aussi.

Ses mains caressaient sa peau, laissant derrière elles des traînées de feu ; elle sentait son corps pressé contre le sien, ses lèvres sensuelles qui effleuraient les siennes... Il allait l'embrasser...

— Callie !

Elle sursauta et laissa tomber son livre. Le cœur battant la chamade, elle s'éclaircit la gorge en priant pour que l'auteur de cet appel renonce à entrer dans la bibliothèque. Mais elle étouffa aussitôt cette pensée. Callie était trop bien élevée pour renvoyer quiconque, même si elle en mourait d'envie.

La porte s'ouvrit brusquement, poussée par sa sœur.

— Callie ! Tu es là ! Je t'ai cherchée partout !

En voyant le visage radieux de sa sœur, Callie ne put retenir un sourire. Mariana avait toujours été une créature adorable et exubérante. Tous ceux qui la rencontraient tombaient instantanément sous son charme. À dix-huit ans, elle était la reine de la saison mondaine, celle qui avait retenu l'attention de la bonne société tout entière et avait été surnommée « l'Ange d'Allendale ».

Il était difficile de ne pas aimer Mariana. Même si avoir pour cadette une créature aussi parfaite pouvait parfois être éprouvant pour une sœur bien plus âgée et beaucoup moins parfaite.

— Tu as donc besoin de moi ? lui demanda Callie avec un sourire taquin. Tu t'es pourtant très bien débrouillée seule, aujourd'hui !

La peau de porcelaine de Mariana se teinta d'une roseur charmante.

— Callie ! Je n'arrive pas à y croire ! Je me suis pincée toute la journée ! s'exclama Mariana, qui s'élança dans la bibliothèque pour aller se jeter dans le fauteuil voisin de celui de sa sœur. Il m'a demandée en mariage ! continua-t-elle d'une voix rêveuse. N'est-ce pas merveilleux ?

Le « il » en question était James Talbott, sixième duc de Rivington, et parti le plus convoité de tout le royaume. Il avait suffi au jeune, beau et riche duc de poser les yeux sur Mariana, lors d'un bal donné avant le début de la saison, pour tomber éperdument amoureux d'elle. Une cour menée tambour battant avait suivi et, le matin même, le duc était venu à Allendale House pour la demander en mariage. Callie avait eu bien du mal à dissimuler son amusement devant la nervosité de Rivington. Malgré son titre et sa fortune, il n'avait pas préjugé de la réponse de Mariana, ce qui l'avait rendu d'autant plus sympathique aux yeux de Callie.

— Moi, j'y crois, ma chérie, répliqua-t-elle en riant. Il est arrivé avec des étoiles dans les yeux... Les mêmes que celles qui brillent dans les tiens en ce moment ! Raconte-moi, ajouta-t-elle quand sa sœur baissa la tête en rougissant. Quel effet cela fait-il d'avoir conquis un homme qui t'aime tant ? Sans compter qu'il est duc !

— Oh, Callie, je me moque complètement du titre de James. Ce qui compte, c'est lui ! Y a-t-il un homme plus extraordinaire au monde ?

— Et un duc, pas moins ! fit une voix aiguë sur le seuil de la pièce.

Les deux sœurs se retournèrent, surprises. Puis Callie soupira en se rappelant la raison de sa fuite dans la bibliothèque.

Sa mère...

— Callie, n'est-ce pas la plus merveilleuse des nouvelles ?

Combien de fois allait-elle devoir encore répondre à cette question aujourd'hui ? Mais elle n'eut pas besoin d'ouvrir la bouche.

— Tu te rends compte ? Rivington fou amoureux de Mariana ! Un duc ! Amoureux de notre Mariana !

De nouveau, Callie s'apprêta à répondre, sans succès.

— Il y a tant à faire ! Organiser le mariage ! Donner un bal de fiançailles ! Imprimer les menus ! Envoyer les invitations ! Pour ne rien dire de la robe de Mariana et de son trousseau ! Oh, Mariana !

La félicité parfaite qu'exprimait le visage de la comtesse douairière n'avait d'égale que la terreur absolue sur le visage de Mariana. Réprimant un sourire, Callie vola au secours de sa sœur.

— Maman, Rivington ne s'est déclaré que ce matin. Ne croyez-vous pas que nous devrions laisser Mariana jouir un peu de ce moment privilégié ? Peut-être... un jour ou deux ? suggéra-t-elle en adressant un regard entendu à sa sœur.

Elle aurait pu économiser sa salive, car leur mère continua de plus belle, d'une voix suraiguë :

— Et toi, Callie ! Nous allons devoir réfléchir sérieusement au genre de robe que tu porteras !

Oh non... La comtesse douairière d'Allendale possédait certains talents, mais certainement pas celui de choisir des toilettes seyantes pour sa fille aînée. Si Callie ne se dépêchait pas de détourner son attention, elle allait assister au mariage de sa sœur affublée d'une horreur emplumée avec turban assorti.

— Je pense qu'il serait sage de commencer par le commencement, maman. Pourquoi ne pas donner ce soir un petit dîner intime pour annoncer les fiançailles ?

— Quelle bonne idée ! s'exclama sa mère, à son grand soulagement. Il n'y aura que la famille, parce qu'il nous faudra attendre le bal pour annoncer officiellement les fiançailles, mais un petit dîner, ce sera parfait ! Mon Dieu, il y a encore plus à faire ! Je dois envoyer des invitations immédiatement et m'entretenir avec la cuisinière !

La comtesse pivota et s'élança vers la porte, mais elle s'arrêta brusquement sur le seuil, rouge et haletante, pour lancer :

— Oh, Mariana !

Dans le silence qui s'abattit après son départ, Mariana resta comme pétrifiée. Callie ne put s'empêcher de sourire.

— Tu ne pensais quand même pas que ce serait facile ? Après tout, notre mère attend un mariage depuis trente-deux ans que Benedick est né. Grâce à toi, ses vœux sont exaucés.

— Je ne crois pas que j'y survivrai, déclara Mariana en secouant la tête. Qui donc était cette femme ?

— Une mère avec un mariage en perspective.

— Mon Dieu... Tu crois qu'elle restera longtemps dans cet état ?

— Je ne peux pas en être certaine, mais je crains que cela ne dure au moins toute la saison.

— Toute la saison ! Il n'y a pas moyen d'y échapper ?

— Si, j'en connais un.

Comme elle s'interrompait, Mariana bondit.

— Lequel ?

— Crois-tu que Rivington envisagerait Gretna Green ?

Callie éclata de rire quand sa sœur poussa un grognement désespéré.

La saison s'annonçait extraordinairement amusante.

Ce serait sans doute la saison la plus douloureuse de son existence.

Callie se tenait dans un coin du salon où, après le dîner et le rituel des cigares pour les hommes et des bavardages pour les femmes, la famille au complet avait recommencé à accabler Mariana et son duc de vœux de bonheur. D'ordinaire, Callie adorait les réunions dans l'intimité du salon, doucement éclairé par des dizaines de bougies. Toujours chaleureux et détendus, ces moments constituaient ensuite de doux souvenirs.

Toutefois, ce ne serait pas le cas ce soir. Callie maudissait l'instant où elle avait suggéré d'organiser un petit dîner.

Elle ravala un soupir et s'obligea à sourire quand sa tante Béatrice s'approcha d'elle, le visage fendu d'un large sourire. Callie savait exactement ce qui allait venir... et elle savait aussi qu'elle ne pouvait y échapper.

— N'est-ce pas merveilleux ? Un couple si heureux ! Une union si parfaite !

— Oui, ma tante, murmura Callie, qui tourna la tête vers l'heureux couple en question.

Au cours de cette soirée interminable, elle avait découvert qu'observer Mariana et Rivington au comble du bonheur rendait légèrement moins pénible ce genre de conversation. Très légèrement.

— Je suis ravie de voir Mariana aussi heureuse.

Sa tante posa alors une main ridée sur son bras. Callie serra les dents. Le moment était venu.

— Je suis certaine que ta mère est heureuse d'avoir enfin un mariage à organiser ! chevrota la vieille dame avec amusement. Il faut dire qu'entre toi et Benedick elle devait désespérer de voir ce jour arriver !

Callie rit un peu trop fort, tout en jetant à la ronde un regard éperdu. Y avait-il quelqu'un, n'importe qui, pour la soustraire à ce défilé interminable de membres de sa famille grossiers et impertinents ? Depuis trois heures que les invités étaient arrivés, elle avait eu droit à des variantes de cette conversation avec douze personnes différentes. Le dîner avait été particulièrement redoutable, vu qu'elle s'était retrouvée coincée entre la grand-mère autoritaire de Rivington et une cousine particulièrement impitoyable, lesquelles semblaient croire toutes deux que le célibat de Callie constituait un sujet de conversation convenable.

Elle commençait à se demander s'il existait, aussi bien chez les Rivington que chez les Allendale, une seule personne dotée d'un minimum de tact. Croyaient-ils vraiment, tous, que lui rappeler en permanence son état de vieille fille ne la froisserait pas ? C'en était trop.

Comme elle ne voyait pas de moyen de s'en sortir, elle finit par faire signe à un valet qui offrait des verres de sherry.

— Puis-je vous proposer un rafraîchissement, tante Béatrice ? demanda-t-elle en se servant.

— Bonté divine, non ! Je déteste ça, répliqua la vieille dame avec une pointe d'indignation. Tu sais, Calpurnia, boire du vin en société peut porter atteinte à ta réputation.

— Sincèrement, je ne pense pas que j'aie à m'en inquiéter ce soir…

— Non, ta réputation ne craint sans doute pas grand-chose, admit tante Béatrice, qui lui tapota le bras avec une condescendance inconsciente. C'est une tragédie, non ? On ne s'y attendait pas, à vrai dire. Avec ta dot, personne n'aurait cru que tu resterais célibataire.

Callie n'eut même pas le temps de prendre la mesure de la colère qui la submergeait que, déjà, sa tante poursuivait :

— Et maintenant, vu ton âge, nous pouvons renoncer à tout espoir. Je ne vois pas qui demanderait ta main, hormis, éventuellement, un vieux monsieur en quête d'une compagne pour veiller sur ses dernières années...

Un instant, Callie se laissa aller à imaginer tante Béatrice dégoulinante de vin doux. Elle prit soin de reposer son verre avant de reporter son attention sur elle.

— Évidemment, ta silhouette est un gros désavantage. Figure-toi que l'époque de Rubens est depuis longtemps terminée, Calpurnia.

Callie en resta muette de stupeur. Avait-elle bien entendu ? Quelle femme odieuse !

— As-tu pensé à un régime d'œufs durs et de chou ? Il paraît que cela fait des merveilles. Et, une fois que tu te serais... allégée, peut-être que nous pourrions te trouver un mari ! acheva tante Béatrice en s'esclaffant.

Callie devait impérativement s'échapper avant de causer des dommages irréparables à un membre de sa famille. Il en allait de sa santé mentale.

— Veuillez m'excuser, ma tante, dit-elle sans la regarder en face, de peur de lâcher une parole cinglante, je suis attendue... à la cuisine.

Peu lui importait que ce prétexte n'ait aucun sens, le dîner étant terminé depuis longtemps. Elle s'enfuit, les larmes aux yeux, pour aller se réfugier dans le bureau de son frère – la pièce la plus proche où les invités ne la dérangeraient pas. Guidée par le clair de lune qui se déversait par les hautes fenêtres, elle s'approcha de la desserte et y prit un verre et une bouteille de sherry. Puis elle alla se blottir dans le grand fauteuil qui occupait le coin le plus éloigné du bureau, dont les hommes de la famille avaient fait leur sanctuaire. Après avoir rempli son verre, elle passa ses jambes par-dessus l'accoudoir et poussa un long soupir.

Ce soir, c'était à une femme de la famille que le bureau offrirait son réconfort.

— Pourquoi ce soupir, petite sœur ?

Callie sursauta légèrement. Esquissant un sourire, elle tourna la tête vers l'imposant bureau d'acajou placé à l'autre extrémité de la pièce. Une silhouette se profilait dans l'ombre. Son frère, Benedick Hartwell, comte d'Allendale.

— Tu m'as fait peur.

— Pardonne-moi si je ne m'excuse pas. Tu t'es introduite dans mon repaire, après tout, déclara Benedick.

Il se leva, un verre à la main, et vint s'asseoir dans le fauteuil voisin de celui de Callie.

— J'espère que tu as une bonne raison de te cacher là, sans quoi il me faudra te mettre à la porte.

— Vraiment ? Je serais curieuse de voir ça, puisque tu ne peux pas trahir ma fuite sans révéler la tienne !

— Exact. Bon, dans ce cas, tu peux rester.

— Merci, dit-elle en levant son verre vers lui. Tu es trop gentil.

Benedick fit tourner le scotch dans son verre tandis que Callie buvait une grande gorgée de son sherry. Puis elle ferma les yeux, la tête sur le dossier, et savoura leur silence complice.

Quelques minutes s'écoulèrent avant que son frère ne lui demande :

— Alors, qu'est-ce qui t'a chassée du cercle familial ?

— Tante Béatrice.

— Qu'a fait cette vieille chouette ?

— Benedick !

— Oses-tu prétendre que ce n'est pas ce que tu penses ?

— Le penser est une chose, le dire à haute voix en est une autre.

— Tu es trop bien élevée, déclara son frère en riant. Alors, qu'a fait notre chère et aimable tante pour que tu te réfugies dans un bureau obscur ?

Avec un soupir, Callie remplit de nouveau son verre.

— Elle n'a rien fait de plus que chacun des membres des deux familles présentes. Simplement, elle l'a fait plus grossièrement.

— Ah… le mariage.

— En fait, elle a dit… Non, se reprit-elle après avoir inspiré profondément. Je ne lui ferai pas le plaisir de le répéter.

— Je n'ai pas de mal à l'imaginer.

— Non, Benny, tu ne peux même pas l'imaginer. Je te jure que, si j'avais su que ce serait ainsi d'être vieille fille, j'aurais épousé le premier homme qui a demandé ma main.

— C'était un crétin de pasteur.

— On ne doit pas dire du mal d'un membre du clergé.

Benedick poussa un grognement ironique et but une longue gorgée de scotch.

— D'accord. J'aurais épousé le deuxième, dans ce cas. Geoffrey était assez séduisant.

— Si tu ne l'avais pas refusé, père s'en serait chargé. C'était un joueur invétéré et un ivrogne notoire. Callie, il est mort dans un tripot !

— Ah, mais je serais veuve à présent. Et personne n'insulte les veuves.

— Je n'en suis pas si certain, mais si tu le dis… Tu souhaiterais vraiment être mariée à l'un d'entre eux ?

Callie prit une nouvelle gorgée et savoura le goût sucré du vin, tout en réfléchissant.

— Non. À aucun de ceux qui m'ont fait leur demande, finit-elle par dire. Je n'aimerais pas être la femme d'un homme horrible qui m'aurait épousée uniquement pour l'argent ou pour être allié au comte d'Allendale. En revanche, un mariage d'amour…

— Un mariage d'amour, répéta Benedick en riant, c'est tout autre chose. Ça ne se rencontre pas tous les jours.

— C'est vrai, admit Callie, qui s'abîma dans ses réflexions pendant un long moment. En vérité, ce que j'aimerais beaucoup, c'est être un homme.

— Je te demande pardon ?

— Je ne plaisante pas ! Par exemple, si je t'annonçais que tu allais devoir passer les trois prochains mois à supporter des remarques cruelles à cause du mariage de Mariana, que dirais-tu ?

— Je dirais : « Basta ! », et je m'éclipserais.

— Exactement ! Parce que tu es un homme !

— Un homme assez habile pour éviter les situations qui amèneraient d'inévitables critiques sur mon état de célibataire.

— Benedick, la seule raison qui te permette d'éviter ces situations, c'est que tu es un homme. Malheureusement, je ne peux pas jouer selon les mêmes règles.

— Pourquoi ?

— Parce que je suis une femme. Il m'est tout simplement impossible de me soustraire aux bals, aux dîners, aux thés et aux essayages chez la couturière. Ô mon Dieu, quand j'y pense... Il va falloir que j'affronte de nouveau tous ces regards de pitié, dans l'atelier, tandis que Mariana, dans sa robe de mariée... C'est affreux, conclut-elle en fermant les yeux pour essayer de chasser cette image.

— Je ne comprends toujours pas pourquoi tu ne pourrais pas faire l'impasse sur tout ça. Certes, il faudra que tu assistes au bal de fiançailles, puis au mariage. Mais laisse tomber le reste.

— Je ne peux pas faire ça !

— Je te repose la question : pourquoi ?

— Parce qu'une femme convenable ne se soustrait pas à ce genre d'obligations, pas plus qu'elle ne prend un amant. Je dois veiller à ma réputation !

— Tu dis n'importe quoi. Calpurnia, tu as vingt-huit ans.

— Il n'est guère chevaleresque de ta part de parler de mon âge. Et tu sais que je déteste que tu m'appelles Calpurnia.

— Tu n'as pas fini de souffrir. Tu as vingt-huit ans, tu es célibataire, et tu as sans doute la réputation la plus immaculée de toute la bonne société. Pour l'amour du Ciel, quand es-tu sortie pour la dernière fois sans ton bonnet en dentelle ?

Callie le foudroya du regard.

— Ma réputation, c'est tout ce que je possède. C'est ce que j'essaie de te faire comprendre, Benedick, dit-elle en se baissant pour remplir de nouveau son verre.

— Certes. C'est tout ce que tu possèdes *pour le moment*. Mais tu pourrais avoir plus. Pourquoi ne pas te lancer ?

— Serais-tu en train de m'encourager à salir notre nom ? demanda Callie, saisie d'une telle incrédulité qu'elle resta figée, la bouteille dans une main, le verre dans l'autre.

Quand Benedick haussa les sourcils, elle reposa la bouteille, avant d'ajouter :

— Tu te rends compte, je suppose, qu'en tant que chef de famille tu ne serais pas épargné ?

— Je ne suggère pas que tu prennes un amant. Pas plus que je ne souhaite que tu provoques un scandale. Je dis simplement que tu t'imposes des obligations qui me semblent excessives alors que... alors que tu n'as pas à te soucier outre mesure d'entacher légèrement ta réputation. Je peux t'assurer que, même si tu te dérobais à certains événements liés au mariage de Mariana, le comté n'en souffrirait pas.

— Pendant que nous y sommes, pourquoi ne boirais-je pas du scotch et ne fumerais-je pas un petit cigare ?

— Pourquoi pas ?

— Tu n'es pas sérieux.

— Callie, je ne pense pas que la maison s'écroulera si tu bois un verre d'alcool fort. Encore que je ne sois pas certain que tu en apprécierais le goût.

Il laissa s'écouler quelques secondes avant de reprendre :

— Qu'aimerais-tu faire d'autre ?

Callie prit son temps pour répondre. Si elle n'avait pas craint les répercussions de ses actes, qu'aurait-elle aimé faire ?

— Je ne sais pas. Je ne me suis jamais autorisée à y penser.

— Eh bien, accorde-t'en la permission, maintenant. Que ferais-tu ?

— Tout ce qu'il me serait possible ! lâcha-t-elle, à sa propre surprise. J'en ai assez d'être impeccablement bien élevée. Tu as raison. Vingt-huit ans d'un comportement irréprochable, c'est trop long.

Tous deux se mirent à rire, et Benedick insista :

— Et alors ? Sois plus précise.

— Je jetterais mon bonnet en dentelle au panier.

— Cela va sans dire. Allons, Calpurnia, force-toi un peu, tu as plus d'imagination que cela. On te dit qu'il n'y a pas de répercussions, et tu te contentes de trois choses que tu peux faire chez toi ?

— J'apprendrais l'escrime, déclara-t-elle, se prenant au jeu.

— C'est mieux. Quoi d'autre ?

— J'assisterais à un duel !

— Pourquoi t'arrêter là ? Utilise donc tes nouveaux talents d'escrimeuse pour te battre toi-même en duel.

— Je ne crois pas avoir vraiment envie de blesser quelqu'un.

— Ah, fit-il avec un sérieux imperturbable, nous avons donc trouvé la ligne que tu ne souhaites pas dépasser.

— L'une d'elles, en tout cas. Mais j'aimerais beaucoup tirer au pistolet. Simplement, pas sur une autre personne.

— Nous sommes nombreux à apprécier cette activité. Quoi d'autre ?

— J'aimerais monter à califourchon.

— Vraiment ?

— Vraiment. Chevaucher en amazone, ça paraît si... collet monté, expliqua-t-elle avec un dédain qui le fit rire. Et puis...

Elle se mordit la lèvre, car elle avait été sur le point d'ajouter : « J'aimerais embrasser quelqu'un. » Mais ce n'était certainement pas une chose qu'elle pouvait avouer à son frère.

— Je ferais toutes les choses que les hommes tiennent pour allant de soi. Et davantage encore. Je m'adonnerais aux jeux d'argent ! Dans un club pour hommes !

— Oh, oh... Et comment t'y prendrais-tu pour en forcer l'entrée ?

— Je suppose qu'il faudrait que je me déguise en homme, dit-elle après un instant de réflexion.

Benedick secoua la tête avec amusement.

— Tu te montres enfin digne de la fascination de notre mère pour Shakespeare. Mais là, à mon tour, je vais tracer une ligne à ne pas dépasser. Si tu tentais la chose, les comtes d'Allendale pourraient bien perdre leurs privilèges au White's.

— Heureusement pour toi, je ne suis pas près d'essayer de me glisser au White's ou au Brooks's. Ni d'entreprendre quoi que ce soit d'autre, admit Callie avec une pointe de déception dans la voix.

Tous deux se turent un instant et s'absorbèrent dans leurs pensées, jusqu'au moment où Benedick approcha son verre de ses lèvres pour le terminer. Mais il interrompit son geste et, tendant le bras, il proposa le scotch à Callie. L'espace d'une minute, elle regarda le verre en cristal, consciente que Benedick lui offrait bien davantage que le simple doigt de scotch qui restait au fond.

Elle finit par secouer la tête, et Benedick avala la dernière gorgée.

— Tu m'en vois désolé, dit-il en se levant. Je serai heureux le jour où tu prendras un ou deux risques, petite sœur.

Ce commentaire lancé avec désinvolture résonna si fort dans les oreilles de Callie que ce fut à peine si elle entendit la question ironique qui suivit.

— Tu crois que je peux quitter cette pièce en toute sécurité ? Ou faudra-t-il que nous restions terrés ici jusqu'au mariage ?

— Tu ne crains rien, à mon avis, répondit-elle, distraite. Marche sur la pointe des pieds.

— Tu viens avec moi ?

— Non, merci. Je crois que je vais rester ici pour rêver à une vie d'aventures.

— Excellent. Fais-moi savoir si tu décides de mettre les voiles pour l'Orient dès demain.

— Tu seras le premier au courant, promit-elle en lui rendant son sourire.

Quand il fut sorti, Callie s'abandonna à ses pensées. Tandis que les invités partaient, que le calme revenait dans la maison, que les membres de la famille se retiraient pour la nuit et que les domestiques remettaient les pièces en ordre, elle revint en esprit aux derniers instants de sa conversation avec Benedick.

Et si ?

Et si elle avait la possibilité de vivre une autre vie que cette existence rangée et ennuyeuse qui lui pesait tant ? Et si elle avait la possibilité de faire toutes les choses dont elle n'avait même jamais osé rêver ? Qu'est-ce qui la retenait de franchir le pas ?

Maintenant qu'elle avait vingt-huit ans, plus personne ne faisait attention à elle. Sa réputation était irréprochable depuis des années, et ce n'était pas comme si elle allait soudain la détruire irrévocablement. Elle ne ferait rien que les membres masculins et respectables de la bonne société ne faisaient un jour. Et si eux le pouvaient, pourquoi pas elle ?

Levant la main, elle retira les épingles qui maintenaient son bonnet en dentelle en place. Lorsqu'elle le souleva, de longues boucles de cheveux dégringolèrent sur ses épaules. Quand était-elle devenue le genre de femme à porter une coiffe en dentelle ? s'interrogea-t-elle, songeuse, en retournant celle-ci entre ses mains. Quand avait-elle renoncé à tout espoir ? Comment en était-elle arrivée à prendre la fuite pour échapper à la méchanceté d'une tante Béatrice ?

Callie se leva et, d'une démarche un peu incertaine, s'approcha de la cheminée où rougeoyaient les dernières braises. Enhardie par sa conversation avec Benedick et par le sherry, elle les contempla un instant puis, d'un geste vif, jeta son bonnet dans l'âtre.

Pendant un long moment, il ne se passa rien. Mais, alors que Callie commençait à se demander si elle ne devait pas le retirer, il s'enflamma brusquement. Surprise, elle recula d'un pas devant les flammes orange qui dévoraient le petit morceau de dentelle, avant de s'accroupir pour assister à sa transformation en cendres. Elle éclata de rire, avec cette impression formidable et scandaleuse d'être prête à accomplir tout ce dont elle avait un jour rêvé.

Après s'être relevée, elle alla jusqu'au bureau de son frère, alluma une bougie, ouvrit le tiroir supérieur et en tira une feuille de papier vierge. Elle la considéra un instant puis, ayant hoché la tête avec énergie, elle rapprocha l'encrier d'elle et plongea la plume dedans, prête à établir la liste des choses qu'elle aimerait faire… si elle en avait le courage.

La première était évidente et, même si elle n'avait pas voulu en faire part à Benedick quelques instants plus tôt, elle tenait à être honnête avec elle-même et à l'inscrire sur le papier. Après tout, c'était la seule expérience qu'elle craignait vraiment de ne jamais connaître.

D'une main ferme, elle écrivit sur le parchemin :

Embrasser quelqu'un.

Callie releva la tête dès que les mots furent tracés, redoutant à demi qu'on la surprenne à écrire une chose aussi scandaleuse. Quand elle reporta les yeux sur le papier, elle examina la ligne, la tête inclinée. Était-ce suffisant ? Non, elle aspirait à plus.

Elle ajouta alors un seul mot.

Embrasser quelqu'un – passionnément.

Elle poussa un long soupir – elle ne s'était même pas aperçue qu'elle retenait son souffle. Il n'y avait plus de retour en arrière possible, à présent qu'elle avait couché sur le papier son souhait le plus scandaleux.

Les autres lignes lui vinrent facilement, grâce à sa conversation avec Benedick.

Fumer un cigarillo et boire du scotch.
Monter à cheval à califourchon.
S'essayer à l'escrime.
Assister à un duel.
Tirer au pistolet.
Jouer de l'argent (dans un club pour gentlemen).

Cette énumération achevée, Callie s'adossa au fauteuil, et un léger sourire lui vint quand elle s'imagina installée dans une pièce enfumée du White's, un verre de scotch à la main, un jeu de cartes dans l'autre, une épée à ses pieds, en train de discuter du duel auquel elle assisterait le matin suivant. Cette image finit par la faire glousser.

Elle faillit s'arrêter là, satisfaite de la rapidité avec laquelle ces sept lignes lui étaient venues.

Mais, même s'il s'agissait d'une pure fantaisie de sa part, elle souhaitait aller plus loin. Ne devait-elle pas saisir cette chance d'être enfin honnête avec elle-même ? D'écrire les choses qui lui tenaient le plus à cœur ? Celles qu'elle n'avait jamais osé s'avouer ? Avec un soupir venu du fond de l'âme, elle contempla la feuille, consciente que les lignes suivantes seraient les plus difficiles à écrire.

— Bien, allons-y, s'encouragea-t-elle à voix haute.

Dans un bal, ne pas manquer une seule danse.

Elle pinça les lèvres en un sourire moqueur. Voilà qui prouvait que cette liste relevait de l'utopie ! Elle avait toujours adoré danser. Enfant, elle se glissait hors de sa chambre pour espionner les bals donnés par ses parents. Sur le palier qui dominait la salle de bal, elle tournoyait au son de la musique, et sa chemise de nuit se transformait en robe de soie qui rivalisait de beauté avec celles des invitées. Pouvoir danser était une des choses qu'elle avait attendues avec le plus d'impatience lors de sa première saison. Mais les invitations, déjà peu nombreuses, n'avaient cessé de se raréfier au fil des années. Callie n'avait pas dansé depuis... eh bien, depuis très, très longtemps.

Elle avait dû s'y résigner, même si elle détestait faire tapisserie. En dix ans, elle s'était habituée à assister en témoin aux événements mondains, au point de ne plus pouvoir s'imaginer être au centre de ceux-ci. De toute manière, pour cela, il aurait fallu qu'elle soit belle. Et elle était trop commune, trop ronde, trop terne pour qu'on la trouve belle...

Les larmes aux yeux, elle griffonna alors son dernier souhait.

Être considérée comme belle. Juste une fois.

C'était l'article le plus improbable de la liste. Elle ne se rappelait qu'un instant dans sa vie, un moment fugitif où elle avait été tout près d'atteindre ce but. Mais quand elle repensait à cette soirée lointaine où elle s'était sentie belle, elle avait la certitude qu'en réalité le marquis de Ralston ne l'avait pas vue ainsi. Il était simplement pressé d'aller retrouver sa dulcinée. Néanmoins, en cet instant, elle s'était crue belle. Une véritable princesse. Comme elle aurait voulu être de nouveau cette fille ! Être de nouveau Calpurnia !

C'était impossible, évidemment. Il ne s'agissait que d'un exercice idiot.

Avec un soupir, Callie se releva, plia la feuille avec soin et la glissa dans son corsage. Puis, une fois la bougie soufflée, elle se dirigea silencieusement vers la porte. Mais, au moment où elle s'apprêtait à quitter le bureau, elle entendit un bruit léger, impossible à identifier, à l'extérieur.

Après avoir entrebâillé la porte avec précaution, elle coula un regard sur le palier plongé dans la pénombre. Elle ne vit rien, mais le doute n'était pas permis : un gloussement étouffé vint lui prouver qu'elle n'était pas seule.

— Que tu es belle ce soir ! La perfection incarnée. L'Ange d'Allendale dans toute sa splendeur.

— Tu es tenu de dire cela... pour flatter ta fiancée.

— Ma fiancée, répéta la voix masculine avec révérence. Ma future duchesse... mon adorée...

Les mots furent accueillis par un soupir féminin, et Callie porta la main à sa bouche pour retenir un rire embarrassé. C'étaient Mariana et Rivington ! Que devait-elle faire ? Refermer la porte doucement et attendre qu'ils partent, ou se manifester et mettre fin à cet intermède indiscutablement amoureux ?

Une exclamation de Mariana interrompit sa réflexion.

— Non ! Nous allons être surpris !

— Et alors ? demanda Rivington avec un léger rire.

— Alors, je suppose que vous serez contraint de m'épouser, Votre Grâce, susurra Mariana, avec une telle sensualité que Callie écarquilla les yeux.

Quand sa petite sœur était-elle devenue si délurée ?

— Je suis prêt à tout pour t'avoir au plus vite dans mon lit.

Ce fut au tour de Mariana de rire de manière totalement inconvenante. Puis il y eut un silence, uniquement troublé par des soupirs et des froissements de soie.

Callie restait bouche bée. Oui, elle devait impérativement refermer cette porte.

Dans ce cas, pourquoi ne le faisait-elle pas ?

Parce que c'était injuste ! Oui, il était profondément injuste que sa petite sœur, qui l'avait regardée avec admiration pendant des années, qui réclamait d'elle conseils, affection et complicité, découvre à présent l'univers de l'amour.

Mariana avait fait dans le monde une entrée éclatante ; elle était devenue la reine de la saison, et Callie avait été très fière d'elle. Et quand sa petite sœur avait attiré l'attention de Rivington, le plus beau parti du moment, elle s'était réjouie avec elle.

Callie était heureuse pour Mariana. Mais combien de temps le resterait-elle, une fois que sa sœur mènerait la vie dont elle-même rêvait ? Tout allait changer. Mariana accomplirait des choses que Callie n'avait jamais faites : se marier, mettre des enfants au monde, diriger une maison, vieillir dans les bras de l'homme qu'elle aimait. Et elle-même resterait ici, vieille fille, à Allendale House, jusqu'au moment où Benedick se marierait à son tour... Elle se retrouverait alors reléguée à la campagne. Seule.

Callie refoula les larmes qui lui picotaient les yeux. Elle n'allait quand même pas s'apitoyer sur son sort à cause du bonheur de Mariana ! Elle tendait la main pour refermer la porte et laisser les amoureux en tête à tête lorsque sa sœur déclara, la voix un peu haletante :

— Non, James, nous ne pouvons pas faire ça. Ma mère nous fouetterait tous les deux si nous ruinions ses chances d'organiser un grand mariage.

Rivington poussa un léger grognement.

— Elle a deux autres enfants.

— Oui, mais... répliqua Mariana, avant de s'interrompre.

Callie n'avait pas besoin de voir son visage pour deviner ses pensées : quelles étaient les chances que l'un des deux se marie bientôt ?

— Benedick se mariera, assura Rivington d'un ton amusé. Il attend simplement jusqu'au dernier moment.

— Ce n'est pas pour Benedick que je me fais du souci.

— Mariana, nous en avons déjà parlé. Elle sera la bienvenue à Fox Haven.

Callie en resta bouche bée. C'était d'elle qu'ils parlaient ? Ils avaient déjà discuté de son sort et prévu de l'installer dans la maison de campagne des Rivington, comme si elle était une orpheline qu'il fallait prendre en charge ?

Non, pas une orpheline... Simplement une femme célibataire sans perspectives d'avenir. Ce qui était le cas, bien sûr.

— Elle fera une tante formidable, ajouta Rivington.

Excellent ! Voilà qu'il se débarrassait déjà des héritiers du duché !

— Elle aurait fait une mère formidable, corrigea Mariana. Si seulement elle avait pu avoir ce que nous avons. Elle le méritait tellement...

Son ton empreint de compassion amena un sourire tremblant sur les lèvres de Callie, qui s'efforça toutefois d'ignorer que sa sœur parlait au passé.

— C'est vrai, acquiesça Rivington avec un soupir. Mais je crains qu'elle ne soit la seule à pouvoir changer son destin. Si elle reste à ce point...

Comme il cherchait le mot adéquat, Callie s'inclina pour mieux l'entendre, au risque de perdre l'équilibre.

— ... passive, ça n'arrivera jamais.

« Passive », elle ?

— Callie a besoin de vivre un peu plus d'aventures, admit Mariana. Mais, évidemment, elle est bien trop sage pour les rechercher.

Il y eut un long silence pendant lequel leurs paroles, exemptes de méchanceté et cependant si douloureuses, résonnèrent en Callie. Elle faillit suffoquer sous le poids de leur signification et, soudain, sentit les larmes lui brûler les paupières.

— Peut-être que tu aimerais toi-même une aventure, ma beauté, murmura Rivington d'un ton de nouveau sensuel.

Incapable de supporter le gloussement de sa sœur, Callie referma silencieusement la porte.

« Passive… » Quel mot horrible ! Et quelle terrible impression… Passive, quelconque, timorée et condamnée à une vie rangée, ennuyeuse et sans aucun intérêt. S'efforçant de ravaler ses larmes, elle appuya son front contre le froid battant de bois, au bord de la nausée.

Elle prit alors plusieurs inspirations profondes, pour essayer de recouvrer un sang-froid que l'émotion et l'abus de sherry malmenaient.

Elle ne voulait pas être cette femme dont ils parlaient. Elle n'en avait jamais eu l'intention, même si, au fil du temps et des circonstances, elle s'était égarée et, sans s'en apercevoir, s'était fourvoyée dans une vie insipide.

À quelques pas d'elle, sa petite sœur s'exposait volontairement au déshonneur, alors qu'elle-même n'avait jamais été embrassée.

Il y avait de quoi pousser une vieille fille à boire, non ? Ce soir, cependant, elle avait déjà eu son compte.

Alors, il y avait de quoi pousser une vieille fille à agir…

Plongeant la main dans son corsage, elle retira la feuille de papier qu'elle y avait glissée quelques instants plus tôt et la déplia.

Quel parti prendre ?

Elle pouvait aller se coucher, noyer son chagrin dans les larmes et le sherry, puis passer le reste de sa vie à regretter son inaction – et, pire, à la regretter en sachant que son entourage la jugeait passive.

Ou alors, elle pouvait changer. Et rayer les lignes de sa liste.

Maintenant. Ce soir !

Elle repoussa une mèche qui lui tombait dans les yeux, se rappelant soudain qu'elle ne portait plus son bonnet en dentelle.

Ce soir… Elle commencerait par un défi, de manière à endosser d'emblée la peau de cette nouvelle et audacieuse Callie.

Après avoir pris une dernière inspiration, elle rouvrit la porte du bureau et s'avança sur le palier, sans plus se soucier de tomber sur Mariana et Rivington. En vérité, ce fut à peine si elle s'aperçut qu'ils n'étaient plus là.

Puis elle s'élança dans le grand escalier de marbre qui menait à sa chambre. Elle devait changer de robe.

Lady Calpurnia sortait.

3

Ce ne fut pas sans appréhension que Callie suivit des yeux le fiacre qui s'éloignait dans la rue obscure. Quand son cœur se mit à battre à coups précipités, que le sang gronda dans ses oreilles, elle poussa un soupir de consternation. Jamais elle n'aurait dû boire autant de sherry.

Si elle était restée sobre, elle ne se serait certainement pas retrouvée là, seule, devant la maison d'un des pires débauchés de Londres, au beau milieu de la nuit.

À quoi donc avait-elle pensé ?

Manifestement, elle n'avait pas pensé du tout.

L'espace d'un instant, elle envisagea de rebrousser chemin et de héler le premier fiacre qui se présenterait. Mais cette idée disparut aussitôt, au profit d'une autre : sa réputation serait réduite à néant si l'on venait à la découvrir.

— Benedick me paiera ça, marmonna-t-elle en abaissant davantage la capuche de sa cape sombre sur son visage. Et Mariana aussi.

Sauf que, évidemment, ce n'était ni Benedick ni Mariana qui l'avaient obligée à prendre un fiacre à ses risques et périls. Il lui fallait bien s'avouer la vérité : elle s'était mise toute seule dans ce pétrin, sa réputation était sur le point de voler en éclats, et sa meilleure chance de se sortir indemne de cette situation passait par Ralston House. Une conclusion qui lui arracha une grimace.

Ralston House... Seigneur, qu'avait-elle fait ?

Mais elle n'avait pas d'autre choix que d'entrer. Passer le reste de la nuit dans la rue n'était pas une option envisageable. Une fois à l'intérieur, elle supplierait le majordome de l'accompagner jusqu'à un fiacre et, si tout allait bien, elle pourrait être dans son lit dans moins d'une heure. Le domestique se sentirait certainement obligé de la protéger. N'était-elle pas une lady ? Même si son geste inconsidéré, ce soir, n'était guère digne d'une dame de la haute société.

Et si jamais c'était Ralston qui ouvrait la porte ?

Non, impossible. D'abord, les marquis ne s'amusaient pas à jouer les portiers ; ensuite, les chances que le marquis soit chez lui à cette heure de la nuit étaient minces, voire inexistantes. Il se trouvait certainement chez une maîtresse quelconque.

Redressant les épaules, Callie s'approcha de l'entrée imposante de Ralston House. À peine eut-elle laissé retomber le heurtoir que la porte en chêne s'ouvrit, révélant un domestique âgé qui ne sembla pas surpris le moins du monde de trouver une jeune femme sur le seuil de la maison.

Il s'effaça pour lui permettre d'entrer, et elle découvrit le vestibule accueillant et confortable de la demeure londonienne des marquis de Ralston.

D'un geste machinal, elle commença à repousser sa capuche. Puis, songeant qu'il valait mieux garder l'anonymat, elle n'acheva pas son geste.

— Je vous remercie, dit-elle au majordome.

— Je vous en prie, madame, répondit-il en s'inclinant avec respect. Si vous voulez bien me suivre… ajouta-t-il en se dirigeant vers le grand escalier.

— Oh, je ne voudrais pas… balbutia Callie, si décontenancée qu'elle ne sut comment terminer sa phrase.

— Pas du tout, madame. Il n'y a aucun dérangement. Je vais simplement vous accompagner jusqu'à votre destination.

— Ma… ma destination ? répéta Callie avec une perplexité grandissante.

— Oui, à l'étage, expliqua le majordome après s'être éclairci la gorge.

— À l'étage...

— C'est là que se tient monsieur.

Il lui jeta un regard intrigué, comme s'il s'interrogeait sur ses facultés mentales, puis il pivota de nouveau vers l'escalier et entreprit de le gravir.

Comprenant soudain la méprise, Callie ouvrit de grands yeux. Seigneur, il la prenait pour une femme légère ! Pire, pour une des conquêtes de Ralston ! Lequel était donc chez lui.

— Je ne suis pas...

— Bien sûr que non, madame, assura le majordome avec une politesse parfaite, quand les mots moururent sur les lèvres de Callie.

Elle eut néanmoins la désagréable impression qu'il avait entendu cette protestation dans la bouche d'innombrables femmes contraintes de feindre l'innocence au nom des convenances.

Il lui fallait absolument partir.

À moins que...

Non ! se morigéna-t-elle. Sa réputation ne tenait plus qu'à un fil. Il était encore moins risqué de s'aventurer seule dans les rues obscures de Londres pour héler elle-même un fiacre plutôt que de suivre ce vieux domestique Dieu sait où.

En fait, dans les appartements de Ralston.

À cette pensée, elle faillit s'étrangler. Jamais plus, elle le jurait, elle ne boirait de sherry !

— Madame ?

Mais n'était-ce pas le moment de saisir sa chance ? Que ce soit judicieux ou pas, c'était ce qu'elle avait espéré lorsqu'elle s'était glissée hors de chez elle pour monter dans un fiacre. Elle avait décidé d'aller voir Ralston pour tester son courage. Et voilà que son objectif s'offrait à elle.

Si elle voulait prouver qu'elle n'était pas passive, le moment était venu.

Elle déglutit avec peine. Bien... Elle allait suivre le majordome, puis elle demanderait à Ralston de l'aider à rentrer chez elle. Ce serait embarrassant mais, en gentleman, il viendrait au secours de la sœur d'un pair du royaume.

Ou peut-être pas, songea-t-elle avec un frisson d'excitation.

Mais elle repoussa cette pensée, non sans se féliciter d'avoir pris soin de mettre sa robe la plus flatteuse avant d'entreprendre cette équipée. Non que Ralston risquât de voir la soie lavande sous sa simple cape de drap sombre – elle avait l'intention de ne révéler son identité qu'en tout dernier recours. Néanmoins, savoir qu'elle portait sa plus jolie robe contribua à raffermir son assurance, et elle posa le pied sur la première marche.

À mesure qu'elle montait, Callie percevait de plus en plus distinctement des notes de musique. Lorsque le majordome s'arrêta devant une grande porte en acajou derrière laquelle résonnait un pianoforte, sa nervosité céda le pas à un élan de curiosité.

Aux deux coups frappés par le domestique répondit un « Entrez » clair et net. Le majordome ouvrit la porte, mais, sans pénétrer dans la pièce, s'écarta pour laisser passer Callie. Elle s'avança, intimidée, et se retrouva dans l'antre du lion.

La grande chambre était à peine éclairée par quelques bougies qui créaient une atmosphère paisible et intime. Décorée de bois sombre et de teintes sourdes, c'était la pièce la plus masculine qu'elle eût jamais vue. Les murs étaient tendus de soie bordeaux ; un immense tapis, certainement oriental, recouvrait le plancher, et d'innombrables volumes garnissaient deux imposantes bibliothèques. Contre l'un des murs se dressait un lit d'acajou aux draps bleu nuit. Quand le regard de Callie se posa dessus, elle ne put s'empêcher de repenser au lit d'Ulysse et de Pénélope, différent mais tout aussi attirant.

Elle détourna aussitôt les yeux de ce meuble scandaleux pour les poser sur le maître de maison qui, assis au pianoforte, tournait le dos à la porte. Jamais elle n'aurait imaginé un piano hors d'un salon de musique ou d'une salle de bal, et certainement pas dans une chambre à coucher. Le marquis de Ralston ne s'était pas retourné à son entrée, se contentant de lever la main pour l'empêcher d'interrompre son jeu.

L'air qu'il interprétait était sombre, mélodieux, et Callie fut immédiatement captivée. Elle observa, fascinée, la vélocité des grandes mains hâlées de Ralston sur les touches, la courbe de son cou tandis qu'il inclinait la tête vers le clavier, ses avant-bras musclés que dégageaient les manches négligemment roulées de sa chemise blanche.

À la fin du morceau, alors que les dernières notes s'attardaient dans la pièce, il pivota sur son siège, révélant de longues jambes gainées d'un pantalon moulant et de bottes de cheval.

Quand il vit Callie, il ne manifesta aucune surprise, sinon un léger plissement des yeux, et elle se réjouit une fois de plus de porter cette capuche qui dissimulait ses traits.

Ralston finit par se lever et croisa les bras. Un œil non exercé aurait jugé cette posture désinvolte. Mais Callie, faute de danser, étudiait depuis des années les attitudes des membres de la société londonienne, et elle ne fut pas dupe. Ralston s'était raidi. Manifestement, il n'était pas content d'avoir de la visite. La visite d'une femme, en tout cas.

Elle ouvrit la bouche pour s'excuser, pour s'échapper, mais il ne lui en laissa pas le temps.

— J'aurais dû deviner que vous n'accepteriez pas cette rupture, lança-t-il d'un ton sec. Je suis néanmoins surpris, je l'avoue, que vous ayez l'outrecuidance de venir ici.

De surprise, Callie referma la bouche tandis qu'il poursuivait avec froideur :

— Je ne voulais pas rendre la chose plus difficile qu'il n'était nécessaire, Nastasia, mais je constate que vous refusez d'accepter ma décision. Je vous le répète : c'est fini.

Seigneur, il la prenait pour la maîtresse qu'il venait de quitter ! Certes, il fallait dire que Callie n'avait pas agi en femme du monde en surgissant chez lui à l'improviste au beau milieu de la nuit…

Elle aurait dû le détromper, elle le savait. Mais garder le silence requérait bien moins de courage que de se faire connaître de cet homme intimidant.

— Vous ne dites rien, Nastasia ? Cela ne vous ressemble pas.

Après avoir poussé un soupir irrité, il poursuivit :

— Nastasia, je pense que je me suis montré plus que généreux. Vous conservez la maison, les bijoux, les toilettes – je vous ai donné plus qu'il ne vous faut pour appâter un nouveau protecteur, non ?

Callie ne put retenir un son étouffé devant cette manière rude et cavalière de mettre fin à une liaison, ce qui provoqua chez le marquis un rire sec.

— Inutile de jouer les demoiselles effarouchées. Nous savons tous les deux que vous avez perdu votre naïveté depuis longtemps. Je ne pense pas qu'il soit utile que je vous raccompagne, conclut-il en se rasseyant sur le tabouret pour se remettre à jouer.

Jamais Callie n'aurait imaginé éprouver un jour de la compassion pour l'une de ces courtisanes qui, parce qu'elles étaient les maîtresses d'aristocrates, prenaient plus ou moins part à la vie mondaine. Elle s'offusqua néanmoins de la manière dont Ralston traitait cette femme. Lui qu'elle pensait chevaleresque !

Serrant les poings, elle s'interrogea. Que faire ?

Ce qu'elle *devait* faire, elle le savait, en vérité : quitter immédiatement cette chambre, retourner chez elle le plus vite possible, reprendre sa vie tranquille et oublier sa stupide liste.

Mais ce n'était pas ce qu'elle *voulait* faire, qui était d'infliger une leçon à cet homme. Et la colère qui l'animait lui donna assez de courage pour qu'elle décide de rester.

— Je vous supplie de ne pas rendre cette situation encore plus gênante qu'elle ne l'est, Nastasia, dit-il sans se retourner.

— Je crains, monsieur, qu'elle ne puisse que le devenir davantage.

Ralston tourna vivement la tête tout en se relevant avec précipitation. Si Callie n'avait pas été aussi énervée, elle aurait pouffé de rire.

— Voyez-vous, poursuivit-elle, je ne suis pas celle pour qui vous semblez me prendre.

Le premier moment de surprise passé, il afficha un sang-froid qui forçait l'admiration.

— Effectivement, mademoiselle... dit-il avec calme, s'attendant visiblement qu'elle se nomme.

Comme elle gardait le silence, il reprit :

— Apparemment, vous avez un avantage sur moi.

— C'est ce qu'il me semble, acquiesça Callie, étonnée par sa propre hardiesse.

— Puis-je vous aider en quoi que ce soit ?

— Je l'ai cru. Cependant, après avoir été témoin de la façon dont vous vous adressez aux femmes de votre vie, je préfère ne pas rejoindre leurs rangs.

Quand il haussa un de ses sourcils bruns, Callie jugea que le moment était venu de partir. Sans ajouter un mot, elle tourna les talons et saisit la poignée de la porte. À peine avait-elle entrouvert le battant qu'une main le referma par-dessus son épaule. Seigneur, il était rapide ! Elle eut beau tirer sur la poignée des deux mains, elle n'était pas de taille à lutter contre la puissance de ce bras musculeux.

— Je vous en prie, murmura-t-elle, laissez-moi partir.

— À vous entendre, on croirait que je vous ai amenée ici. Or, au contraire, c'est vous qui avez pénétré dans mon domaine. Ne croyez-vous pas que la courtoisie vous commande de vous présenter ?

Il parlait à voix basse, tout contre le rebord de sa capuche, et un frisson de panique la parcourut. Il se tenait à quelques centimètres seulement d'elle. Troublée par la chaleur qui émanait de son corps, Callie fixa désespérément le chambranle. Comment allait-elle se sortir de ce guêpier ?

Mais elle avait débuté cette soirée en Calpurnia. Elle ne devait pas renoncer maintenant.

— Nous... commença-t-elle avant de s'éclaircir la gorge. Nous nous sommes déjà rencontrés, monsieur.

— Vous ne pouvez guère vous attendre que je vous reconnaisse, vu que vous disparaissez dans cette cape. Allons, ajouta-t-il d'un ton qui se fit enjôleur, croyez-vous vraiment que je vais vous permettre de partir sans connaître votre identité ? Vous êtes allée trop loin, à présent.

Il avait raison, bien sûr. Prenant une profonde inspiration, Callie lâcha la poignée et commença à se tourner. Lui-même laissa retomber son bras et recula d'un pas tandis qu'elle abaissait sa capuche. Il inclina alors la tête, comme s'il s'efforçait de la reconnaître.

— Lady Calpurnia ? s'exclama-t-il avec une surprise mêlée de perplexité, tout en reculant davantage.

— En personne.

Elle ferma les yeux, les joues brûlantes. Jamais plus elle ne quitterait sa maison !

Il laissa échapper un rire peu convaincu.

— J'avoue que, si l'on m'avait donné à choisir entre mille réponses possibles, pas une seule fois je n'aurais imaginé que vous puissiez être ma visiteuse de la nuit. Vous allez bien ?

— Je vous assure que, malgré les apparences, je ne suis pas du tout folle, monsieur. Du moins, je ne le crois pas.

— Pardonnez ma question, dans ce cas, mais que diable faites-vous ici ? Ce n'est pas du tout un endroit convenable pour une demoiselle, ajouta-t-il, semblant prendre conscience à cet instant du lieu où ils se trouvaient. Je vous invite à poursuivre cette conversation... dans une autre pièce.

Quand il fit mine de rouvrir la porte, Callie s'écarta pour éviter le bras qu'il tendait.

— Monsieur, je ne crois pas nécessaire de poursuivre cette conversation. Si je me retrouve ici, à Ralston House, c'est à cause de circonstances un peu... particulières, et mieux vaudrait pour nous deux que nous oubliions cet incident. Cela ne devrait pas être trop difficile, à mon avis, acheva-t-elle en plaquant un sourire sur son visage.

Ralston ne répondit pas immédiatement. Sans doute remarqua-t-il la nervosité de Callie, qui, incapable de le regarder, tripotait un des cordons de sa capuche. Son attitude se fit moins menaçante, et son expression passa de la perplexité à la curiosité.

— Je n'en suis pas si certain. Contrairement à ce que vous semblez penser, je n'oublie pas aussi facilement les femmes qui me rendent visite dans ma chambre à coucher... Qu'est-ce qui amène lady Calpurnia Hartwell chez moi au milieu de la nuit ? continua-t-il alors que Callie s'empourprait. Honnêtement, je ne pense pas que ce soit votre genre.

— Je... je passais dans le quartier, bredouilla Callie.

— Au cœur de la nuit ?

— Oui. Je me suis retrouvée... devant Ralston House... et il fallait que... que je trouve un véhicule pour rentrer chez moi.

— Devant Ralston House ? répéta-t-il avec une incrédulité ironique.

— Exactement.

— Et comment vous êtes-vous retrouvée devant chez moi en mal de transport ?

— Je préférerais ne pas en parler, répondit Callie en détournant les yeux.

Si seulement il voulait bien laisser tomber le sujet ! Comme le silence se prolongeait, elle crut être exaucée. Mais il finit par croiser les bras d'un geste arrogant et répliqua, moqueur :

— Et vous avez donc décidé que venir frapper à ma porte était plus sûr que héler un fiacre ?

— Oui, monsieur. Après tout, vous êtes un pair du royaume. Vous ne me croyez pas ? protesta-t-elle, indignée, quand il poussa un grognement amusé.

— Non, je ne vous crois pas, répondit-il en plongeant son regard bleu, pénétrant, dans le sien. Pourquoi ne pas me dire la vérité, maintenant ?

Une fois de plus, elle baissa les yeux vers le sol, paniquée. Qu'inventer, à présent, pour se sortir de cette situation ?

— Lady Calpurnia…

— Je préférerais que vous m'appeliez Callie, murmura-t-elle.

— Vous n'aimez pas Calpurnia ?

Elle secoua la tête, incapable de soutenir son regard.

— Callie… dit-il d'une voix chaude et basse, certainement celle dont il usait quand il voulait obtenir quelque chose d'une femme – et elle n'aurait pas été surprise d'apprendre qu'il avait toujours gain de cause. Pourquoi êtes-vous ici ?

Alors – mue par le courage, la lâcheté ou l'abus de sherry, elle ne le saurait jamais –, elle décida de lui répondre. De toute manière, la situation ne pouvait empirer.

— Je suis venue vous demander de m'embrasser, avoua-t-elle dans un chuchotement.

Ce n'était pas la réponse à laquelle Gabriel s'attendait. Ces mots timides avaient été prononcés d'une voix si peu audible qu'un instant il crut s'être trompé, mais le visage enflammé de la jeune femme suffit à le convaincre que lady Calpurnia Hartwell venait de lui faire une proposition parfaitement inconvenante.

La soirée avait pourtant commencé de manière anodine. Encore bouleversé par l'arrivée de Juliana, il avait refusé toutes les invitations et dîné en famille avant de se retirer dans sa chambre, avec l'espoir que son piano lui offrirait une distraction bienvenue.

Il avait fini par se perdre dans sa musique… jusqu'au moment où un coup frappé à la porte avait annoncé l'arrivée de lady Calpurnia.

Gabriel enveloppa la jeune femme d'un regard rapide, mais direct. Elle n'était pas sans attraits – un peu quelconque et trop ronde, mais c'était sans doute son ample cape noire qui donnait cette impression. Elle avait des lèvres charnues, une peau sans défaut, et de beaux et grands yeux qui étincelaient d'émotion. Il s'interrogea brièvement sur leur couleur avant de s'obliger à revenir à la situation présente.

C'était manifestement la première fois que lady Calpurnia se livrait à un acte aussi audacieux. S'il n'avait pas déjà su que sa réputation était sans tache, il l'aurait deviné à son embarras extrême. Il connaissait la petite Calpurnia Hartwell de vue parce que, depuis des années, elle faisait partie du décor des salons et des salles de bal.

Elle déroba son regard au sien. Les yeux baissés sur ses doigts qu'elle triturait, elle glissait des coups d'œil subreptices vers la porte comme pour évaluer ses chances de s'enfuir de la pièce. Il ne put réprimer une bouffée de compassion. Pauvre petite souris qui, de toute évidence, se retrouvait dans une situation bien trop épineuse pour elle !

Il aurait pu jouer les parfaits gentlemen, prendre pitié d'elle, lui offrir le moyen de rentrer chez elle et lui promettre d'oublier toute l'affaire. Mais il pressentait qu'en dépit de sa nervosité quelque chose en elle répugnait à s'arrêter là. Jusqu'où irait-elle ? Il était curieux de le découvrir.

— Pourquoi ?

Prise de court par sa question, elle écarquilla les yeux, puis se hâta de les détourner de nouveau.

— Par... pardon, monsieur ?

— Pourquoi une telle requête ? Notez que je suis flatté, évidemment. Mais vous admettrez que c'est plutôt curieux.

— Je... je ne sais pas.

— Cela, ma belle, n'est pas une réponse acceptable, fit-il remarquer en secouant la tête.

— Vous ne devriez pas m'appeler comme ça. C'est trop familier.

Il ne put réprimer un demi-sourire.

— Vous êtes dans ma chambre à coucher et vous me demandez de vous embrasser. J'oserais dire que nous avons franchi la limite des convenances. Je répète donc ma question : pourquoi ?

Elle ferma les yeux, l'air si contrit qu'il crut, l'espace d'un instant, qu'elle ne répondrait pas. Puis ses épaules se soulevèrent tandis qu'elle prenait une profonde inspiration, et elle déclara simplement :

— On ne m'a jamais embrassée. J'ai pensé qu'il était temps.

Il n'entendait dans sa voix ni plainte ni apitoiement sur elle-même, juste une honnêteté qui lui inspira, malgré lui, une certaine admiration pour son courage. Il ne devait pas être aisé d'admettre une telle chose.

— Pourquoi moi ?

Elle répondit aussitôt, comme si son aveu lui avait redonné confiance.

— Parce que vous êtes un débauché notoire. J'ai entendu les commérages.

— Vraiment ? Quels commérages ? Lady Calpurnia, insista-t-il quand elle rougit profondément, faites-vous allusion à un épisode précis ?

— Il... il paraît que vous avez laissé une certaine vicomtesse à moitié nue dans le jardin d'hiver de son mari et que vous avez sauté par la fenêtre pour échapper à la colère de ce dernier.

— C'est exagéré.

— On dit que vous avez laissé votre chemise sur place. Et qu'il l'a brûlée pour se venger.

— C'est *extrêmement* exagéré.

— Et la fille du vicaire qui vous a poursuivi à travers tout le Devonshire dans l'espoir d'être compromise ?

— Où avez-vous entendu ça ?

— Vous n'imaginez pas tout ce que l'on apprend lorsqu'on regarde les autres danser. Est-ce vrai ?

— Disons simplement que j'ai eu de la chance qu'elle ne m'ait pas rattrapé. On m'a rapporté, toutefois, qu'elle était à présent mariée et heureuse à Budleigh Salterton.

Elle eut un léger rire. Mais celui-ci s'étrangla lorsque Gabriel ajouta perfidement :

— Eh bien, vu ces commérages, qui vous dit que je me limiterais à vous embrasser ?

— Personne. Mais vous vous arrêteriez.

— Comment le savez-vous ?

— Je le sais, dit-elle, avec une pointe d'amertume qu'il choisit de ne pas relever.

— Pourquoi maintenant ? Pourquoi ne pas attendre que... que le prince charmant arrive et tombe fou amoureux de vous ?

— Si le prince dont vous parlez a eu un jour l'intention de venir, je crains qu'il ne se soit perdu en chemin, répliqua-t-elle avec un rire contraint. Et, à vingt-huit ans, je suis lasse d'attendre.

— Peut-être que vous devriez davantage montrer en public certains de ces traits de caractère que vous dévoilez ce soir. J'admets que vous m'intriguez bien plus que je ne l'aurais jamais pensé, mademoiselle. Et la curiosité suscite l'intérêt.

Sa remarque dut porter, car elle rougit de nouveau. Gabriel était surpris du plaisir que lui procurait la tournure inattendue qu'avait prise sa soirée. C'était exactement la diversion dont il avait besoin.

Cette pensée en suscita une autre : et si lady Calpurnia Hartwell était la réponse à ses problèmes ? N'était-ce pas un signe qu'elle ait surgi sur le seuil de sa maison – voire plus loin que le seuil – le même jour que sa sœur inconnue ?

Il allait l'embrasser, oui. À une condition.

— Seriez-vous prête à passer un marché ?

— Un marché ? répéta-t-elle en reculant d'un pas. Quel genre de marché ?

— Rien d'aussi affreux que ce que vous semblez penser. Voyez-vous, il se trouve que j'ai une sœur.

— Une sœur ? Vous ?

— Oui, j'étais moi-même plutôt étonné de l'apprendre.

Il lui fit un résumé des événements du jour : l'arrivée de Juliana, le choix de révéler la vérité sur leurs liens plutôt que de la faire passer pour un membre lointain de la famille, et son intention de trouver une personne digne de confiance, à la réputation sans tache, pour préparer et faciliter les débuts de sa sœur dans le monde.

— Aussi, c'est un coup de chance que vous soyez ici ce soir, voyez-vous. Vous êtes la solution parfaite. En supposant, évidemment, que vous n'ayez pas pour habitude de rendre visite à des hommes célibataires en pleine nuit.

Elle eut un petit rire embarrassé.

— Non, monsieur. Vous êtes le premier.

Gabriel le savait pertinemment, et il se promit de découvrir, plus tard, ce qui l'avait poussée à cette visite nocturne.

— Et le dernier, j'espère, du moins jusqu'à ce que Juliana ait fait son entrée dans le monde.

— Je n'ai pas encore accepté votre demande.

— Mais cela ne saurait tarder. En guise de paiement, vous aurez votre baiser.

— Pardonnez-moi, mais vous devez accorder une grande valeur à vos baisers, commenta-t-elle avec une pointe d'humour dans la voix.

— Bon, d'accord. Fixez le prix à payer.

— Le baiser suffira pour le moment, répondit-elle après un instant de réflexion, les yeux au plafond. Mais je me réserve le droit de vous demander une faveur plus tard.

— Je serai donc votre débiteur ?

— Considérez cela comme une transaction commerciale, répliqua-t-elle en souriant.

— Une transaction commerciale qui commence par un baiser ?

— Un seul et unique baiser, lui rappela-t-elle en rougissant de nouveau.

— Vous semblez choquée par votre propre audace.

— Je ne sais pas exactement ce qui m'a pris, reconnut-elle.

Une fois de plus, il fut surpris par son honnêteté.

— Très bien, mademoiselle, vous êtes une négociatrice hors pair. J'accepte vos conditions. Scellons-nous notre accord par un baiser, dans ce cas ? ajouta-t-il d'une voix plus enjôleuse en s'approchant d'elle.

En la voyant se raidir brusquement, Gabriel sourit. Après avoir effleuré son front, il repoussa doucement une mèche folle derrière son oreille. Elle leva alors vers lui ses grands yeux bruns, et il éprouva une bouffée de tendresse inattendue. Il s'inclina lentement, comme s'il craignait qu'elle ne prenne peur, et frôla ses lèvres des siennes. Mais à peine eut-il fait cela qu'elle se déroba en portant la main à sa bouche.

Les yeux plantés dans les siens, il attendit qu'elle parle. En vain.

— Y a-t-il un problème ? finit-il par demander.

— No… non ! dit-elle un peu trop fort. Pas du tout, monsieur. C'est-à-dire que… Merci.

— Je crains que vous ne vous mépreniez. Voyez-vous, ajouta-t-il lorsqu'elle le regarda d'un air perplexe, quand je fais quelque chose, je le fais bien. Ce n'est pas le baiser pour lequel vous êtes venue, petite souris.

— Ah bon ? murmura-t-elle en fronçant les sourcils.

— Non.

Elle se remit à jouer avec le ruban de sa cape, de plus en plus nerveuse.

— Eh bien… ce fut plutôt agréable. Je suis satisfaite que vous ayez tenu votre engagement.

— « Plutôt agréable » n'est pas ce dont vous devez vous contenter, répliqua-t-il d'une voix plus profonde en prenant ses mains dans les siennes. Et un baiser ne doit pas vous laisser « satisfaite ».

Callie essaya brièvement de se dégager, puis y renonça en voyant que non seulement il ne cédait pas, mais qu'il l'attirait plus près de lui. Il laissa ses doigts descendre le long de sa nuque et, le souffle court, la voix hachée, elle s'aventura à demander :

— Comment doit-il me laisser ?

Lord Ralston l'embrassa alors. Vraiment.

Après l'avoir enlacée, il pressa une bouche possessive sur la sienne, et ses lèvres, chaudes et fermes, jouèrent avec les siennes jusqu'au moment où elle dut les entrouvrir pour respirer. Il en profita alors pour les effleurer de sa langue. Comme s'il lisait dans ses pensées, au moment précis où elle ne supportait plus cette taquinerie sensuelle, il approfondit son baiser, glissant une langue ferme et caressante dans sa bouche.

Callie sut alors qu'elle était perdue.

Tout son corps s'enflamma, et elle n'aspira plus qu'à imiter ses gestes. Comme dotées d'une volonté propre, ses mains se posèrent sur les larges épaules de Ralston avant de se nouer autour de son cou. Quand, timidement, elle toucha sa langue avec la sienne, il poussa un grognement de satisfaction tout en resserrant son étreinte. Une vague de chaleur la parcourut, qui s'intensifia encore lorsqu'il referma ses lèvres autour de sa langue et la suça doucement – une sensation qui la troubla jusqu'au plus profond de son être.

Il avait raison : c'était là le baiser pour lequel elle était venue.

Mais il y mit un terme en effleurant sa joue de ses lèvres, avant de saisir le lobe de son oreille entre ses dents et de le mordiller doucement. Alors que des vagues de plaisir déferlaient en elle, elle entendit, très loin, un gémissement. Un peu trop tard, elle prit conscience que c'était elle qui l'avait poussé.

Elle le sentit sourire contre son oreille.

— Un baiser ne devrait pas vous laisser satisfaite... chuchota-t-il d'une voix qui s'apparentait à une caresse.

Quand il s'empara de nouveau de sa bouche, Callie ne pensa plus à rien d'autre qu'à intensifier leur étreinte. Comme s'il avait perçu son vœu le plus secret, Ralston la serra davantage contre lui, tout en l'embrassant avec une avidité gourmande qui la laissa sans force.

Les mots qu'il prononça ensuite lui parvinrent à travers une brume sensuelle.

— Il devrait vous laisser frustrée.

4

Callie s'éveilla tard, mais dès qu'elle ouvrit les yeux, un sentiment d'appréhension se logea au creux de son estomac. D'où lui venait cette curieuse sensation ? Soudain, les événements de la nuit précédente lui revinrent en mémoire et elle s'assit brusquement dans son lit, les yeux écarquillés. Pourvu qu'il s'agisse d'un rêve débridé et ridicule !

Hélas…

Quelle mouche l'avait piquée de se rendre à Ralston House au beau milieu de la nuit ? Avait-elle vraiment franchi le seuil de la chambre du marquis de Ralston ? Avait-elle réellement fait des avances au pire séducteur de Londres ? Il était impossible qu'elle lui ait demandé de l'embrasser !

Atterrée et mortifiée, les joues brûlantes, Callie enfouit la tête entre ses mains avec un gémissement.

Elle ne boirait plus une seule goutte de sherry de sa vie. Jamais.

— Je lui ai demandé de m'embrasser ! s'exclama-t-elle en se rejetant sur son oreiller, avant de soupirer bruyamment.

Si seulement le ciel voulait bien la foudroyer sur place ! Il était hors de question qu'elle se retrouve un jour face à Gabriel St. John. Pas après ce baiser.

Mais quel baiser…

Elle ferma les yeux avec force, sans parvenir toutefois à endiguer le flot de sensations qui l'envahissaient.

Ce baiser avait répondu à toutes ses attentes, et même davantage. Elle se remémora Ralston la veille, grand, les cheveux sombres, les yeux étincelant à la lueur des bougies. Et puis, ses lèvres chaudes, ses mains puissantes, ses caresses exquises...

Malgré elle, les mains de Callie descendirent le long de son torse quand elle se rappela la douceur de sa langue, l'étreinte de ses bras musclés, le frisson d'excitation qu'elle avait ressenti en percevant son souffle dans son cou, et une vague brûlante déferla en elle. Ralston avait incarné son rêve à la perfection.

Lorsque leur baiser avait pris fin, les jambes de Callie ne la soutenaient plus. Un baiser devait la laisser frustrée, avait-il dit. Elle n'était toutefois pas préparée au vide qu'elle avait ressenti au moment où il s'était reculé, l'air aussi calme et maître de lui-même que s'il venait d'assister à la messe dominicale.

Elle s'était sentie frustrée, et elle l'était toujours.

Si embarrassée qu'elle ait pu être, jamais Callie n'avait vécu un moment aussi intense, aussi libérateur. Ce baiser compensait les dix longues années passées à observer les beautés qui s'étaient succédé au bras de Ralston, à tendre l'oreille – avec ce qu'elle prétendait être un intérêt distrait – chaque fois qu'elle entendait les dames commenter en chuchotant ses dernières liaisons, et à tenir le compte de ses maîtresses. Sauf qu'évidemment son intérêt n'avait rien de distrait.

Elle secoua la tête. Des hommes tels que Ralston n'étaient pas faits pour des femmes comme elle. Toutefois, l'espace d'un instant, cette nuit, elle avait pu le croire. Elle s'était montrée audacieuse, directe, et certainement pas *passive* ! Elle avait trouvé le moyen d'atteindre un des buts qu'elle s'était fixés. Alors, pourquoi ne réussirait-elle pas à faire les autres choses dont elle rêvait ?

Oui, les articles de la liste étaient à sa portée !

D'un geste machinal, elle tendit la main vers sa table de nuit, sur laquelle elle avait posé la feuille de papier scandaleuse avant de se coucher. Quand elle parcourut de nouveau sa liste, elle ne put retenir un léger sourire. À en juger par les événements de la nuit précédente, elle tirerait un vif plaisir à relever chacun de ces défis. Il lui suffisait pour cela de prendre des risques.

Et pourquoi pas ?

D'un geste vif, elle repoussa ses couvertures, sauta de son lit et se dirigea vers le secrétaire placé dans un coin de sa chambre. Après avoir lissé le papier froissé, elle relut la liste une fois de plus. Puis, ayant trempé dans l'encre son porte-plume, elle raya d'un gros trait noir, avec un immense sourire, la première ligne. Elle avait embrassé quelqu'un. Passionnément.

Et ensuite ?

Un coup rapide fut frappé à sa porte, qui s'ouvrit aussitôt. Quand elle vit l'expression sévère de sa femme de chambre, le sourire de Callie s'effaça.

— Bonjour, Anne, dit-elle en se hâtant de glisser la liste sous un volume de poèmes de Byron.

— Calpurnia Hartwell, qu'avez-vous fait ?

Callie tourna les yeux vers la grande armoire en acajou et lança avec entrain :

— J'aimerais m'habiller. J'ai un rendez-vous ce matin.

— Avec le marquis de Ralston ?

— Comment le sais-t... Quoi ? Non !

— Vraiment ? J'ai du mal à le croire, vu qu'il y a en bas un domestique de Ralston House qui attend la réponse à un billet qu'il vient de vous apporter.

Retenant une exclamation, Callie traversa la chambre et tendit la main.

— Donne-le-moi.

Mais Anne croisa les bras sur son ample poitrine.

— Pourquoi le marquis de Ralston vous envoie-t-il des messages, Callie ?

— Je... je l'ignore, répondit-elle en rougissant.

— Vous avez toujours été une piètre menteuse. Ma fille, ça fait des années que vous vous languissez pour

Ralston. Pourquoi montre-t-il soudain de l'intérêt pour vous ?

— Mais... pas du tout ! protesta Callie d'une voix qu'elle s'efforça de rendre ferme. J'aimerais pouvoir lire ma correspondance, Anne.

Cette dernière sourit avant de demander d'un ton dégagé :

— Étiez-vous avec Ralston la nuit dernière ?

Callie se figea sur place et sentit ses joues s'empourprer.

— Bien sûr que non !

— En tout cas, vous étiez quelque part. Je vous ai entendue vous glisser par l'entrée de service juste avant le lever du soleil.

Callie se dirigea vers l'armoire, dont elle ouvrit grandes les portes.

— Tu sais, Anne, ce n'est pas parce que tu t'occupes de moi depuis ma naissance que tu as le droit de me parler aussi librement.

— Évidemment que si, répliqua sa femme de chambre avec un léger rire.

Et, profitant de ce que Callie s'en était éloignée, elle s'approcha du secrétaire et tira la liste de sa cachette.

Callie se retourna en entendant son exclamation étouffée.

— Non ! Rends-moi ça !

— Callie, qu'avez-vous fait ?

— Rien ! répondit-elle en arrachant le papier des mains de sa femme de chambre. Rien, je t'assure, insista-t-elle quand elle vit l'expression incrédule d'Anne.

— Ce papier, ce n'est pas « rien », apparemment.

— Je préférerais ne pas en parler.

— Ça ne m'étonne pas.

— Ce n'est rien. Juste une liste.

— Une liste scandaleuse. De choses que ne font pas les jeunes femmes célibataires.

Callie pivota vers l'armoire et enfonça sa tête dedans, dans l'espoir de mettre fin à la conversation. Quand elle finit par en retirer une robe couleur pêche, Anne attendait toujours une réponse. Avec un soupir, Callie marmonna :

— Eh bien, peut-être que les jeunes femmes célibataires devraient tirer avantage de leur jeunesse et de leur liberté pour expérimenter certaines de ces choses.

Surprise par sa franchise, Anne cligna des paupières. Puis elle se mit à rire.

— Vous avez déjà accompli l'une d'elles...

— Oui, avoua Callie, qui rougit de nouveau.

Les yeux plissés, Anne essayait de déchiffrer la ligne rayée. Quand elle releva la tête, l'air effaré, Callie se détourna.

— Eh bien, Calpurnia Hartwell, je vois que vous avez fait ce que vous désiriez depuis des années. Vous étiez bel et bien avec Ralston cette nuit !

Comme Callie gardait le silence, Anne reprit, avec une pointe de fierté surprenante dans la voix :

— Je vais vous dire une chose... Vous êtes la seule fille que je connaisse non pas à avoir établi une liste comme celle-là, mais à la suivre. Naturellement, si vous n'êtes pas déshonorée dans une semaine, je serai encore plus surprise que je ne le suis maintenant.

— J'ai l'intention de me montrer très prudente, protesta Callie.

— À moins de travailler pour les services secrets de Sa Majesté, ma petite Callie, vous ne pouvez pas accomplir la moitié de ces choses sans que votre réputation finisse dans le caniveau. Vous le savez, n'est-ce pas ? ajouta Anne après un silence.

— Oui. Mais est-ce mal si je ne m'en soucie guère, ce matin ?

— Bien sûr. Franchement, Callie, jouer de l'argent ? Dans un club pour gentlemen ? Avez-vous perdu la tête ?

— Non, répondit Callie avec le plus grand sérieux.

Toutes deux gardèrent le silence un long moment. Finalement, Callie réussit à trouver les mots qu'elle cherchait.

— Anne, c'était si merveilleux ! Je n'avais jamais connu d'aventure plus incroyable et plus libératrice. Peux-tu me blâmer d'en vouloir davantage ?

— Apparemment, vous avez déjà gagné plus que vous ne demandiez. Donnez-moi ça, dit Anne en lui prenant la robe de mousseline pêche des mains.

En échange, elle lui en tendit une en jaconas, d'un vert soutenu.

— Pourquoi pas celle que j'avais choisie ?

— Oh, cessez de bouder. Si nous devons aller à Ralston House, c'est cette robe-là que vous porterez. Vous êtes ravissante en vert.

— Nous n'allons pas à Ralston House, fit remarquer Callie.

Au lieu de répondre, Anne lui tendit le billet. Tandis que sa femme de chambre choisissait des sous-vêtements, Callie, les mains un peu tremblantes, rompit le cachet de cire, partagée entre la curiosité et l'appréhension.

Lady Calpurnia,
Ma sœur vous attendra à 11 h 30.

R.

Il n'était plus possible de reculer, à présent.

— Anne, nous allons à Ralston House, déclara Callie, incapable de détacher les yeux de ces quelques lignes.

Le lendemain de sa première visite, Callie se trouva de nouveau sur le perron de Ralston House – cette fois, en toute respectabilité, au grand jour, et escortée de sa femme de chambre – pour faire la connaissance de Mlle Juliana Fiori, la mystérieuse sœur du marquis.

Tout en prenant une profonde inspiration, elle adressa au Ciel une prière silencieuse. Pourvu que Ralston ne soit pas chez lui ! Elle savait qu'elle ne pourrait éviter de le rencontrer un jour ou l'autre, d'autant qu'elle avait accepté de préparer sa sœur à son entrée dans le monde, mais elle espérait qu'au moins elle arriverait à ne pas le croiser aujourd'hui.

Ce fut un valet de pied qui ouvrit la porte, mais Jenkins se tenait derrière lui, dans le vestibule. Si seulement il pouvait ne pas la reconnaître !

— Lady Calpurnia Hartwell, annonça-t-elle en lui tendant une carte. Je viens voir Mlle Juliana.

Elle s'était redressée de toute sa taille et s'efforçait de garder un visage impassible.

Le vieux majordome s'inclina profondément.

— Certainement, mademoiselle. Mlle Juliana vous attend. Suivez-moi, je vous prie.

Dès qu'il eut tourné les talons, Callie poussa un silencieux soupir de soulagement. Quand il s'effaça à l'entrée d'un élégant salon de réception, elle inclina la tête de son air le plus digne.

Avec ses murs tendus de soie vert pâle et son mobilier d'acajou magnifiquement travaillé, le salon était clair et élégant. Mais ce qui attirait aussitôt le regard, c'était une magnifique statue de marbre qui se dressait sur l'un des côtés. Elle représentait une femme grande, élancée, qui tenait au-dessus de sa tête un large voile gonflé par sa course.

Callie ne put s'empêcher de s'en approcher, le souffle coupé par la beauté de cette déesse au sourire secret. Au moment où, fascinée par le souple drapé de la tunique, elle tendait la main vers le marbre, une voix retentit depuis le seuil de la pièce.

— Elle est belle, n'est-ce pas ?

Callie pivota avec un son étouffé. Ralston la regardait avec un léger sourire, comme amusé par son embarras.

Non. Ce n'était pas Ralston.

L'homme qui lui faisait face était lord Nicholas St. John. Grand, large d'épaules, la mâchoire affirmée et les yeux bleus étincelants, il ressemblait à Ralston trait pour trait... sauf un. Sur sa joue droite, une balafre dessinait une fine et longue ligne blanche qui ressortait sur sa peau brunie et détonnait avec le reste du personnage, gentleman jusqu'au bout des ongles. Alors que cette cicatrice aurait dû donner à St. John un air dangereux, elle contribuait au contraire à le rendre encore plus séduisant. Callie avait vu des femmes respectables de la haute société se transformer en parfaites idiotes dès qu'il s'approchait d'elles. Lui-même ne semblait s'apercevoir de rien.

— Bonjour, lord Nicholas, dit-elle avec un sourire lorsque, prenant sa main, il s'inclina profondément.

— Bonjour, lady Calpurnia. Je vois que vous avez remarqué la femme de ma vie, dit-il en indiquant la statue.

— Effectivement, répondit Callie, qui reporta son attention sur le marbre. Elle est superbe. Qui est le sculpteur ?

— Il est inconnu, expliqua St. John, une étincelle de fierté dans le regard. J'ai découvert cette beauté il y a quelques années, sur la côte sud de la Grèce, où j'ai passé plusieurs mois à rassembler des statues. J'en avais beaucoup trop lorsque je suis rentré, et j'ai fait don de celle-ci à Ralston House à condition que mon frère lui offre un cadre digne d'elle. Je pense qu'elle représente Séléné, déesse de la lune.

— Elle a l'air tellement contente...

— Vous semblez surprise ?

— Eh bien... je crois que son histoire ne figure pas parmi les plus heureuses. Après tout, elle était condamnée à aimer un mortel qui dormait d'un sommeil éternel.

À ces mots, St. John se tourna vers elle, manifestement impressionné.

— Par sa faute, répliqua-t-il. Elle aurait été bien inspirée de ne pas demander de faveur à Zeus. Ce genre de démarche ne se termine jamais bien.

— Elle en avait tout à fait conscience, certainement. Je suppose que cette statue représente Séléné heureuse, avant que Zeus ne se mêle de ses affaires.

— Vous oubliez qu'Endymion et elle ont eu une vingtaine d'enfants, malgré la somnolence de ce dernier, lui rappela St. John, une étincelle taquine dans le regard. La situation ne l'a donc pas rendue totalement malheureuse.

— Avec le respect que je vous dois, monsieur, donner naissance à une vingtaine d'enfants et les élever seule ne me paraît pas une situation enviable. À mon avis, elle ne paraîtrait pas aussi reposée si cette statue la dépeignait dans sa félicité maternelle.

St. John éclata de rire.

— Bien vu, lady Calpurnia ! À en juger par cette conversation, l'entrée dans le monde de Juliana devrait être tout à fait divertissante… Pour moi, en tout cas.

— Et ton divertissement est, bien sûr, de la plus haute importance.

Callie se raidit quand ces paroles sarcastiques résonnèrent dans la pièce. Son cœur se mit à battre la chamade. Avant même de se retourner, elle sut que Ralston venait de les rejoindre.

Comme s'il percevait sa nervosité, St. John lui adressa un clin d'œil avant de se tourner vers le marquis, le visage fendu d'un large sourire.

— C'est tout à fait vrai, mon frère.

Le froncement de sourcils de Ralston s'accentua. Quand il fixa sur Callie son regard bleu perçant, elle détourna les yeux en rougissant.

— Inutile de te montrer grossier, Gabriel, dit St. John, qui avait remarqué l'embarras de Callie. Je tenais simplement compagnie à lady Calpurnia en attendant l'arrivée de Juliana. Que fait-elle donc ?

— J'ai demandé à Jenkins d'attendre avant d'aller la chercher. J'aimerais m'entretenir avec lady Calpurnia avant que toutes deux fassent connaissance. Seul, si tu veux bien, Nick.

Les battements de cœur de Callie s'accélérèrent encore. Que pouvait-il avoir à lui dire qu'il ne voulait pas que son frère entende ?

Après s'être incliné sur sa main, Nick déclara :

— J'attends avec impatience notre prochaine rencontre.

Puis il lui adressa un large sourire accompagné d'un autre clin d'œil rassurant.

— Moi également, répliqua-t-elle sans pouvoir s'empêcher de lui rendre son sourire.

Ralston attendit que la porte se soit refermée avant de faire signe à Callie de s'asseoir dans un fauteuil. Lui-même prit place en face d'elle. Les yeux baissés sur le bras du fauteuil, elle s'efforça de paraître indifférente à sa présence. En vain. Ce n'était pas le genre d'homme que l'on pouvait facilement ignorer.

— Je tiens à vous parler de Juliana avant que vous ne la rencontriez.

Callie refoula une pointe de déception. Devait-il vraiment se montrer aussi solennel ? De l'accoudoir, elle ramena son regard sur ses mains gantées, qu'elle tenait croisées dans son giron. Comment oublier que, quelques heures plus tôt, ces mains avaient touché Ralston ? Qu'elles avaient éprouvé la chaleur de sa peau, la douceur de ses cheveux, la dureté des muscles de ses bras ?

De son côté, il semblait parfaitement maître de lui-même.

Après s'être discrètement éclairci la gorge, elle répondit :

— Bien sûr, monsieur.

— Je pense qu'il vaut mieux que vous veniez à Ralston House pour travailler avec Juliana. Elle a besoin d'être sévèrement éduquée, et je n'aimerais pas qu'elle commette d'impairs devant la comtesse d'Allendale.

— Ma mère ne trahirait jamais la nature des leçons que je donnerai à votre sœur, protesta-t-elle en relevant les yeux vers les siens.

— Les murs ont des oreilles.

— Pas ceux d'Allendale House.

Il se pencha en avant, si près qu'il aurait presque pu la toucher.

— Permettez-moi d'insister. Juliana répugne à être présentée à la société et n'aspire qu'à retourner en Italie. Il est probable qu'elle va tempêter un peu avant d'admettre que son nouveau foyer se trouve ici. Votre mère et ses amies sont des piliers de la haute société, des femmes aux yeux desquelles lignée et réputation sont d'une importance capitale.

» Juliana ne peut se targuer d'avoir des ancêtres qui remontent à Guillaume le Conquérant, et il lui faudra porter le fardeau de la réputation désastreuse de notre mère. Il n'empêche qu'elle se mêlera à l'aristocratie londonienne et qu'elle fera un mariage avantageux. Je ne veux pas prendre le risque de gâcher cette chance.

Il s'exprimait avec une certitude inébranlable, comme si le succès de Juliana ne pouvait passer que par un chemin, celui qu'il avait prévu. Cependant, son insistance trahissait aussi, malgré lui, son inquiétude. Il avait raison : le soutien de Callie serait indispensable, mais pas suffisant, pour que Juliana réussisse à se faire accepter dans le monde. Fille d'une marquise déshonorée et d'un commerçant italien, elle n'était pas noble, mais le pire était qu'on jugerait sa naissance à peine légitime.

Toutefois, Gabriel St. John, marquis de Ralston, ne tolérerait pas que cela nuise à l'avenir de sa sœur. Que les deux frères St. John aient décidé de présenter Juliana à la haute société témoignait de leur détermination. Étant elle-même une sœur dévouée, Callie ne pouvait que respecter leur décision.

— J'ai hâte de rencontrer votre sœur, se contenta-t-elle de dire.

Ses mots étaient simples, mais ils signifiaient : « Je suis avec vous. »

De nouveau, il fixa sur elle un regard aigu et, pour la première fois en dix ans, elle ne détourna pas les yeux.

— Je ne pensais pas que vous viendriez aujourd'hui, finit-il par dire d'un ton radouci.

— J'avoue que j'ai effectivement envisagé de me soustraire à cette visite, répliqua-t-elle avec un léger sourire.

— Cependant, vous êtes là.

— Nous avons conclu un marché, murmura-t-elle, de nouveau embarrassée.

— C'est vrai.

Sa voix profonde fit courir une vague de chaleur dans tout son corps, et elle toussota avec nervosité avant de regarder ostensiblement la pendule.

— Il se fait tard, monsieur. Ne croyez-vous pas qu'il est temps que je rencontre Mlle Juliana ?

Il soutint son regard pendant un long moment, comme pour deviner ses pensées les plus intimes. Il dut être satisfait de ce qu'il découvrit, car, sans ajouter mot, il finit par se lever pour demander qu'on fasse descendre sa sœur.

Le plus marquant chez Juliana Fiori n'était pas sa beauté – encore que la jeune fille fût éblouissante, avec des yeux d'un bleu saisissant, un teint de porcelaine et une profusion de boucles sombres à rendre jalouses toutes les femmes. Ce n'étaient pas ses traits délicats ni sa voix chantante ; ce n'était pas non plus sa taille, bien qu'elle fût plus grande que Callie et, sans doute, que la plupart des jeunes filles.

Non, la première chose qui frappait chez Juliana Fiori, c'était sa franchise.

— C'est idiot d'avoir à respecter un certain ordre pour verser le thé et le lait avant d'en servir une tasse.

Callie réprima une envie de rire.

— Je suppose que vous n'y mettez pas tant de cérémonie, à Venise ?

— Non. C'est liquide, c'est chaud, et ce n'est pas du café. Pourquoi s'embêter ? argua la jeune fille avec un sourire qui creusa une fossette dans sa joue.

— Pourquoi, effectivement ? répéta Callie.

— Ne soyez pas inquiète, lady Calpurnia. Je m'efforcerai de me souvenir que le thé vient en premier, et le lait après. Je serais catastrophée de provoquer une autre guerre entre l'Angleterre et le continent.

En riant, Callie prit la tasse de thé impeccablement servie par la jeune fille.

— Je suis certaine que le Parlement vous saura gré de votre diplomatie.

Elles échangèrent un sourire, puis Juliana s'appliqua à disposer une part de gâteau pour Callie sur une petite assiette, tout en reprenant :

— Alors, si je rencontre un duc ou une duchesse...

— Ce qui ne manquera pas de se produire.

— *Allora*, quand je rencontrerai un duc ou une duchesse, je m'adresserai à eux en employant « Votre Grâce ». Et pour tous les autres, il vaut mieux que je me contente de « madame » ou de « monsieur ».

— C'est exact. Que les gens possèdent un titre ou non.

— C'est une bonne chose pour mes frères que je ne sois pas là pour longtemps. Ils pourront réparer rapidement les dégâts que leur scandaleuse sœur italienne aura causés en deux mois.

— Balivernes ! Vous allez charmer tout le monde, répliqua Callie en souriant, avant de prendre un ton de conspiratrice. Je prédis que les messieurs vont se battre pour vous.

— Comme ils le faisaient pour ma mère ? répliqua Juliana, les yeux étincelants. Non. S'il vous plaît, chassez toute idée de mariage de votre tête. Je ne me marierai jamais.

— Pourquoi ?

— Et si j'étais exactement comme elle ? Comme ma mère ?

Callie garda le silence, un peu surprise, aussi Juliana reprit-elle :

— Je suis désolée.

— Vous n'avez pas à vous excuser. J'imagine à quel point cela doit être difficile pour vous.

— Pendant dix ans, j'ai prétendu que ma mère n'existait pas, murmura la jeune fille, les yeux baissés. Et maintenant, je découvre que la seule famille qui me reste, c'est à elle que je la dois. Et ces hommes... mes *frères*...

Sa voix s'éteignit. Callie l'observa attentivement avant de demander :

— Vous n'avez pas vraiment l'impression d'avoir une famille, n'est-ce pas ?

— C'est à ce point évident ? demanda Juliana avec une pointe de culpabilité.

— Pas du tout, assura Callie.

— Je ne crois pas qu'ils m'aiment.

— C'est impossible. Vous êtes une jeune fille excessivement aimable. D'ailleurs, j'apprécie énormément votre compagnie.

Juliana eut un léger sourire.

— Je pense que Nicholas éprouve une certaine sympathie pour moi. Mais Ralston... Il ne sourit pas.

Callie se pencha pour poser la main sur le bras de la jeune fille.

— À votre place, je n'en tirerais pas de conclusions hâtives. Je crois que je pourrais compter sur les doigts d'une main le nombre de fois où j'ai vu sourire lord Ralston.

Et ce n'était pas faute de l'observer...

Juliana baissa le regard sur la main de Callie et, après un instant, posa la sienne dessus.

— Je suis plutôt une source de problèmes pour lui, vous ne croyez pas ? La fille d'une femme qui l'a abandonné, qui surgit comme ça, à la recherche d'une nouvelle famille…

Callie savait qu'elle aurait dû mettre fin à cette conversation inappropriée. Après tout, la complexité des relations familiales chez les Ralston ne la regardait pas. Mais elle ne put s'empêcher de corriger :

— Pas une nouvelle famille, Juliana. Vous en avez toujours fait partie. Il vous faut simplement y trouver votre place.

— Non. Mes frères ne savent rien de moi, et je ne sers qu'à leur rappeler notre mère. C'est le seul élément qui nous lie. Je suis sûre que Ralston sera heureux de me voir partir dans deux mois.

Callie brûlait d'envie de l'interroger sur cette femme qui avait été capable d'abandonner ainsi trois remarquables enfants. Mais elle s'obligea à réprimer sa curiosité.

— Vos frères ne vous connaissent peut-être pas encore, Juliana, mais cela viendra. Et ils vous aimeront, si ce n'est déjà le cas. Ils refuseront de vous laisser partir, j'en suis certaine. Et même s'ils vous y autorisent, j'espère que, dans deux mois, vous changerez d'avis et resterez ici.

— Sept semaines et six jours, déclara Juliana, dont les yeux bleus s'étaient emplis de larmes.

Le cœur de Callie se serra de compassion. Elle lui adressa un sourire affectueux.

— En toute sincérité, après avoir passé un après-midi avec vous, je me sens concernée moi aussi par votre avenir. Je pense que nous deviendrons de très bonnes amies.

Juliana lui adressa un sourire tremblant, puis, prenant une profonde inspiration, elle s'essuya les yeux.

— Il y a longtemps que vous êtes amie avec mon frère ?

— Amie ? répéta Callie, prise au dépourvu.

— *Sì*. Il est manifeste que Ralston vous tient en haute estime et vous considère comme une amie.

Il avait hâte de m'apprendre, ce matin, qu'il vous avait convaincue de me servir de mentor. Si vous n'étiez pas amis, tous les deux, pourquoi seriez-vous ici, à risquer votre place dans la société pour m'éviter de nombreux faux pas ?

Impossible pour Juliana de dire : « Voyez-vous, vient un moment dans la vie d'une femme où elle est prête à tout pour être embrassée. »

Comme Callie ne répondait pas tout de suite, cherchant ses mots, Juliana se méprit sur son silence.

— Ah... je comprends, dit-elle d'un ton entendu. Vous êtes plus qu'une amie, *sì* ?

— Que voulez-vous dire ? s'exclama Callie.

— Vous êtes son... *innamorata*, déclara Juliana après avoir cherché le mot qui convenait.

— Je vous demande pardon ?

— Son amante, oui ?

— Juliana ! On ne fait pas allusion aux amants, aux amoureux ou... ou à un quelconque sujet personnel avec des invités ! protesta Callie en adoptant son ton de gouvernante le plus convaincant.

— Mais vous n'êtes pas simplement une invitée ! répliqua la jeune fille, déconcertée. Vous êtes mon amie, non ?

— Évidemment. Toutefois, on ne fait pas non plus allusion à des sujets aussi personnels avec des amies.

— Veuillez m'excuser. Je ne savais pas. Je croyais que si vous et Ralston étiez...

— Nous ne le sommes pas ! coupa Callie d'une voix tremblante. Nous ne sommes pas amants. Ni même amis ! Je suis ici pour vous aider parce que je vous aime bien. J'apprécie votre compagnie. Le marquis de Ralston n'a rien à voir avec ça.

Après avoir plongé son regard dans celui de Callie, Juliana attendit quelques instants avant de répondre.

— Moi aussi, j'apprécie votre compagnie, lady Calpurnia, et je suis heureuse que vous m'accompagniez dans cette aventure...

Elle se pencha alors en avant et, avec un sourire malicieux, ajouta :

— Toutefois, je crois que la bienveillance seule n'explique pas votre présence ici. Sinon, pourquoi protesteriez-vous à ce point ?

Callie écarquilla les yeux, ouvrit la bouche, puis la referma sans avoir émis un son.

— Ne vous inquiétez pas. Votre *segreto* sera bien gardé.

— Mais il n'y a pas de secret ! Il n'y a rien à garder !

Le sourire de Juliana s'élargit.

— Puisque vous le dites. Il n'empêche... qu'il sera bien gardé.

Callie se rejeta contre le dossier de son fauteuil et, plissant les yeux, observa son élève. Celle-ci ressemblait à un chat devant une jatte de crème.

Dire que, pas plus tard que la veille, elle considérait le marquis comme l'habitant le plus rusé de Ralston House !

5

Aux yeux d'un observateur distrait, le marquis de Ralston, nonchalamment renversé dans un des grands fauteuils du Brooks's, était l'incarnation parfaite de l'aristocrate riche et oisif : jambes chaussées de bottes étincelantes étendues avec désinvolture vers la cheminée de marbre, cravate mollement nouée, chevelure artistement ébouriffée et yeux mi-clos, rivés sur les flammes qui dansaient dans l'âtre. Il tenait un verre de cristal dans une main, mais il dédaignait de boire les deux doigts de scotch qui restaient au fond.

L'observateur en question se serait toutefois grossièrement trompé, car la décontraction apparente de Gabriel ne reflétait nullement son état d'esprit. Les pensées se bousculaient dans sa tête, et il ne conservait son immobilité qu'au prix d'un effort surhumain.

— Je me doutais que je te trouverais là.

Gabriel détacha son regard de la flambée pour le tourner vers son frère.

— Si tu es ici pour m'annoncer l'existence d'un autre frère ou d'une autre sœur, tu n'as pas choisi le meilleur moment.

— Hélas, nous demeurons un maigre trio. Même si c'est difficile à croire. Tu as parlé à Nastasia ? s'enquit Nicholas en s'asseyant à côté de Gabriel.

— Oui, répondit ce dernier après avoir bu une longue gorgée.

— Voilà qui explique ton humeur. Essayer de se racheter une conduite en quelques heures, après des années d'une vie dissolue, n'est pas une tâche facile.

— Je n'ai pas dit que je changerais ma façon de vivre, simplement que je me montrerais plus discret.

— C'est vrai, admit Nick, qui le considéra avec amusement. C'est un bon début, j'imagine...

Le froncement de sourcils de Gabriel s'accentua. Après la mort de leur père, il s'était livré à toutes sortes d'excès qui lui avaient valu une réputation de viveur et de libertin ; des années plus tard, elle restait sulfureuse, alors qu'elle n'était plus méritée.

— Juliana ressemble terriblement à notre mère, fit remarquer Nicholas.

— Pour notre bien à tous, il vaudrait mieux que la ressemblance s'arrête là. Sinon, autant la renvoyer tout de suite en Italie. À vrai dire, je m'attends que la réputation de notre mère soit difficile à surmonter.

— Encore heureux que tu sois riche et titré. Juliana ne manquera pas d'être invitée aux événements les plus attendus de la saison. Évidemment, il faudra que tu l'y accompagnes.

— Et comment comptes-tu échapper à un sort identique ?

— Personne ne remarquera l'absence de l'inintéressant cadet des St. John, rétorqua Nicholas avec un bref sourire.

— Personne n'en aura l'occasion, puisque tu assisteras à chacun de ces événements.

— En fait, on m'a demandé de me rendre dans le Yorkshire. Selon Leighton, on a besoin de mes talents pour retrouver une statue égarée. Je n'exclus pas de satisfaire à cette requête.

— Il est hors de question que tu te sauves pour aller jouer avec tes vieilleries en me laissant seul face aux loups.

— Je vais essayer de ne pas prendre ombrage de la légèreté avec laquelle tu considères mon travail...

Dans combien de temps comptes-tu me rendre ma liberté ?

— À ton avis, parviendrons-nous vite à la marier ?

— Oui, si nous parvenons vite à la faire renoncer à son idée de ne pas se marier. Elle craint plus que tout de reproduire l'exemple de notre mère, Gabriel. Et peut-on l'en blâmer ? Cette femme a laissé sa marque sur chacun de nous. Et c'est la croix que Juliana doit porter.

— Elle ne ressemble en rien à notre mère. Sa peur d'agir comme elle en est la preuve.

— Sans doute, mais encore faut-il que nous réussissions à l'en convaincre – ainsi que le reste de Londres. Crois-tu que Juliana soit du genre à exiger un mariage d'amour ? reprit Nick après un silence songeur.

— J'espère sincèrement que cette fille a plus de bon sens que cela.

— Les femmes ont tendance à croire que l'amour leur est dû. Surtout les jeunes femmes.

— Je n'imagine pas Juliana gober un tel conte de fées. N'oublie pas que nous avons été élevés par la même femme... Il est tout simplement impossible que Juliana aspire à l'amour. Pas après avoir été témoin des dommages qu'il peut causer.

Les jumeaux observèrent un long silence, que Nick finit par rompre.

— J'espère que tu as raison. Au passage, le choix de lady Calpurnia comme mentor est excellent.

Comme Gabriel se contentait de pousser un grognement évasif, Nicholas ajouta :

— Comment t'es-tu acquis son soutien ?

— C'est important ?

— À présent, j'ai le sentiment que ça l'est, oui, riposta Nicholas en haussant les sourcils. Marbury organise une partie de cartes à côté, poursuivit-il comme Gabriel gardait le silence. Ça te dit de venir ?

Gabriel secoua la tête et prit une nouvelle gorgée de scotch. Puis il suivit des yeux son frère qui s'éloignait, en maudissant le talent surnaturel qu'avait celui-ci pour mettre le doigt sur les points sensibles.

Lady Calpurnia...

Tout d'abord, il avait considéré comme une bénédiction l'apparition soudaine de cette femme à la réputation inégalable. Elle constituait la solution parfaite au problème de la préparation de Juliana à son entrée dans le monde ! Et puis, il l'avait embrassée...

Et ce baiser avait été assez extraordinaire.

Mais seulement, bien sûr, parce que Gabriel était irrité par l'arrivée inattendue de sa sœur. N'importe quel baiser aurait constitué une distraction appréciable.

Sauf que... Callie s'était montrée si délicieuse, si enthousiaste, qu'au simple souvenir de son corps souple entre ses bras, de ses soupirs discrets, de la manière dont elle s'était si librement prêtée à ce baiser, Gabriel sentait son sexe se durcir. La jeune femme serait-elle aussi passionnée dans l'amour ? L'espace d'un instant, il l'imagina dans son lit, avec ses grands yeux bruns, ses lèvres pulpeuses, avec son seul sourire gourmand pour parure.

Un éclat de rire venu de l'autre côté de la salle le tira de sa rêverie. Son pantalon trop serré l'obligea à changer de position, et il secoua la tête pour chasser cette vision érotique. Il lui fallait trouver une compagnie féminine. Et vite.

Il contempla le liquide ambré dans son verre, songeur. Il ne pouvait nier que lady Calpurnia Hartwell – cette petite jeune fille quelconque à l'étrange prénom, qui, en toute honnêteté, n'avait jamais retenu son attention – l'intriguait. Ce n'était certainement pas le genre de femme auquel il s'intéressait d'ordinaire. Plutôt le contraire, même.

Dans ce cas, pourquoi l'obsédait-elle ?

Une nouvelle explosion de rires gras lui évita de s'appesantir sur cette question. Heureux de cette diversion, Gabriel porta son attention sur un groupe d'hommes bruyamment occupés à lancer des paris que Finney, le bookmaker du club, inscrivait dans son registre aussi vite qu'il le pouvait.

En se penchant pour mieux voir, Gabriel distingua celui qui était au centre de l'intérêt des joueurs, le baron Oxford. Il n'eut alors aucun mal à deviner l'objet des paris : la quête, apparemment sans fin, d'une épouse pour le baron. Plusieurs mois auparavant, Oxford, profondément endetté en raison, en grande partie, de son penchant pour le jeu, avait publiquement annoncé aux membres du Brooks's qu'il cherchait à se marier. Plus fortunée serait la femme, mieux ce serait.

En général, Gabriel trouvait le baron insupportable – d'autant qu'il avait l'ivresse fréquente et bruyante. Mais son besoin de distraction le poussait à faire une exception, aussi se leva-t-il et s'approcha-t-il du groupe.

— Dix guinées sur Prudence Marworthy.

— Elle a une tête de cheval ! lança Oxford.

— Mais avec sa dot, ça vaut le coup de ne pas allumer les bougies ! fit une voix à l'arrière.

Gabriel fut le seul à ne pas s'esclaffer à cette plaisanterie.

— Je parie vingt guinées sur la fille de Berwick !

La somme annoncée par le comte de Chilton fit courir un murmure de surprise dans le groupe.

— Elle est peut-être simplette, commenta Oxford en riant, mais son père est bel et bien l'homme le plus riche d'Angleterre !

Peu intéressé par cette conversation vulgaire, Gabriel pivota pour quitter la pièce. Il avait presque atteint la porte lorsqu'une voix couvrit les autres :

— Je sais ! La petite Allendale !

Il s'immobilisa, puis se retourna.

— Impossible, dit quelqu'un, elle vient de se fiancer avec Rivington. Et tu rêves si tu penses que l'Ange Allendale aurait choisi Oxford.

— Pas la jolie... l'autre.

— La rondelette ?

— Avec le prénom ridicule ?

Oxford tituba légèrement, sans doute sous l'effet de la boisson. Il jouissait intensément de l'attention dont il était l'objet.

— Cela dit, Rivington a fait un bon coup en s'alliant à la fortune Allendale… Je pourrais faire pire que lady Cassiopée.

— Calpurnia, murmura Gabriel, trop bas pour qu'on l'entende, alors qu'au même instant quelqu'un corrigeait Oxford.

— Oui, bref, quel que soit son prénom, je serais de nouveau riche, déclara le baron. Assez riche pour entretenir une belle maîtresse et ne plus me soucier de ma femme. Sauf pour concevoir un héritier, voire deux pour plus de sécurité. J'imagine qu'à son âge…

Là, il marqua une pause, avant de conclure d'un air entendu :

— Elle me sera reconnaissante de ce que je lui accorderai.

Un tonnerre de rires accueillit sa déclaration.

« Jamais Calpurnia Hartwell n'épouserait quelqu'un comme Oxford », songea Gabriel avec dégoût. Aucune femme aussi passionnée ne se contenterait d'un tel imbécile.

— Qui veut parier qu'elle sera à moi avant juin ?

Plusieurs des amis d'Oxford le suivirent tandis que d'autres pariaient que le comte d'Allendale s'opposerait à cette union. Et au moins un homme paria qu'Oxford aurait à enlever lady Calpurnia afin d'atteindre son but.

— Je relève tous les paris.

Bien que prononcés d'une voix calme depuis l'autre extrémité de la pièce, les mots de Gabriel réduisirent l'assistance au silence. Tous les hommes se retournèrent pour le regarder.

— Ah, Ralston, je ne vous avais pas vu ! lança Oxford avec un large sourire. Vous voulez parier sur ma future femme ?

Gabriel ne pouvait même pas imaginer que la femme qui s'était introduite chez lui la nuit précédente considérerait Oxford autrement que comme un crétin fini. Jamais un pari ne lui avait semblé plus facile à remporter que celui-là.

— Effectivement. Je parie qu'il n'y a pas une chance que lady Calpurnia vous épouse. Finney, ajouta-t-il en se tournant vers le bookmaker, notez bien ça. En admettant qu'Oxford parvienne à lui demander sa main elle refusera très certainement.

Un murmure de surprise courut dans le groupe tandis que Finney demandait :

— Combien, monsieur ?

— Mille livres devraient rendre la chose intéressante, déclara Gabriel, qui tourna ensuite les talons, laissant les témoins frappés de stupeur.

Le gant était jeté.

6

Callie avait cru que, ce soir, ce serait différent.

Elle s'était attendue que le bal de fiançailles de Mariana et de Rivington soit parfait. D'ailleurs, il l'était. La salle de bal étincelait à la lumière des centaines de bougies qui garnissaient les énormes lustres en cristal ainsi que les appliques alignées sur les murs ; leur clarté se reflétait sur les colonnes de marbre qui soutenaient l'élément le plus spectaculaire d'Allendale House : la longue galerie ouverte, qui permettait aux invités désireux d'échapper à la foule de le faire sans quitter la salle de bal.

Au bras de son fiancé, Mariana était resplendissante, bien sûr, et les invités avaient fait assaut d'élégance pour ce qui constituait le premier événement marquant de la saison.

Toutefois, Callie s'était imaginé que ce bal serait exceptionnel pour les *deux* sœurs Allendale.

Elle se retrouvait pourtant assise dans le coin des laissées-pour-compte. Comme d'habitude.

En toute honnêteté, elle s'en était bien accommodée pendant des années. Les autres demoiselles qui faisaient tapisserie l'avaient acceptée avec bienveillance dans leur petit groupe, et Callie avait découvert qu'il était bien plus agréable de passer la saison à échanger des commérages avec ces femmes plus âgées plutôt que d'attendre de l'autre côté de la piste de danse, à ne savoir que faire d'elle et en proie à un ennui mortel, qu'un jeune et beau cavalier l'invite à danser.

Après deux saisons à supporter les coureurs de dot et les veufs cacochymes, elle avait choisi de privilégier la compagnie des vieilles filles.

Puis, sans vraiment savoir quand et comment c'était arrivé, elle en était devenue une…

Mais, ce soir, c'était le bal de fiançailles de Mariana ; ce soir, c'était le premier bal de Callie depuis qu'elle avait commencé à rayer des lignes sur sa liste ; ce soir, elle avait voulu croire que tout serait différent. Après tout, en tant que future demoiselle d'honneur de la mariée, n'aurait-elle pas dû recevoir des hommages particuliers ?

Les yeux fixés sur les danseurs, elle ne put retenir un léger soupir. Non, évidemment !

— Oh, Calpurnia, vous devez renoncer, ma chérie. Certaines d'entre nous ne sont pas faites pour danser.

Mlle Geneviève Hetherington, une demoiselle d'âge mûr au regard bienveillant, lui tapota gentiment le bras de sa main gantée de dentelle.

— C'est évident, acquiesça Callie au prix d'un gros effort.

Elle saisit cette occasion pour se lever et pria sa compagne de l'excuser. Mieux valait éviter d'étrangler l'une des vieilles filles les plus appréciées de la haute société.

La tête baissée pour ne pas croiser de regard, elle se dirigea vers le salon où l'on servait les rafraîchissements. Elle était presque parvenue à destination lorsqu'on la héla d'un tonitruant :

— Mademoiselle !

Callie plaqua un sourire sur son visage avant de se retourner et de se retrouver face au baron Oxford. Il lui adressa alors le sourire le plus garni de dents qu'elle eût jamais vu. Malgré elle, elle recula légèrement.

— Bonsoir, monsieur. Quelle surprise…

— Oui, je le suppose, répondit-il sans cesser de sourire jusqu'aux oreilles.

Comme il gardait le silence, Callie finit par reprendre :

— Je suis heureuse que vous ayez pu vous joindre à nous ce soir.

— Pas si heureux que moi d'avoir pu me joindre à *vous*, mademoiselle.

Son insistance sur le mot laissa Callie perplexe. Non, le baron ne pouvait pas vouloir flirter avec elle… Callie ne se rappelait même pas la dernière fois qu'il lui avait adressé la parole !

— Eh bien… je vous remercie.

— Vous êtes particulièrement en beauté, ce soir, poursuivit-il.

Comme son sourire s'élargissait encore, ce qu'elle n'aurait pas cru possible, Callie s'interrogea : cet homme possédait-il plus de dents que la moyenne ? Avec un temps de retard, elle se rappela qu'il lui fallait baisser les yeux et avoir l'air flatté plutôt qu'ébahi.

— Je vous remercie, monsieur.

— Peut-être me feriez-vous l'honneur de danser avec moi…

Comme elle ne répondait pas immédiatement, il porta sa main à ses lèvres et, baissant la voix, il ajouta :

— J'attends ce moment depuis le début de la soirée.

Callie en resta interdite. Était-il ivre ? C'est alors que l'orchestre se mit à jouer les premières notes d'une valse. Sa décision fut aussitôt prise. La valse n'étant pas arrivée en Angleterre avant que Callie n'embrasse l'état de vieille fille, elle n'avait jamais eu l'occasion d'en danser une – du moins, avec un autre cavalier que Benedick, dans l'intimité de leur foyer. Il était hors de question qu'elle valse pour la première fois en public avec Oxford et son sourire béat.

— Eh bien… C'est-à-dire que…

— Calpurnia ! Vous voilà !

Surgie de nulle part, Mlle Héloïse Parkthwaite, la cinquantaine très myope, s'accrocha au bras de Callie.

— Je vous ai cherchée partout ! Soyez un amour et conduisez-moi là où je pourrai faire recoudre mon ourlet. Vous voulez bien ?

Sauvée ! Callie libéra sa main de l'étreinte d'Oxford et lui adressa un vague sourire de regret.

— Bien sûr, ma chère Héloïse. Peut-être une autre fois, monsieur.

— Et comment ! Je ne vous permettrai pas de vous échapper, la prochaine fois !

Il ponctua sa phrase d'un rire sonore auquel elle répondit par un gloussement forcé, avant d'entraîner Héloïse vers le petit salon réservé aux dames.

Pendue à son bras, la digne demoiselle commença à critiquer l'indécence des corsages que la mode imposait apparemment cette année. Encore étonnée par l'attitude d'Oxford, Callie se contenta de quelques hochements de tête et murmures approbateurs.

Soudain, sa compagne s'arrêta pour scruter la foule.

— N'est-ce pas lord Ralston que je vois là-bas ? Comme c'est étrange !

Le cœur de Callie manqua un battement, et elle tourna la tête. Mais elle était trop petite pour voir quoi que ce soit. Puis, se rappelant la terrible myopie d'Héloïse, elle secoua la tête. Ce ne pouvait être Ralston.

— Non, ça ne peut pas être lord Ralston, conclut d'elle-même Héloïse. Il ne fréquente guère les bals. Ce doit être St. John.

Évidemment. Le Ciel fasse qu'il s'agisse de Nicholas St. John !

— C'est curieux, il vient vers nous…

Incapable de s'en empêcher, Callie tourna de nouveau la tête, au moment même où l'homme en question, grand, éblouissant de séduction, s'avançait vers elles, une lueur déterminée dans ses yeux bleus.

Ce n'était pas lord Nicholas.

Même si l'absence de toute balafre n'avait pas révélé son identité, Callie l'aurait devinée. Les épaules de Nicholas n'étaient pas aussi larges, sa mâchoire n'était pas aussi carrée, ses yeux n'étaient pas aussi perçants que ceux de son frère. Et St. John n'avait jamais suscité en elle des pensées absolument inconvenantes.

Que n'aurait-elle donné pour que ce soit lord Nicholas St. John !

Elle jeta un coup d'œil à la ronde dans l'espoir de trouver une issue et d'éviter la rencontre. Mais la foule formait une muraille compacte, sauf devant lui. Quand elle croisa son regard, il haussa ses sourcils parfaitement dessinés d'un air entendu.

Elle était prise au piège en compagnie de la bafouilleuse Héloïse qui, on s'en serait douté, n'avait pas vu un bel homme de si près depuis des années.

— Lord Nicholas ! s'écria-t-elle d'une voix suraiguë. Quel plaisir de vous voir !

— Héloïse, ma chère, il s'agit de lord Ralston, lui souffla Callie.

Héloïse plissa les yeux pour mieux voir la joue du nouveau venu, à la recherche de la cicatrice révélatrice.

— Oh, mais bien sûr ! Toutes mes excuses, lord Ralston, dit-elle en esquissant une révérence.

— Aucune excuse n'est nécessaire, mademoiselle Parkthwaite, assura-t-il en s'inclinant sur sa main. Croyez-moi, je considère cela comme un grand compliment. Mon frère est le plus beau de nous deux.

— Oh non, monsieur, balbutia Héloïse, rougissante, en agitant son éventail comme un oiseau-mouche pris de boisson. Certainement pas !

Ralston lui adressa alors un clin d'œil avant de répondre :

— Si vous insistez... Pour rien au monde je ne contredirais une dame.

Cette réplique provoqua chez Héloïse une cascade de gloussements. Ralston se tourna alors vers Callie, s'inclina très bas sur la main qu'elle lui présentait, et elle sentit une onde brûlante lui remonter le long du bras.

— Lady Calpurnia, je venais vous demander de me réserver une danse.

— Je... je vous demande pardon ? bredouilla Callie tandis qu'Héloïse laissait échapper un son étouffé.

— Une danse, répéta Ralston en les regardant tour à tour comme si elles étaient légèrement toquées. J'admets ne pas avoir assisté ces derniers temps à autant de bals que je l'aurais dû, mais on y danse toujours, si je ne m'abuse ?

— Oh, mais bien sûr, monsieur, se hâta de répondre Héloïse.

— Dans ce cas, puis-je avoir votre carnet de bal, lady Calpurnia ? demanda-t-il, le regard pétillant d'amusement.

— Je n'ai pas de carnet de bal.

Un court silence accueillit cet aveu. Mais il enchaîna :

— Excellent. Voilà qui rend les choses bien plus faciles, non ? Mademoiselle Parkthwaite, cela vous ennuierait-il que je vous enlève votre compagne ?

Frappée de stupeur, Héloïse ne put tout d'abord que secouer la tête.

— Pas du tout ! finit-elle par déclarer avec force.

Callie demeura figée sur place, les pieds comme cloués au plancher. Elle ne pouvait pas valser avec Ralston. Ce serait sa première valse en public, et cela lui rendrait intolérable la perspective de valser un jour avec un autre.

Elle secoua alors vivement la tête.

— Oh, cela ne m'est pas possible, monsieur. Voyez-vous, j'ai promis à Héloïse de l'accompagner au...

— Balivernes ! s'exclama cette dernière. Je me débrouillerai toute seule. Vous *devez* valser, Calpurnia.

Callie n'eut d'autre choix que de se laisser entraîner au centre de la pièce pour sa première valse. Un peu plus loin se tenaient sa mère et Mariana. Sa sœur arborait un immense sourire alors que la comtesse douairière paraissait stupéfaite.

— Vous pouvez être certain d'avoir fourni à chacun un sujet de conversation, fit remarquer Callie d'un ton léger, dans l'espoir d'atténuer un peu sa tension.

— Je suppose que vous parlez de ma venue. J'ai pensé que, dans la perspective des débuts de Juliana, mieux valait que je commence à me faire bien voir du grand monde. Pourquoi ne dansez-vous pas ? ajouta-t-il à brûle-pourpoint.

— Je... j'ai dansé pendant quelques années. Puis j'ai arrêté.

— Pourquoi ? insista-t-il.

Elle ne put réprimer un sourire légèrement amer.

— Mes cavaliers étaient loin d'être parfaits. Quand il ne s'agissait pas de coureurs de dot, ils étaient âgés, ennuyeux ou... juste désagréables. J'ai jugé plus facile de me soustraire complètement aux invitations plutôt que de supporter la compagnie de ces fâcheux.

— J'espère que vous ne me considérez pas comme l'un d'eux ?

Elle s'enhardit à soutenir son regard amusé.

— Non, assura-t-elle. Pas plus que Mlle Parkthwaite, apparemment. Elle paraissait sous le charme.

— Il faut savoir utiliser ses talents à son avantage, lady Calpurnia.

— Quelque chose que vous faites très bien, j'en suis certaine.

— Je peux vous l'assurer, en effet, répliqua-t-il d'une voix plus sourde.

— Votre réputation vous précède, monsieur.

— Vraiment ?

S'apercevant soudain de ce que leur échange pouvait avoir d'ambigu, elle sentit ses joues s'empourprer. Les yeux rivés sur la cravate immaculée de Ralston, elle regretta de ne pas être aussi sûre d'elle et brillante que les femmes qu'il avait l'habitude de fréquenter. Elles, bien entendu, auraient su exactement comment jouer à ce petit jeu.

— Dites-moi, lady Calpurnia, reprit-il d'un ton gentiment taquin, à quels actes abominables de mon passé faites-vous allusion ?

— Oh, il n'y a que l'embarras du choix, répondit-elle, prenant plaisir à relever le défi qu'elle lisait dans ses yeux. Est-il vrai que vous avez sauté un jour du balcon d'une comtesse et atterri malheureusement dans un buisson de houx ?

— Un gentleman se garderait de confirmer ou de nier une telle mésaventure.

— Au contraire, répliqua-t-elle en riant. Un gentleman la nierait très certainement.

Il lui adressa un sourire insolent, et un silence complice s'installa entre eux. Callie s'immergea dans la danse, dans la mélodie, dans le tournoiement de leurs corps. Si ce devait être là sa seule et unique valse, elle voulait se souvenir de chaque instant. Quand elle ferma les yeux, elle perçut avec une acuité accrue le contact de la main de Ralston sur sa taille, et l'effleurement de ses longues jambes musclées contre les siennes. Après quelques instants, désorientée, elle rouvrit les yeux, ne sachant pas si son léger vertige était dû à son cavalier ou à la danse. Mais lorsqu'elle croisa le regard bleu de Ralston, il lui fallut admettre la vérité.

Il était dû à son cavalier, évidemment.

— J'espérais pouvoir parler de Juliana avec vous.

Callie refoula une vague de déception. Cette semaine, elle s'était rendue trois fois à Ralston House pour voir la jeune fille, mais n'avait jamais croisé le marquis – ce qui valait mieux, sans doute, pour sa tranquillité d'esprit.

— À votre avis, reprit-il, quand ma sœur sera-t-elle prête à affronter son premier bal londonien ?

— Il ne faudra guère plus qu'une autre semaine. Juliana est une élève merveilleuse, monsieur. Elle est très désireuse de vous satisfaire, vous et votre frère.

Il hocha la tête, l'air heureux de sa réponse.

— J'aimerais que vous l'emmeniez faire des achats. Elle a besoin de nouvelles robes.

— Je ne suis pas persuadée d'être la mieux placée pour cela, protesta Callie, surprise.

— Vous me paraissez tout à fait indiquée.

— Vous devriez demander à quelqu'un qui est à la pointe de la mode, insista Callie.

— C'est vous que je veux.

À son ton direct et impérieux, elle comprit qu'elle ne gagnerait pas. Elle finit donc par consentir d'un signe de tête.

— Il faudra que j'examine sa garde-robe actuelle pour évaluer ce dont elle a besoin.

— Inutile. Je veux qu'elle soit rhabillée des pieds à la tête. Il est hors de question que ses toilettes soient déplacées.

— Si elle n'est ici que pour deux mois...

— Franchement, croyez-vous que je vais lui permettre de retourner en Italie ?

— Je... je suppose que non. Mais, monsieur...

Elle laissa mourir sa phrase, ne sachant comment souligner les dépenses qu'allait entraîner une requête aussi extravagante. Il devina néanmoins ses scrupules.

— L'argent n'a aucune importance. Je veux qu'elle ait ce qu'il y a de mieux.

— Très bien, acquiesça Callie, jugeant qu'il valait mieux profiter de la danse plutôt que de discuter ce point.

Ralston observa quelques instants de silence avant de reprendre :

— J'aimerais aussi que nous parlions des conditions nécessaires pour assurer son admission à l'Almack's.

Callie ne put s'empêcher d'écarquiller les yeux. Quand elle répondit, elle choisit ses mots avec soin.

— Cela ne me paraît pas être le moyen le plus judicieux de favoriser les débuts de Juliana dans le monde.

— Pourquoi ? Son admission dans ce club lui donnerait d'office accès aux événements mondains les plus prestigieux, non ?

— Certainement. Toutefois, les dames du comité n'accordent pas facilement leur agrément. Il y a de nombreux obstacles à surmonter...

Il la dévisagea, les yeux plissés.

— Êtes-vous en train de me dire que Juliana risque de ne pas être acceptée ?

— Je pense, répondit Callie en pesant chaque mot, que les dames du comité reconnaîtront que les manières de votre sœur sont parfaites…

— Mais avoir des manières parfaites ne suffit pas, c'est cela ?

— Oui, admit-elle sans détourner les yeux.

— Est-ce à cause de moi ? De ma mère ?

— Ce n'est vraiment pas l'endroit idéal pour discuter de…

— Balivernes. N'est-ce pas dans les salles de bal que l'on débat de toutes les affaires importantes ? répliqua-t-il d'un ton lourd de sarcasme.

Si sa voix n'avait pas trahi l'ampleur de sa déception, Callie n'aurait pas manqué d'être offusquée.

Alors qu'il regardait par-dessus sa tête, les yeux dans le vague, elle reprit avec circonspection :

— Si Juliana possédait un titre… ou si elle ne vivait pas à Ralston House… Bref, je pense qu'il sera plus facile de la faire accepter par la bonne société si nous évitons complètement l'Almack's.

Il ne répondit pas, mais elle sentit la tension qui raidissait ses bras.

— Je ne veux pas qu'elle souffre, finit-il par dire en ramenant son regard vers le sien.

— Moi non plus.

— Pensez-vous que cela va marcher ?

— Je fais tout ce qui est en mon pouvoir.

— Vous paraissez plutôt sûre de vous, constata-t-il, avec un sourire si fugitif qu'elle ne l'aurait pas vu si elle n'avait eu les yeux fixés sur lui.

— On ne passe pas sa vie assise en bordure d'une piste de danse sans comprendre ce qui fait d'une jeune fille la reine de la soirée.

— Si quelqu'un peut aider Juliana à naviguer dans ces eaux infestées de requins, je pense que ce sera vous et personne d'autre, lady Calpurnia.

Le respect qui imprégnait chacun de ses mots fit courir en elle une onde de chaleur qu'elle s'efforça vainement d'ignorer.

La valse terminée, elle prit le risque de demander :

— Puis-je vous suggérer de me raccompagner auprès de ma mère ?

Ralston perçut immédiatement le lien logique avec leur échange précédent.

— Vous pensez qu'une seule conversation avec votre mère convaincra le monde que je me suis racheté une conduite ?

— Cela ne peut pas nuire. Vous oubliez une des lois qui régit la haute société londonienne, dit Callie avec un léger sourire.

— Laquelle ?

— Elle accueille à bras ouverts les marquis riches et célibataires qui décident de rentrer dans le rang.

Il s'immobilisa pour chuchoter à son oreille :

— Et si je ne suis pas certain de vouloir rentrer dans le rang ?

La caresse de son souffle fit frissonner Callie. Elle s'éclaircit discrètement la voix.

— Je crains qu'il ne soit trop tard.

— Lord Ralston ! s'exclama lady Allendale d'une voix excitée lorsqu'ils s'approchèrent. Quelle chance que vous ayez pu vous joindre à nous ce soir !

— C'est moi qui ai de la chance d'avoir reçu une invitation, madame, répondit Ralston en s'inclinant profondément. Lady Mariana, vous êtes radieuse. Permettez-moi de vous présenter tous mes vœux de bonheur.

— Je vous remercie, monsieur, dit Mariana avec un sourire chaleureux. Permettez-moi, à mon tour, de vous dire que j'ai hâte de rencontrer votre sœur. Callie m'a raconté des choses fabuleuses à son sujet.

— Lady Calpurnia s'est montrée une très bonne amie pour Juliana depuis son arrivée. Je suis persuadé qu'il n'y a personne de plus qualifié qu'elle pour assurer le succès de ma sœur.

— Vous avez tout à fait raison, bien sûr, déclara lady Allendale. La réputation de Callie est irréprochable. Et, étant donné son âge et sa situation, elle est parfaite dans le rôle de mentor.

Callie se crispa intérieurement. Les paroles de sa mère, que ce fût intentionnel ou non, attiraient l'attention sur son état de vieille fille intouchable. Lady Allendale aurait tout aussi bien pu annoncer que Callie entrait dans les ordres.

— Puis-je vous demander, monsieur, comment Callie et vous avez décidé qu'elle aiderait votre sœur à se préparer à faire ses débuts en société ?

Callie tourna les yeux vers Ralston, un peu affolée. Comment allait-il éviter de dire la vérité ? Mais il resta imperturbable.

— J'avoue, lady Allendale, que l'idée vient de moi. J'ai eu la chance extraordinaire que lady Calpurnia se trouve par hasard au bon endroit au bon moment, comme on dit. Je ne sais pas comment je pourrai un jour la remercier de son offre si généreuse.

Callie fut déconcertée par sa réponse. Se trompait-elle ou décelait-elle une certaine malice dans ses paroles ? Mais, quand elle reporta son attention sur sa mère, celle-ci lui parut tout à fait tranquillisée, comme s'il était parfaitement normal qu'un séducteur notoire requière l'aide de sa fille célibataire pour une entreprise quelque peu obscure.

Il lui fallait impérativement détourner la conversation avant que sa mère ne prononce des paroles encore plus mortifiantes. Comme s'il ne suffisait pas que Callie soit affublée d'une robe en soie d'un aubergine chatoyant, ornée de plumes de paon ! D'une grande quantité de plumes de paon…

— Maman, lord Ralston a proposé de m'accompagner jusqu'au salon des rafraîchissements, déclara-t-elle en s'efforçant de mentir avec autant d'aisance que lui. Puis-je vous rapporter quelque chose ?

— Non, merci, répondit sa mère qui, posant la main sur le bras de Ralston, le regarda droit dans les yeux. Lord Ralston, j'ai hâte de faire la connaissance de votre sœur. Pourrait-elle venir déjeuner à Allendale House ?

Dans sa bouche, ce n'était pas une question. Le marquis inclina la tête avec grâce pour accepter cette offre, dans laquelle la bonne société verrait un témoignage de soutien de la comtesse douairière à Juliana.

— Je suis sûr que Juliana en serait enchantée, lady Allendale.

— Parfait, dans ce cas, conclut-elle avant de s'éloigner, suivie de la pauvre Mariana, pour accueillir d'autres invités.

— J'aimerais beaucoup vous accompagner jusqu'au salon des rafraîchissements, dit-il alors, ironique, en présentant son bras à Callie.

— Pardonnez-moi cette entorse à la vérité.

— Aucun pardon n'est nécessaire.

Ils marchèrent quelques instants en silence avant qu'il ajoute :

— Je vous remercie.

Il reconnaissait ainsi l'importance qu'allaient jouer l'invitation de la comtesse et les liens de Juliana avec la famille Allendale dans son adoption par leurs pairs.

Callie ne répondit pas immédiatement, encore étonnée par la tournure prise par les événements. Elle avait une conscience aiguë de la chaleur du bras de Ralston sous sa main et des regards insistants qui les suivaient.

— Ne me remerciez pas trop vite, finit-elle par dire. Après tout, comme vous l'avez énoncé avec tact, vous ne savez pas encore ce que je vais vous demander en échange.

— Je l'ai remarqué. Peut-être y avez-vous réfléchi, et pouvons-nous en finir tout de suite...

— Je crains que non. J'ai cependant une question un peu bizarre à vous poser, si vous n'y voyez pas d'inconvénient.

— Aucun. Je ferai mon possible pour y répondre.

Callie déglutit, rassembla son courage et s'efforça de paraître aussi désinvolte que possible.

— Auriez-vous une taverne à recommander en ville ?

Il fallait mettre cela à son crédit : Ralston ne trahit pas la surprise qu'il dut éprouver. Il lui décocha certes un coup d'œil, mais sans cesser pour autant de la guider à travers la foule.

— Je vous demande pardon ? Une taverne ?

— Oui, une taverne, confirma-t-elle avec un sourire en espérant que cela suffirait pour qu'il n'insiste pas.

Hélas, il demanda :

— Pour quoi faire ?

— C'est-à-dire que... Voyez-vous, c'est... c'est pour mon frère, improvisa-t-elle en hâte. Benedick, vous le connaissez, n'est-ce pas ? Eh bien, voilà, Benedick a des envies de changement... et j'ai pensé que vous auriez peut-être un établissement à lui conseiller.

— Je peux évidemment lui recommander un endroit. J'en parlerai avec lui.

— Non !

— Non ? répéta-t-il, manifestement déconcerté par sa véhémence.

— Eh bien... je suppose que... bredouilla-t-elle, cherchant l'inspiration. Je suppose que cela déplairait à mon frère que... que je discute de tavernes avec vous.

— Et il aurait raison.

— Tout à fait, acquiesça Callie en faisant de son mieux pour paraître contrite. Aussi, voyez-vous, il serait mieux que vous me donniez le nom d'un endroit recommandable... pour un gentleman, bien sûr. Et je lui en ferai part au moment opportun.

Callie était si absorbée par l'histoire qu'elle inventait qu'elle ne remarqua pas immédiatement qu'ils avaient cessé leur progression. Ralston l'avait entraînée dans l'une des alcôves formées par la galerie supérieure.

— Vous faites une menteuse épouvantable, déclara-t-il soudain en se plaçant face à elle.

— Pardon ? s'exclama-t-elle, sincèrement choquée.

— Même si vos mots avaient sonné juste – ce qui n'est pas le cas –, vous dissimulez mal vos pensées.

Callie ouvrit la bouche pour répliquer, ne trouva rien à dire et la referma.

— C'est bien ce que je pensais. Je ne sais pas pourquoi ou pour qui vous êtes à la recherche d'une taverne. C'est une requête plutôt bizarre, surtout venant d'une demoiselle...

Comme Callie ouvrait de nouveau la bouche, il leva la main pour l'empêcher de parler.

— Toutefois, je me sens plutôt magnanime ce soir... et enclin à vous rendre ce service.

Elle ne put retenir un sourire ravi.

— Je vous remercie.

— Ne me remerciez pas trop vite.

Callie plissa les yeux en reconnaissant les mots qu'elle avait prononcés quelques instants plus tôt.

— Que voulez-vous ? demanda-t-elle.

Elle s'attendait à un certain nombre de choses : une requête relative aux leçons de Juliana, à une entrée à l'Almack's, à une invitation à dîner de la part de sa mère, ou même de la mère de Rivington...

Rien que de normal, jugea-t-elle, en échange du nom d'une taverne où elle pourrait poursuivre ses aventures.

Elle ne s'attendait pas, toutefois, qu'il sourie. Aussi son sourire narquois, carnassier la prit-il par surprise. Un flot de chaleur se déversa en elle tandis que les battements de son cœur s'accéléraient. Elle était incapable de détacher son regard de ses dents blanches, de ses lèvres pleines, de la fossette qui lui creusait soudain la joue.

Jamais il n'avait été plus séduisant qu'en cet instant.

Tirant profit de sa distraction, il la poussa contre le mur et, un peu tard, elle s'aperçut que la petite alcôve était remarquablement tranquille si l'on considérait la foule qui se pressait juste à l'extérieur. Ralston avait choisi un endroit qui, presque entièrement dissimulé par une colonne massive et un large palmier en pot, leur offrait une certaine intimité. Savoir que toute la haute société déambulait à quelques pas de là ne semblait pas l'inquiéter.

La nervosité de Callie s'accrut lorsqu'il fit descendre son doigt le long de son bras, laissant une traînée de feu dans son sillage. Puis il prit sa main gantée dans la sienne, la retourna et dégagea son poignet, qu'il effleura de son pouce. Le monde entier parut se réduire à ce seul instant, à cette seule caresse. Elle ne pouvait détourner les yeux de l'endroit où leurs peaux se touchaient. La chaleur de sa main, le frottement régulier de son pouce semblaient la consumer.

Elle n'aurait su dire combien de temps cette caresse se prolongea avant qu'il ne porte sa main à ses lèvres et ne presse sa bouche sur la peau nue de son poignet. Elle ferma les yeux pour contrecarrer les sensations qui l'assaillaient – la douceur de ses lèvres, entrouvertes juste assez pour souffler un baiser humide et chaud, auquel succéda l'agacement léger de ses dents sur sa chair sensible. Elle perçut son propre gémissement étouffé et rouvrit les yeux au moment où il apaisait le surprenant mordillement avec sa langue. Tout en jouant ainsi avec ses sens, il plongea son regard dans le sien, et elle comprit qu'il savait exactement l'effet qu'il lui faisait.

Après un dernier baiser, Ralston relâcha sa main et, les yeux toujours rivés aux siens, il s'inclina vers elle pour murmurer dans un souffle :

— Le Dog and Dove.

Tout d'abord, Callie fut déconcertée. Elle ne savait pas exactement à quoi s'attendre, mais certainement pas à cela. Puis la brume de sensualité qui l'enveloppait se déchira, et elle écarquilla les yeux. Mais, avant qu'elle ait pu dire quoi que ce soit, il était parti, la laissant seule pour reprendre ses esprits.

Lorsqu'elle quitta l'alcôve, en proie à une excitation difficilement contrôlable, elle ne fut pas étonnée de découvrir que le marquis avait pris congé.

Pas avant, cependant, de lui avoir fourni le nom d'une taverne.

7

— Anne, il faut que tu m'aides, dit Callie d'un ton suppliant.

Dans le miroir de la coiffeuse, sa femme de chambre lui jeta un regard noir, sans cesser de défaire les longues mèches de cheveux qu'elle avait mis tant de soin à coiffer avant le bal.

— C'est hors de question, protesta-t-elle. Vous avez bien conscience que, si ça se savait, je pourrais perdre ma place !

— Tu sais bien que je ne le permettrais jamais.

— Croyez-moi, vous n'auriez peut-être pas voix au chapitre. Ma petite Callie, si vous étiez surprise... Pensez à votre réputation !

— Je ne me ferai pas prendre ! assura Callie en pivotant pour regarder Anne en face. D'abord, le bal bat son plein, et personne ne remarquera que je suis partie. Ensuite, si je suis déguisée, les chances que l'on me surprenne sont quasi nulles. Juste ce soir, Anne... Je reviendrai très vite et personne ne le saura. Je t'en prie, insista-t-elle en joignant les mains. Est-ce que je ne mérite pas de m'amuser un peu, moi aussi ?

La femme de chambre garda un silence songeur, puis elle émit un soupir résigné.

— Cette liste, ça va être notre perte à toutes les deux.

Callie avait gagné.

— Formidable ! exulta-t-elle. Oh, Anne, merci !

— Il faudra autre chose que des mercis quand le comte viendra réclamer ma tête.

— Promis.

Le sourire aux lèvres, Callie se retourna pour permettre à la femme de chambre de déboutonner le dos de sa robe.

— Une taverne… l'entendit-elle marmonner. En pleine nuit. Je dois être folle de vous aider.

— Pas du tout ! Tu es simplement une très bonne amie. Une très bonne amie qui devrait avoir son dimanche, son lundi et son mardi de libres.

Anne accueillit cette tentative de corruption éhontée d'un simple grognement.

— Avez-vous même déjà vu l'intérieur d'une taverne ?

— Bien sûr que non. Je n'en ai jamais eu l'occasion.

— On pourrait croire qu'il y a une bonne raison pour ça, répliqua Anne, ironique.

— Et toi, tu es déjà allée dans une taverne ?

— Je me suis rendue dans une auberge une fois ou deux. J'espère simplement que celle qu'a recommandée le marquis de Ralston a une clientèle respectable. Ça ne me plaît pas qu'il ait été aussi désireux de vous aider à noircir votre réputation, Callie.

— Ne blâme pas le marquis. Je suis sûre qu'il ne m'aurait rien dit s'il avait pensé que c'était moi qui irais au Dog and Dove.

— Dans ce cas, cet homme doit être un âne, déclara la femme de chambre avec un reniflement incrédule. Parce que n'importe qui avec un brin de cervelle aurait vu clair dans vos mensonges.

— Quoi qu'il en soit, répliqua Callie en ignorant délibérément sa remarque, l'aventure m'attend. Tu crois qu'il y aura un patron aux grosses joues rouges, plus ou moins édenté ? Ou une servante fatiguée qui travaille pour nourrir et vêtir ses enfants ? Ou un groupe de jeunes ouvriers qui s'offrent une pinte après une journée de dur labeur ?

— À mon avis, rétorqua Anne d'un ton ironique, il n'y aura dans cette taverne qu'une demoiselle trop romantique, qui risque fort d'être déçue par la réalité.

— Oh, Anne, où est ton sens de l'aventure ?

— Croyez-moi, vous en avez bien assez pour nous deux... Vous allez me promettre une chose, ajouta-t-elle.

— Quoi ?

— S'il survient quoi que ce soit d'embarrassant, vous partirez immédiatement. Peut-être que je devrais envoyer Michael avec vous. Il pourrait veiller sur vous.

Cette allusion à son fils, cocher chez les Allendale, affola Callie, qui se retourna brusquement en retenant d'une main son corsage sur son torse.

— Anne, personne à part toi ne doit jamais savoir que j'ai fait cela. Pas même Michael. Je ne peux prendre le risque d'être découverte. Tu dois bien le comprendre, non ?

Après un instant de réflexion, la femme de chambre finit par dire d'un ton très terre à terre :

— Une robe de laine brune devrait faire l'affaire. Et il vous faudra une capuche pour dissimuler votre visage.

— Je me fie à ton sens supérieur du déguisement, assura Callie avec un large sourire.

— Du déguisement, je n'en suis pas sûre. Mais je crois bien être capable de vous habiller en femme du commun. Je vais aller vous chercher une robe et une cape. Pendant ce temps-là, déshabillez-vous.

— Il me faudra aussi un bonnet.

Anne soupira.

— Je croyais qu'on en avait fini avec les bonnets en dentelle.

— C'est vrai. Mais ce soir, il faut que je sois aussi déguisée que possible.

Anne s'éloigna tout en marmonnant des lamentations sur les tâches ingrates qui incombaient aux pauvres femmes de chambre.

Une fois qu'elle fut partie, Callie enleva la robe qu'elle avait portée pour le bal. Tout en se dépouillant de la soie aubergine, elle oscilla doucement au rythme de la musique dont les échos lui parvenaient depuis le rez-de-chaussée. Les invités continuaient à danser et à fêter Mariana et Rivington.

À n'en pas douter, ce bal avait été le plus beau de sa vie. Non seulement à cause de la valse avec Ralston – qui comptait pour beaucoup, bien sûr – ou de l'étreinte décadente, plutôt scandaleuse, avec le marquis, alors que n'importe qui aurait pu les découvrir, mais aussi parce que, pour la première fois de sa vie, elle s'était sentie emplie d'une force indéniable. C'était comme si elle était capable de tout, comme si cette aventure à laquelle elle aspirait, il lui suffisait de la saisir.

Cette impression était si forte que Callie s'était échappée peu de temps après le départ de Ralston. À celle de leur rencontre secrète s'ajoutait l'excitation de lui avoir soutiré le nom d'une taverne, et il lui avait été impossible de poursuivre plus longtemps les échanges polis et convenus imposés par la société. Comment discuter de la saison alors qu'il y avait du scotch à goûter ? Une taverne à découvrir ? Une nouvelle Callie à encourager ?

Ce n'était pas la première fois qu'elle quittait un bal en catimini. Il y avait peu de chances que quelqu'un remarque sa disparition ou s'en soucie, ce qui facilitait les choses. Enfin, elle trouvait un avantage à faire tapisserie !

Alors qu'elle souriait à cette pensée, sa femme de chambre revint dans la chambre, les bras chargés de lainage brun.

En proie à une vive excitation, Callie ne put s'empêcher d'applaudir, ce qui lui valut un froncement de sourcils d'Anne.

— À mon avis, vous êtes une des rares personnes à se réjouir devant un lainage marron.

— Peut-être que je suis la première personne à comprendre ce que représente vraiment le lainage marron.
— Quoi donc ?
— La liberté.

Manifestement, le Dog and Dove était un établissement populaire.

Dans le fiacre qu'elle avait pris pour se rendre à la taverne, Callie se tenait assise au bord de la banquette, le nez presque écrasé contre la vitre. Elle était passée dans Jermyn Street un nombre incalculable de fois le jour, mais elle découvrait à présent que l'endroit offrait un visage totalement différent la nuit. La transformation était presque fascinante.

Des dizaines de personnes se tenaient devant la taverne, baignées par la lumière jaune qui se déversait par ses fenêtres. Elle fut surprise de voir des aristocrates en cravate amidonnée se mêler à des membres de cette classe tant critiquée dans les salles de bal d'hommes qui exerçaient un métier.

Parmi eux se trouvaient quelques femmes, dont certaines paraissaient être les compagnes de ces gentlemen, alors que d'autres semblaient seules. La vue de ces dernières accrut l'appréhension de Callie : elle avait vaguement espéré que, ne voyant aucune femme sans chaperon, elle serait obligée de demander au cocher de la ramener chez elle sur-le-champ.

En toute honnêteté, elle ne savait pas si elle était désolée ou enchantée de ne pas avoir d'excuse valable pour renoncer.

Elle poussa un soupir, et la buée qui se forma sur le carreau transforma la lumière extérieure en un brouillard jaune. Et si elle rentrait boire un scotch dans le bureau de Benedick ? Avec son frère. Après tout, il le lui avait proposé. À Allendale House, elle ne risquerait pas sa réputation.

Mais à Allendale House, il n'y aurait pas d'aventure. Elle tressaillit à cette pensée, et sa main se crispa sur la feuille de papier pliée qu'elle tenait dans sa main gantée.

Elle aurait dû permettre à Anne de l'accompagner. La notion même d'aventure en solitaire lui paraissait de plus en plus surestimée.

Mais elle ne pouvait pas rebrousser chemin. Pas maintenant, pas après s'être donné tout ce mal pour obtenir de Ralston le nom d'une taverne et pour se procurer le déguisement approprié. D'une main nerveuse, elle tripota les plis de sa robe épaisse, dont la matière rêche lui irritait la peau malgré la chemise de linon qu'elle portait dessous. Si elle gardait sa capuche relevée, personne ne ferait attention à la jeune femme quelconque qui entrait, commandait un verre de scotch et allait s'asseoir discrètement au fond de la salle. Elle avait soutiré des renseignements à Anne sur l'intérieur des tavernes. Elle était très bien préparée. Il ne lui restait plus qu'à quitter le fiacre.

Malheureusement, ses jambes ne paraissaient pas décidées à coopérer.

La portière s'ouvrit alors. Et elle n'eut plus le choix, car le cocher l'interpella, non sans exaspération.

— Mam'zelle ? Vous avez dit le Dog and Dove, oui ou non ?

Callie froissa la liste dans sa main.

— Oui.

— Eh ben, vous y êtes.

Elle hocha la tête et descendit sur le cube de bois qu'il avait posé sur le sol.

Après l'avoir remercié, rassemblant son courage, Callie esquissa un premier pas vers la taverne, et plouf ! sa bottine en chevreau alla se planter au beau milieu d'une flaque d'eau boueuse. Avec un petit cri de détresse involontaire, elle sauta sur le côté. Quand elle reporta les yeux sur le cocher, il lui adressa un sourire amusé et vaguement supérieur.

— Feriez bien de regarder où vous mettez les pieds, mam'zelle.

— Je vous remercie du conseil, monsieur, répliqua-t-elle.

— Vous êtes sûre que vous voulez entrer là ?

— Tout à fait certaine, monsieur, répondit-elle en carrant les épaules.

— Bon, dans ce cas...

Après avoir porté la main à sa casquette, il remonta sur son siège et fit repartir ses chevaux d'un claquement de langue.

Tout en rajustant sa capuche, Callie fit face à l'entrée de l'établissement. Puis, examinant avec soin les pavés afin d'éviter d'autres embûches, elle se fraya un passage vers la porte dans la foule indifférente.

Il la vit dès l'instant où elle franchit le seuil.

Il n'avait pas douté un instant qu'elle mentait en prétendant que son frère cherchait une taverne en ville. Comme si le comte d'Allendale avait besoin de l'aide de sa sœur pour trouver le chemin d'un débit de boissons !

Dans ce cas, pourquoi diable lady Calpurnia Hartwell cherchait-elle une taverne ?

Et que diable faisait-elle ici au beau milieu de la nuit ? Ne se souciait-elle donc pas de sa réputation ? De celle de sa famille ? De celle de Juliana, pour l'amour du Ciel ? Il avait placé la réputation de sa sœur entre ses mains, et voilà qu'elle avait l'audace de se rendre seule dans un lieu inconvenant ! Elle allait s'attirer des ennuis, c'était certain.

Son verre à la main, Gabriel se rejeta en arrière, sans quitter un instant Callie des yeux. Elle restait figée sur le seuil, à la fois fascinée et terrifiée. La salle était remplie de clients à des degrés d'ivresse divers. Il avait choisi l'un des établissements les plus recommandables de St. James, alors qu'il aurait pu l'envoyer à Haymarket ou à Cheapside pour lui donner une leçon. Mais il avait supposé – avec raison – que cet endroit suffirait à la terroriser.

Elle resserra sa cape étroitement autour d'elle, tout en jetant un regard incertain dans la salle, ne sachant où poser les yeux pour conserver l'impassibilité que son éducation lui imposait. Un éclat de rire masculin la fit sursauter. Il provenait d'un groupe d'hommes devant lesquels une serveuse déposait des pintes de bière et qui appréciaient manifestement son généreux décolleté. Callie écarquilla les yeux quand l'un d'eux attira à lui la fille accorte qui, avec un piaillement, tomba assise sur ses genoux.

L'air choqué, Callie détourna la tête, mais, malheureusement, une scène tout aussi scandaleuse, quoique moins brutale, se déroulait juste à sa droite : une jeune femme, dont la tenue dévoilait une étendue de peau indécente, caressait la joue d'un homme manifestement en quête de compagnie. Tous deux chuchotaient, leurs lèvres se touchant presque, leurs yeux brûlant d'une passion qui ne pouvait connaître qu'une issue... que même l'innocente lady Calpurnia Hartwell était capable de deviner.

Le couple ne remarqua pas le tressaillement de la jeune femme, qui s'élança vers le fond de la salle, tout droit vers une table dans un coin peu éclairé... et vers Gabriel.

S'il n'avait pas été aussi furieux contre cette femme irresponsable, il aurait été amusé par ses efforts pour éviter désespérément de toucher, voire d'effleurer par accident les habitués du lieu – une entreprise impossible, vu la foule qui se pressait entre elle et la table qu'elle convoitait. Elle finit par se laisser tomber sur une chaise sans même regarder ses voisins, dans une ultime tentative pour recouvrer un semblant de sang-froid.

Elle tournait le dos à Gabriel, mais la capuche de sa cape en lainage grossier, en retombant, lui permit de voir qu'elle portait ses cheveux rassemblés dans un horrible bonnet en dentelle. Quelques boucles auburn s'en échappaient, attirant l'attention de Gabriel sur sa nuque gracieuse, colorée par l'excitation.

Fugitivement, il se demanda quel goût aurait sa peau à cet endroit délicat. Ce qui s'était passé durant le bal, un peu plus tôt dans la soirée, lui avait confirmé que lady Calpurnia Hartwell était une femme enthousiaste et passionnée. Elle avait réagi à ses caresses avec une spontanéité irrésistible que ne possédaient pas les femmes qu'il fréquentait habituellement. Comment réagirait-elle s'il...

Mais il se morigéna. La question était : que faisait-elle ici ?

Elle pouvait être découverte à tout instant, par n'importe qui ayant des relations dans la haute société. Elle était dans St. James, que diable ! En outre, elle était entrée ici seule, sans personne pour la protéger. Il suffirait d'un homme animé de mauvaises intentions pour qu'elle se retrouve dans une situation très déplaisante, voire dangereuse. Gabriel remarqua alors qu'elle tenait fermement, entre ses mains, une feuille de papier. Pouvait-il s'agir d'une lettre d'amour ? Était-il possible qu'elle ait rendez-vous avec un homme dans cet endroit ?

De toutes les imprudences qu'elle avait commises, celle-ci serait la pire.

Ayant apparemment recouvré un peu de sang-froid, elle enfonça la lettre dans sa poche alors qu'une serveuse s'approchait.

— Je voudrais un verre de whisky, s'il vous plaît. Du scotch.

Avait-il bien entendu ? Venait-elle de commander, seule à une table dans une taverne londonienne, à une heure indue, et comme si c'était là la chose la plus normale au monde, *un scotch* ?

Avait-elle donc perdu la tête ?

Une chose était certaine : il s'était complètement trompé sur la petite Calpurnia Hartwell. Ce n'était définitivement pas l'exemple idéal pour Juliana. Lui qui avait voulu fournir à sa sœur un mentor irréprochable était tombé sur Callie, qui commandait calmement du whisky dans une taverne londonienne.

Sauf que…

Sauf que, à y regarder de plus près, son calme n'était qu'apparent. La raideur de son dos, sa respiration courte et inégale, qu'il pouvait mesurer à l'élévation rapide de ses épaules, trahissaient sa nervosité et son malaise. Alors, pourquoi s'imposait-elle cette épreuve ? Il allait devoir lui poser la question, la mettre au pied du mur, et elle risquait de ne pas apprécier son intervention.

Quand la serveuse lui apporta sa boisson, Callie la paya en ajoutant une somme coquette pour le service. Puis, saisissant son verre, elle le porta à ses lèvres et but une longue gorgée d'alcool. Gabriel se pencha en avant avec curiosité. Même s'il ne voyait pas son visage, il devina sa grimace lorsqu'elle s'étrangla à moitié. Puis elle secoua la tête, comme pour s'éclaircir les idées, avant de boire une nouvelle gorgée. Cette fois, elle ne toussa pas, mais, à la manière dont elle contempla son verre, il comprit que le scotch la laissait sceptique. De toute évidence, elle n'en avait jamais bu une goutte de sa vie. Après quelques instants durant lesquels elle parut s'interroger sur l'opportunité de renouveler l'expérience, Gabriel ne put plus contenir sa curiosité.

— Voilà ce qu'on obtient quand on commande un whisky…

Elle faillit lâcher son verre, ce qui procura à Gabriel une satisfaction un peu perverse. Bien fait pour elle !

Puis elle se retourna d'un bloc, au risque de renverser sa boisson. Gabriel se leva alors pour la rejoindre à sa table.

D'une façon qu'il ne put qu'admirer, elle domina aussitôt sa surprise pour rétorquer :

— J'aurais dû deviner que vous seriez ici.

— Reconnaissez qu'il n'est pas si courant qu'une demoiselle de condition se renseigne sur les tavernes.

— Certes. Je suppose que je ne peux pas vous convaincre de retourner à votre table et de feindre que vous ne m'avez pas vue ?

— Je crains que ce ne soit impossible. Je ne vous laisserai pas seule ici. Vous pourriez vous retrouver facilement dans une situation compromettante.

— J'ai du mal à le croire, monsieur.

— En toute honnêteté, vous n'avez pas conscience des dommages que votre présence ici pourrait infliger à votre réputation ?

— À mon avis, les dommages seraient beaucoup plus importants si l'on me découvrait ici *avec vous*. Il y a beaucoup de dames seules, ajouta-t-elle en désignant la salle d'un geste de la main.

— Permettez-moi de douter fortement que ces « dames », comme vous dites, souhaitent le rester.

Elle fronça les sourcils d'un air perplexe. Puis, après quelques secondes, comprenant de quoi il parlait, elle le regarda avec des yeux ronds, non sans avoir jeté un coup d'œil aux créatures en question. Il confirma ses soupçons d'un signe de tête.

— Mais... je ne... balbutia-t-elle.

— Je sais.

— Jamais je ne...

— Ce qui m'amène à vous poser la question : pourquoi êtes-vous ici ?

Elle observa un silence si prolongé qu'il douta d'obtenir une réponse.

— Si vous voulez le savoir, répondit-elle enfin, je suis ici pour boire du scotch.

— Pardonnez-moi si je ne vous crois pas.

— C'est la vérité !

— Nul besoin d'être grand clerc pour voir que vous n'êtes pas une buveuse de scotch, lady Calpurnia.

— C'est la vérité, répéta-t-elle.

Il se rejeta en arrière sans pouvoir retenir un soupir d'irritation.

— Vraiment ?

— Oui ! s'exclama-t-elle avec indignation. Pourquoi est-ce si difficile à croire ?

— Déjà, première raison, il y a toutes les chances pour que le scotch d'Allendale House soit infiniment meilleur que le pipi de chat qu'on sert ici. Pourquoi ne pas tout simplement en boire chez vous ?

— Je veux en boire ici. Je trouve l'atmosphère... chaleureuse.

— Permettez-moi de vous rappeler qu'il y a deux heures vous ignoriez l'existence de cet endroit.

Comme elle gardait le silence, il poursuivit :

— Seconde raison, vous semblez répugner à boire le scotch qui se trouve devant vous.

Une lueur de défi s'alluma dans le regard de la jeune femme.

— Vous croyez ?

Elle brandit alors son verre pour saluer Gabriel et, le portant à sa bouche, but une énorme gorgée du liquide ambré. Aussitôt, elle s'étrangla et se mit à tousser, une main plaquée sur sa gorge, tandis que, de l'autre, elle reposait le verre au hasard sur la table. Il lui fallut plusieurs secondes pour se ressaisir.

— C'est un goût que l'on acquiert, déclara Gabriel d'un ton sec.

— Je suppose, acquiesça-t-elle, l'air un peu contrit. En vérité, j'ai la gorge en feu.

— Ça va passer. Je vous conseillerais, si vous voulez y goûter de nouveau, de le siroter plutôt que de le lamper.

— Je vous remercie, monsieur, je n'y aurais pas pensé, rétorqua-t-elle.

— Que faites-vous ici ? insista Gabriel, mais, cette fois, avec une calme sollicitude.

— Je vous l'ai déjà dit.

Elle but une petite gorgée de scotch et fit la grimace.

— Si c'est vrai, répondit-il avec un nouveau soupir, vous êtes plus imprudente que je ne le croyais. Votre réputation est sérieusement en danger, ce soir.

— Je suis déguisée.
— Pas de manière convaincante.
Elle tripota son bonnet en dentelle d'une main nerveuse.
— Personne ne m'a reconnue.
— Si, moi.
— Vous, c'est différent.
— Vous avez raison, acquiesça-t-il en plongeant son regard dans le sien. Contrairement à la plupart des hommes qu'une femme sans chaperon pourrait rencontrer dans un tel établissement, j'ai tout intérêt à ce que votre honneur soit préservé.
— Je vous remercie, lord Ralston, mais je n'ai pas besoin de votre protection.
— C'est justement ce dont vous avez besoin. Dois-je vous rappeler que votre famille et vous-même êtes sur le point d'être associées à ma sœur et qu'il y a déjà suffisamment d'obstacles sur sa route ? Vous voulez donc ruiner votre réputation et ses chances de succès d'un seul et même coup ?
— Si l'état de ma réputation vous inquiète tant, monsieur, répliqua Callie, enhardie par le whisky, puis-je vous suggérer de trouver quelqu'un d'autre pour guider les pas de votre sœur dans la société ?
— Non, lady Calpurnia, rétorqua-t-il, les yeux plissés. Nous avons conclu un accord. C'est vous que je veux.
— Pourquoi ?
— Parce que Juliana a confiance en vous et qu'elle apprécie votre compagnie. Et parce qu'il ne me reste pas assez de temps pour reprendre tout depuis le début et trouver quelqu'un d'autre.
C'est alors que la serveuse revint et s'inclina vers Gabriel, lui offrant une excellente vue sur ses amples charmes.
— Y a aut'chose pour vot'service, milord ?
— Pas ce soir, répondit Gabriel avec un sourire distrait.

Il remarqua l'air effaré de Callie devant cette invitation non déguisée. Et elle ouvrit des yeux grands comme des soucoupes quand la femme ajouta :

— J'connais d'aut'manières d'vous rendre heureux, mon cœur.

— J'en suis certain, dit-il d'un ton suave, avant de sortir une couronne et de la glisser dans la main de la fille. Merci.

Callie prit une brusque inspiration. Son ton se fit glacial.

— Je commence à en avoir assez qu'on me dise comment je dois me conduire, comme si j'étais incapable de penser par moi-même. Surtout quand cela vient d'un individu tel que vous.

— Que voulez-vous dire ? demanda Gabriel d'un ton innocent.

— Vous n'allez quand même pas prétendre que vous n'avez pas remarqué son... son...

— Son ? répéta-t-il en souriant.

— Monsieur, vous êtes incorrigible !

— Effectivement. Comme nous pouvons convenir que ma réputation n'a plus rien à craindre, je suggère que nous reportions notre attention sur la vôtre. Vous allez cesser de risquer votre réputation, lady Calpurnia, continua-t-il sans attendre de réponse. En tout cas jusqu'à l'entrée de Juliana dans le monde. Ce qui signifie qu'il n'y aura plus d'incursions dans les tavernes londoniennes sans chaperon. Et même plus d'incursions du tout. Si vous pouviez vous abstenir de quitter votre maison au beau milieu de la nuit, ce serait parfait.

— Mais bien sûr, monsieur. Et que me suggérez-vous pour empêcher les hommes de se conduire avec moi de manière inconvenante dans la demeure même de mes ancêtres ?

D'abord décontenancé par sa véhémence, Gabriel s'obligea à faire amende honorable.

— Vous avez tout à fait raison. Je vous prie d'accepter mes...

— Ne vous avisez pas de vous excuser, coupa Callie d'une voix qui tremblait. Je ne suis pas une enfant et je refuse qu'on tente de m'ôter la responsabilité de mes actes. Que ce soit vous ou n'importe qui d'autre. Et je ne supporterais pas...

Elle s'arrêta net. Impossible d'avouer : « Je ne supporterais pas de vous entendre dire que vous regrettez notre baiser. »

Au fond d'elle-même, cependant, elle savait que c'était la vérité : il l'avait acculée dans cette alcôve pour lui prouver sa supériorité, pour passer le temps ou pour une autre raison tout aussi peu romantique. Mais, pour la première fois de sa vie, elle s'était sentie désirée. Et elle refusait qu'il gâche tout en lui présentant des excuses.

Dans le silence qui suivit, Callie termina son verre de scotch à petites gorgées. Ralston avait raison, bien sûr. L'alcool semblait descendre bien plus facilement, à présent. Mais la tête lui tournait. Après avoir reposé son verre, elle suivit des yeux une goutte de whisky qui glissait lentement le long de la paroi. Elle traça son chemin du bout du doigt, à l'extérieur du verre, en attendant que Ralston dise quelque chose.

Mais comme il gardait le silence, un brusque désir d'échapper à cet endroit confiné s'empara d'elle.

— Je suis désolée d'avoir perturbé votre soirée, lord Ralston. Comme j'ai accompli la tâche pour laquelle j'étais venue, je crois que je vais vous laisser tranquille.

Elle se leva, resserra sa cape autour d'elle et remit sa capuche sur sa tête. Il se leva à son tour et, après avoir jeté son manteau sur ses épaules, saisit son chapeau et sa canne.

Elle le regarda droit dans les yeux.

— Je n'ai pas besoin de chaperon.

— Je n'agirais pas en gentleman si je ne vous raccompagnais pas chez vous, mademoiselle.

Callie remarqua qu'il accentuait légèrement ce dernier mot, comme pour lui rappeler sa condition.

Elle refusa de discuter, ne voulant pas qu'il gâche davantage une soirée qui aurait dû être riche en découvertes – après tout, elle avait réussi à rayer une autre ligne de sa liste.

Elle tourna les talons et entreprit de gagner la porte, pressée de sortir de la taverne avant lui. Si elle parvenait à atteindre la rue la première, elle pourrait héler un fiacre et le laisser, ainsi que cet horrible épisode, derrière elle.

Cette fois, cependant, elle eut plus de mal à ne pas se faire bousculer par la foule. Son équilibre paraissait instable, et ses pensées légèrement embrumées. Était-il possible que cette petite quantité de scotch lui soit montée à la tête ?

Enfin, elle retrouva la fraîcheur de la nuit de printemps et s'avança dans la rue, la tête haute, à la recherche d'un fiacre. Elle entendit Ralston, derrière elle, appeler son cocher. Parfait. Peut-être avait-il décidé, après tout, de la laisser seule. Tout en étouffant une pointe de déception, elle s'apprêta à descendre du trottoir, puis, se rappelant la flaque dans laquelle elle avait mis le pied plus tôt dans la soirée, elle allongea le pas pour l'éviter. Malheureusement, elle perdit l'équilibre et, anticipant une rencontre brutale avec les pavés, elle jeta les mains en avant.

Mais, avant qu'elle comprenne ce qui lui arrivait, elle sentit le sol se dérober sous ses pieds et se retrouva plaquée contre la paroi chaude et musclée d'un torse. Elle n'eut que le temps d'entendre Ralston marmonner : « Quelle femme exaspérante ! » avant qu'il ne referme ses bras d'acier autour d'elle et ne la soulève dans les airs, lui arrachant un petit cri. Sa capuche tomba en arrière, et elle se retrouva sous le feu de son regard furieux. Ses lèvres n'étaient qu'à quelques centimètres des siennes. Des lèvres si merveilleuses… Elle secoua aussitôt la tête pour chasser cette pensée saugrenue.

— Vous auriez pu vous tuer, dit-il avec une émotion qu'elle ne put identifier – sans doute de la colère.

— « Me tuer » est peut-être exagéré, répliqua-t-elle, consciente, au moment où elle les prononçait, que ces mots n'allaient pas adoucir son humeur.

— Vous auriez pu tomber et être écrasée par un fiacre. « Tuer » me semble tout à fait pertinent.

Elle ouvrait la bouche pour répliquer quand Ralston la déposa sur le sol, juste devant la portière ouverte de sa voiture. Désignant de l'index l'intérieur du véhicule, il se contenta de dire, d'un ton qui n'admettait pas de refus :

— Montez.

Elle prit la main qu'il lui présentait, et, une fois dans le véhicule, s'assit sur la banquette. S'apercevant alors que plusieurs mèches de cheveux lui battaient les joues, elle leva la main pour les replacer sous son bonnet. Mais elle n'avait plus de bonnet.

— Attendez ! s'écria-t-elle au moment où Ralston s'apprêtait à la rejoindre. Mon bonnet… je l'ai perdu, expliqua-t-elle en réponse à son regard interrogateur.

Mais il grimpa dans la voiture, s'assit à côté d'elle et, d'un hochement de tête, signifia au valet de pied qu'il pouvait refermer la portière. Abasourdie, elle le vit retirer ses gants et son chapeau, les déposer sur la banquette face à eux, puis frapper sur la paroi pour ordonner au cocher de partir.

— Vous ne m'avez pas entendue ?

— Je vous ai entendue.

— Mon bonnet…

— Je vous ai entendue, répéta-t-il.

— Mais vous n'avez pas…

— Non. Je n'ai pas.

— Pourquoi ?

— Vous devriez être soulagée que ce bonnet ait disparu. Vous êtes trop jeune pour porter un accessoire aussi laid.

— Je l'aimais bien ! protesta-t-elle avec indignation.

— Non, ce n'est pas vrai.

Callie détourna le visage pour regarder par la fenêtre la rue qui défilait. Il avait raison, bien sûr. Elle détestait ce bonnet en dentelle et tout ce qu'il représentait. Après tout, n'avait-elle pas déjà jeté au feu l'un de ses semblables ? Avec un léger sourire, elle dut s'avouer qu'elle était heureuse d'en être débarrassée. Mais il était hors de question de le dire à Ralston.

Elle finit par rompre le silence.

— Je vous remercie. De m'avoir sauvée, ajouta-t-elle, voyant qu'il ne répondait pas.

Il se contenta d'un grognement évasif. Il était manifestement fâché, et elle ne pouvait lui en vouloir.

Comme il continuait à garder le silence, elle fit une autre tentative, lui offrant ce qu'elle espérait être un rameau d'olivier.

— J'ai hâte que Juliana fasse ses débuts dans le monde. J'espère de tout cœur qu'elle trouvera l'amour de sa vie.

— J'espère bien que non.

— Je vous demande pardon ? dit-elle en le dévisageant avec surprise.

— L'amour n'a jamais réussi à notre famille. Je ne souhaite à aucun d'entre nous de s'y frotter.

— Vous ne pensez pas ce que vous dites !

— Pourquoi ? répondit-il, imperturbable. Ma mère a laissé une traînée de cœurs brisés à travers toute l'Europe après avoir cocufié deux maris et abandonné trois enfants – qu'elle prétendait tous aimer. Et un mariage d'amour devrait être l'aune à laquelle je mesurerais le succès de ma sœur en société ? Non. Je mesurerai le succès de Juliana à son mariage avec un homme doté de caractère et de bonté, deux qualités bien plus importantes que l'amour.

Si cette conversation avait eu lieu ailleurs, à un autre moment, Callie en serait sans doute restée là. Était-ce à cause du scotch ou de l'aventure tout entière ? Toujours est-il qu'elle se tourna sur la banquette pour faire face à Ralston.

— Monsieur... voulez-vous dire que vous ne croyez pas à l'amour ?

— L'amour est une excuse commode pour agir sans se soucier des conséquences, répondit-il du même ton indifférent. Je ne l'ai jamais vu causer autre chose que des chagrins et des tourments. C'est un sentiment qui fait plus de mal que de bien.

— Je suis obligée de vous contredire.

— Je n'en attendais pas moins de vous, dit-il avec franchise. Laissez-moi deviner... Vous pensez que l'amour existe, auréolé de toute la gloire poétique de Shakespeare, de Marlowe, de ce malheureux lord Byron et consorts.

— Inutile d'en parler avec un tel dédain.

— Pardonnez-moi, dit-il avec un geste désinvolte de la main, avant de plonger son regard dans le sien. Je vous en prie, n'hésitez pas : instruisez-moi sur la vérité de l'amour.

Callie éprouva aussitôt une certaine nervosité. Même si Ralston paraissait disposé à en faire un débat intellectuel, les vues de chacun sur l'amour étaient plutôt... personnelles. Elle s'efforça de prendre un ton docte.

— Je n'irais pas jusqu'à penser que l'amour est aussi parfait que ces poètes voudraient nous en persuader, mais je crois aux mariages d'amour. J'y suis obligée, puisque je suis le fruit de l'un d'eux. Et, s'il fallait une preuve supplémentaire, je pense qu'elle nous a été fournie de manière assez convaincante lors de cette soirée : ma sœur et Rivington n'ont d'yeux que l'un pour l'autre.

— L'attirance n'est pas l'amour.

— Je ne pense pas que ce qu'il y a entre eux relève de la simple attirance.

Ces mots furent suivis d'un silence prolongé, durant lequel il la regarda intensément. Puis il se pencha, ne s'arrêtant qu'à quelques centimètres d'elle.

— Il n'y a rien de simple dans l'attirance.

— Néanmoins…

Callie s'interrompit, incapable de se souvenir de ce qu'elle s'apprêtait à dire. Il était si près d'elle !

— Voulez-vous que je vous montre à quel point l'attirance peut être compliquée ?

Il avait prononcé ces mots d'une voix de velours, douce et profonde, ses lèvres presque sur les siennes.

Penché vers elle, il attendait qu'elle réagisse. Un insupportable besoin de le toucher l'avait envahie. Elle essaya de parler, mais son esprit en déroute ne pouvait former aucune pensée cohérente. Il s'était emparé de ses sens, ne lui laissant d'autre choix que de franchir l'infime distance qui les séparait encore.

Au moment où leurs lèvres se touchaient, Ralston referma les bras autour d'elle et l'attira sur ses genoux. Leur baiser fut totalement différent du premier – plus appuyé, plus intense, moins précautionneux. Callie gémit quand Ralston fit remonter sa main le long de son cou et la referma sur sa joue pour imposer à son visage l'angle idéal. Après qu'il eut joué avec ses lèvres, il en dessina le contour de sa langue, avant de se redresser très légèrement pour plonger son regard dans celui de Callie. Il esquissa un sourire.

— Si passionnée, murmura-t-il contre sa bouche. Si enthousiaste… Ouvrez-vous à moi.

Il avait plongé ses doigts dans sa chevelure et, libérées des épingles qu'il avait dispersées, ses boucles cascadèrent sur ses épaules.

Leur baiser se fit torride quand, se pliant à sa prière, elle ouvrit la bouche pour l'accueillir, lui rendant caresse pour caresse, assaut pour assaut. Callie se retrouva prise dans une succession de longs et lents baisers envoûtants. N'aspirant qu'à se rapprocher plus étroitement de Ralston, elle noua les bras autour de son cou alors que, après avoir écarté les pans de sa cape, il refermait ses mains sur sa poitrine. Elle arracha sa bouche à la sienne avec un imperceptible hoquet lorsqu'il passa ses pouces sur les pointes de ses seins, érigées sous la grossière étoffe de laine. Il fut alors libre de poser ses lèvres sur la colonne tendue de son cou, qu'il suivit jusqu'à son épaule. Là, il mordilla sa chair délicate avant d'y appliquer sa langue. Parcourue d'un frisson de plaisir, Callie soupira, juste au moment où son corsage s'entrebâillait, libérant ses seins gonflés.

Au contact de l'air froid sur sa peau échauffée, elle rouvrit brusquement les paupières et croisa le regard pénétrant de Ralston un instant avant qu'il ne baisse les yeux sur sa poitrine dénudée.

À la lueur fugitive des réverbères, sa peau paraissait translucide et, lorsqu'il posa sa main sur sa gorge, elle fut fascinée par le contraste que formaient ses doigts bruns sur elle. L'image était plus érotique qu'elle n'aurait pu l'imaginer. Elle continua de regarder ses mains quand, après l'avoir effleuré, il dessina de légers cercles avec son pouce autour de son mamelon, qui se durcit.

En proie à un violent trouble, Callie remua sur les genoux de Ralston, lequel laissa échapper un son étouffé lorsque ses hanches se pressèrent contre le renflement ferme de son pantalon. Saisie d'un sentiment nouveau de puissance féminine, Callie répéta ce geste, cette fois en ondulant délibérément. Avec un brusque hoquet, il l'immobilisa d'une main d'acier et chercha son regard.

— C'est un jeu dangereux auquel vous vous livrez là, coquine, dit-il d'une voix rauque. Et je suis un adversaire redoutable.

Callie écarquilla les yeux de surprise. Quand il posa sa bouche sur son sein, ce fut à son tour d'émettre un hoquet étranglé. De la langue, il parcourut le contour de son aréole, puis, refermant ses lèvres sur le mamelon, il le suça doucement, usant de sa bouche et de ses dents jusqu'au moment où Callie, avec un léger cri, empoigna ses cheveux.

Il recula alors sa bouche pour souffler doucement sur son mamelon – une caresse aérienne d'autant plus insupportable qu'elle était presque palpable.

— Ralston... implora-t-elle.

— Oui ?

— Ne vous arrêtez pas, chuchota-t-elle dans la pénombre. S'il vous plaît.

Elle entrevit l'éclat carnassier de son sourire. Il secoua la tête en l'observant, comme fasciné.

— Vous êtes si audacieuse... murmura-t-il. Vous savez exactement ce que vous voulez alors que vous ne l'avez jamais eu auparavant.

— Ralston... répéta-t-elle en s'agitant avec une frustration manifeste. Je vous en prie.

Gabriel l'embrassa, incapable de nier la satisfaction que lui procurait l'authenticité avec laquelle elle réagissait à ses caresses. Quelle était la dernière femme à s'être offerte à lui aussi innocemment ?

— Avec plaisir, mademoiselle, murmura-t-il avant de poser ses lèvres sur son autre sein.

Elle cria son nom, et l'écho qui résonna dans l'habitacle obscur le transperça d'un plaisir qui l'atteignit au plus profond de lui-même.

Il la voulait ! Là, dans la voiture. Il voulait s'enfoncer profondément en elle et lui montrer ce qu'était la passion.

Mais, brusquement dégrisé, il ôta sa bouche de son sein pour reporter son attention sur la rue qui défilait. Un juron lui échappa. Callie n'était pas une femme que l'on prenait dans une voiture. Il s'agissait de lady Calpurnia Hartwell, sœur du comte d'Allendale. Elle était à moitié dévêtue alors que, dans quelques minutes, ils arriveraient chez elle. Comment avait-il pu perdre ainsi tout contrôle de lui-même ?

Il commença à remettre de l'ordre dans la toilette de Callie, qui se redressa, déconcertée, et le regarda avec de grands yeux scrutateurs.

— Nous sommes presque chez vous, dit-il.

Ces quelques mots suffirent à la tirer de sa transe. Elle sauta de ses genoux pour s'asseoir en face de lui tout en tirant sur son corsage. Comme ses gants la gênaient pour renouer le lien de l'encolure, elle les ôta avec des gestes précipités. Puis elle s'employa à rassembler ses épingles éparpillées avant de rattacher sa chevelure, et Ralston ne put que remarquer la manière dont ses seins, lors de cette opération, tendaient l'étoffe grossière de la robe. Il mourait d'envie d'empêcher Callie de dompter sa magnifique crinière, mais il s'abstint, se contentant de ramasser les épingles tombées au sol.

Lorsqu'il les lui tendit et qu'elle les saisit, leurs doigts s'effleurèrent, brûlant encore de la fièvre qu'ils venaient de partager.

— Merci, murmura-t-elle.

Après avoir attaché les dernières boucles, elle croisa les mains sur ses genoux. La femme passionnée qu'il avait découverte s'était évanouie, cédant la place à la très convenable lady Calpurnia. Adossé à la banquette, Gabriel l'observa tandis que la voiture s'arrêtait devant l'entrée de l'allée menant à Allendale House.

— Je ne savais pas si le cocher devait vous conduire jusqu'à la porte d'entrée, dit-il. Un retour clandestin est-il à l'ordre du jour ?

— Tout à fait, monsieur, répondit-elle avec un léger sourire.

— Ah ! Nous sommes donc revenus au « monsieur ».

Au lieu de répondre, elle baissa la tête. Il ne pouvait pas distinguer ses traits dans la pénombre, mais il devina qu'elle rougissait.

— J'aimerais vous raccompagner jusqu'à la porte.

— Ce n'est pas nécessaire.

— Néanmoins...

— Je pense qu'il vaut mieux que je rentre seule, coupa-t-elle. Si l'on nous découvrait ensemble...

Il n'était pas utile qu'elle termine sa phrase. Avec un hochement de tête, Gabriel ouvrit la portière, descendit de voiture et lui offrit sa main.

Il resta ensuite immobile, la suivant des yeux jusqu'à ce qu'elle ait ouvert, puis refermé la porte d'entrée derrière elle.

Il remonta alors dans sa voiture et, d'un coup sec frappé sur la paroi, ordonna à son cocher de repartir.

8

Callie prit soin de refermer en douceur la lourde porte de chêne d'Allendale House. Puis, avec un long soupir, elle s'adossa au panneau de bois froid. Tout en glissant sa clé dans la poche de la cape, elle plaça son autre main sur sa gorge pour essayer d'apaiser les battements effrénés de son pouls.

Le grand vestibule de marbre était sombre et tranquille. Le bal terminé, les domestiques avaient tout remis en ordre avant d'aller se coucher. Le silence qui régnait laissait Callie seule avec le tourbillon de ses pensées. Cette nuit, elle avait recherché l'aventure… et ses vœux avaient été plus qu'exaucés !

Un gloussement lui échappa, qu'elle étouffa aussitôt en plaquant la main sur sa bouche. Les demoiselles de son âge n'étaient certainement pas censées glousser. En même temps, cela lui semblait être la réaction appropriée lorsqu'on se faufilait chez soi après une soirée pleine d'excitation. Quand l'envie de rire la chatouilla de nouveau, elle s'avança sur la pointe des pieds vers le grand escalier. Il lui fallait regagner sa chambre avant d'être découverte. Elle avait déployé trop d'efforts pour tenir secrètes ses activités nocturnes, il était hors de question qu'on la surprenne maintenant !

Les mains tendues devant elle, elle chercha à tâtons la solide rampe d'acajou. Elle venait de poser le pied sur la première marche quand des gonds grincèrent derrière elle, et un rai de lumière jaune éclaira l'escalier.

Elle pivota sur elle-même en étouffant une exclamation. Sur le seuil de la bibliothèque, dont la porte était à présent entrouverte, se tenait son frère. Quand elle croisa son regard, sa désapprobation était manifeste.

— Je peux expliquer… balbutia-t-elle.

— D'où diable viens-tu ? s'exclama-t-il avec incrédulité.

Callie se figea sur place. Quelles issues se présentaient à elle ? À vrai dire, hormis quitter la maison pour ne jamais revenir, elle n'en voyait aucune.

Plaquant un sourire forcé sur son visage, elle chuchota :

— Je suppose que tu ne me croirais pas si je te disais que j'étais dans le jardin ?

— Aucune chance, rétorqua sèchement Benedick.

— Dans le petit salon pour rédiger ma correspondance en retard ?

— Certainement pas.

— Dans l'orangerie ?

Tendant le bras, Benedick ouvrit en grand la porte de la bibliothèque.

— Calpurnia, puis-je suggérer que tu te joignes à moi ? demanda-t-il d'un ton qui contenait une mise en garde.

Callie savait reconnaître une défaite. Avec un soupir, elle rejoignit son frère, resté adossé au chambranle. Elle plongea sous son bras pour entrer dans la pièce, qu'éclairaient et réchauffaient les deux cheminées et une dizaine de bougies.

— On aurait pu croire que j'aurais remarqué toutes ces lumières quand je suis rentrée, marmonna Callie.

— On aurait pu le croire, effectivement, acquiesça Benedick avec ironie.

Callie se tourna face à lui lorsqu'elle entendit le bruit de la porte qui se refermait. La voir en pleine lumière n'adoucit pas l'humeur de son frère.

— Bon Dieu ! C'est quoi, cette tenue ?

— Mère n'aimerait pas que tu uses d'un tel langage devant une demoiselle, Benedick.

— Je ne suis pas totalement convaincu que mère n'userait pas elle-même d'un tel langage, étant donné les circonstances. Lesquelles suscitent une ou deux questions quant à ton statut de demoiselle, Callie. Es-tu prête à expliquer ce que tu as fait cette nuit ?

— Cette nuit, j'assistais au bal de fiançailles, biaisa-t-elle.

— Ma patience a des limites, rétorqua son frère, dont les yeux sombres étincelèrent. Qu'as-tu fait *après* le bal de fiançailles ? Et, plus précisément, où es-tu allée vêtue de ce… de ce déguisement, parce que je ne vois pas comment on peut appeler ça autrement. Où as-tu trouvé une tenue aussi laide, au passage ?

— Je l'ai empruntée.

— À qui ?

— Je ne te le dirai pas.

Il fit un grand geste de la main.

— À Anne, j'imagine. Je devrais la renvoyer pour avoir encouragé un tel comportement.

— Probablement. Mais tu ne le feras pas.

— À ta place, Calpurnia, je ne mettrais pas ma patience à l'épreuve. Réponds-moi, maintenant. Où es-tu allée ?

— Dehors.

— Dehors, répéta Benedick, qui cilla.

— Exactement. Dehors.

— Où, dehors, Calpurnia ?

— Franchement, Benedick, répliqua-t-elle de son ton le plus hautain, est-ce que je te harcèle de questions sur tes allées et venues, moi ?

— Callie… dit-il d'une voix lourde de menaces.

Elle soupira de nouveau. Aucun moyen d'y échapper !

— Bon, d'accord. Je me suis éclipsée. Je me suis rendue dans…

Elle s'interrompit. C'était encore plus difficile à avouer qu'elle ne le pensait.

— Tu t'es rendue dans ?

— Je ne peux pas le dire, chuchota-t-elle.

— Essaie, lui ordonna Benedick, les yeux plissés, visiblement à bout de patience.

Elle prit une profonde inspiration.

— Je me suis rendue dans une taverne.

— Tu as fait quoi ? gronda Benedick.

— Chut ! Tu vas réveiller toute la maison !

— Peut-être bien que je le devrais ! Dis-moi que j'ai mal compris, ajouta-t-il dans un chuchotement exaspéré. Viens-tu d'avouer que tu t'es rendue dans une taverne ?

— Chut, Benedick ! Oui !

— Avec qui ?

— Toute seule !

— Toute...

Il s'interrompit, fourra sa main dans ses cheveux, puis jura.

— Pour quoi faire ?

— Pour boire un verre, bien sûr, répondit-elle, comme s'il n'y avait là rien que de parfaitement normal.

— Bien sûr, répéta lentement Benedick, sous le choc. Es-tu devenue folle ?

— Je ne crois pas.

— T'a-t-on reconnue ? Callie, t'a-t-on reconnue ? insista-t-il.

— Personne d'important.

Son frère la foudroya du regard.

— Qui t'a reconnue ?

— Ce n'est pas très important, assura-t-elle. Si je te dis que ça ne posera pas de problème, ça devrait suffire.

— Calpurnia...

— Lord Ralston m'a vue. Il était là.

Benedick s'effondra dans le fauteuil le plus proche.

— Bonté divine !

Suivant son exemple, Callie se laissa tomber dans le fauteuil opposé au sien.

— En fait, je n'aurais pas dû être vraiment surprise, puisque c'est lui qui m'a recommandé cette taverne.

Si elle avait espéré rassurer son frère, elle comprit en voyant ses yeux ronds comme des soucoupes que ses paroles avaient fait plus de tort que de bien.

— Ralston t'a recommandé une taverne ?

— Pour être honnête, c'est moi qui le lui ai demandé.

— Ah, cela change tout, évidemment.

— Inutile de te montrer sarcastique. C'est assez déplaisant.

— En revanche, qu'une demoiselle, fille de comte, demande à l'un des débauchés les plus notoires de Londres de lui recommander une taverne... ça, bien entendu, c'est extrêmement plaisant.

— Quand tu présentes la chose de cette manière... Je comprends que cela puisse paraître... poser un problème.

— « Puisse paraître » ? s'exclama Benedick en fourrageant de nouveau dans ses cheveux. Mais qu'est-ce qui t'a pris ? À quoi diable pensais-tu ? À quoi diable pensait-il, lui ?

Il s'interrompit brusquement, frappé par une pensée subite.

— Grands dieux, Callie, a-t-il eu un comportement déplacé ? J'aurai sa tête !

— Non ! C'est moi qui l'ai abordé !

— Pour lui demander de te recommander une taverne...

— Oui.

— Il n'aurait pas dû te répondre.

— Il a cru que c'était pour toi.

— Pour moi ? dit-il, l'air abasourdi.

— Évidemment. Je pouvais difficilement dire que c'était pour moi.

— Évidemment, répéta Benedick en la regardant comme s'il doutait de sa santé mentale. Pourquoi ne pas boire ici, que diable ? Quel besoin avais-tu d'aller dans une taverne ?

— Déjà, parce que cela n'aurait pas été une aventure de boire ici, répondit Callie sur le ton de l'évidence.

— Une aventure !

— D'ailleurs, ajouta-t-elle, si tu veux bien y réfléchir, c'est toi qui en as eu l'idée.

— Moi ? dit son frère, dont le visage commença à se colorer.

— Oui. N'est-ce pas toi qui m'as encouragée à vivre ma vie, il y a à peine quelques jours ?

Les mots restèrent comme suspendus dans l'air tandis que Benedick la regardait avec la plus parfaite incrédulité.

— Tu plaisantes, finit-il par conclure.

— Absolument pas. Je suis catégorique : c'est toi qui es à l'origine de tout.

Elle lui sourit, assez satisfaite. Son frère leva alors les yeux au plafond, comme s'il suppliait le Seigneur de lui accorder de la patience ou qu'il L'implorait de foudroyer Callie sur-le-champ.

— Dans ce cas, déclara-t-il d'un ton qui ne souffrait pas de réplique, la conclusion m'appartient. Que les choses soient claires : je serai content que tu tentes toutes les aventures qui te plaisent... à condition que ce soit ici, dans cette maison, sous ce toit. Bon sang, tu peux boire jusqu'à rouler par terre, jurer comme un matelot et mettre le feu à ta broderie ! Mais, en tant que frère aîné, chef de cette famille et comte en titre, poursuivit-il en accentuant ces derniers mots, je t'interdis de fréquenter les tavernes ou n'importe quel autre lieu de perdition.

Callie eut un reniflement amusé.

— « Lieu de perdition » ? C'est une manière de voir les choses plutôt puritaine, non ? Je t'assure que je me suis sentie assez en sécurité.

— Tu étais avec Ralston !

— Il s'est conduit de manière tout à fait respectable, rétorqua-t-elle, juste avant de se rappeler que le retour en voiture avait été tout sauf respectable.

— J'imagine... Ma sœur et le marquis de Ralston ensemble, et c'est lui qui se trouve être le plus respectable des deux ! ironisa Benedick.

Callie se sentit devenir écarlate, mais pas pour les raisons qu'il croyait.

— Fini, les tavernes, conclut-il.

— Promis, répondit Callie, d'autant plus facilement que, bien sûr, elle n'aurait plus besoin de se rendre dans une taverne.

— Si tu veux tenter une aventure, fais-le ici.

— Vraiment ? répliqua-t-elle en lui adressant un sourire plein d'espoir.

— Oh non... Quoi encore ?

— Je suppose que tu ne serais pas prêt à me donner un cigarillo ?

Benedick partit d'un rire incrédule.

— Même pas si ta vie en dépendait, ma grande.

— Benedick ! Tu viens juste de dire...

— J'ai changé d'avis.

— Est-ce que je n'en ai pas fait assez pour te convaincre que, si tu refuses de m'aider à profiter de la vie, je trouverai quelqu'un d'autre ?

Benedick plissa les yeux.

— C'est du chantage.

— Que tu dis ! Pour moi, continua Callie avec un grand sourire, ce serait plutôt charitable de ta part d'aider ta vieille fille de sœur à vivre une aventure.

— Je pense que tu te fais un peu trop d'illusions quant aux plaisirs du tabac.

— Justement. Ne vaut-il pas mieux que mes illusions se dissipent ? S'il te plaît... ajouta-t-elle en lui adressant un sourire suppliant. Je n'ai même jamais vu quelqu'un fumer.

— Je l'espère bien ! Un gentleman ne fume pas en présence des dames.

— Mais je suis ta sœur !

— Ce n'est pas une raison.

— Benny... dit-elle d'un ton enjôleur, en employant le surnom qu'on lui donnait dans son enfance. Personne ne le saura. Et tu as dit que je pouvais vivre une aventure à l'intérieur de la maison !

Il l'observa en silence pendant quelques minutes, jusqu'au moment où elle fut convaincue qu'elle ne fumerait pas de cigarillo ce soir-là. Mais, à l'instant où elle s'apprêtait à se relever pour sortir, il poussa un énorme soupir. Quand elle l'entendit, Callie ne put se retenir de sourire. Elle avait gagné !

— Formidable ! s'exclama-t-elle en battant des mains, au comble de l'excitation.

— À ta place, je n'abuserais pas de ma chance, rétorqua son frère tout en plongeant la main dans sa poche de poitrine.

Il en retira une mince boîte rectangulaire en argent. Après l'avoir posée sur un guéridon, à côté de son fauteuil, il actionna un bouton qui débloqua un petit tiroir secret.

Avec un son étouffé, Callie se redressa pour mieux le voir.

— Jamais je n'aurais deviné !

Benedick en sortit un minuscule cendrier en cristal, un briquet à amadou et un fagot d'allumettes.

— Je me répète, je l'espère bien. Je suis persuadé que je regretterai de t'avoir montré ça, demain matin.

Captivée, Callie regarda Benedick ouvrir la boîte en argent et en retirer deux minces et longs petits cigares bruns. Après en avoir placé un entre ses lèvres, il inséra l'allumette dans le briquet, enflammant le petit morceau de bois qu'il présenta ensuite devant l'extrémité du cigarillo, dont il tira un nuage de fumée.

— Fascinant ! murmura Callie, la tête inclinée sur le côté, en observant le bout rougeoyant du cigarillo.

Benedick ferma brièvement les yeux – face à la naïveté de Callie ou à son propre comportement répréhensible ? Il tira une longue bouffée, comme pour affermir sa résolution, puis il retira le petit cigare de sa bouche pour l'offrir à sa sœur.

Folle d'excitation, Callie s'en saisit aussitôt. Mais, bien sûr, une fois qu'elle tint avec précaution le mince rouleau entre ses doigts, elle ne sut que faire.

— Et maintenant ? demanda-t-elle en croisant le regard amusé de son frère à travers la mince colonne de fumée qui s'élevait du cigarillo.

— Franchement, ce n'est pas difficile, répondit Benedick d'un ton nonchalant. Maintenant, tu le fumes.

— Comme ça ?

Avec circonspection, Callie plaça le cigarillo entre ses lèvres, puis elle prit une profonde aspiration.

La dernière chose qu'elle vit, ce furent les yeux de Benedick agrandis par la stupéfaction. Elle se mit alors à tousser, en proie à des quintes qui la secouaient tout entière. Elle eut vaguement conscience que Benedick lui reprenait le petit cigare, ce qui lui permit de se frapper la poitrine. Comme elle suffoquait et que, avide d'un peu d'air frais, elle prenait une immense inspiration, elle toussa de plus belle, ce qui incita Benedick à lui donner de grandes claques dans le dos jusqu'au moment où, craignant de n'avoir plus une once d'oxygène dans les poumons, elle leva la main pour demander grâce.

Quand, enfin, elle put de nouveau respirer à peu près normalement, elle perçut le tremblement qui agitait son frère, debout à côté d'elle. Certaine de lui avoir donné la peur de sa vie, elle leva les yeux pour le rassurer… et c'est alors qu'elle découvrit que, s'il tremblait, c'était parce qu'il réprimait à grand-peine une furieuse envie d'éclater de rire.

Elle le foudroya du regard, ce qui n'eut pour résultat que de le faire sourire jusqu'aux oreilles. Ses dents blanches étincelèrent dans son visage rougi par l'effort qu'il faisait pour réprimer son hilarité.

— Monsieur, vous n'êtes pas un gentleman.

C'en fut trop pour Benedick, qui s'esclaffa bruyamment. Sensible au comique de la situation et gagnée par son amusement, Callie finit par éclater de rire, elle aussi, ce qui provoqua une autre quinte de toux, des tapes supplémentaires dans le dos, et une nouvelle crise d'hilarité.

Lorsqu'il eut recouvré un peu de sérieux, Benedick se rassit dans son fauteuil et écrasa le cigarillo de Callie dans le cendrier.

— Nous avons donc découvert pourquoi les femmes ne fument pas, déclara-t-il d'une voix toujours amusée.

— Quelle habitude dégoûtante ! Comment peux-tu faire ça ?

— Je dirais simplement que c'est un goût que l'on acquiert.

— C'est précisément ce que Ralston a dit au sujet du scotch.

— Et il a raison… Alors, tu n'as pas vraiment apprécié ce moment de la soirée non plus ? demanda-t-il après quelques instants.

— Au contraire, j'ai aimé cette soirée de bout en bout. Peut-être que je ne boirai plus de scotch ni ne fumerai de cigarillo, mais je serai toujours heureuse d'avoir essayé. Cela valait la peine de vivre ces expériences, même si celles-ci se sont révélées décevantes.

— Finalement, je n'aime pas cet appétit soudain d'aventure, ma grande.

— Je ne pense pas, malheureusement, pouvoir te promettre que j'en serai bientôt débarrassée. C'est une honte que les femmes ne puissent même pas expérimenter des choses que les hommes considèrent comme tout à fait normales pour eux. Allons, Benedick, continua-t-elle en dépit du regard sceptique qu'il lui jetait, tu ne vas quand même pas prétendre que je ne mérite pas une aventure ou deux ? Après tout, c'est toi qui as failli causer ma perte.

— Un point que j'aimerais oublier.

— Couard !

Ils échangèrent un sourire, puis Benedick reprit :

— Mère réclamera ma tête si elle vient à l'apprendre.

— Elle ne l'apprendra pas. Et, dans le cas contraire, ce n'est pas comme si elle avait matière à s'inquiéter. Je suis bel et bien une vieille fille. On peut m'autoriser quelques excentricités.

Benedick émit un grognement amusé.

— Fumer et boire sont des excentricités plutôt rares pour une femme, Callie. Je ne suis pas certain que la société les accepterait, même si tu avais un pied dans la tombe. Pour dire la vérité, continua-t-il après un silence songeur, je suis plutôt choqué que Ralston t'ait encouragée, alors que tu as accepté gentiment de prendre sa sœur sous ton aile. À quoi pensait-il donc ? Il aurait dû te mettre dans une voiture *manu militari* et te reconduire à la maison immédiatement.

Son bon sens souffla à Callie de ne pas lui révéler que Ralston l'avait, effectivement, mise *manu militari* dans une voiture pour la raccompagner chez elle.

— Je suppose qu'il a jugé préférable pour ma réputation de rester avec moi pendant que je bravais les convenances. Au moins, j'avais un chaperon.

— Je ne qualifierais pas précisément Ralston de « chaperon ». Je devrais le provoquer en duel.

— Je préférerais que tu t'abstiennes. Je l'aime bien.

— Tu ne... tu ne peux pas... Qu'est-ce que ça veut dire ? demanda-t-il en s'inclinant vers elle.

Comme elle gardait le silence, il fit une nouvelle tentative.

— Ralston... Il n'est pas... Callie, le marquis de Ralston n'est pas le genre d'homme que les femmes « aiment bien ».

— Non, sans doute pas, dit-elle d'une voix à peine audible.

Il dut percevoir la tristesse dans sa voix, car il jura entre ses dents.

— Je l'ai vu danser avec toi, ce soir. Je sais ce que tu as dû ressentir. Puis il a joué le rôle de protecteur dans cette taverne ridicule – et je suis heureux qu'il se soit trouvé là, parce qu'on ne peut pas savoir ce qui serait arrivé sans cela –, mais tu dois comprendre... Ralston... Les hommes comme Ralston...

Il s'interrompit de nouveau, ne sachant manifestement pas comment présenter les choses.

Callie, le prenant en pitié, décida de mettre fin à cette conversation embarrassante.

— Je le sais, Benedick : je ne suis pas idiote. Les hommes comme Ralston ne sont pas pour les femmes comme moi.

Et peut-être que si elle se le répétait un nombre suffisant de fois, elle commencerait à le croire.

Pour alléger l'atmosphère, elle se força à ajouter avec un léger rire :

— Je pense qu'une aventure qui impliquerait Ralston serait bien plus que je ne peux en supporter.

— Pas seulement toi, répliqua-t-il en souriant. Pense à ton pauvre vieux frère.

Elle lui rendit son sourire. Puis elle se leva et l'embrassa sur la joue.

— Merci pour le cigarillo, Benny.

Une fois sortie de la bibliothèque, elle se dirigea vers le grand escalier. Puis, dans sa chambre, elle se prépara lentement et méthodiquement pour la nuit, refusant de se laisser affecter par les paroles de Benedick. Bien sûr, il avait raison. Rien n'était possible entre Ralston et elle. Rien n'avait jamais été possible. Pourtant, cette nuit, elle avait failli y croire. Et si une unique nuit était tout ce qui lui serait accordé, il lui faudrait s'en contenter.

Tout en se brossant les cheveux, en procédant à sa toilette, en enfilant sa grande chemise de nuit blanche, elle repassa en esprit les événements de la soirée. Puis, après s'être assise à son bureau, elle lissa de la main sa liste chiffonnée et, pendant de longues minutes, immobile, elle lut et relut les différentes lignes. Enfin, avec un soupir, elle trempa sa plume dans l'encrier et raya d'un trait sombre « Fumer un cigarillo et boire du scotch ».

Elle souffla la dernière bougie, se glissa dans son lit et rêva de la femme dans la voiture de Ralston – dans les bras de Ralston.

9

Quelques jours plus tard, Callie arriva à Ralston House à midi pile, prête pour un après-midi d'emplettes.

S'il était une chose qu'elle détestait, c'était d'avoir à acheter des robes, aussi s'était-elle adjoint l'aide de Mariana, qui vouait non seulement un amour incompréhensible aux boutiques de Bond Street, mais était dévorée par la curiosité depuis que Callie s'occupait de la mystérieuse jeune sœur de Ralston.

— Je ne suis jamais venue à Ralston House ! chuchota Mariana avec excitation lorsqu'elles se dirigèrent vers la porte.

— Je l'espère bien, répliqua Callie de son ton le plus gourmé. Jusqu'à l'arrivée de la sœur du marquis, ce n'était certainement pas un endroit pour une jeune fille célibataire.

« Ni pour une vieille fille célibataire, ce qui ne t'a pas empêchée d'aller voir Ralston », lui souffla une petite voix qu'elle s'empressa d'ignorer.

Avant même qu'elles aient atteint la dernière marche du perron, la porte s'ouvrit brusquement, révélant une Juliana au visage animé.

— Bonjour ! lança-t-elle avec pétulance.

Derrière elle se tenait Jenkins, les yeux exorbités, l'air absolument consterné que la jeune fille n'ait pas attendu qu'un valet de pied ouvre la porte et annonce l'arrivée des visiteuses. Il ouvrit la bouche une fraction de seconde, puis la referma – sans doute ignorait-il la conduite à tenir après une telle entorse à l'étiquette.

Callie se retint de sourire, certaine que le stoïque majordome ne saisirait pas du tout l'humour de la situation.

Mariana, en revanche, éclata de rire, avant de franchir le seuil et de prendre les mains de Juliana entre les siennes.

— Vous devez être Mlle Juliana. Je suis la sœur de Callie, Mariana.

Juliana la salua d'une petite révérence – pour autant qu'on pût exécuter une révérence sans l'usage de ses mains – et répondit :

— Lady Mariana, c'est un honneur de faire votre connaissance.

Avec un grand sourire, Mariana secoua la tête.

— Nous pouvons nous dispenser du « lady ». Vous devez m'appeler Mariana. Ne voyez-vous pas que nous allons devenir d'excellentes amies ?

— Dans ce cas, vous devez m'appeler Juliana, non ? répondit la jeune fille avec un sourire tout aussi éclatant.

Callie prit plaisir au spectacle qu'elles offraient, avec leurs têtes penchées l'une vers l'autre comme si elles échangeaient déjà des confidences. Derrière elles, Jenkins leva les yeux au plafond. Sans doute regrettait-il le temps où Ralston House ne comptait aucune résidente du beau sexe.

Prenant pitié de lui, Callie se tourna vers les deux jeunes filles.

— Nous y allons ?

Quelques instants plus tard, installées dans la voiture des Allendale, elles se dirigeaient vers Bond Street, où elles devaient passer la plus grande partie de la journée. Évidemment, se rendre là-bas était plus vite dit que fait, compte tenu du nombre d'équipages et de piétons. Tandis que la voiture avançait au pas, Juliana, beaucoup plus calme, pressait son nez contre la fenêtre pour observer l'animation qui régnait dans la rue. Des flots d'aristocrates entraient et sortaient des magasins, des valets de pied chargeaient des boîtes et des paquets dans les voitures, des gentlemen soulevaient leur chapeau en passant devant des groupes de dames qui papotaient. Rien n'était plus animé que Bond Street au début de la saison mondaine. Callie supposait que Juliana redoutait de se voir obligée de procéder à des achats au coude-à-coude avec la plus haute société. Si c'était le cas, elle ne pouvait l'en blâmer.

Sans doute sensible à la nervosité de la jeune fille, Mariana reprit son bavardage.

— Nous commencerons, bien sûr, par Mme Hébert. Elle est française, évidemment, précisa-t-elle en se penchant pour poser la main sur le bras de Juliana, et c'est la meilleure couturière de Londres. Tout le monde veut s'habiller chez elle... mais elle n'accepte pas n'importe qui comme cliente. Dans ses créations, vous serez la coqueluche de la saison !

Juliana la regarda, les yeux agrandis par le doute.

— Si, comme vous le dites, elle n'accepte pas n'importe qui, pourquoi m'accepterait-elle, moi ? Je n'appartiens pas à l'aristocratie.

— Oh, elle vous acceptera, n'ayez crainte ! D'abord, nous lui avons commandé mon trousseau tout entier – elle ne pourra donc pas refuser une de mes amies. Et si cela n'était pas suffisant, Ralston est marquis et riche comme Crésus.

— Mariana ! s'exclama Callie, choquée.

— Eh bien, c'est la vérité ! rétorqua sa sœur sur le ton de l'évidence.

— Il n'empêche ! Il est vulgaire de discuter des finances du marquis.

— Oh, ne sois pas collet monté. Entre amies, on peut le faire, assura Mariana qui, esquissant un geste désinvolte de la main, adressa un grand sourire à Juliana. À mon avis, Ralston a habillé chez Mme Hébert plusieurs maîtresses.

— Mariana ! s'écria Callie d'une voix suraiguë.

Comme Juliana se mettait à rire, elle lui jeta un regard d'avertissement.

— Ne l'encouragez pas !

Sur ces entrefaites, la voiture s'arrêta. Mariana resserra le ruban de son chapeau, imprimant à ce dernier une inclinaison impertinente. Puis, après avoir adressé un clin d'œil malicieux à Juliana, elle sauta sur le trottoir en lançant par-dessus son épaule :

— C'est vrai, vous savez !

Dans un nouvel éclat de rire, Juliana la rejoignit, et toutes deux se précipitèrent dans la maison de couture.

Callie les suivit, amusée. Elle était assez fière d'avoir eu l'idée de cette sortie en commun, l'exubérance naturelle de Mariana trouvant un écho parfait dans celle de Juliana. Ralston serait content d'apprendre que sa sœur était très vite devenue amie avec la future duchesse de Rivington. Une telle alliance faciliterait l'entrée de Juliana dans le monde, cela ne faisait aucun doute. Si, toutefois, Ralston ne découvrait jamais que Mariana était plus qu'encline à discuter de ses affaires – y compris intimes, apparemment – sans aucune discrétion. Callie ne pouvait qu'espérer que la sœur du marquis se montrerait un peu plus prudente dans ses propos.

Mais Mariana avait raison, bien sûr. La plupart des hommes du monde londoniens assuraient à leur maîtresse un train de vie confortable. Pourquoi Ralston aurait-il agi différemment ?

Un souvenir lui revint soudain : Ralston, dans la pénombre de sa chambre ce premier soir, quand tout avait commencé, énumérant ce qu'il avait laissé à sa maîtresse à la fin de leur liaison. « Vous conservez la maison, les bijoux, les toilettes… »

Cette vision la glaça. Pourtant, elle n'aurait pas dû être surprise. Mais l'accès de jalousie qu'elle éprouva en pensant qu'il achetait des vêtements pour une autre femme fut cruel. Combien de maîtresses avait-il entretenues ?

— Lady Calpurnia !

Tirée brusquement de ses pensées moroses, elle se retourna. Le baron Oxford arrivait de l'autre côté de la rue, vêtu de culottes de daim étroites, d'une redingote bleu marine et d'un gilet écarlate parfaitement assorti au pommeau de sa canne et aux talons de ses bottes. L'éclat de ces dernières n'était concurrencé que par celui des dents blanches du baron. Oxford était une véritable gravure de mode.

Mais son élégance s'arrêtait à sa tenue, vu la manière vulgaire dont il venait de la héler.

— Lady Calpurnia ! répéta-t-il en bondissant en haut des marches pour la rejoindre sur le seuil de la maison de couture. Quelle chance incroyable ! Voyez-vous, j'envisageais justement de me rendre à Allendale House… et vous voilà !

— Certes, dit Callie en s'abstenant, malgré l'envie qui la tenaillait, de lui demander ce qui le poussait à vouloir se rendre à Allendale House. Me voilà !

Comme Oxford continuait à lui sourire sans rien dire, elle ajouta :

— C'est une belle journée pour faire des courses.

— Rendue plus belle encore par votre présence ici.

— Oh… murmura Callie en haussant les sourcils. Eh bien, je vous remercie, monsieur.

— Pourrais-je vous persuader de différer vos emplettes pour aller manger un sorbet ?

Était-il possible que… qu'il lui fasse la cour ?

— Je ne peux pas, malheureusement. Voyez-vous, ma sœur est chez Mme Hébert. Elle m'attend.

— Je suis certain qu'elle comprendra, affirma-t-il en lui présentant son bras et en accompagnant son sourire d'un clin d'œil.

Callie en resta sans voix. Oui, à n'en pas douter, il lui faisait la cour.

Pour quelle raison ?

— Callie !

Elle sursauta en entendant Mariana, qui passait la tête par la porte, sans doute étonnée qu'elle ne les ait pas rejointes. Une vive perplexité se peignit sur le visage de sa sœur quand elle la vit en compagnie du baron Oxford.

— Oh... Bonjour, monsieur.

— Bonjour, lady Mariana, dit-il en s'inclinant exagérément bas. C'est un plaisir, comme toujours.

Callie plaça sa main devant sa bouche pour dissimuler son sourire.

— Euh... merci, murmura Mariana, pour une fois prise de court. Cela ne vous ennuie pas que je vous enlève ma sœur, n'est-ce pas ?

Oxford se redressa, arborant toujours son sourire éclatant.

— Pas du tout ! Mais vous me voyez d'autant plus déterminé à vous rendre visite à Allendale House, lady Calpurnia.

— Ce sera avec plaisir, monsieur, assura Callie, d'un ton que tout autre que le baron aurait trouvé un peu hâtif.

D'autant qu'elle saisit au vol cette occasion de s'éclipser et se dépêcha de rejoindre Mariana, ne se retournant qu'au dernier moment pour adresser un signe rapide à Oxford.

— Je n'arrive pas à croire qu'il t'ait retenue ainsi dans la rue ! murmura Mariana. À se demander si cet homme a quelque chose dans la tête !

— À part des dents, tu veux dire ? répliqua Callie.

Les deux sœurs s'esclaffèrent, avant d'aller retrouver Juliana, à laquelle Mme Hébert s'intéressait déjà. Comme Mariana l'avait deviné, la couturière avait jugé que concevoir une garde-robe entière pour la jeune fille serait excellent pour ses affaires.

Elles ne tardèrent pas à être entourées d'un essaim de petites mains. L'une des employées entreprit de prendre les mesures de Mariana, pendant que les autres couraient ici et là chercher des rouleaux d'étoffes de toutes sortes, dans tous les coloris imaginables. Assise sur un tabouret, une jeune femme à lunettes prenait des notes.

— Elle aura besoin d'au moins six robes de dîner, pour commencer, indiqua Mariana. Six robes de jour, trois amazones, une dizaine de robes de matinée, cinq robes de promenade...

Elle marqua une pause pour permettre à l'assistante de la couturière d'inscrire les dernières lignes dans son carnet.

— Et puis, trois robes de bal... non, quatre. Et splendides, évidemment, ajouta-t-elle en adressant un regard éloquent à Mme Hébert. Mlle Fiori doit éblouir le Tout-Londres.

Callie ne put s'empêcher de sourire. Mariana était vraiment la compagne idéale pour ce genre d'entreprise. Juliana, la pauvre, paraissait frappée de stupeur.

— Qu'ai-je oublié ? demanda Mariana.

Se tournant vers la couturière, Callie intervint :

— Des spencers, des pelisses, des capes et des châles, pour toutes les occasions... Ainsi que des sous-vêtements, bien sûr. Et des tenues pour la nuit.

Pour la première fois, Juliana prit la parole.

— Je ne vois pas pourquoi j'aurais besoin de nouveaux vêtements de nuit. Les miens sont parfaitement acceptables.

— Vous en avez besoin parce que votre frère désire vous les acheter, argua Mariana. Pourquoi ne pas en profiter ?

— Cela fait trop, protesta Juliana en se tournant vers Callie. Je ne suis là que pour sept semaines.

Callie comprenait le malaise de la jeune femme. Juliana connaissait à peine Ralston, et elle commandait une fortune en vêtements à ses frais. S'approchant d'elle, Callie posa une main rassurante sur son bras. Puis, à voix basse afin qu'elle seule l'entende, elle lui dit :

— Il veut faire cela pour vous. C'était son idée. Je sais que cela semble extravagant...

Elle plongea son regard dans les yeux bleus de la jeune femme, assombris par l'inquiétude.

— Laissez-le jouer au grand frère aujourd'hui.

Après un moment, Juliana hocha la tête.

— *Bene*. Cependant, j'aimerais bien que les robes soient un peu plus... qu'elles aient un style un peu plus italien.

Sa requête parvint aux oreilles de Mme Hébert, qui répliqua aussitôt :

— Vous croyez peut-être que je prendrais un lys sauvage et que je tenterais de le déguiser en rose anglaise ? Non, vous ferez votre entrée dans le monde avec tout l'éclat d'une étoile italienne !

— Formidable, acquiesça Callie en riant. Si nous choisissions les tissus ?

À ces mots, la nuée d'assistantes se mit à dérouler des mètres de mousseline, de satin, de jaconas, de crêpe, de velours et de gros de Naples, de toutes les couleurs et avec tous les motifs possibles.

— Lesquels préférez-vous ? s'enquit Callie.

Juliana reporta son attention sur les flots d'étoffes, avec un sourire qui trahissait sa perplexité. Mariana s'approcha d'elle et glissa son bras sous le sien.

— Moi, j'adore ce crêpe violet foncé. Il irait magnifiquement bien avec vos cheveux. Et toi, Callie, tu as une préférence ?

D'un signe de tête, elle désigna un satin vert tendre.

— Si vous ne sortez pas d'ici avec une robe du soir dans ce satin, je serai très déçue.

— Dans ce cas, il faut que je l'aie ! Personnellement, j'aime beaucoup cette mousseline rose.

Mme Hébert souleva le rouleau et le passa à une petite main.

— Un choix excellent, *signorina*. Puis-je aussi suggérer ce satin doré ? Pour le soir, bien sûr.

Mariana pressa le bras de Juliana et demanda avec un enthousiasme contagieux :

— C'est amusant, non ?

La sœur de Ralston hocha la tête en riant et, se prenant au jeu, mit moins d'une heure à sélectionner les tissus et les couleurs de ses futures robes.

Les deux nouvelles complices buvaient du thé, en discutant largeur d'ourlet et placement de la taille, lorsque Callie se surprit à palper un satin d'un bleu céleste qui avait attiré son regard à plusieurs reprises depuis son entrée dans le salon. Pour la première fois depuis très longtemps, l'idée d'une nouvelle robe la séduisait. Une nouvelle robe pour *elle*.

— Ce tissu vous plaît beaucoup, non ? fit la couturière, avec ses syllabes curieusement accentuées. Il ferait une très belle robe pour votre prochain bal. Ce satin est fait pour la valse.

— Il est magnifique ! intervint alors Mariana en surgissant à côté d'elles.

— Oh oui ! Vous devez le prendre ! renchérit Juliana.

Callie secoua la tête en souriant.

— Je vous remercie, mais je n'ai pas besoin d'une robe comme ça.

Surprise, Mme Hébert haussa les sourcils.

— Vous n'allez pas au bal ?

— Si, bien sûr... Mais... je ne danse pas.

— Peut-être que vous n'avez pas la robe qu'il faut, mademoiselle. Permettez-moi de le dire... Si moi, je cousais pour vous une robe dans ce tissu, vous danseriez très certainement.

Joignant le geste à la parole, la couturière déroula sur la table un large métrage du satin bleu, sur lequel elle s'employa à former des plis et des fronces. Puis, après avoir reculé, elle invita du regard Callie à jauger le résultat. Même s'il n'y avait là que l'ébauche d'une robe, l'effet était éblouissant.

— Nous creuserons l'encolure et nous soulignerons la taille afin de mettre votre décolleté en valeur. Vous, les Anglaises, vous vous cachez trop derrière ces volants et ces froufrous, continua Mme Hébert, qui illustra ces derniers mots d'une grimace, comme s'ils avaient un goût déplaisant. Il faut que vous soyez habillée à la mode française. Les Français, au moins, célèbrent les formes féminines !

Ce discours osé fit rougir Callie, mais, en toute honnêteté, elle ne pouvait qu'y souscrire.

— D'accord, finit-elle par dire après avoir croisé le regard de la couturière. J'accepte.

Mariana et Juliana poussèrent des exclamations ravies. Mme Hébert, quant à elle, se contenta d'un hochement de tête professionnel.

— Valérie ! dit-elle à son assistante. Prenez les mesures de lady Calpurnia. Le satin bleu céleste sera pour elle. Elle aura aussi besoin d'une cape.

— Oh, je ne pense pas que...

— En satin bleu nuit, décréta la couturière sans lui prêter la moindre attention. Nous la borderons de chinchilla. Puis nous retirerons le céleste de la présentation. Il sera uniquement pour cette dame.

À ces mots, un murmure excité courut parmi les petites mains. Comme Callie, perplexe, interrogeait Mariana du regard, sa sœur chuchota :

— Mme Hébert ne retire un tissu de la vente que lorsqu'elle conçoit une robe sans l'aide de son personnel ! Callie ! Tu te rends compte ?

Callie déglutit avec peine. Dans quel pétrin s'était-elle fourrée ?

— Trois semaines, lui annonça Mme Hébert.

— Et pour Mlle Fiori ? demanda Callie.

— La même chose. Nous lui ferons parvenir ses toilettes dès qu'elles seront terminées.

— Mlle Fiori aura besoin de la robe du soir dorée mercredi, intervint Mariana. Pour l'opéra.

Juliana, qui caressait d'une main distraite une mousseline lavande destinée à devenir l'une de ses robes d'après-midi, releva la tête, surprise.

— Il faut qu'elle assiste à la première, Callie, insista Mariana, qui se tourna ensuite vers la jeune fille. Vous viendrez avec nous, bien sûr.

Mariana avait raison. Mercredi avait lieu la première représentation de la saison au Théâtre Royal, et c'était l'occasion parfaite pour les débuts dans le monde de Juliana. Sa présentation aux membres de la haute société se ferait en douceur, car elle n'aurait à les affronter qu'avant et après le spectacle, ainsi que, bien sûr, pendant l'entracte.

— Oui, bien sûr, mercredi serait parfait, acquiesça Callie.

La couturière, qui avait gardé le silence durant cet échange, intervint :

— Mesdemoiselles, nous sommes lundi. Je peux finir la robe pour mercredi, mais pas sans que mes employées travaillent la nuit…

Le sous-entendu était évident. Callie sourit. Ralston lui avait donné carte blanche, non ? L'argent n'était pas un problème.

— Le frère de Mlle Fiori est le marquis de Ralston. Je suis certaine qu'il ne verra pas d'objection à payer davantage pour obtenir satisfaction.

Rassurée, Mme Hébert ordonna aussitôt à deux de ses employées de commencer la robe sur-le-champ.

Une fois sorties, les trois jeunes filles entamèrent une tournée étourdissante des boutiques de Bond Street et au-delà. Après une incursion chez la modiste, alors qu'elles empruntaient une petite rue étroite, Juliana s'arrêta pour regarder la vitrine d'une librairie.

— Cela vous ennuierait-il beaucoup si nous nous arrêtions ? demanda-t-elle en se tournant vers ses compagnes. J'aimerais acheter quelque chose pour mes frères. Pour les remercier de leur gentillesse.

— Quelle excellente idée !

Toujours ravie d'entrer dans une librairie, Callie poussa la porte avec un grand sourire et invita Juliana à passer devant elle.

Elles furent accueillies par le tintement d'une petite cloche qui prévint le propriétaire de leur présence. Après les avoir saluées poliment, il retourna vaquer à ses occupations. Callie et Mariana s'approchèrent de la table sur laquelle étaient exposées les dernières parutions, laissant Juliana chercher le présent adéquat pour ses frères.

La tâche se révéla plus ardue que cette dernière ne l'avait imaginé. Difficile de trouver le cadeau idéal pour Ralston et St. John – quelque chose qui, non seulement serait en rapport avec leurs centres d'intérêt, mais aurait une signification supplémentaire, puisque ce serait le premier cadeau qu'ils recevraient de leur sœur tombée du ciel.

Après un quart d'heure d'hésitation, Juliana finit par choisir un grand livre de reproductions de Pompéi pour Nick, en espérant qu'il comblerait son amour pour le monde ancien.

Mais Ralston représentait un défi. Elle ne savait que peu de choses de lui, hormis qu'il jouait du piano durant de longues heures, tard dans la nuit. Passant d'une étagère à l'autre, toutes abondamment garnies de grands volumes reliés de cuir, elle finit par sortir un livre allemand sur Mozart, qu'elle feuilleta en mordillant sa lèvre inférieure, indécise.

— Si l'on recherche une biographie de Mozart, il n'y en a pas de meilleure. Niemetschek connaissait personnellement le maestro.

Juliana sursauta et, lorsqu'elle pivota, se retrouva face au plus bel homme qu'elle eût jamais vu.

Il était grand, large d'épaules, avec des yeux couleur de miel chaud. La lumière de la fin d'après-midi qui se déversait dans la librairie jouait sur ses boucles dorées et soulignait le dessin parfait de son nez aquilin et de sa mâchoire volontaire.

— Je...

Elle s'interrompit, son esprit affolé cherchant à se rappeler ce qu'imposaient les convenances dans une telle situation. Mais Callie et elle n'avaient jamais discuté de la conduite à tenir lorsqu'un ange vous abordait au rayon des biographies de musiciens. Elle supposa néanmoins qu'il ne serait pas inconvenant de le remercier et dit tout simplement :

— Je vous remercie, monsieur.

— Je vous en prie. J'espère qu'elle vous plaira.

— Oh, ce n'est pas pour moi. C'est un cadeau. Pour mon frère.

— Ah, dans ce cas, j'espère qu'il l'appréciera.

Ils se regardèrent pendant un long moment, jusqu'à ce que Juliana, que ce silence rendait nerveuse, finisse par dire :

— Je suis désolée, monsieur. Je suis à peu près certaine que nous ne sommes pas autorisés à nous entretenir.

Il lui adressa un léger sourire, un peu narquois, qui fit courir une vague de chaleur dans ses veines.

— Seulement « à peu près certaine » ?

— Presque sûre. Je ne suis pas depuis longtemps à Londres, et je maîtrise mal vos règles, mais je crois me souvenir qu'il est nécessaire d'avoir été présentés l'un à l'autre pour...

— C'est terrible. Que pensez-vous qu'il risque d'arriver, si nous sommes surpris en train de parler de livres, dans un endroit public, au grand jour ?

Son ton outré arracha un petit rire à Juliana.

— On ne sait jamais. La Terre pourrait très bien s'ouvrir et nous avaler pour nous être livrés à une activité aussi dangereuse.

— Je serais vraiment désolé d'exposer une dame à un danger imminent. En conséquence, je vais prendre congé, non sans espérer qu'un jour nous serons présentés en bonne et due forme.

L'espace d'un instant, Juliana envisagea d'appeler Callie et Mariana pour qu'elles procèdent aux présentations requises. Mais elle avait l'intuition que ce genre de chose ne se faisait pas.

— Je l'espère aussi, se contenta-t-elle de dire.

Il s'inclina alors très bas et sortit. Incapable de s'en empêcher, Juliana s'approcha de la vitrine et le suivit des yeux tandis qu'il s'éloignait.

— Juliana ? Vous avez trouvé ce que vous cherchiez ? s'enquit Callie, non loin d'elle.

— Oui, répondit Juliana, qui se tourna vers elle en souriant. Pensez-vous qu'une biographie de Mozart plaira à Gabriel ?

— Je crois que c'est un excellent choix, déclara Callie après avoir regardé le titre.

Juliana prit une profonde inspiration, satisfaite.

— Dites-moi… l'une de vous connaît-elle cet homme ?

Après avoir suivi son regard, Mariana reporta son attention sur elle en fronçant les sourcils.

— Pourquoi ?

— Sans raison particulière, mentit Juliana. Sa silhouette… me semblait familière.

Mariana secoua la tête.

— Je doute que vous le connaissiez. Je ne peux pas l'imaginer daignant se rendre en Italie. Et encore moins parlant à quelqu'un d'italien.

— Mariana… murmura Callie avec une imperceptible mise en garde dans son ton.

— Mais qui est-ce ? insista Juliana.

— Le duc de Leighton, répondit Callie qui, avec un geste désinvolte de la main, tourna les talons pour se rapprocher du comptoir.

— C'est un duc ? demanda Juliana avec surprise.

— Oui, confirma Mariana en l'invitant à suivre sa sœur. Et un duc franchement détestable. À ses yeux, quiconque possède un titre inférieur au sien est totalement indigne de lui. Ce qui ne lui laisse guère de pairs.

— Mariana ! Si tu pouvais éviter les commérages en public…

— Oh, Callie, admets que tu ne peux pas souffrir Leighton.

— Évidemment, répondit Callie à voix basse. Personne ne peut le souffrir. Je m'abstiens néanmoins de le proclamer dans toute la librairie.

Juliana resta déconcertée. L'homme ne lui avait pas semblé arrogant le moins du monde. Mais il était vrai qu'il ne la connaissait pas. S'il avait découvert qu'elle était la fille d'un négociant...

— Y en a-t-il beaucoup comme lui ? Des nobles qui me mépriseront sur-le-champ, simplement à cause de ma naissance ?

Les deux sœurs échangèrent un bref regard, puis Callie écarta la question d'un geste de la main.

— S'il y en a, ils ne sont pas dignes d'intérêt. Soyez bien persuadée que beaucoup d'autres vous adoreront.

— C'est évident, renchérit Mariana avec un sourire. Et n'oubliez pas que je serai bientôt duchesse moi-même. Alors... qu'ils aillent tous se faire pendre !

— Pendre ? répéta Juliana, l'air choqué. Mais c'est terrible !

L'espace d'un instant, Callie et Mariana restèrent perplexes. Puis la première éclata de rire quand elle comprit le malentendu.

— C'est une expression, Juliana. Personne ne sera pendu. Cela signifie simplement que Mariana ne se souciera pas d'eux.

— Ah ! *Capisco*. Je comprends ! *Sì*. Qu'ils aillent se faire pendre !

Toutes trois éclatèrent de rire. Quand Juliana eut payé ses achats et qu'un valet de pied se fut chargé de porter les paquets jusqu'à la voiture, elle se tourna en souriant vers ses deux compagnes.

— Et maintenant, où allons-nous ?

— Chez le gantier, bien sûr, annonça Mariana. Une demoiselle ne peut pas faire son entrée dans le monde sans gants de soirée !

10

Callie ne put réprimer un sourire satisfait quand elle vit, depuis la loge des Rivington, les dizaines de jumelles pointées en direction de Juliana Fiori.

À en juger par la curiosité qu'elle suscitait, titrée ou pas, fille d'une marquise déshonorée ou pas, Juliana allait faire une entrée remarquée dans le monde.

L'opéra n'avait même pas encore commencé que, déjà, les visiteurs se pressaient dans la loge, depuis les piliers de la bonne société qui venaient, officiellement, saluer la duchesse douairière et, de fait, étaient amenés à rencontrer la charmante Juliana, jusqu'aux jeunes gens beaucoup moins discrets sur la raison de leur présence dans la loge – à peine arrivés, ils faisaient des pieds et des mains pour être présentés à la nouvelle venue.

La soirée n'aurait pu être plus parfaitement orchestrée, et sans fausse modestie, Callie s'attribuait ce succès.

Juliana était arrivée dans la voiture des Allendale, et depuis qu'elle en était descendue, elle se comportait avec une grâce et un aplomb qui ravissaient Callie, comme si le fait d'être exposée au jugement de l'aristocratie londonienne était la chose la plus naturelle au monde. Une fois à l'intérieur du théâtre, Juliana avait ôté sa cape et révélé son éblouissante robe du soir en satin, livrée le matin même à Ralston House. Mme Hébert s'était surpassée, et cette robe, striée de fils d'or, ne pouvait manquer de susciter l'envie de toutes les femmes présentes.

Juliana avait été ensuite accompagnée, pour cette soirée qui serait la plus importante de toute la saison théâtrale de Londres, jusqu'à la loge privée du duc de Rivington, où elle était l'invitée personnelle de la duchesse douairière, de la future duchesse et du duc en personne. Ce soir, la loge des Allendale resterait vide. Le comte et la comtesse douairière d'Allendale ainsi que Callie assisteraient à l'opéra dans la loge des Rivington, montrant ainsi que Juliana était la protégée de deux des familles les plus puissantes de Grande-Bretagne.

Et, comme si cela n'était pas suffisant, Ralston et St. John venaient d'arriver – offrant aux marieuses de la haute société matière à une recrudescence de commérages. Rares étaient les apparitions des frères jumeaux lors de semblables événements mondains, et plus rare encore leur présence ensemble.

Callie reporta son attention sur eux, qui se tenaient côte à côte, semblables à des sentinelles, à quelques pas derrière leur sœur. Leur haute taille et leur beauté les rendaient tout aussi intimidants l'un que l'autre.

Le pouls de Callie s'accéléra tandis qu'elle observait Ralston. Il était d'une élégance irréprochable. Dédaignant les gilets chamarrés qui avaient la faveur des dandys, il portait un habit noir parfaitement coupé, un gilet blanc classique et une cravate amidonnée. Ses bottes étincelaient, comme s'il avait emprunté une route magique exempte des inévitables flaques boueuses qui parsemaient les rues de Londres.

Mais, sous cette apparence impeccable, Callie décelait les signes d'une certaine nervosité : ses épaules raidies, ses poings serrés, le muscle minuscule qui se crispait sur sa joue tandis qu'il regardait sa sœur manœuvrer pour éviter les écueils des règles mondaines trahissaient sa volonté de se battre pour qu'elle soit acceptée ce soir par la haute société.

Comme conscient de son attention, il tourna la tête vers Callie. Elle sentit le souffle lui manquer lorsque leurs regards se croisèrent et qu'elle se retrouva prisonnière de ses yeux bleus, d'une intensité insondable. Quand il lui adressa un signe de tête presque imperceptible, elle comprit le message implicite : « Merci. »

Après l'avoir salué de la même manière, Callie se hâta de reporter son regard sur la foule, de crainte d'être incapable de dissimuler ses émotions. Si seulement la représentation pouvait commencer, pour la distraire de la présence de Ralston dans la loge !

Le rideau aurait dû se lever une demi-heure plus tôt ; hélas, le grand monde ne fréquentait pas le Théâtre Royal pour le plaisir de l'opéra. On s'y rendait pour voir et être vu, et les directeurs de l'établissement savaient très bien comment satisfaire leur public privilégié.

Au moment où ses yeux se posaient sur Juliana, Callie constata avec fierté que la jeune fille s'adressait avec grâce à la duchesse douairière et, devant le Tout-Londres attentif, elle fit même rire cette dernière. Tout se déroulait à la perfection !

— Vous paraissez plutôt contente de vous...

Un frémissement d'excitation la parcourut lorsque cette voix profonde, amusée, chuchota à son oreille. S'exhortant au calme, elle soutint le regard de Ralston.

— Il est vrai que je le suis, monsieur. Votre sœur se débrouille incroyablement bien, vous ne trouvez pas ?

— Si. La soirée n'aurait pu être arrangée de manière plus satisfaisante.

— L'idée d'utiliser la loge des Rivington revient à Mariana, admit Callie. Nos sœurs semblent être devenues rapidement très bonnes amies.

— En grande partie grâce à vous, je suppose.

Comme elle se contentait d'acquiescer en silence, il ajouta :

— Très bien joué.

Callie repoussa la pointe d'orgueil saugrenue que ce compliment éveillait en elle. La sonnerie du théâtre retentissait, annonçant le début de la représentation, et les visiteurs refluaient hors de la loge.

— Puis-je vous accompagner jusqu'à votre fauteuil, lady Calpurnia ? demanda Ralston en lui présentant son bras.

Callie l'accepta en s'efforçant d'ignorer le frisson brûlant qui la parcourait à son contact. C'était la première fois qu'ils se revoyaient depuis la soirée dans la taverne… et dans la voiture. La première fois qu'ils se touchaient depuis que Ralston l'avait enlacée.

Lorsqu'elle se fut assise à côté de Benedick, Ralston prit place de l'autre côté. Sa proximité exacerbait tous ses sens. Son parfum, un mélange de bois de santal, d'agrume et d'un effluve typiquement masculin, l'enveloppait. La tentation la saisit de se pencher vers lui pour inhaler profondément. Désireuse de lutter contre ce trouble malvenu, elle chercha un sujet de conversation.

— Aimez-vous l'opéra, monsieur ?

— Pas particulièrement.

— Je suis surprise de l'apprendre, car j'avais l'impression que vous aimiez la musique. Après tout, vous avez un pianoforte…

Callie s'arrêta net et jeta un rapide regard circulaire dans la loge pour voir si quelqu'un risquait de surprendre leur conversation. Il n'aurait pas fallu que des oreilles indiscrètes l'entendent parler du pianoforte de Ralston.

— Effectivement, lady Calpurnia, j'en ai un, répliqua-t-il en haussant un sourcil ironique.

Il la provoquait, mais elle refusa de mordre à l'hameçon.

— Évidemment, tout le monde possède un pianoforte, de nos jours, poursuivit-elle sans le regarder. J'ai entendu dire que la représentation de ce soir allait être exceptionnelle. *Le Barbier de Séville* est un opéra délicieux. J'aime tout particulièrement Rossini. Et il paraît que la chanteuse qui joue Rosine est brillante. Je ne me souviens plus de son nom... Mlle...

Bien que consciente de parler à tort et à travers, Callie se sentait rassurée d'avoir habilement détourné la conversation.

Mais c'est alors qu'il dit :

— Kritikos. Nastasia Kritikos.

Nastasia. La réalité la frappa quand elle se souvint de cette phrase qu'il avait prononcée : « Je ne voulais pas rendre la chose plus difficile qu'il n'était nécessaire, *Nastasia...* »

Seigneur, la cantatrice était sa maîtresse !

Quand elle leva les yeux vers lui, elle croisa son regard calme, insondable.

— Oh... ne put-elle s'empêcher de murmurer, d'une voix presque inaudible.

Il garda le silence. Mais que voulait-elle qu'il fît ? Qu'il claironne à la ronde que la mezzo-soprano était sa maîtresse ? Cette même maîtresse pour laquelle il avait pris Callie, la nuit où elle s'était introduite si effrontément dans sa chambre ?

Non, mieux valait qu'il ne poursuive pas cette conversation. Les joues en feu, elle se pencha pour regarder par-dessus le rebord de la loge. Survivrait-elle si elle tentait de s'échapper par le côté ? Sans doute que non, conclut-elle avec un soupir. Quand elle ramena son regard sur lui, ses yeux pétillaient d'amusement. Il jouissait de son embarras !

— Trop haut pour sauter, à mon avis, murmura-t-il d'un ton de conspirateur.

Cet homme était exaspérant !

Heureusement, le rideau se leva à cet instant, épargnant à Callie la peine de répondre. Elle reporta son attention sur la scène, déterminée à cesser de penser à Ralston.

Ce fut bien sûr impossible, surtout lorsque l'opéra commença réellement et que Nastasia Kritikos apparut. La chanteuse grecque jouait Rosine, la belle femme sur laquelle reposait cette intrigue riche en coups de foudre et en usurpations d'identité, et le rôle semblait fait pour elle. Callie ne pouvait s'empêcher d'imaginer cette femme splendide dans les bras de Ralston. Elle ne parvenait pas à chasser la vision des mains hâlées de celui-ci sur sa peau blanche au velouté parfait, ne pouvait étouffer la jalousie perverse qui la dévorait tandis qu'elle comparait les atouts remarquables de la cantatrice aux siens.

Comme s'il ne lui suffisait pas d'être belle, elle possédait la voix la plus magnifique qu'elle eût jamais entendue.

Comment un homme aurait-il pu résister à cette incarnation même de la féminité ?

La situation de la loge de Rivington était telle que les spectateurs qui s'y trouvaient pouvaient voir l'entrée des coulisses. À plusieurs reprises, Callie eut l'impression que Nastasia Kritikos regardait Ralston, comme si elle sollicitait son attention. Était-il possible qu'ils aient renoué ?

À cette pensée, Callie ferma les yeux. Mais elle les rouvrit aussitôt pour glisser un coup d'œil en direction de Ralston. Elle dut reconnaître qu'il faisait preuve de discrétion : à aucun moment son attention ne se détourna de la scène.

Toutefois, quand commença l'aria de Nastasia au premier acte, il sembla – comme le reste du public – fasciné. Callie ne put que percevoir l'ironie des paroles que chantait la beauté grecque : « Oui, Lindor sera à moi ! Je l'ai juré ! Je réussirai ! Je serai une vipère si l'on me contrarie ! Je peux jouer une centaine de tours pour obtenir ce que je veux. »

— Je peux parfaitement imaginer quelle vipère elle peut être, murmura Callie entre ses dents, alors que la salle tout entière se levait en criant : « *Brava ! Bravissima !* »

À coup sûr, Callie n'aimerait plus jamais cet opéra.

À la fin du premier acte, lorsque le rideau tomba pour indiquer le début de l'entracte, Callie soupira. Que n'aurait-elle donné pour être ailleurs ! Si seulement elle avait pu se soustraire à la torture du deuxième acte...

Mais le rire de Juliana, derrière elle, lui rappela qu'il lui était impossible de partir. Elle avait promis de guider ses débuts dans le monde, et elle entendait accomplir sa mission jusqu'au bout.

Alors qu'elle se levait, avec l'intention de se mêler à une conversation qui n'impliquerait pas Ralston, elle faillit heurter le baron Oxford. À croire qu'il n'avait pas attendu la fin du premier acte pour se précipiter dans la loge des Rivington.

Toujours tiré à quatre épingles, le dandy adressa à la ronde l'un de ses fameux sourires avant d'arrêter son regard sur Callie. Il portait un habit d'un vert profond qui formait un contraste ravissant avec le ton aubergine de son gilet de satin chatoyant. Comme il s'avançait vers elle, Callie remarqua immédiatement que ses talons et le pommeau de sa canne étaient, une fois de plus, assortis à son gilet, et elle ne put s'empêcher de se demander s'il avait des bottes et des cannes de toutes les couleurs. Ce qui lui sembla d'un si grand ridicule qu'elle ne put s'empêcher de sourire.

La révérence qu'elle esquissa alors qu'il s'inclinait sur sa main lui permit de dissimuler son visage.

— Monsieur, c'est un plaisir de vous voir.

— Tout le plaisir est pour moi, assura-t-il, si près de son oreille que Callie rougit et recula un peu.

Désignant un valet de pied chargé d'un plateau de coupes, il continua :

— J'ai pris la liberté de commander du champagne. Pour *vous*... et pour vos connaissances.

Callie resta un peu perplexe. Elle regarda le valet tendre son plateau aux personnes présentes, ne sachant comment interpréter l'insistance sur le « vous » du baron.

— Je vous remercie, monsieur... Le spectacle vous plaît-il ?

— Certes. Je suis particulièrement impressionné par Mlle Kritikos. C'est quelqu'un, vraiment, déclara-t-il en tournant vers la scène un large sourire que Callie trouva plutôt déplaisant.

Après avoir pris un verre de champagne, il le lui tendit. Quand elle le saisit, il effleura du doigt le dos de sa main et, s'inclinant, réduisit sa voix à un chuchotement suggestif.

— Évidemment, l'entracte me plaît immensément aussi.

Cette fois, elle fut convaincue qu'il avait bu. Il ne pouvait en être autrement. Après avoir retiré sa main, Callie envisagea de le rabrouer sévèrement. Mais, puisqu'elle devait supporter de voir la maîtresse de Ralston s'attirer les louanges de toute la haute société, elle ne pouvait nier qu'elle éprouvait un certain plaisir à être l'objet d'attentions particulières.

Elle glissa un coup d'œil en direction de Ralston, qui discutait avec son frère. Quand il croisa son regard, il leva sa coupe de champagne en un salut silencieux. Elle reporta brusquement son attention sur Oxford et lui adressa un sourire radieux.

— Moi aussi, je prends plaisir à l'entracte, monsieur.

— Excellent.

Il but une grande gorgée avant de reprendre d'une voix légèrement pâteuse :

— Vous vous intéressez à l'art ?

— Je… Oui, monsieur, répondit-elle, un peu déconcertée par sa question.

— J'aimerais vous inviter à voir l'exposition à la Royal Academy, la semaine prochaine, dit-il après avoir échangé son verre vide contre un plein.

Il n'existait guère de moyens de se dérober à cette invitation, aussi répondit-elle :

— Ce serait très plaisant, monsieur.

— Qu'est-ce qui serait très plaisant ?

Callie reconnut immédiatement la voix ironique de Ralston, bien sûr, mais elle se refusa à lui répondre.

Oxford, en revanche, semblait tout à fait désireux de faire part de leur échange au marquis.

— Je vais accompagner lady Calpurnia à la Royal Academy la semaine prochaine, répondit-il avec une vantardise perceptible.

— Vraiment ? demanda Ralston avec une incrédulité qui irrita Callie.

— Vraiment, monsieur. J'ai hâte de voir l'exposition de cette année, dit-elle. J'ai de la chance d'y être accompagnée par le baron, ajouta-t-elle en posant brièvement la main sur la manche de celui-ci.

— Pas autant de chance que moi, assura Oxford, dont le regard ne quittait pas Ralston.

La sonnerie retentit sur ces entrefaites, annonçant la fin de l'entracte. Oxford se prépara à prendre congé. Il s'inclina d'abord très bas sur la main de Callie.

— Bonne soirée, mademoiselle. J'attends la semaine prochaine avec impatience.

— Moi aussi, répondit-elle avec une petite révérence.

Souriant jusqu'aux oreilles, le baron se tourna ensuite vers Ralston, dont le visage était de marbre.

— Bonne soirée, mon vieux.

Au lieu de répondre, Ralston abaissa un regard méprisant sur le jeune dandy, lequel se contenta de rire et d'agiter sa canne dans sa direction avant de quitter la loge.

— Vous n'aviez pas besoin de vous montrer grossier avec lui, murmura Callie quand le baron fut sorti.

— Il n'a rien d'autre dans la tête que des dents...

Elle avait beau avoir dit exactement la même chose, Callie ne releva pas. Elle reprit sa place et, quand Ralston s'assit à côté d'elle, elle garda les yeux obstinément fixés sur la scène, espérant que le rideau ne tarderait pas à se relever.

Un valet de pied entra et, du coin de l'œil, elle le vit présenter à Ralston un plateau d'argent sur lequel se trouvait un billet plié. Après avoir remercié le domestique d'un signe de tête, Ralston saisit le message et fit glisser son doigt sous le sceau de cire pour le décacheter.

Incapable de s'en empêcher, Callie coula un regard vers la feuille dépliée. Elle ne contenait qu'une phrase très courte, mais sans équivoque.

Venez me voir.

N.

Ralston et Nastasia étaient encore amants.

Ravalant une exclamation, Callie reporta brusquement son attention sur la scène, où le deuxième acte venait de commencer.

Les pensées se bousculaient dans son esprit. Elle n'aurait pas dû être surprise, bien sûr. Elle n'aurait pas dû repenser à cette nuit-là – au bal de fiançailles, à son étreinte avec Ralston dans sa voiture. Elle n'aurait pas dû se demander pourquoi, s'il avait une liaison avec Nastasia, il avait jugé bon de l'embrasser, elle.

Sauf que, évidemment, elle s'interrogeait.

En outre, avait-il pensé à Juliana ? Il ne pouvait quand même pas accepter cette invitation de sa maîtresse, ce soir entre tous les soirs... C'était la première soirée de sa sœur dans le monde !

Durant les deux premières scènes du deuxième acte, la tristesse le disputa en elle à l'indignation. Quand, au début de la troisième scène, il se leva et quitta brusquement la loge, l'indignation l'emporta.

Non, elle ne le laisserait pas ruiner la première soirée dans le monde de sa sœur ! Pas après tout ce que Juliana avait fait pour que celle-ci soit une réussite. Et pas après le mal que Callie elle-même s'était donné pour assurer cette réussite. Pour ne rien dire de tous ceux qui avaient apporté leur soutien à sa sœur.

Comment osait-il prendre le risque de tout gâcher ? Et pour quoi ?

La colère bouillonnait en elle. Quelqu'un devait penser à Juliana.

Se tournant vers Benedick, elle chuchota :

— J'ai l'impression que le champagne m'est monté à la tête. Je vais m'allonger un peu dans le salon réservé aux dames.

Son frère se pencha et parut remarquer la disparition de Ralston.

— Pas d'aventure, Callie, lui recommanda-t-il.

Elle s'obligea à sourire.

— Pas d'aventure.

Sur ce, elle quitta la loge et s'élança dans le couloir à peine éclairé. Réussirait-elle à trouver Ralston avant qu'il ne détruise les chances de succès de Juliana ? Elle serait allée jusqu'à parier Allendale House que, dans le passé, il ne se gênait pas pour s'éclipser et aller rejoindre sa maîtresse dans ce même théâtre. Sans doute connaissait-il le plus court chemin pour se rendre à sa loge – un soupçon qui lui arracha un grondement de dégoût.

Alors qu'elle débouchait dans la galerie supérieure, elle aperçut Ralston qui se dirigeait vers le grand escalier. Après s'être assuré d'un coup d'œil circulaire qu'il n'y avait pas de témoin, Callie s'écria :

— Lord Ralston ! Arrêtez-vous !

Il se figea net, puis, l'air incrédule, se tourna face à Callie qui courait presque, dans sa hâte à le rattraper. Son incrédulité céda alors la place à une colère manifeste, et il revint sur ses pas.

Sans lui laisser le temps de prononcer un mot, il la saisit par le bras et l'entraîna dans un couloir latéral obscur. Puis, d'une voix tendue, il chuchota :

— Êtes-vous folle ?

Callie, qui haletait, à la fois à cause de sa course et de son irritation, se dégagea d'un geste brusque.

— Je pourrais vous poser exactement la même question !

— Que faites-vous ici ? Si l'on vous surprenait...

— Oh, je vous en prie, coupa-t-elle. Nous sommes dans un théâtre. Que pensez-vous qu'il arriverait, si l'on me surprenait ? Quelqu'un m'indiquerait la direction du salon réservé aux dames, et je poursuivrais mon chemin. En revanche, si c'était vous que l'on surprenait ?

Il la regarda comme si elle avait réellement perdu l'esprit.

— De quoi parlez-vous ?

— Vous n'êtes pas très discret, lord Ralston, rétorqua-t-elle en prononçant son nom avec mépris. Est-ce ainsi que vous entendez établir la réputation de votre sœur ? J'ai vu le billet ! dit-elle en le frappant d'un doigt accusateur au creux de l'épaule. Je sais que vous vous apprêtez à retrouver votre... votre...

— Ma quoi ?

— Votre... votre maîtresse ! lâcha-t-elle en soulignant chaque mot d'un index indigné.

Il lui attrapa alors la main et l'écarta de lui, tandis que ses yeux lançaient des éclairs.

— Vous osez me faire la leçon ? Vous osez me reprocher mon comportement ? Pour qui vous prenez-vous donc ?

— Pour la personne que vous avez choisie pour guider les premiers pas de votre sœur dans le monde. Je ne vous permettrai pas de ruiner ses chances de succès pour une nuit de...

— *Vous* ne *me* permettrez pas ? N'est-ce pas vous qui flirtiez sans vergogne avec un dandy éméché sous les yeux de toute la société ?

Callie en resta un instant bouche bée.

— Ce n'est absolument pas vrai !

— C'est pourtant l'impression que vous donniez, mademoiselle.

— Comment osez-vous ? Comment osez-vous me parler d'un flirt éhonté ? Ce n'est pas moi qui faisais de l'œil à une cantatrice en plein spectacle !

— Cela suffit.

— Non. Je n'ai pas fini, riposta Callie, hors d'elle. Ce n'est pas moi qui me précipite à un rendez-vous galant avec ma... mon amante peinturlurée alors que ma sœur affronte l'épreuve la plus difficile de son existence ! Avez-vous idée de ce que la société lui ferait endurer si l'on vous découvrait, espèce de... de brute insensible ?

Il ferma les yeux un instant, le visage crispé, les poings serrés. Quand il reprit la parole, son ton révélait une colère difficilement contenue.

— Si vous en avez fini, lady Calpurnia, je pense que nous pouvons mettre un terme à cette conversation. Je vous informe que je n'ai plus besoin de votre aide avec ma sœur.

— Je vous demande pardon ? s'exclama Callie, outrée.

— C'est pourtant simple. Je ne veux pas qu'elle vous approche. Vous êtes trop dangereuse.

Callie écarquilla les yeux, effarée.

— Moi, dangereuse ? répliqua-t-elle d'une voix qui vibrait de fureur. Je continuerai à voir votre sœur, monsieur. Croyez-moi, je n'ai pas l'intention de la laisser tomber. En outre, poursuivit-elle en agitant son index sous son nez, ce n'est pas un gredin et un libertin notoire – vous venez de le prouver ! – qui me dira ce que je dois faire.

Excédé, il attrapa de nouveau sa main, mais, cette fois, il s'en servit pour attirer Callie contre lui.

— Quitte à être considéré comme tel, autant que ça en vaille la peine.

Sur ce, il l'embrassa.

Elle se débattit, se tortilla pour échapper à son baiser, mais il la maintint contre lui de ses bras musclés et de sa bouche impérieuse. Alors qu'elle tentait de lui marteler les épaules de ses poings, il referma les mains autour de sa taille et la souleva du sol, ne lui laissant d'autre choix que de s'accrocher à lui quand il la colla contre le mur. Comme elle poussait un petit cri de surprise, il en profita pour s'emparer de nouveau de sa bouche et, plaçant ses mains en coupe autour de son visage, la priva de souffle.

Callie, refusant de lui laisser l'avantage, usa comme lui de ses lèvres, de sa langue et de ses dents, lui rendant caresse pour caresse. Il recueillit ses soupirs dans sa bouche tandis qu'elle savourait les grognements de plaisir qu'il laissait échapper. Après quelques instants d'une bataille sensuelle intense, ses lèvres s'assouplirent et, de la pointe de la langue, il dessina le contour de sa bouche, mettant un terme à ce baiser d'une manière infiniment plus douce qu'il n'avait commencé.

Comme Callie, malgré elle, gémissait, Ralston sourit, avant de déposer un dernier baiser au coin de sa bouche. Il releva un peu la tête, et leurs regards se croisèrent. Le silence autour d'eux n'était troublé que par leurs respirations précipitées, qui leur rappelaient la violence de la dispute ayant précédé ce baiser.

Il haussa alors l'un de ses sourcils noirs, en signe muet de victoire. Face à cette arrogance, la fureur de Callie flamba de plus belle.

— Je ne suis pas l'une de vos créatures que vous pouvez peloter en public, lui lança-t-elle en se redressant de toute sa taille. Vous feriez bien de vous en souvenir.

— Pardonnez-moi, riposta-t-il d'un ton moqueur, mais vous ne sembliez pas vraiment opposée à jouer ce rôle.

Elle ne put retenir sa main qui, comme mue par une volonté propre, vola en direction de la joue de Ralston. Elle redoutait déjà le coup qu'elle allait donner, mais était incapable de retenir son geste. Quand il referma sur son poignet une main de fer, elle poussa une exclamation de surprise. Les yeux de Ralston étincelaient de colère.

Seigneur, elle avait essayé de le frapper ! Elle avait dépassé les bornes. Quelle mouche l'avait piquée ? Elle lutta pour dégager sa main, mais il ne céda pas.

— Je... je suis désolée.

Ses yeux se plissèrent, mais il garda le silence.

— Je n'aurais pas dû...

— Cependant, vous l'avez fait.

— Ce n'était pas mon intention, assura-t-elle après un instant.

Il secoua la tête, relâcha sa main et rajusta son habit.

— On ne peut pas avoir le beurre et l'argent du beurre, lady Calpurnia. Si vous avez l'intention de continuer à agir sans vous soucier des conséquences, je vous conseille d'endosser la responsabilité de vos actes. Vous aviez l'intention de me frapper. Ayez au moins le courage de l'admettre.

Il se tut, attendant qu'elle réponde. Comme elle ne disait rien, il secoua de nouveau la tête.

— Étonnant. Je ne pensais pas que vous étiez lâche.

Sous l'effet de la colère, Callie rougit.

— Ne vous approchez plus de moi, dit-elle d'une voix qui tremblait d'émotion, avant de tourner les talons pour s'élancer dans le couloir qui menait à la loge des Rivington.

Gabriel la suivit des yeux, sans que rien sur son visage trahisse ses sentiments.

11

— Je savais que vous viendriez.

Ces mots, prononcés avec sensualité, dénotaient une arrogance féminine qui irrita aussitôt Gabriel.

Il conserva néanmoins son attitude nonchalante, renversé dans le fauteuil recouvert de chintz qui occupait la loge de Nastasia Kritikos. Mieux valait dissimuler son exaspération. Il avait passé suffisamment de temps avec elle pour savoir qu'elle tirait une satisfaction particulière de son aptitude à le provoquer.

Les yeux mi-clos, il la regarda s'asseoir devant sa coiffeuse et commencer à défaire sa coiffure, en un rituel auquel il avait assisté des dizaines de fois. Sa poitrine se soulevait encore rapidement, après l'effort d'avoir chanté pendant trois heures presque sans interruption ; ses joues colorées révélaient la griserie qui suivait toute représentation, et ses yeux brillants trahissaient le plaisir qu'elle comptait tirer de la dernière partie de la soirée, dont elle était manifestement persuadée qu'elle la passerait dans les bras de Gabriel.

Il avait déjà vu chez elle ce mélange d'émotions exacerbées, et cela ne manquait jamais de porter à son comble sa propre excitation.

Ce soir, toutefois, il y restait indifférent.

Il avait été tenté de ne pas répondre à son billet et de rester dans la loge des Rivington jusqu'à la fin de la représentation, puis de repartir avec sa famille, comme prévu. Mais le billet qu'elle lui avait envoyé soulignait le fait qu'elle était incapable de retenue et de discrétion. Il lui fallait impérativement mettre les points sur les « i ».

Il aurait dû se douter que Nastasia ne se laisserait pas écarter aussi facilement, qu'elle avait trop de fierté pour accepter la fin de leur liaison. Il en prenait conscience à présent.

— Je suis venu vous dire que le billet de ce soir sera le dernier.

— Je ne le crois pas, susurra-t-elle alors qu'une tresse d'un noir d'ébène retombait sur ses épaules. Vous voyez, ça a marché.

— Ça ne marchera pas la prochaine fois, affirma-t-il en lui jetant un regard froid.

Nastasia l'observa dans son miroir pendant qu'une femme de chambre silencieuse s'affairait à la débarrasser de son costume.

— Si ce n'est pas pour moi, pourquoi êtes-vous venu, Ralston ? Vous détestez l'opéra, chéri. Et cependant, vous n'avez pas quitté la scène des yeux, ce soir.

Même si elle prétendait ne vivre que pour son art, Nastasia avait toujours une conscience aiguë de son public. Gabriel avait souvent admiré sa capacité à se rappeler la place précise occupée, dans le théâtre, par certains membres de la haute société. Elle avait l'œil d'une commère pour découvrir qui regardait qui avec ses jumelles, qui était sorti – et avec qui – à la moitié de la représentation, à quel moment et dans quelle loge une excitation ou une agitation particulière s'était produite.

Il n'était donc pas surpris qu'elle l'ait remarqué dans la loge des Rivington et lui ait envoyé un billet.

Après avoir enfilé un peignoir écarlate, Nastasia renvoya sèchement sa domestique. Lorsqu'ils se retrouvèrent seuls, elle se tourna vers Gabriel. Ses yeux noirs étincelaient sous ses cils épaissis par le khôl, et ses lèvres cramoisies esquissaient une moue boudeuse.

Mon amante peinturlurée...

Les paroles de Callie lui revinrent à l'esprit quand Nastasia s'avança vers lui, sûre d'elle et du pouvoir de ses ruses féminines. Il plissa les yeux quand elle joua des épaules et rejeta la tête en arrière afin de dégager le haut de ses clavicules – un endroit qu'il aimait tout particulièrement. Mais il n'éprouva rien d'autre que du dégoût. Il lui semblait que Nastasia était comme une copie en plâtre de l'une des statues de Nick : jolie, mais manquant de la substance qui transformait la simple joliesse en véritable beauté.

Quand elle s'arrêta devant lui et se pencha, révélant sa poitrine voluptueuse en un geste destiné à lui faire perdre la tête, il soutint son regard froid et assuré.

— Même si je suis sensible à vos efforts, Nastasia, je ne suis plus intéressé.

Tout en esquissant un sourire condescendant, elle tendit la main pour caresser sa joue de ses doigts experts. Gabriel dut prendre sur lui pour ne pas s'écarter.

— Je suis heureuse de jouer au chat et à la souris, chéri, mais vous devez admettre que vous me facilitez la tâche. Après tout, vous êtes bel et bien dans ma loge.

— Trouvez quelqu'un d'autre, Nastasia.

— Je ne veux pas de quelqu'un d'autre, roucoula-t-elle, avant de détacher la ceinture de son peignoir.

Elle se pencha davantage pour lui offrir ses seins opulents, que contenait à grand-peine son corset trop serré. Sa voix devint un chuchotement sensuel.

— C'est vous que je désire.

— Il semblerait que nous soyons dans une impasse, dans ce cas, déclara-t-il en soutenant son regard impudent. Je crains, moi, de ne pas vous désirer.

Un éclair de colère traversa son regard, si rapide que Gabriel en déduisit qu'elle s'était préparée à cette rebuffade. Elle tourna les talons et se précipita vers la coiffeuse, avec un emportement qui fit voler la soie écarlate dans son sillage. Gabriel leva les yeux au ciel, juste avant qu'elle ne se retourne pour le foudroyer du regard.

— C'est à cause d'elle, n'est-ce pas ? lança-t-elle avec dédain. La fille dans la loge des Rivington.

— Cette fille est ma sœur, Nastasia, répondit-il d'une voix glaciale. Et je ne veux pas que son entrée dans le monde soit gâchée à cause de vous.

— Parce que vous croyez que je n'aurais pas reconnu votre sœur ? Avec ses cheveux noirs et ses yeux magnifiques, j'ai su immédiatement de qui il s'agissait. Une beauté – tout comme vous. Non, je parle de la femme plus âgée qui était assise à côté de vous, avec des cheveux quelconques, des yeux quelconques et un visage quelconque. Elle doit être très riche, Ralston, parce que je ne peux pas imaginer d'autre raison à votre intérêt pour elle, conclut-elle avec un sourire suffisant.

Mais, refusant de mordre à l'hameçon, il se contenta de dire :

— Seriez-vous jalouse, Nastasia ?

— Bien sûr que non ! Ce n'est pas une concurrente pour moi.

Une vision s'imposa alors à lui : Callie, avec ses mots emportés, sa mine furieuse et son émotion incontrôlable. Même avec de l'entraînement, elle serait incapable d'une conduite froidement calculée. Bonté divine, elle l'avait poursuivi dans un théâtre, sans se soucier un instant du qu'en-dira-t-on, simplement pour lui infliger des reproches cinglants ! Callie, si pleine de vie, si changeante et imprévisible, qui n'avait rien de commun avec l'indifférente et calculatrice cantatrice.

— Là, vous avez raison, acquiesça-t-il. Il n'y a pas de comparaison possible entre vous.

Les yeux de Nastasia s'agrandirent lorsqu'elle comprit, puis elle eut un rire forcé.

— Vous ne pouvez pas être sérieux. Vous vous intéresseriez à cette... cette souris grise ?

— Cette souris est une demoiselle de bonne famille, sœur d'un comte. Je vous prie de parler d'elle avec respect.

— Évidemment, monsieur, répondit-elle avec un sourire ironique. Ce que je voulais dire, c'est que vous souhaitez que cette demoiselle réchauffe votre lit ? Alors que vous pourriez m'avoir, moi ? Alors que vous pourriez avoir cela ?

D'un geste impudent, elle désigna son corps voluptueux.

— De toute évidence, je dois mettre les choses au point. Je vous le répète donc : c'est fini. Vous cesserez à l'avenir d'essayer de me contacter.

— Vous me laisseriez avec le cœur brisé ?

Il haussa les sourcils devant la moue qu'elle esquissait.

— Votre cœur ne restera pas brisé longtemps, j'en suis persuadé.

Elle soutint son regard pendant un long moment. Mais l'expérience acquise auprès de ses amants aristocrates lui souffla qu'elle l'avait perdu. Aussitôt après, il lut dans ses yeux qu'elle réfléchissait déjà à la conduite à tenir. Elle pouvait se battre avec lui, mais elle savait que la bonne société se rangerait du côté d'un riche marquis plutôt que de prendre le parti d'une cantatrice étrangère.

— Mon cœur est d'une solidité à toute épreuve, Ralston, reconnut-elle en souriant.

Il accepta sa reddition d'un hochement de tête.

— Vous avez conscience, bien sûr, poursuivit-elle, qu'une fille comme elle ne connaît rien au monde dans lequel vous et moi vivons.

— Qu'insinuez-vous ? ne put-il s'empêcher de demander.

— Simplement qu'elle voudra de l'amour, Ralston. C'est toujours ce que veulent les filles comme elle.

— Les contes de fées que cette demoiselle se raconte ne m'intéressent pas, Nastasia. Elle n'est rien d'autre pour moi que le chaperon de ma sœur.

— Peut-être, acquiesça Nastasia d'un ton songeur. Mais vous, qu'êtes-vous pour elle ?

Sans répondre, il se leva, redressa sa cravate et tira sur ses manches avec ostentation, avant de reprendre le chapeau et les gants qu'il avait jetés sur une chaise en entrant dans la loge. Il déplia ensuite le billet de Nastasia, le déposa sur sa coiffeuse, puis se tourna de nouveau vers la chanteuse. Avec un salut profond, il prit congé.

Tout cela dans le plus parfait silence.

12

— Comment ose-t-il me traiter de lâche ?

Callie arpentait sa chambre, encore sous le choc des événements de la soirée. Elle était rentrée une heure plus tôt, mais n'avait pas cessé de bouger assez longtemps pour permettre à Anne de l'aider à se déshabiller.

La femme de chambre avait fini par s'asseoir au bout du lit de Callie et se contentait désormais de suivre ses allées et venues des yeux.

— C'est étonnant, en effet, dit-elle avec ironie. Surtout si l'on considère que vous avez essayé de le frapper dans un lieu public.

Callie ne remarqua pas son ton amusé, mais s'attacha au sens de ses mots.

— Exactement ! s'écria-t-elle en levant les bras en l'air. Il n'y a franchement rien de lâche là-dedans !

— Rien de très digne d'une demoiselle non plus.

— Non, c'est vrai. Mais là n'est pas la question. Le problème, c'est que Gabriel St. John, marquis de Ralston, m'a embrassée dans un théâtre alors qu'il se rendait dans la loge de sa maîtresse et, d'une manière ou d'une autre, a réussi à me mettre, moi, dans mon tort !

Elle tapa du pied avant de répéter :

— Comment ose-t-il me traiter de lâche ?

Anne ne put s'empêcher de sourire.

— Pour être honnête, il semblerait que vous l'ayez provoqué.

S'arrêtant net, Callie regarda sa femme de chambre avec incrédulité.

— Pour quelqu'un qui, il n'y a que quelques jours, s'inquiétait de ma réputation parce que je me rendais dans une taverne, tu sembles terriblement disposée à prendre le parti de Ralston, sur ce coup-là ! Tu es censée me défendre !

— Et je le ferai jusqu'à la fin des temps, Callie. Mais vous avez entrepris de vous lancer dans des aventures, et vous devez admettre que Ralston semble vous en offrir pour votre argent.

— Je ne souhaitais certainement pas qu'il m'agresse et m'embrasse en public !

Anne haussa un sourcil dubitatif.

— Je suppose que vous n'y avez pas pris plaisir ?

— Non !

— Pas du tout ?

— Absolument pas.

— Mmm... fit Anne d'un ton incrédule.

— Non, je te le jure !

— Si vous le dites...

Anne se leva et, après avoir repoussé Callie vers la coiffeuse, entreprit de défaire la longue rangée de boutons qui fermaient le dos de sa robe.

Un long silence s'installa, que Callie finit par rompre.

— D'accord, j'y ai pris un peu de plaisir.

— Ah, juste un peu...

Callie soupira, puis, bien qu'Anne n'eût pas terminé, pivota et reprit ses allées et venues. La femme de chambre, résignée, alla se rasseoir sur le lit.

— Bon, je l'avoue, plus qu'un peu. J'y ai pris un immense plaisir, exactement comme les autres fois où il m'a embrassée. Oui, il y a eu d'autres fois, précisa-t-elle quand Anne la regarda d'un air surpris. Et pourquoi n'y aurais-je pas pris de plaisir ? Cet homme est manifestement un expert en baisers.

— Manifestement, murmura Anne après s'être éclairci la gorge.

Callie tourna brusquement la tête vers elle.

— C'est la vérité ! Anne, je te jure que tu n'as jamais été embrassée comme cela.

— Il faut que je vous croie sur parole.

— Tu le peux, répliqua Callie avec sérieux. Ralston est exactement tel qu'on l'imagine... Il te lance des mots provocants, te jette des regards sulfureux, puis ses bras se referment sur toi et tu ne comprends pas ce qui t'arrive...

Sans qu'elle s'en aperçoive, la voix de Callie s'était faite rêveuse. Les yeux levés vers le plafond, elle serrait sa robe autour d'elle. Mais, au moment où Anne se relevait pour finir de déboutonner celle-ci, l'expression de Callie se fit de nouveau irritée.

— Et ensuite, ce goujat s'écarte et te regarde avec la satisfaction et la suffisance du mufle absolu qu'il est ! Et quand tu essaies de te défendre...

— En le frappant ?

— Et quand tu essaies de te défendre, répéta Callie, tu sais ce qu'il fait ?

— Il vous traite de lâche ? suggéra Anne, ironique.

— Exactement ! Il est absolument exaspérant !

— Il semblerait, se contenta de dire Anne en tentant une nouvelle fois d'accéder au dos de sa robe.

Cette fois, Callie se tint tranquille. Quand elle se fut débarrassée de sa robe et qu'Anne eut délacé son corset, elle poussa un long soupir. Ne plus être comprimée par les baleines rigides l'aida à évacuer un peu de sa colère.

Debout dans sa chemise, elle referma ses bras autour de son torse en prenant une profonde inspiration. Anne l'incita alors à s'asseoir devant la coiffeuse et, lorsqu'elle commença à lui brosser les cheveux, Callie ferma les yeux avec un nouveau soupir. C'était si agréable !

— Évidemment que j'ai pris plaisir à ce baiser, marmonna-t-elle après quelques instants.

— Il semblerait, répéta Anne d'un ton uni.

— Si seulement Ralston ne me rendait pas aussi idiote !

— Vous avez toujours été idiote dès qu'il s'agissait de lui.

— Oui, mais maintenant, je le vois beaucoup plus souvent. C'est différent.

— Pourquoi ?

— Avant, c'étaient simplement des rêveries. À présent, je me retrouve vraiment avec lui. Je lui parle, je découvre le *vrai* Ralston. Il n'est plus une créature que j'ai inventée, mais un homme en chair et en os et... du coup, je ne peux pas m'empêcher de me demander...

La phrase mourut sur ses lèvres. Impossible de dire à voix haute : « Et s'il était à moi ? »

Mais Anne n'eut pas besoin de l'entendre. Quand Callie rouvrit les yeux et croisa son regard dans le miroir, elle put y lire sa réponse : « Ralston n'est pas pour vous, Callie. »

— Je le sais, Anne, murmura-t-elle, autant pour se le rappeler que pour rassurer son amie.

Mais, en vérité, elle n'était plus du tout sûre de le savoir. Quelques semaines plus tôt, elle aurait ri à la seule idée que Gabriel St. John puisse connaître son nom ou envisage d'engager la conversation avec elle. Mais maintenant... Maintenant, il l'avait embrassée dans la pénombre d'une voiture et dans un couloir obscur... et elle ne comprenait que trop bien pourquoi il lui tournait la tête depuis des années.

Ce soir, au théâtre, quand elle l'avait rattrapé, il s'apprêtait à aller voir sa chanteuse d'opéra, Callie en était persuadée. Tout comme elle était persuadée qu'il ne pouvait pas être attiré par elle. Comment aurait-elle pu rivaliser avec cette beauté grecque ?

Face au miroir de sa coiffeuse, elle recensa ses défauts : ses cheveux bruns, aux banals reflets auburn ; ses yeux marron trop larges ; son visage rond et non en forme de cœur comme celui des beautés de la haute société ; sa bouche trop grande, loin de l'arc parfait qu'elle aurait dû dessiner. À chacun des traits qu'elle détaillait, elle repensait à toutes les femmes auxquelles

Ralston avait été lié, toutes ces ravissantes Hélène de Troie, dotées de visages devant lesquels les hommes s'arrêtaient net.

Il l'avait quittée pour rejoindre sa maîtresse, laquelle l'avait certainement accueilli à bras ouverts. Quelle femme n'en aurait pas fait autant ?

Quant à Callie, elle était rentrée chez elle, vers son lit froid et vide... et elle avait rêvé de l'impossible.

Ses yeux s'emplirent de larmes, qu'elle essaya de chasser avant qu'Anne ne les voie. Mais elles se mirent à couler, brûlantes, et Callie ne put plus dissimuler sa tristesse. Son reniflement attira l'attention de sa femme de chambre qui, aussitôt, cessa de la peigner et s'accroupit à côté d'elle.

Quand elle passa ses bras autour d'elle, Callie posa la tête sur son épaule et s'abandonna à son chagrin. En sanglotant, la figure pressée contre le lainage grossier de la robe d'Anne, elle donna libre cours à la tristesse qui la rongeait depuis des années. Les saisons mondaines s'étaient succédé durant une décennie, toutes ses amies s'étaient mariées, Mariana s'était fiancée, et Callie s'était enfoncée inéluctablement dans l'état de vieille fille en cachant sa peine pour ne pas jeter d'ombre sur le bonheur des autres.

Mais avec Ralston qui semait le chaos dans ses émotions et lui rappelait tout ce qu'elle avait toujours voulu et qu'elle n'aurait jamais, la coupe débordait. Elle ne pouvait plus tout garder en elle.

Elle pleura pendant de longues minutes, tandis qu'Anne lui murmurait des mots de consolation tout en lui caressant le dos. Ses larmes finirent par se tarir. Callie se redressa alors, s'écarta d'Anne et la remercia, embarrassée, avec un sourire tremblant.

— Je ne sais pas ce qui m'a prise.

— Oh, ma petite Callie... répondit Anne, de la voix qu'elle utilisait lorsque, petite fille, Callie pleurait à cause d'une quelconque injustice. Il viendra, votre chevalier blanc.

Callie esquissa un sourire désabusé. Combien de fois Anne avait-elle prononcé ces mots au cours des vingt dernières années !

— Pardonne-moi, mais je n'en suis pas si certaine.

— Oh, mais si, assura Anne avec fermeté. Et au moment où vous vous y attendrez le moins.

— Il se trouve que je suis plutôt fatiguée d'attendre. C'est sans doute la raison pour laquelle j'ai reporté mon attention sur un chevalier aussi noir, ajouta Callie avec un rire peu convaincu.

Anne posa sa main sur sa joue.

— Je crois que je préférerais que vous rayiez des lignes sur cette liste ridicule plutôt que de vous voir rechercher la compagnie de Ralston. Je l'éviterais, à votre place.

— C'est plus facile à dire qu'à faire.

Cet homme avait beau être exaspérant, il avait quelque chose d'irrésistible. Son arrogance semblait même, au contraire, le rendre plus attirant.

— Tu as sans doute raison, convint-elle ensuite, après avoir soupiré. Je devrais peut-être éviter Ralston et me concentrer de nouveau sur ma liste.

Elle saisit la feuille de papier, qu'elle avait déposée sur la coiffeuse un peu plus tôt dans la soirée.

— À présent, je suis plutôt à court de tâches simples.

Anne émit un petit grognement incrédule, avant de dire avec ironie :

— Parce que aller boire un verre dans une taverne, c'est une sortie très simple... Que vous reste-t-il ?

— Tenir une épée, assister à un duel, tirer au pistolet, jouer de l'argent dans un club pour messieurs et monter à califourchon...

Elle laissa le reste de côté – ce reste qu'elle était embarrassée d'avouer même à sa plus proche confidente.

— Mmm... Ce sont effectivement des défis.

— Certes, acquiesça distraitement Callie, qui se mordillait la lèvre tout en considérant le papier.

— Une chose est sûre, pourtant, reprit Anne.

— De quoi parles-tu ?

— Quoi que vous entrepreniez, personne ne pourra vous traiter de lâche !

Callie releva la tête, croisa le regard d'Anne et, après quelques secondes d'un silence surpris, les deux femmes éclatèrent de rire.

— Ouille !

Callie s'accrocha plus fermement au poteau du lit tandis que sa femme de chambre tirait sur la bande de toile qu'elle enroulait autour de son torse.

— Tu pourrais peut-être te montrer un peu plus douce, Anne...

— Sans doute, répliqua cette dernière, tout en passant l'étoffe sous les bras de Callie et en l'aplatissant sur ses seins. Mais il se trouve que je ne me sens pas d'humeur très douce, en ce moment.

Callie baissa les yeux sur sa poitrine qui diminuait à vue d'œil et sourit malgré l'inconfort de l'opération.

— Toutefois, je te serais reconnaissante de mettre tes sentiments de côté pour m'aider.

Avec un grognement de mécontentement, Anne tira durement sur la toile.

— Bander votre poitrine et vous habiller comme un homme, grommela-t-elle en secouant la tête. Je crois que vous êtes devenue folle.

— Ne dis pas de bêtises. J'essaie simplement quelque chose de nouveau.

— Quelque chose qui donnerait des vapeurs à votre mère si elle l'apprenait.

— Ce qui n'arrivera pas, répliqua aussitôt Callie en tournant vivement la tête vers sa femme de chambre.

— Vous ne pensez quand même pas que je le lui dirais, répliqua Anne, outrée. Je perdrais ma place avant même d'avoir fini de parler !

— Pas si elle avait d'abord ses vapeurs !

L'après-midi touchait à sa fin. Anne et Callie s'étaient enfermées dans la chambre de cette dernière pour la préparer au défi suivant : le maniement du fleuret.

Callie avait conçu un plan rigoureux pour s'introduire dans le club d'escrime fréquenté par Benedick. Déguisée en jeune dandy – sir Marcus Breton, un baron originaire de la région des lacs et frais émoulu de l'université –, elle prétendrait chercher une nouvelle salle d'armes. Elle s'était entraînée à parler d'une voix plus grave et avait chargé Anne de subtiliser de vieux vêtements dans le placard de Benedick, y compris une tenue d'escrime dont il ne se servait plus. Les deux femmes avaient passé une semaine entière à reprendre les vêtements pour les ajuster à la taille de Callie.

Elle avait déjà enfilé le pantalon d'homme. Lequel, elle devait l'admettre, était d'un confort surprenant, même si elle se sentait totalement indécente. Sous le pantalon, elle portait des bas épais, ainsi que des bottes achetées à un garçon d'écurie pour quelques pièces.

Elle avait le ventre noué par l'appréhension. Mais, tandis qu'Anne continuait à lui envelopper le buste, elle se refusa à penser à ce qui arriverait si on la découvrait, vêtue en homme, dans l'un des établissements les plus farouchement masculins de Londres.

Elle était allée trop loin pour renoncer.

Après qu'Anne eut enfoncé le bout de la bande de toile sous son bras, Callie ramassa sa liste sur le lit et la glissa entre l'épais bandeau et sa peau. Elle ne voulait pas affronter cette épreuve sans ce talisman. Elle se saisit ensuite d'une large chemise en lin, la passa par-dessus sa tête et en rentra les pans dans la ceinture de son pantalon.

— Alors ? dit-elle en se tournant vers Anne. Peux-tu dire que je suis une dame ?

Comme Anne haussait un sourcil, Callie corrigea d'elle-même :

— Peux-tu dire que j'appartiens au sexe féminin ?

— Oui.

— Anne ! s'écria Callie en se précipitant vers le miroir. Vraiment ?

— Finissons la transformation, et après, nous verrons ce que ça donne.

— Tu as raison.

Callie tendit le cou vers Anne pour que celle-ci essaie de reproduire le mieux possible l'un des nœuds de cravate élaborés qui étaient en vogue en ce moment. Puis elle enfila un gilet beige ainsi qu'une redingote vert sombre et s'assit devant sa coiffeuse pour qu'Anne dissimule ses cheveux.

— Quel dommage que tu ne puisses pas m'accompagner, Anne. Comment vais-je me rappeler tous les détails ?

— Oh, vous vous en souviendrez. C'est obligé.

Callie déglutit avec peine, tout en regardant sa femme de chambre repousser avec soin la moindre boucle de cheveux sous le chapeau qu'elle avait posé sur sa tête.

— Vous ne pourrez pas l'enlever jusqu'au moment où vous mettrez votre masque d'escrime, lui rappela Anne.

— Crois-moi, je m'en garderai bien, assura Callie en secouant doucement la tête pour tester la stabilité du chapeau. Il ne bougera pas ?

Au moment où Anne ouvrait la bouche pour répondre, on frappa à la porte, qui s'ouvrit aussitôt.

— Callie ? Maman dit que tu ne te sens pas bien. Y a-t-il quelque chose que je puisse...

La question de Mariana se termina en cri quand elle aperçut l'homme assis dans la chambre de sa sœur.

Anne et Callie se précipitèrent vers Mariana. La première referma la porte d'un geste ferme, se plaqua contre le panneau de bois et étendit les bras pour empêcher Mariana de sortir, tandis que la seconde se plaçait sous le nez de sa sœur, qui secouait frénétiquement la tête devant cette créature vêtue de vêtements masculins.

— Chut, Mariana ! Tu vas alerter toute la maison !

En entendant la voix de sa sœur, Mariana la dévisagea, la tête inclinée sur le côté. Puis elle chuchota :

— Mais que fais-tu habillée comme ça ?

— C'est un peu compliqué...

— Mon Dieu ! continua Mariana, les yeux écarquillés. C'est incroyable, j'ai vraiment pensé que tu étais un homme, quand je suis entrée !

— Je l'ai bien remarqué. Je suppose que je peux au moins me féliciter de cela.

— Mais, Callie, pourquoi es-tu vêtue en homme ?

— Je... je...

Du regard, Callie chercha l'aide d'Anne. Mais la femme de chambre se contenta de croiser les bras d'un air de défi, les sourcils haussés.

— Mariana... je vais te le dire, déclara Callie en désespoir de cause, mais tu dois garder le secret.

— Évidemment ! promit Mariana, dont les yeux étincelèrent d'excitation. J'adore les secrets !

D'un bond, elle s'installa sur le lit, puis elle agita la main en direction de Callie.

— Tourne-toi, que je voie le déguisement en entier ! Incroyable ! répéta-t-elle quand Callie eut obtempéré. Qu'as-tu fait à ta...

Mariana agita la main en indiquant le torse de sa sœur.

— Nous l'avons bandée.

— Excellent travail, Anne, dit Mariana à cette dernière, avant d'adresser un large sourire à Callie. Maintenant, je t'écoute.

— Il y a quelques semaines, commença Callie après avoir pris une profonde inspiration, j'ai rédigé la liste des choses que je ferais si j'avais le courage de risquer ma réputation.

Mariana en resta bouche bée, et Callie découvrit alors que c'était là la partie la plus ardue de l'histoire. Une fois cet aveu fait, le reste semblait plutôt facile à raconter. Omettant sa visite nocturne à Ralston House, elle raconta à sa sœur son incursion au Dog and Dove.

— À quoi ça ressemble ?

— La taverne ?

Mariana hocha vigoureusement la tête.

— C'est fascinant, dit Callie.

— Et le scotch ?

— Horrible. Mais pas aussi horrible que le cigarillo.

— Le *cigarillo* ? répéta Mariana, de nouveau effarée.

— Après la taverne, je suis rentrée à la maison, expliqua Callie en rougissant. Et Benedick et moi avons fumé un cigarillo.

— Benedick t'a laissée fumer ? s'exclama sa sœur, au comble de l'incrédulité.

— Chut ! Oui. Mais tu ne peux pas lui dire que tu es au courant.

— Oh, je ne dirai rien... En tout cas, poursuivit Mariana avec un sourire malicieux, pas maintenant. Simplement quand j'aurai quelque chose à lui demander.

— Et donc, reprit Callie, j'ai décidé d'attaquer aujourd'hui l'épreuve qui vient ensuite sur ma liste.

— Et qui est ?

— L'escrime.

— L'escrime ! répéta sa sœur qui, après avoir cligné des yeux, l'observa des pieds à la tête. Tu ne peux pas faire de l'escrime habillée comme ça.

— J'emporte une tenue que nous avons mise à ma taille. Je me changerai au club, une fois en sécurité à l'intérieur.

— Tu as pensé à tout ! déclara Mariana avec fierté.

— Je l'espère, murmura Callie, avant d'ajouter avec nervosité : Tu penses vraiment que je peux passer pour un homme ?

Mariana battit des mains avec enthousiasme.

— Et comment ! Je suis ta sœur et je m'y suis laissé prendre ! Callie... ajouta-t-elle en se penchant en avant, emmène-moi avec toi.

Anne et Callie échangèrent un regard inquiet.

— Quoi ? Non ! répondit cette dernière en considérant sa sœur avec effroi.

— Je pourrais voler des vêtements à l'un des valets de pied. Nous pourrions y aller ensemble !

— Certainement pas ! Pense à ta réputation.

— Cela ne semble pas t'arrêter, toi.

— Mariana… reprit lentement Callie, comme si elle s'adressait à une enfant. Je suis considérée comme une vieille fille. Toi, tu épouses un duc dans un mois. Je ne crois pas qu'une duchesse déshonorée serait bien vue par la société.

La tête inclinée sur le côté, sa sœur sembla méditer ses paroles. Puis elle poussa un énorme soupir.

— Soit. Mais au moins, laisse-moi t'accompagner jusqu'à une voiture.

— Pour ça, pas de problème.

— Excellent. Tu as bien conscience, reprit Mariana, après avoir échangé un regard avec Anne, que si tu n'es pas de retour avant le dîner, nous devrons envoyer Benedick à ta recherche.

— Vous ne feriez pas ça ! s'écria Callie, qui pâlit à cette pensée.

— Si, bien sûr, déclara Mariana en se tournant vers la femme de chambre. N'est-ce pas, Anne ?

Celle-ci opina avec vigueur.

— Évidemment ! Il nous serait difficile de faire autrement. Et si jamais il vous arrivait quelque chose ?

— Que pourrait-il m'arriver dans une salle d'armes ?

— Qu'on te passe une épée à travers le corps ? suggéra Mariana.

Callie lui jeta un regard exaspéré.

— Je pratiquerai dans une salle d'entraînement. Avec un sac de sable.

Était-ce son imagination, ou sa sœur eut-elle l'air déçue ?

— Je serai de retour à la maison pour dîner, conclut Callie.

— Mais si jamais tu ne…

— Je serai là. À présent, si tu veux bien m'aider à sortir de cette maison, j'ai rendez-vous avec un fleuret.

Excitée à la perspective de l'aventure qui attendait Callie, Mariana battit de nouveau des mains. Après avoir sauté du lit, elle serra sa sœur contre elle.

— Je suis tellement fière de toi ! Je vais attendre avec impatience que tu reviennes tout me raconter.

Elle recula alors et fit mine de se mettre en garde, avant de glousser.

— Oh, Callie, si seulement j'étais toi ! murmura-t-elle d'un ton rêveur.

Tout en prenant les gants et la canne que lui tendait Anne, Callie secoua la tête.

Être moi ! Une vieille fille qui fait tout pour ruiner sa réputation...

Cependant, Mariana ne semblait plus la considérer comme passive.

C'était déjà ça.

13

Callie prit une profonde inspiration pour se donner du courage lorsque la voiture ralentit, puis s'arrêta devant la salle d'armes fréquentée par Benedick.

Après avoir attendu un long moment que le cocher vienne ouvrir la portière pour l'aider à descendre, elle prit conscience, brusquement, qu'il ne ferait rien de tel pour un homme, et elle sauta maladroitement sur le gravier de l'allée.

Tout en gardant la tête baissée de crainte d'être découverte, elle jeta à la dérobée des regards en direction des hommes qui s'attardaient devant la porte du club. Elle reconnut le comte de Sunderland, qui se dirigeait droit vers elle. Aussitôt, elle détourna la tête, les yeux fermés, certaine qu'il l'avait reconnue. Mais il passa à côté d'elle sans lui prêter la moindre attention, et elle poussa un long soupir.

Elle s'approcha de la porte du club, en se rappelant qu'elle devait brandir sa canne comme s'il s'agissait d'une extension de son bras plutôt que d'un objet encombrant et inutile. La porte s'ouvrit, révélant un valet de pied qui se tenait sur le côté, l'air tout à fait indifférent. Son déguisement était parfait !

À son grand soulagement, le vestibule était vide, à l'exception du gérant de la salle d'armes, qui s'approcha immédiatement.

— Monsieur ? Puis-je vous être utile ?

Le moment le plus difficile était venu.

Callie se racla la gorge pour rendre sa voix plus grave.

— Oui. Je suis sir Marcus Breton, de Borrowdale. Je sors de Cambridge. Je viens d'arriver en ville et je suis à la recherche d'un club de sport.

— Bien sûr, monsieur, acquiesça le gérant, qui sembla s'attendre qu'elle poursuive.

Ne sachant que dire, elle improvisa.

— J'aime beaucoup le fleuret.

— Nous pouvons nous vanter d'être les mieux équipés de la ville pour la pratique de l'escrime, monsieur.

— C'est ce que des amis m'ont dit, déclara Callie, qui, lorsque le regard de l'homme se fit poliment curieux, ajouta : Allendale, par exemple.

Le nom de Benedick parut constituer un sésame. Le gérant inclina la tête avec déférence.

— Nous accueillons avec plaisir tous les amis du comte. Voudriez-vous visiter une salle d'entraînement et en essayer les équipements ?

Le Ciel soit loué ! Callie bondit sur cette proposition.

— J'en serais très heureux.

Après s'être incliné légèrement, le gérant l'invita d'un geste à franchir avec lui une porte d'acajou située sur le côté du vestibule. Elle donnait dans un long couloir étroit sur lequel s'ouvraient plusieurs salles, toutes numérotées.

— Ce sont les salles d'entraînement, expliqua le gérant, avant de tourner un coin du couloir et de lui désigner une large porte. Voici le foyer du club. Une fois que vous aurez revêtu votre tenue, vous pourrez attendre ici un autre membre avec lequel pratiquer.

Callie écarquilla les yeux à la pensée d'entrer dans une pièce remplie d'hommes dont la plupart risquaient de la connaître. Dominant sa nervosité, elle s'efforça de répliquer avec calme.

— Et si je ne souhaite pas de partenaire ? Y a-t-il des salles équipées d'un sac de sable ?

Le gérant lui jeta un regard interrogateur, avant de répondre :

— Bien sûr, monsieur. Vous pouvez utiliser la salle numéro seize. Une fois terminé votre entraînement en solo, si le désir vous venait de rencontrer un adversaire, il vous suffirait de tirer le cordon à côté de la porte, et nous nous ferions un plaisir de trouver pour vous la personne adéquate.

Après s'être arrêté devant une autre rangée de portes, il en ouvrit une qui révéla un cabinet privé.

— Je vais vous laisser ici afin que vous puissiez vous changer. Je vois que vous n'avez pas apporté votre propre fleuret, ajouta-t-il en indiquant le sac que Callie tenait à la main. Il y a des fleurets d'entraînement dans chacune des salles.

Bonté divine ! Elle savait qu'elle avait oublié quelque chose !

— Je vous remercie.

— Bon entraînement, monsieur.

Elle s'écarta et attendit qu'il s'éloigne avant d'entrer dans le vestiaire, dont elle referma la porte avec soin. Puis elle lâcha un long soupir. Elle avait déjà l'impression d'avoir disputé un combat rien qu'en marchant jusqu'à ce cabinet.

Tout en essayant de raffermir son assurance, Callie ouvrit le sac de toile préparé par Anne et en retira une à une les pièces de sa tenue d'escrime. Il lui fallut d'abord quitter son costume masculin, ce qui constituait une épreuve en soi, puis endosser cette tenue qui lui était encore plus étrangère et dont les éléments, de surcroît, paraissaient bizarres.

Une fois qu'elle eut revêtu les bas et le pantalon, elle enfila avec peine le plastron de toile renforcée destiné à fournir une protection supplémentaire du côté du bras qui tenait l'épée. Callie s'évertua à nouer les liens censés le fermer, mais, entre l'inconfort causé par le bandage de sa poitrine et son manque d'expérience, elle n'y parvint pas.

Elle finit par s'adosser au mur du vestiaire, haletante, avant d'être frappée par l'évidence. Puisqu'elle ne manierait le fleuret que dans une salle d'entraînement, sans rencontrer d'adversaire, pourquoi s'embêter avec ce plastron coriace ?

Elle s'en débarrassa aussitôt, avant de saisir la veste de toile raide et moulante qui couvrirait tout le haut de son corps. Son regard s'arrêta sur la pièce qui reliait le dos et le devant de la veste… en passant entre les jambes. Tout en prenant une profonde inspiration, elle s'efforça d'ignorer l'embarras qu'elle ressentait à l'idée de porter un vêtement aussi indécent. Après avoir introduit ses jambes dans les ouvertures prévues, elle boutonna la veste avec soin jusqu'au haut col.

Ce fut ensuite le tour du masque. Une fois qu'elle se fut assurée qu'aucune mèche de cheveux n'en dépassait, elle sourit à l'intérieur de son cocon grillagé. Elle n'avait pas mis l'escrime sur sa liste parce que c'était un sport qui se prêtait au déguisement, mais elle était néanmoins ravie de pouvoir se mêler aux membres masculins du club, cachée de la tête aux pieds, et donc sans craindre d'être découverte.

Les gants constituaient la touche finale, couvrant les dernières petites zones de peau encore visibles. L'un était prolongé par une manchette destinée à empêcher la lame de l'adversaire de pénétrer dans la manche de la veste ; l'autre, plus court, dissimulerait néanmoins la délicatesse et la blancheur de sa main.

— Parfait, murmura-t-elle.

Le mot résonna d'un écho particulier dans l'enceinte de son masque. Le cœur battant, elle sortit du vestiaire et emprunta le couloir désert pour retourner vers la salle d'entraînement numéro seize.

Elle en poussa la porte avec nervosité et se précipita à l'intérieur, avant de s'apercevoir que quelqu'un se servait déjà du sac de sable, disposé sur le côté. À en juger par le balancement du sac, l'escrimeur qu'il dissimulait venait de lui imprimer un coup violent.

Retenant son souffle, Callie tourna aussitôt les talons, espérant pouvoir se sauver avant d'avoir été découverte par l'occupant de la salle.

— Je me demandais quand ils me trouveraient un adversaire, fit alors une voix ironique.

Callie se figea sur place.

— Je vois que vous êtes déjà prêt, poursuivit l'escrimeur. C'est parfait.

Callie se retourna lentement, fermant les yeux avec force, en priant pour s'être trompée, pour que cet homme ne soit pas celui qu'elle croyait.

Quand, au prix d'un effort considérable, elle rouvrit les yeux, elle maudit le sort.

Debout devant elle, vêtu d'une tenue identique à la sienne et toujours aussi séduisant, se tenait Ralston.

Callie essaya de raviver la colère qu'elle avait éprouvée lors de leur dernière rencontre, mais son attention fut distraite par le costume blanc qu'il portait, dont la coupe ajustée soulignait son corps remarquable. Élancé, tout en muscles fins, Ralston avait le physique parfait d'un champion olympique du temps jadis. Une vague de chaleur courut dans ses veines lorsqu'elle laissa son regard descendre le long de ses jambes puis s'attarder sur la dure rondeur de ses fesses.

Elle déglutit avec peine, une main pressée sur la poitrine. Que lui arrivait-il ? Jamais de sa vie elle ne s'était émerveillée devant une croupe masculine !

Il lui fallait sortir de cette pièce à tout prix.

Mais, paralysée, elle regarda Ralston aller chercher son masque, dont il se coiffa. Puis, tout en ajustant la manchette de son gant, il lui fit face et indiqua de la tête la piste de liège qui représentait le terrain d'affrontement des escrimeurs.

— Y allons-nous ?

Callie regarda la piste sans la voir. « Sauve-toi ! » lui criait une petite voix.

Malheureusement, ses pieds refusèrent d'obéir.

— Monsieur, y a-t-il un problème ? reprit Ralston, comme s'il s'adressait à un enfant.

À ces mots, elle reporta son regard sur lui. Elle ne pouvait pas distinguer son visage ni ses yeux à travers le grillage du masque. Elle prit alors conscience qu'il en était de même pour lui : il ne pouvait pas la reconnaître.

Voilà ta chance ! Ta chance de pratiquer l'escrime pour de bon !

Elle secoua la tête pour chasser cette pensée insensée, mais Ralston prit son geste pour une réponse à sa question.

— Parfait. Dans ce cas, commençons.

Il se dirigea à grands pas vers l'extrémité de la piste. Puis il attendit pendant que Callie s'approchait du râtelier, dans un coin de la salle, où étaient exposés divers fleurets d'entraînement. Elle en soupesa plusieurs, feignant de choisir son arme avec soin, mais prenant en réalité le temps de juguler, dans la mesure du possible, sa nervosité. Ralston ne pouvait pas la voir. Pour lui, à cet instant, elle n'était qu'un homme quelconque…

Évidemment, pour elle, lui était tout sauf un homme quelconque. Mais se savoir invisible lui redonna du courage, et elle s'employa à rassembler les bribes de sa maigre expérience en matière d'escrime – acquise en grande partie en regardant les démonstrations que lui infligeait Benedick lorsqu'il était plus jeune.

Elle avait néanmoins conscience d'avoir commis une terrible erreur.

Une fois sur la piste, elle fit face à Ralston, qui se mit aussitôt en position : le bras gauche levé, le bras droit tendu, le fleuret tenu d'une main ferme et sûre. Sa jambe droite formait un angle droit parfait, et les muscles de sa jambe gauche allongée derrière lui saillaient.

— En garde, dit-il après lui avoir adressé un signe de tête.

Callie inspira profondément et, le sang grondant dans ses oreilles, elle imita sa posture. Des hommes ivres se battaient en duel avec des épées. Cela ne pouvait pas être si difficile ! Oui, mais la plupart du temps, l'un de ces hommes était tué...

Elle repoussa cette pensée et attendit qu'il bouge le premier.

Ce qu'il fit, plongeant vers elle, le fleuret tendu en direction de son torse. Ravalant un cri de terreur, Callie fendit l'air de son arme pour parer le coup. Le bruit de l'acier heurtant l'acier résonna bruyamment entre eux.

Face à sa maladresse évidente, Ralston recula aussitôt.

— Je vois que vous n'êtes pas un homme d'épée, dit-il d'un ton mi-amusé, mi-ironique.

Callie s'éclaircit la gorge et s'appliqua à parler d'une voix grave.

— Je débute, monsieur.

— Un euphémisme, oserais-je dire.

Sans répliquer, Callie se remit en position. Ralston l'imita, tout en disant :

— Quand votre adversaire attaque, retenez-vous de répondre avec toute votre force. Ne montrez pas jusqu'où vous êtes capable d'aller. Essayez plutôt de mener progressivement à un véritable engagement.

Callie eut le temps d'acquiescer d'un signe de tête avant que Ralston ne revienne sur elle, plus doucement cette fois. Il lui permit de parer ses coups à plusieurs reprises avant de la repousser hors de la piste. Quand elle toucha le parquet de ses deux pieds, il mit fin à l'engagement, retourna à l'extrémité de la piste et attendit qu'elle reprenne sa place. Ils répétèrent plusieurs fois l'exercice et, à mesure qu'il lui révélait les bases de l'exercice, Callie acquit suffisamment de confiance en elle pour repousser ses attaques avec plus de fermeté et de conviction.

— C'est bien mieux, dit-il d'un ton encourageant, après le quatrième assaut.

Callie eut à peine le temps de savourer cet éloge qu'il ajouta :

— Cette fois, c'est vous qui engagez.

Elle ? Attaquer Ralston ? Callie secoua la tête, embarrassée.

— Oh... Je...

— Je vous assure, jeune homme, que je peux le supporter, dit-il en riant.

L'exercice dans son ensemble était plus que Callie n'avait espéré. Mais comment revenir en arrière ? Elle souffla longuement avant de reprendre la position qui lui était à présent familière, puis plongea sur lui avec un « Han ! » sonore.

Il détourna habilement sa lame d'un coup léger, qui, cependant, la déséquilibra et la fit tomber à genoux. Callie prit fort mal le grognement amusé que Ralston laissa échapper et, quand il se pencha pour l'aider à se relever, elle regarda la main gantée qu'il lui tendait et secoua la tête. Elle se remit sur ses pieds sans son aide, pressée de reprendre l'assaut.

Cette fois, elle réussit à porter plusieurs bottes avant qu'il n'attaque de nouveau et qu'elle ne se retrouve hors de la piste. Il n'existait donc pas de domaine où cet homme n'excellait pas ? Dépitée et exaspérée, elle se jeta sur lui avec un tel élan que sa lame projeta le fleuret de Ralston sur le côté. Celui-ci finit sa course en glissant le long du bras de Callie, fendant la manche de sa veste et lui entaillant le bras.

Elle lâcha son fleuret, porta aussitôt la main à son bras et, surprise par la brûlure de l'estafilade, tituba légèrement, perdit l'équilibre et tomba lourdement sur les fesses.

— Aïe ! s'exclama-t-elle, oubliant son déguisement.

Elle tourna la tête vers la déchirure dans sa manche, toute son attention concentrée sur sa blessure.

— Qu'est-ce que ça signifie ?

Callie perçut la perplexité de Ralston et releva les yeux, inquiète. Il se dirigeait droit sur elle, tout en enlevant son masque d'une main. Quand il le jeta sur le côté, le bruit dur du métal contre le bois résonna d'une manière qui ne présageait rien de bon.

Elle essaya de reculer sur la piste, mais sa blessure la rendait maladroite. Ralston se débarrassait à présent de ses gants et fondait sur elle, les yeux plissés.

Dans une tentative désespérée pour détourner son attention, elle balbutia, d'une voix qu'elle s'efforça de rendre plus grave :

— Ce n'est qu'une égratignure, monsieur. Je... je n'ai pas mal.

À ces mots, il haussa des sourcils incrédules avant de lâcher un juron sonore. Il devinait le subterfuge, elle l'entendait dans sa voix, le voyait dans le regard dont il la foudroyait. Il la dominait de toute sa taille, à présent.

Quand il s'inclina et tendit la main vers son masque, Callie, terrifiée à l'idée d'être découverte, tenta de contrer son geste. En pure perte. Il souleva le masque, et ses cheveux dégringolèrent sur ses épaules.

En la voyant, Ralston écarquilla d'abord les yeux, puis, sous l'effet de la colère, ceux-ci s'assombrirent à en devenir presque bleu nuit.

— Je... commença-t-elle.

— Ne dites rien, lui ordonna-t-il d'un ton sans réplique.

Il s'agenouilla à côté d'elle et prit son bras entre ses mains. Il inspecta la blessure avec douceur, mais elle percevait son souffle saccadé, et les mains qui palpaient son bras avec précaution tremblaient d'une fureur à peine contenue. Il déchira alors la manche de sa veste, si soudainement que Callie tressaillit. Il sortit ensuite de sa poche un mouchoir immaculé qu'il utilisa pour nettoyer la coupure.

Callie le regardait faire, fascinée.

Quand il noua le mouchoir autour de son bras en guise de pansement, puis le serra avec force, elle ne put retenir un léger halètement. Il releva alors les yeux vers les siens et, d'un haussement de sourcils, la mit au défi de se plaindre de ses soins.

La tension entre eux devenait intenable. Incapable d'en supporter davantage, Callie murmura :

— Je...

— Pourquoi ne portez-vous pas de plastron ? demanda-t-il avec un calme alarmant.

— Par... pardon ? bredouilla-t-elle, les yeux fixés sur son visage, si proche du sien.

— Un plastron. L'élément d'une tenue d'escrime destiné à protéger le bras qui tient l'épée. Afin d'éviter précisément ce genre de blessure.

On aurait cru qu'il lisait les recommandations d'un ouvrage spécialisé.

— Je sais ce qu'est un plastron, marmonna-t-elle.

— Vraiment ? Dans ce cas, pourquoi n'en portez-vous pas ? demanda-t-il avec, dans son ton, une émotion qu'elle ne sut définir mais qui ne lui plut pas.

— Je... je ne pensais pas en avoir besoin.

— Je n'ai jamais rien entendu de plus idiot ! s'exclama-t-il. Vous auriez pu être tuée !

— Ce n'est qu'une blessure superficielle ! cria-t-elle.

— Que connaissez-vous aux blessures superficielles, bonté divine ? Et si j'y avais mis toute ma force ?

— Vous n'étiez pas censé être là !

Les mots lui avaient échappé avant qu'elle ait pu les retenir. Ils s'affrontèrent du regard, puis Ralston secoua la tête avec incrédulité.

— Moi ? Je n'étais pas censé être là ? s'écria-t-il. Pour autant que je le sache, il s'agit de mon club d'escrime ! D'une salle d'armes réservée aux *hommes* ! Dans laquelle des *hommes* s'adonnent à l'escrime ! Et, jusqu'à preuve du contraire, vous êtes une femme, et les femmes ne font pas d'escrime !

— Je ne peux vous donner tort sur aucun de ces points.

— Que faites-vous ici, bon sang ? Vous avez donc perdu la tête ?

Callie eut un petit reniflement hautain, comme si elle n'était pas sur son derrière, vêtue en homme, dans une situation qui, si elle ne se trompait pas, allait signer sa ruine.

— Je préférerais que vous n'usiez pas d'un tel langage avec moi.

— *Vous* préféreriez ? Eh bien, *moi*, je préférerais que vous restiez hors de ma salle d'armes, bon Dieu ! Et, pendant que nous y sommes, hors de mes tavernes et de ma chambre à coucher ! Mais, apparemment, ni vous ni moi n'allons obtenir ce que nous voulons !

Il s'interrompit pour l'observer avec stupéfaction.

— Espèce de femme sans cervelle, vous essayez donc de vous déshonorer ?

À ces mots, des larmes brûlantes montèrent aux yeux de Callie.

— Non, chuchota-t-elle, avant que sa voix ne se brise.

Elle détourna les yeux, aspirant soudain à être n'importe où plutôt qu'à côté de lui alors qu'elle était sur le point de se mettre à pleurer.

En voyant ses larmes, Gabriel jura entre ses dents. Il n'avait pas eu l'intention de la bouleverser. De l'effrayer, oui, pour qu'elle cesse ses folies, mais certainement pas de provoquer ses pleurs.

— De quoi s'agit-il, alors ? demanda-t-il d'un ton radouci. Callie… répondez-moi, insista-t-il quand elle garda le silence.

Elle reporta son regard sur lui et secoua la tête. Après avoir pris une grande inspiration, elle finit par dire :

— Vous ne pouvez pas comprendre.

Les yeux rivés aux siens, Gabriel s'assit face à elle et posa avec délicatesse son bras blessé sur son genou.

— Expliquez-moi. Je vous écoute.

— Tout va bien, je vous assure, dit Callie d'un ton qui se voulait léger. C'est juste que… À cet instant précis, même si je dois affronter un déshonneur certain, votre colère, ma propre peur, et aussi, cette blessure qui me fait mal – quoique vous l'ayez pansée avec un art consommé, je vous assure... Eh bien, malgré tout ça, poursuivit-elle lorsqu'il eut accueilli son compliment d'un signe de tête, je passe l'un des meilleurs moments de ma vie.

Lisant la perplexité dans ses yeux, elle tenta de s'expliquer.

— Voyez-vous, aujourd'hui, je *vis*.

— Vous vivez ?

— Oui. J'ai passé vingt-huit années à faire ce que mon entourage attendait de moi... à être ce que chacun voulait que je sois. Et c'est horrible d'incarner la vision que les autres ont de vous... Vous aviez raison, reprit-elle après un instant. Je suis lâche.

Les yeux de Ralston s'adoucirent quand elle prononça ces mots avec une calme honnêteté.

— J'ai été idiot de dire ça.

— Vous n'êtes pas...

Callie s'interrompit, incapable de prononcer ce mot à voix haute.

— Je ne suis pas certain d'être d'accord. Mais poursuivez.

— Je ne suis pas une épouse, ni une mère, ni un pilier de la haute société, expliqua-t-elle avec un geste de son bras valide, comme si l'existence qu'elle décrivait se trouvait juste à l'extérieur de cette salle. Je suis invisible. Alors, pourquoi ne pourrais-je pas cesser de me conduire en vieille fille timorée et commencer à expérimenter toutes les choses que j'ai toujours rêvé de faire ? Pourquoi renoncer à aller dans une taverne, à boire du scotch et à tenir un fleuret ? Je peux l'avouer, ces trois choses ont été bien plus intéressantes que tous les thés assommants, les bals et le point de croix qui occupent d'ordinaire mon existence.

De nouveau, elle soutint son regard.

— Est-ce que vous comprenez ?

— Oui, acquiesça-t-il avec sérieux. Vous essayez de trouver Callie.

— Exactement ! Quelque part en chemin, j'ai perdu Callie. Peut-être même qu'elle n'a jamais été là. Mais aujourd'hui, ici, je l'ai trouvée.

— Callie est une escrimeuse ? demanda-t-il avec un sourire moqueur.

— Callie est beaucoup de choses, monsieur, répondit-elle en lui rendant son sourire. Je l'ai trouvée aussi dans la taverne.

— Ah, dit-il d'un air entendu. Callie est donc une débauchée.

— Je ne crois pas.

Elle avait rougi et, dans le silence qui suivit, Ralston sembla observer la progression du rosissement sur ses joues. Puis il souleva son bras blessé et embrassa doucement le dos de sa main. Au contact de ses lèvres si chaudes et si douces sur sa peau, Callie inspira profondément, et ses yeux volèrent vers les siens, qu'il gardait fixés sur elle. Il soutint son regard, et une onde brûlante la parcourut lorsque, de la pointe de la langue, il dessina un cercle autour de ses phalanges.

Sa surprise le fit sourire et, retournant sa main, il caressa de la langue et des lèvres le centre sensible de sa paume. Le souffle de Callie s'accéléra et elle ferma les yeux, incapable de regarder le mouvement érotique de sa bouche contre sa peau.

Quand il s'écarta, elle rouvrit les yeux et le surprit en train de l'observer, un sourire diabolique sur les lèvres. Du bout de l'index, il dessina le contour de son visage, un geste qui la fit frissonner tout entière.

— Je ne renoncerais pas déjà à cet aspect de la personnalité de Callie, princesse, murmura-t-il d'une voix rauque, qui la troubla jusqu'au plus profond d'elle-même.

Un trouble que ce terme, en ressuscitant un lointain souvenir, accentua encore. Mais il ramena Callie à l'instant présent lorsqu'il referma la main sur son menton et attira son visage vers le sien.

— Vous l'oubliez, mais j'ai rencontré cette femme à plusieurs reprises... dans des voitures... dans des théâtres...

Il promenait ses lèvres juste au-dessus des siennes, et elle frémit d'excitation. Mais, quand elle tenta de réduire la distance entre eux, il recula juste assez pour la rendre folle d'impatience.

— ... et dans des chambres à coucher. En vérité, ajouta-t-il tout contre sa bouche, son côté débauché me plaît assez.

Il posa alors ses lèvres sur les siennes, et Callie fut perdue. La douceur de sa bouche, la délicatesse de sa caresse, si différente des baisers qu'ils avaient échangés auparavant, la consumaient. Ce baiser-là l'enveloppait tout entière. Elle en oubliait le monde alentour, elle s'oubliait, elle, elle oubliait tout ce qui n'était pas la pression magnifique de ses lèvres sur les siennes. Il caressait sa joue avec son pouce, et des vagues de plaisir successif déferlaient en elle tandis que sa bouche goûtait la sienne.

Submergée par cette sensation, elle haleta légèrement, et il profita de ce que ses lèvres étaient ouvertes pour lui donner des baisers profonds, enivrants, qui lui firent tourner la tête. Elle s'accrocha à lui – son ancre dans une mer de sensualité –, nouant ses bras autour de son cou et plongeant ses doigts dans sa chevelure luxuriante et douce. Ralston émit un grondement de satisfaction, et il fit pleuvoir une série de baisers légers, humides, le long de sa joue puis de sa gorge.

Comme le haut col de sa veste d'escrime gênait sa progression, il se mit à en défaire adroitement les boutons, sans cesser de taquiner de ses lèvres la peau sensible de son cou à mesure que le col qui s'entrebâillait la révélait. Puis il releva la tête et recula légèrement pour achever de déboutonner sa veste. Son regard un peu voilé se posa alors sur les seins comprimés de Callie et sur la bande de toile qui se soulevait au rythme de son souffle précipité.

Il secoua la tête, avant de relever les yeux vers les siens.

— Ceci, dit-il en suivant du doigt le haut de l'étoffe, relève du travestissement.

Callie avait conscience du désir que trahissaient ses yeux, ses joues brûlantes, ses lèvres entrouvertes, et Ralston ne s'y trompa nullement : il s'empara goulûment de ses lèvres, tout en cherchant du bout des doigts l'extrémité de la bande de toile. Quand il l'eut trouvée, il entreprit de dérouler l'épais bandeau.

Callie l'observa alors que lui-même suivait le mouvement de ses propres mains. Elle remarqua sa respiration saccadée, le bleu assombri de ses yeux, et elle prit alors conscience qu'elle se trouvait dans les bras de Ralston, le seul homme qu'elle eût jamais désiré, le seul dont elle eût jamais rêvé. En cet instant, tandis qu'il dénudait son corps, elle éprouva la certitude absolue que son âme elle aussi lui appartenait.

Alors que ces pensées lui traversaient l'esprit, ses seins furent libérés de leur prison de toile, lui arrachant un soupir de soulagement. Les yeux de Ralston s'étant encore assombris, elle baissa son regard sur sa poitrine. De profondes lignes rouges marquaient sa peau d'ordinaire pâle. Au geste qu'elle esquissa pour se cacher, embarrassée par sa nudité, il captura ses mains dans les siennes.

— Non, dit-il d'une voix sourde, enjôleuse. Vous avez infligé à ces beautés un traitement injuste. Je suis leur sauveur, en conséquence, elles m'appartiennent.

À ces mots, une onde brûlante la traversa. Libérant ses mains, il referma les siennes, chaudes et fortes, sur sa poitrine et se mit à caresser sa chair irritée, à apaiser ses rougeurs par de doux effleurements, avant de remplacer ses doigts par sa langue et ses lèvres, couvrant sa peau sensible de baisers qui arrachaient à Callie des soupirs de plaisir.

Comme il évitait délibérément ses mamelons tendus, qui devenaient plus durs à chaque caresse de ses doigts et de sa langue, Callie commença à se tortiller, en proie à une exigence impérieuse.

Il releva alors la tête pour plonger les yeux dans les siens.

— Qu'y a-t-il, princesse ? demanda-t-il.

Ses mots en eux-mêmes constituaient une caresse, tout comme son souffle sur la peau échauffée de Callie.

— Voulez-vous que je vous touche ici ? continua-t-il en passant son index sur la pointe de son sein, en un frôlement qui fit pousser un léger cri à Callie. Ou là ?

— Oui... murmura-t-elle dans un halètement.

— Il vous suffit de demander, dit-il avec un lent sourire.

Il saisit alors entre ses lèvres une des pointes gonflées, et Callie crut défaillir de plaisir. Elle referma ses mains sur la tête de Ralston tandis qu'il taquinait sa chair avide, la suçait doucement, l'excitait du bout des dents avant de l'apaiser de nouveau avec sa langue, puis prodiguait les mêmes caresses à son autre sein. Un feu liquide jaillit au plus profond d'elle, sensation inconnue et merveilleuse mais si exigeante qu'elle poussa un gémissement, réclamant quelque chose qu'elle était incapable de nommer.

Il parut comprendre ce qu'elle voulait, car il effleura de la main l'intérieur de sa cuisse avant de la poser sur la partie la plus intime de son corps. L'explosion de plaisir que Callie ressentit à ce contact la rendit encore plus consciente de l'étoffe qui empêchait Ralston d'accéder à cet endroit où elle avait si désespérément envie qu'il la touche. Elle se tordit pour essayer de se rapprocher de lui, et il releva de nouveau la tête. Ce ne fut qu'après l'avoir embrassée à lui couper le souffle qu'il dit :

— Dites-moi ce que vous voulez, mon cœur.

— Je...

Elle s'interrompit. Trop de mots se bousculaient dans son esprit – « Je veux que vous me touchiez. Je veux que vous m'aimiez. Je veux que vous me montriez la vie qui m'a été refusée. »

Elle finit par secouer la tête, hésitante.

En souriant, il accentua la pression de sa main, et il regarda la progression de la vague de plaisir qui déferlait en elle.

— Incroyable, chuchota-t-il contre son cou. Vous êtes si réactive. Continuez...

— Je veux...

Elle soupira quand il reprit l'une des pointes durcies de ses seins entre ses lèvres.

— Je veux... C'est vous que je veux, dit-elle.

Et, à cet instant, ces mots, si simples comparés au tourbillon d'émotions qui se déchaînaient en elle, semblèrent suffisants.

Il fit bouger ses doigts avec fermeté et dextérité contre elle, lui arrachant un son étouffé.

— Est-ce là que vous me voulez, princesse ?

L'embarras lui fit fermer les yeux, et elle se mordit la lèvre inférieure.

— Me désirez-vous à cet endroit-là, à en avoir mal ?

— Oui.

— Pauvre petit amour...

Les mots glissèrent comme une traînée de feu contre son oreille. Après avoir dégagé le bras de Callie, il la débarrassa de sa veste, ce qui lui permit d'accéder aux boutons de son pantalon. Il glissa alors une main chaude à l'intérieur de celui-ci, jusqu'à ce qu'il atteigne le doux duvet de son sexe. Il en écarta les replis humides et posa un doigt à l'entrée de son intimité.

— Ici ?

Avec un cri étouffé, Callie s'accrocha à son avant-bras. Il ne put retenir un sourd grondement quand il la vit tenter de comprendre les sensations qui la parcouraient.

— Je crois que vous voulez plus que cela, dit-il d'une voix rauque.

Lorsque, tout en reprenant délicatement la pointe de son sein dans sa bouche, il se mit à la caresser, toute pensée cohérente déserta Callie. Les doigts de Ralston jouaient contre sa chair palpitante, invitant ses jambes à s'écarter, puis l'un d'eux se mit à dessiner des cercles autour du point le plus sensible de son être, et elle se tordit, submergée par les sensations qui déferlaient en elle. Les mouvements de ses mains fermes, expertes, en parfaite harmonie avec l'aspiration chaude et mouillée de sa bouche, la poussaient inéluctablement vers un précipice qu'elle était incapable d'identifier. Une spirale de plaisir naquit au creux de son ventre quand il trouva l'endroit doux et humide où le monde semblait finir et, avec un cri, elle s'abandonna aux caresses qui l'emmenaient plus haut, plus loin, plus fort.

Sensible au changement qui se produisait en elle, Ralston, délaissant son sein, s'empara de sa bouche et, usant de sa langue et de ses dents, l'embrassa tout en insérant un doigt en elle. Elle émit un son étouffé, où se mêlaient l'ardeur et la perplexité.

Il approcha alors ses lèvres de son oreille pour chuchoter :

— Laissez-vous aller, mon cœur...

Dans ses yeux, Callie vit qu'il comprenait son imploration muette. Un deuxième doigt rejoignit le premier pour caresser, en un rythme toujours plus rapide, toujours plus ferme, la source de son plaisir, comme si Ralston savait exactement où Callie avait besoin de lui. Elle cria sous l'assaut de ces sensations qui ne ressemblaient à rien de ce qu'elle connaissait.

— Je vous rattraperai quand vous tomberez.

Ces paroles, murmurées avec passion, causèrent sa perte. Il soutint son regard lorsqu'elle sauta dans le vide, accrochée à lui.

La chair palpitante, Callie se plaquait contre sa main, mue par un désir qui exigeait d'être satisfait. Il faisait jouer ses doigts en elle, sachant exactement comment la toucher, où la caresser, quand se retirer. Et lorsqu'il lui eut arraché un ultime spasme, qu'il eut capturé entre ses lèvres le dernier de ses cris, il la rattrapa comme il l'avait promis. De ses mains attentives, il la ramena entre ses bras, lui fit rejoindre la terre.

Il la tint enlacée pendant qu'elle reprenait ses esprits, effleurant sa tempe de ses lèvres, caressant doucement son dos, ses bras et ses jambes. Lorsque sa respiration eut retrouvé un rythme normal, Callie laissa retomber ses bras, qu'elle avait gardés noués autour de son cou, et appuya de nouveau son bras blessé sur lui. Mais Ralston lâcha un son étouffé quand la main de Callie alla se poser sur son entrejambe et, la soulevant aussitôt, il l'écarta.

Sensible seulement à ce qu'elle prit pour un rejet, Callie se troubla. Son regard dut trahir sa mortification, car Ralston, après avoir embrassé son poing qu'elle tenait à présent serré, lui dit :

— Il est difficile d'assister à une manifestation de plaisir aussi fascinante sans en être ébranlé, mon cœur.

L'inquiétude de Callie tourna à la perplexité, et il pressa alors sa main sur le dur renflement de son pantalon. Lorsqu'elle finit par comprendre, elle rougit, sans toutefois ôter sa main. Elle accentua même timidement sa pression, savourant ensuite le sourd grognement qu'il laissa échapper, et la manière dont il maintenait sa main contre son corps.

— Est-ce que... commença-t-elle avant de déglutir avec peine. Est-ce que je... je peux faire quelque chose ?

Les lèvres de Ralston se relevèrent d'un côté, en un sourire qui tenait de la grimace, et il l'embrassa de nouveau, ne s'arrêtant que lorsqu'elle s'agrippa à lui, haletante d'excitation.

— Il n'y a rien que je désire davantage, princesse, mais je pense que nous sommes déjà allés trop loin, vu que quelqu'un pourrait entrer à n'importe quel moment.

Ces propos tirèrent Callie de son ivresse comme un jet d'eau glacé. Elle tourna vivement la tête vers la porte, qui n'était pas verrouillée.

— Oh ! murmura-t-elle en se relevant aussitôt.

Ce geste provoqua un élancement dans son bras, la faisant tressaillir. Après avoir enfourné son bras valide dans la manche de la veste, elle pivota pour se précipiter de l'autre côté de la salle tout en s'attaquant à la longue rangée de boutons. À quoi diable avait-elle pensé ?

Évidemment, elle n'avait pas pensé à autre chose qu'à lui.

— Il me semble que vous oubliez une pièce cruciale de votre déguisement, dit-il d'un ton traînant.

Elle pivota de nouveau. Il s'avançait calmement vers elle, tenant entre ses doigts la bande de tissu qui avait servi à aplatir sa poitrine.

— Personne ne vous prendra pour un homme, chuchota-t-il quand il l'eut rejointe, si ces seins magnifiques sont laissés en liberté. Franchement, avec de si superbes...

— Merci, coupa-t-elle d'un ton ferme, alors qu'elle sentait ses joues s'empourprer.

Elle lui prit la bande de toile des mains.

— Vous allez avoir besoin de mon aide, mon cœur.

Non ! Elle ne pouvait pas lui confier une tâche si intime. Tant pis, il lui faudrait courir le risque d'être découverte - la redingote de Benedick ne dissimulait pas grand-chose, mais ce serait peut-être suffisant.

Puis elle baissa les yeux sur son torse et dut se rendre à l'évidence. Ralston sembla lire dans ses pensées, car il tendit la main pour lui reprendre le bout de tissu.

— Il ne faudrait que quelques secondes pour que vous soyez découverte, princesse. Laissez-moi vous aider, cela vaut mieux. Je promets d'agir en parfait gentleman, ajouta-t-il, une étincelle diabolique dans le regard.

Elle ne put se retenir de rire malgré le ridicule de ses paroles. Lui-même esquissa un large sourire et, après un instant de réflexion, elle céda. Après avoir enlevé de nouveau sa veste, elle présenta timidement son dos à Ralston, en tenant fermement l'une des extrémités de la bande de toile contre sa poitrine. Elle attendit qu'il commence à l'envelopper dans le tissu, mais il ne bougea pas. Après une longue minute, quand elle jeta un coup d'œil par-dessus son épaule, elle découvrit qu'il se tenait à quelques pas derrière elle et la regardait.

— Tournez sur vous-même, dit-il simplement, en réponse à son regard interrogateur.

Callie mit un instant à comprendre. Il voulait qu'elle s'enroule elle-même dans la bande de tissu, au lieu d'attendre, immobile, qu'il l'en enveloppe. Elle s'exécuta, aussitôt consciente du potentiel séducteur de ce mouvement. Quelque chose dans son lent tournoiement et dans la façon dont les prunelles bleues de Ralston s'assombrissaient lui donna l'impression d'être une tentatrice – sa Salomé. Il se garda de la toucher pendant qu'elle évoluait, ne dansant que pour lui ; au contraire, il lui laissa choisir la vitesse et la tension avec laquelle elle voulait être bandée. Quand elle atteignit le bout de la bande, elle se retrouva dans ses bras.

Les yeux rivés aux siens, Ralston rentra l'extrémité de l'étoffe dans le bandeau, puis, d'une main, il releva le visage de Callie pour l'embrasser de nouveau. Ce fut un baiser doux et tendre ; il effleura ses lèvres avec une lenteur atroce, qui la laissa le cœur battant et l'esprit confus. De sa main libre, il caressait l'un de ses seins aplatis, le taquinant si bien que Callie dut se retenir pour ne pas arracher de nouveau le bandeau.

Il finit par mettre un terme à ce baiser et, après s'être incliné, posa ses lèvres à la limite de l'étoffe, là où la chair sensible, comprimée, dessinait un imperceptible bourrelet.

— Pauvres petits amours, murmura-t-il en leur rendant hommage avec ses mains et sa bouche.

Une onde brûlante commença à se former au creux du ventre de Callie, menaçant de déferler. À l'instant précis où elle craignait de ne pas supporter qu'il continue, il s'écarta. Après s'être penché pour ramasser la veste de Callie, il la fit glisser avec précaution le long de son bras bandé, puis il l'aida à l'enfiler complètement avant de s'attaquer avec dextérité aux boutons.

Elle se contenta de le regarder, incapable de faire quoi que ce soit d'utile tant elle était bouleversée.

Quand il eut fini, il retourna vers la piste pour rassembler le reste de leurs effets. Elle le vit alors se pencher pour ramasser un bout de papier qui était tombé, sans qu'il le remarque, quand il lui avait enlevé le bandeau de toile. La vue de sa liste tira Callie de son engourdissement.

— Attendez... Non ! se hâta-t-elle de dire quand il fit mine de déplier le papier.

Il suspendit son geste et, une étincelle de curiosité dans ses yeux bleus, la regarda approcher. Elle posa la main sur la sienne, referma ses doigts sur la feuille et tenta de la lui prendre, mais il résista.

— Pourquoi non ? demanda-t-il d'un ton taquin.

— C'est à moi.

— Vous ne l'aviez pas mis au bon endroit, on dirait.

— L'endroit aurait été parfait si vous n'aviez pas pris l'initiative de libérer mes...

Elle s'interrompit, peu désireuse de terminer sa phrase.

Il haussa les sourcils.

— Eh bien, je ne vais certainement pas vous présenter des excuses pour ça.

— Il n'empêche, ce papier m'appartient, répliqua Callie avec toute la dignité dont elle était capable.

D'un geste preste du poignet, Ralston mit la liste hors de sa portée, et le cœur de Callie manqua un battement quand elle vit qu'il s'apprêtait à en prendre connaissance.

— Je vous en prie, Gabriel. Ne faites pas ça.

Était-ce dû à l'usage de son prénom ou à son ton suppliant ? Elle ne le saurait jamais. Toujours est-il qu'il suspendit son geste et, les yeux dans les siens, demanda :

— De quoi s'agit-il, Callie ?

Elle secoua la tête tout en détournant le regard.

— Ce n'est rien, balbutia-t-elle. C'est idiot... C'est personnel.

— Dites-moi de quoi il s'agit, et je ne le regarderai pas.

— En gros, vous me laissez le choix entre vous le dire et vous laisser le lire ? rétorqua-t-elle.

En silence, il tourna et retourna le papier froissé entre ses mains.

— Très bien, finit-elle par dire avec un soupir excédé. C'est une liste.

Elle tendit la main, espérant qu'il allait déposer le papier sur sa paume et qu'il n'en serait plus question. Mais son expression se fit narquoise.

— Quel genre de liste ?

— Une liste personnelle, répliqua-t-elle.

Elle s'appliqua à instiller dans sa voix une note de dédain supérieur, afin de lui faire sentir qu'il n'agissait pas en gentleman. Peut-être cela le ferait-il renoncer.

— Une liste personnelle de courses ? Une liste de livres scandaleux que vous aimeriez lire ? Une liste d'hommes ?

Comme elle rougissait à cette pensée, il s'interrompit, les yeux écarquillés.

— Bonté divine, Callie, c'est une liste d'hommes ?

Elle frappa du pied avec irritation.

— Sapristi, non ! Peu importe ce qu'il y a sur cette liste. Ce qui compte, c'est qu'elle m'appartient.

— Ce n'est pas la bonne réponse, princesse, rétorqua-t-il en commençant à déplier la feuille.

— Attendez !

De nouveau, elle posa sa main sur la sienne. Elle ne supportait pas l'idée qu'il prenne connaissance de ses désirs secrets.

— Si vous voulez savoir, dit-elle, refusant de croiser son regard, c'est une liste de... d'activités... que j'aimerais essayer.

— Je vous demande pardon ?

— Une liste d'activités. Des activités auxquelles les hommes peuvent s'adonner mais que l'on interdit aux femmes pour protéger leur réputation. J'ai décidé que, vu le peu de gens à qui importe ma réputation, il n'y avait pas de raison que je continue à me dessécher tranquillement en faisant du point de croix avec mes sœurs en célibat. J'en ai assez d'être considérée comme passive.

— Vous êtes peut-être beaucoup de choses, répliqua-t-il en haussant les sourcils, mais je ne vous aurais jamais qualifiée de passive.

Quel délicieux compliment il venait de lui faire !

Callie déglutit, puis elle referma les doigts sur le coin de la feuille. Ralston baissa les yeux sur sa main, l'air songeur.

— Ainsi, reprit-il après un instant, c'est une liste d'activités qui, aux yeux de lady Calpurnia, représentent la vraie vie...

Elle reconnut l'écho de leur conversation précédente. Peut-être que s'il avait prononcé ces mots avant leur intermède sur le sol de la salle d'entraînement, elle aurait acquiescé. Toutefois, ces quelques précieux instants dans les bras de Ralston avaient tout changé. Durant cette étreinte, Callie avait vraiment vécu. Elle avait enfin goûté à la vie dont elle rêvait depuis cette première rencontre avec lui, une décennie – un siècle ! – plus tôt. À présent, boire du scotch lui paraissait plutôt anodin, que ce soit dans une taverne ou pas. Mais, évidemment, elle ne pouvait pas le lui dire.

— Cette liste est à moi. Je vous serais reconnaissante de me la rendre sans en avoir pris connaissance. Je trouve cette conversation suffisamment embarrassante.

Il ne répondit pas, pas plus qu'il ne lâcha la feuille de papier, ce qui obligea Callie à soutenir son regard. Peut-être y lut-il alors la vérité, car il renonça à sa prise.

Après avoir replié le papier, elle le fourra aussitôt dans la poche de sa veste. Il suivit son geste des yeux, puis demanda :

— Je suppose que l'escrime figure sur votre liste ?
Elle acquiesça d'un signe de tête.
— Et le scotch ?
Elle opina de nouveau.
— Quoi d'autre ?
— Jouer de l'argent, répondit-elle, alors qu'elle avait pensé très fort : « Embrasser. »
— Seigneur ! Ensuite ?
— Fumer un cigarillo.
Il poussa un grognement ironique.
— Ça, ça va être ardu. Même moi, je ne vous laisserais pas fumer un cigarillo. Et Dieu sait que ma moralité est douteuse.
L'arrogance de sa réponse irrita Callie au plus haut point.
— Apprenez, monsieur, que j'ai déjà rayé cet élément-là de ma liste.
— Comment ? Qui vous a donné un cigarillo ?
— Benedick.
— Mais c'est d'une irresponsabilité...
Sa stupéfaction était telle qu'il ne termina pas sa phrase.
— J'aurai sa tête ! annonça-t-il ensuite.
— C'est ce qu'il a dit pour vous et le scotch.
Il éclata de rire.
— Oui, je n'en doute pas. Ainsi, il est au courant de cette liste ridicule ?
— En fait, non. Il n'y a que ma femme de chambre et... eh bien, vous.
— Je me demande, reprit-il d'un ton détaché, ce que votre frère dira lorsqu'il découvrira que je vous ai blessée dans sa salle d'armes...
— Vous n'allez pas faire ça !
— Oh, je ne sais pas, répondit-il en lui tendant ses gants, qu'il venait de ramasser.
Elle les prit sans les regarder.
— Vous ne pouvez pas !
— Pourquoi ?

— Pensez à... à ce que ça révélerait de vous !

Il sourit, puis il prit son temps pour enfiler ses propres gants.

— Cela révélerait que je suis un voyou et un libertin. Et je crois que c'est un fait avéré

Il avait prononcé ces mots d'un ton qui ne faisait que souligner leur vérité, et Callie sentit ses joues s'enflammer.

— Et je ne parle pas du fait qu'il va vous falloir sortir du club sans être découverte par un certain nombre d'*autres* hommes, continua-t-il. Lesquels seront certainement enchantés de régaler votre frère – ainsi que leurs innombrables pairs – du récit de votre inconséquence. Vous êtes arrivée à une heure tranquille, mais maintenant, les couloirs fourmillent d'hommes désireux de pratiquer leur sport préféré avant les festivités de la soirée.

Callie n'y avait pas pensé. Elle avait été tellement concentrée sur la difficulté de pénétrer dans le club qu'elle n'avait pas songé qu'il pourrait être tout aussi difficile – peut-être même plus – d'en sortir. À présent que Ralston avait attiré son attention sur leur présence, elle entendait les conversations animées et les bruyants éclats de rire des membres du club qui passaient de l'autre côté de la porte. Elle étouffa le brusque embarras qui lui vint à la pensée que n'importe lequel de ces hommes aurait pu entrer, quelques minutes plus tôt, et les surprendre.

— Évidemment, je serais très heureux de garder le silence, reprit-il, la tirant de ses réflexions, et de vous aider à sortir de la difficulté dans laquelle vous semblez vous trouver. Mais il y aura un prix à payer.

— Quel prix ? demanda-t-elle, méfiante.

Il ramassa son masque et le lui tendit.

— Je protégerai votre réputation aujourd'hui si vous me permettez de le faire jusqu'à la dernière ligne de votre liste.

Callie en resta bouche bée.

— Ah, je vois que vous me comprenez... Si je découvre que vous avez tenté une autre aventure sans m'en parler, je raconte tout à votre frère.

Elle garda le silence pendant un long moment, en proie à un tumulte d'émotions.

— C'est du chantage, finit-elle par dire.

— Quel terme répugnant ! Mais si vous voulez l'appeler ainsi, pas de problème. Je vous assure que ce sera pour le mieux. Vous avez manifestement besoin d'un chaperon et, pour le bien de nos deux familles, je vous offre mes services.

— Vous ne pouvez pas...

— Je le peux, apparemment. À présent, soit vous mettez votre masque et vous me laissez vous aider à quitter ce club, soit vous le mettez et vous tentez votre chance seule. Que choisissez-vous ?

Callie soutint son regard pendant un long moment. Comme elle aurait aimé le laisser là, avec son expression suffisante, et réussir à se sortir de ce guêpier par ses propres moyens ! Mais elle avait bien conscience que l'aide de Ralston lui permettrait une sortie plus rapide et plus sûre.

Elle enfila son masque, prenant son temps pour repousser toutes ses mèches de cheveux à l'intérieur.

— Il semblerait que je n'aie guère le choix, dit-elle alors, d'une voix un peu assourdie par le grillage.

Il eut de nouveau un sourire diabolique, qui fit courir une onde d'excitation dans les veines de Callie.

— Parfait.

14

— Non ! Non, non et non ! Mademoiselle Juliana, les dames doivent être la délicatesse incarnée lorsqu'elles dansent ! Et vous ne devez pas soutenir ainsi mon regard !

Le maître de danse était manifestement excédé. Pour dissimuler son sourire, Callie se tourna vers les immenses portes-fenêtres qui surplombaient les magnifiques jardins de Ralston House. Le petit Français un peu précieux, bien que reconnu comme l'un des meilleurs maîtres de danse d'Angleterre, était le professeur que Juliana aimait le moins. Lui et elle avaient des opinions très différentes sur l'importance de la danse dans la vie d'une jeune fille, et Callie soupçonnait Juliana de prendre un malin plaisir à l'irriter.

— Je vous présente mes excuses, monsieur Latuffe, dit Juliana d'un ton qui démentait son propos. J'essayais simplement de vérifier où vous étiez... Je ne voudrais pas vous écraser les orteils.

Le maître de danse écarquilla les yeux avec horreur.

— Mademoiselle Juliana ! Les dames ne sont pas censées non plus parler d'*orteils écrasés*. Si jamais un incident aussi terrible se produisait, je vous assure que votre cavalier ne le remarquerait pas. Apprenez que les dames, lorsqu'elles dansent, doivent être aussi immatérielles que l'air.

L'éclat de rire incrédule de Juliana provoqua chez Latuffe une salve de bégaiements exaspérés. Callie mit sa main devant sa bouche pour étouffer son propre rire – elle ne devait pas mettre en péril son image de spectatrice impartiale.

Depuis presque une heure, assise sur un sofa à l'extrémité de la salle de bal, elle assistait à la leçon. Tandis que Juliana et M. Latuffe répétaient, successivement, les pas des danses traditionnelles, du quadrille et du menuet, leurs patiences respectives s'effilochaient, et Callie peinait à dissimuler l'amusement que lui donnaient leurs prises de bec. Affichant ce qu'elle espérait être une expression neutre, elle reporta son attention sur eux.

M. Latuffe se dirigeait avec force moulinets vers le pianoforte, derrière lequel le pianiste engagé pour les leçons de l'après-midi paraissait plus qu'hésitant sur la conduite à tenir. Plaçant une main sur son cœur et, de l'autre, s'appuyant au piano, Latuffe feignit de prendre plusieurs inspirations profondes, entrecoupées de marmonnements irrités en français. Callie réprima de nouveau son envie de rire lorsqu'elle crut l'entendre vouer aux gémonies la Grande-Bretagne, les femmes italiennes et le quadrille. Ce dernier point ne manqua pas de l'étonner. Fallait-il que Juliana constitue une épreuve pour qu'il en soit à renier la danse !

Quand Callie se leva pour rejoindre la jeune fille, celle-ci leva aussitôt les yeux au ciel.

— Il ne reste plus que vingt minutes, lui glissa Callie en souriant. Essayez de tenir encore un peu.

— C'est pour vous que je fais ça, répliqua Juliana entre ses dents. Vous le savez, n'est-ce pas ?

— Je vous en serai à jamais reconnaissante, répondit Callie, qui lui serra brièvement le bras.

La jeune fille émit un reniflement moqueur quand le maître de danse se retourna brusquement.

— Nous allons passer à la valse, déclara-t-il. Je suppose que même une jeune fille comme vous respecte la valse.

Les yeux de Juliana s'agrandirent. Elle se tourna vers Callie pour murmurer :

— Une jeune fille comme moi ?

Ce fut alors au tour de Callie de se moquer discrètement. Car le Français, saisissant Juliana, surprise, dans ses bras, l'entraîna dans une valse rapide avec une vigueur qu'on n'aurait pas attendue chez quelqu'un de si petit.

Après avoir adressé un sourire réconfortant au pianiste, de toute évidence soulagé, elle observa le couple qui tournoyait. Tout en dansant, Latuffe continuait sa litanie de « Une demoiselle doit... » et « Une demoiselle ne doit pas... », et Juliana se vit reprocher successivement d'avoir une poigne trop ferme, un maintien trop raide et, finalement, une flamme trop effrontée dans le regard.

Selon Callie, ce dernier reproche n'aurait plus lieu d'être dès que la jeune femme aurait quitté l'étreinte du maître de danse.

Elle sourit malgré elle quand Juliana, regardant son professeur droit dans les yeux, lui marcha délibérément sur le pied.

— Je me trompe, ou ma sœur s'évertue-t-elle à lui faire gagner durement chacun de ses shillings ?

La voix, tout près d'elle, surprit Callie. Elle se retourna brusquement et découvrit Nicholas St. John qui observait Juliana d'un air amusé.

Callie refoula l'émotion qui lui étreignait la poitrine. Refusant de sonder son cœur pour déterminer si elle éprouvait de la déception ou du soulagement devant l'apparition de ce St. John-là, elle l'accueillit avec un grand sourire.

— Je pense que si on lui en donnait l'occasion, votre sœur assommerait M. Latuffe avec plaisir.

Nick ne répondit pas de suite. Il regardait Juliana, à laquelle son maître de danse était en train de signifier qu'il n'était pas convenable pour une dame de sourire à d'autres hommes – son frère y compris – lorsqu'elle valsait.

— Eh bien, finit par dire Nick en reportant son regard sur Callie, je ne suis pas vraiment certain que je pourrais le lui reprocher.

— Entre nous, répliqua Callie en riant, je serais assez tentée moi aussi de ne pas intervenir.

— Une vengeance contre d'anciens maîtres de danse ?

— Peut-être. Et, aussi, la jouissance suprême de l'esclandre qui s'ensuivrait sûrement.

— Franchement, lady Calpurnia... j'avoue que je n'aurais pas soupçonné en vous un sens aussi dévoyé de l'humour.

— Non. Non ! Non !

Cette exclamation explosive, à l'autre extrémité de la salle, mit fin au badinage de Nick et de Callie, qui échangèrent un regard amusé lorsque le maître de danse fulmina :

— C'est le gentleman qui conduit la jeune fille. Je suis le gentleman. Et vous, vous suivez ! Vous n'êtes qu'une feuille dans le vent !

Cette comparaison déclencha une diatribe en italien. Même si Callie n'en comprit pas tous les termes, son sens était clair.

— J'ai comme l'impression que les femmes n'apprécient pas d'être comparées à du feuillage, fit remarquer Nick.

— En tout cas, pas les femmes italiennes.

La repartie de Callie le fit rire, ce qui lui attira un double regard noir de la part du couple de danseurs.

Nick s'éclaircit alors la gorge, se tourna vers Callie et, lui tendant la main, suggéra :

— Si nous leur faisions une démonstration ?

Callie baissa les yeux sur sa main, frappée de stupeur.

— Pardon ?

— Allons, lady Calpurnia, chuchota-t-il d'un ton malicieux, ne me dites pas que vous avez peur que M. Latuffe critique votre maintien.

Callie se redressa de toute sa taille avec une indignation feinte.

— Certainement pas.

— Alors ? Splendide ! dit-il lorsqu'elle plaça sa main dans la sienne.

Et, après avoir adressé un geste au pianiste, qui entama aussitôt une autre valse, Nick la prit dans ses bras et l'entraîna à travers la salle.

Mais Callie, tout en tournoyant, se tordait le cou pour surveiller l'évolution de la chamaillerie entre Juliana et M. Latuffe.

— Lady Calpurnia, finit par dire Nick, si je n'étais pas aussi sûr de moi, je serais offensé par votre manque d'intérêt.

Elle reporta son attention sur son cavalier et se mit à rire en voyant son regard malicieux.

— Je vous présente mes excuses, monsieur. Je me prépare simplement à intervenir au cas où ils en viendraient aux mains.

— N'ayez aucune crainte. Je serais le premier à bondir au secours de Latuffe si ma sœur se laissait emporter par les sentiments contre lesquels elle lutte si manifestement.

D'un signe de tête, il désigna Juliana. Callie put constater qu'effectivement la jeune fille avait l'air excédée.

— Ce serait dommage que la guerre se déclare entre l'Italie et la France, si tôt après que Napoléon a été défait, commenta Callie, ironique.

— Je ferai de mon mieux pour assurer la paix universelle, promit Nick.

— Parfait, dit Callie avec un sérieux feint. Mais vous avez bien conscience que cela peut exiger que vous jouiez vous-même les maîtres de danse, n'est-ce pas ?

Nick fit mine de réfléchir.

— Pensez-vous que le pianiste accepterait de revenir ?

Amusée, Callie observa le mince jeune homme derrière le pianoforte.

— Je ne crois pas. N'est-ce pas une chance pour vous que votre frère soit virtuose ?

Les mots lui avaient échappé avant qu'elle se rende compte de ce qu'ils impliquaient. Si Nick était trop bon danseur pour faire un faux pas, il riva néanmoins sur elle un regard intrigué. Puis il lui demanda :

— Et… comment savez-vous que mon frère est pianiste, mademoiselle ?

— C'est… assez… connu, non ? fit Callie en cherchant désespérément un moyen de détourner la conversation.

Elle tenta, en outre, d'afficher une expression de curiosité innocente.

Mais Nick eut un sourire en coin.

— Non. Ça ne l'est pas. Quand l'avez-vous entendu jouer ? poursuivit-il après un instant, lorsque Callie ne put dissimuler sa défaite.

Elle ouvrit la bouche, puis la referma.

— Ou bien devrais-je demander : « *Où* l'avez-vous entendu jouer ? »

Était-il en train de la taquiner ? Elle avait beau être prise au piège, elle ne se rendrait pas sans se battre. Affrontant le regard de Nick, elle dit :

— Nulle part.

— Menteuse, murmura-t-il en se penchant vers son oreille.

— Monsieur, protesta-t-elle, je vous assure que lord Ralston n'a pas…

— Vous n'avez pas besoin de le défendre, dit Nick d'un ton désinvolte. Vous oubliez que je connais bien mon frère.

— Mais nous n'avons pas…

Callie s'interrompit tandis qu'une rougeur révélatrice lui montait aux joues.

Nick haussa les sourcils.

— Vraiment ?

Elle baissa son regard sur sa cravate, avec l'espoir de se distraire en étudiant le nœud sophistiqué. Nick lui octroya quelques instants de silence avant d'éclater de rire.

— Ne craignez rien, mademoiselle, votre secret sera bien gardé. Encore que j'avoue éprouver une pointe de jalousie. Après tout, il est bien connu que je suis, et de loin, le plus beau des St. John.

Callie ne put s'empêcher de rire à son tour, d'autant qu'il accéléra l'allure au point de la soulever presque de terre, ce qui redonna de la légèreté à l'instant. Les yeux de Nick brillaient d'une malice juvénile. Callie laissa son regard se poser brièvement sur la balafre de sa joue, avant de se reprendre et de détourner les yeux.

— C'est d'une laideur atroce, non ?

Callie reporta son attention sur lui et regarda franchement la cicatrice.

— Pas du tout. En fait, c'est surprenant, mais j'ai entendu de nombreuses femmes dire que cela vous rendait encore plus séduisant.

Il eut une grimace outrée.

— Elles sont trop romanesques. Je ne suis pas un pirate à ramener dans le droit chemin.

— Non ? Quel dommage. On dit que vous avez passé cinq années à voguer sur la Méditerranée, pillant des navires et enlevant des innocents.

— La vérité est beaucoup moins excitante.

Callie feignit d'être horrifiée.

— Ne me dites rien ! Je préfère ma version.

Quand ils éclatèrent de rire tous les deux, elle s'interrogea. Comment pouvait-elle être aussi à l'aise avec Nicholas St. John quand son jumeau déclenchait en elle un tel tumulte d'émotions ?

Il y avait un peu plus d'une semaine qu'elle avait vu Ralston pour la dernière fois – quand il l'avait fait discrètement sortir du club d'escrime et l'avait reconduite à Allendale House. Durant ces huit jours, elle était venue plusieurs fois à Ralston House, non seulement pour superviser les leçons de Juliana, mais également pour prendre le thé avec elle, accompagnée de Mariana. Chaque fois, elle avait espéré voir Ralston, espéré qu'il viendrait à sa rencontre. Car, avec de nombreux domestiques et une sœur aussi démonstrative, il devait forcément savoir quand Callie se trouvait chez lui.

Par deux fois, elle avait envisagé de s'éclipser pour partir à sa recherche. Elle avait conçu des dizaines de manières de provoquer une rencontre, depuis une irruption accidentelle dans son bureau jusqu'à l'invocation d'un problème particulier nécessitant qu'elle lui parle de sa sœur. Malheureusement, les débuts de Juliana dans le monde paraissaient se dérouler au mieux – elle serait prête pour son premier bal d'ici une semaine –, et Callie n'avait pas réussi à rassembler suffisamment de courage pour pénétrer dans le bureau de Ralston.

L'ironie de la chose ne lui échappait pas, étant donné que, la première fois qu'elle s'était rendue à Ralston House, elle avait eu l'audace d'entrer dans sa chambre. Mais la situation était différente, alors. Il s'agissait de sa liste. Ce qui n'était plus le cas à présent.

Certes, elle avait envisagé d'utiliser celle-ci pour approcher Ralston. Après tout, ne lui avait-elle pas promis de le prendre pour chaperon si elle se lançait dans un nouveau défi, ce qu'elle mourait d'envie de faire ? Mais, franchement, n'aurait-il pas été pathétique de sa part d'user de ce moyen pour le voir ? Elle aurait eu l'impression d'être un toutou – prêt à tout pour suivre son maître.

Elle voulait que ce soit lui qui vienne à elle. Était-ce trop demander ?

— Eh bien… Si ce n'est pas un spectacle charmant…

La musique s'arrêta quand ces mots ironiques retentirent dans la salle de bal, et le souffle de Callie se bloqua dans sa gorge. L'objet même de sa rêverie la considérait d'un regard morne.

Seigneur, elle l'avait fait apparaître !

Mais elle secoua la tête pour chasser cette pensée stupide et esquissa aussitôt le geste de s'écarter de Nicholas, lequel refusa de la lâcher. Comme elle le dévisageait, déconcertée, il lui adressa un clin d'œil avant de se pencher pour lui chuchoter à l'oreille :

— Ne montrez pas vos cartes. Nous ne faisions que danser.

Elle écarquilla les yeux. Nick la libéra alors, visiblement à contrecœur, et s'inclina en un salut profond qui se termina par un baisemain. Callie reporta aussitôt le regard sur Ralston qui, appuyé au chambranle de la porte, les observait avec une expression indéchiffrable. Le malaise qu'elle éprouva d'abord fut suivi d'une flambée d'indignation. Nick avait raison, bien sûr. Ils ne faisaient que danser. Alors, pourquoi se sentait-elle comme une gamine qui vient d'être surprise en train de commettre une bêtise ?

— Monsieur, c'est un honneur que vous nous fassiez la grâce d'assister à la leçon de Mlle Juliana ! s'écria Latuffe en traversant la salle pour les rejoindre.

— Certes, murmura Ralston, dont le regard ne quittait pas Nick et Callie.

— Certes ! Certes ! Oui ! reprit aussitôt le maître de danse, tout en suivant le regard de Ralston. Lord Nicholas et lady Calpurnia ont été d'un grand secours pour apporter de la légèreté à cette leçon éprouvante.

— C'est donc ce qu'ils faisaient ? Ils apportaient... de la légèreté ?

La pointe de sarcasme dans son ton prit Callie au dépourvu. À côté d'elle, Nick se raidit.

— Oh oui ! insista le maître de danse. Voyez-vous, votre sœur n'est pas la plus malléable des élèves, et ils...

— C'est une critique ? coupa Juliana avec effronterie, depuis l'autre extrémité de la salle.

Callie, surprise par son impertinence, se retourna vers elle.

— Voilà ! Voilà exactement ce que j'essayais de dire ! s'exclama Latuffe avec un geste désespéré. Quel genre de jeune fille s'adresse à ses professeurs avec un tel manque de respect ?

Le front de Juliana se fit orageux. Elle s'approcha de M. Latuffe en agitant les mains avec véhémence.

— Peut-être que si vous étiez davantage un professeur et moins *un idiota*, vous mériteriez un peu plus mon respect !

Tout le monde se figea sur place. Avant que quiconque ait pu reprendre la parole, M. Latuffe pivota face à Ralston.

— C'est la raison pour laquelle je me fais une règle de ne pas prendre d'élèves roturiers ! dit-il d'une voix qui s'amplifiait à chaque mot. Le manque d'éducation de cette jeune personne est douloureusement criant !

Il tira un mouchoir de sa poche pour s'éponger le front d'un geste théâtral.

Un silence presque palpable s'abattit dans la pièce. Un muscle tressaillit dans la joue de Ralston, qui s'adressa ensuite au maître de danse d'une voix que sa colère contenue rendait glaciale.

— Sortez de ma maison.

Le Français le regarda avec surprise.

— Ce n'est pas contre *moi* que vous êtes fâché, sûrement, lord Ralston ?

— Je suis heureux de constater que vous restez conscient de la personne à qui vous vous adressez, Latuffe, répliqua Ralston avec froideur. Je ne tolérerai pas que l'on parle de ma sœur d'une façon aussi irrespectueuse. Vous êtes relevé de vos fonctions.

Latuffe émit une série de balbutiements inarticulés avant de s'élancer hors de la pièce, suivi docilement par le pianiste.

Les quatre personnes restantes les suivirent du regard en silence, puis Juliana tapa dans ses mains avec jubilation.

— Vous avez vu sa tête ? Je parie que personne ne lui avait jamais parlé comme ça ! Bien joué, Gabriel !

— Juliana... commença Callie, qui se tut lorsque Ralston leva la main pour prendre lui-même la parole.

— Juliana, sors de cette pièce.

La jeune fille ouvrit de grands yeux.

— Tu ne veux pas dire... Je n'avais pas l'intention...

— Tu n'avais pas l'intention de chasser le meilleur maître de danse de tout Londres ?

— Ce n'est pas possible, répliqua-t-elle avec mépris.

— Je t'assure que c'est le cas.

— Alors, c'est plutôt triste pour Londres.

Un coin de la bouche de Nicholas se releva, alors que celle de Ralston se crispait en une ligne mince.

— Il va falloir que tu apprennes à garder tes pensées pour toi, Juliana. Sinon, tu ne seras jamais admise dans le monde.

Les yeux de la jeune fille s'assombrirent – signe que sa volonté était égale à celle de son frère.

— Puis-je suggérer que tu me laisses retourner en Italie, alors ? Je t'assure que je causerai bien moins de problèmes là-bas.

— Je n'en doute pas, mais nous étions convenus de huit semaines. Tu m'en dois encore cinq.

— Quatre semaines et cinq jours, corrigea-t-elle d'un ton acide.

— Dommage qu'il en reste autant. Sors de cette pièce. Et ne reviens pas tant que tu n'auras pas décidé de te conduire comme la demoiselle que tu es censée être.

Ses yeux jetant des flammes, Juliana dévisagea son frère aîné pendant un long moment, puis elle tourna les talons et s'élança hors de la salle.

Quand elle fut sortie, Callie tourna un regard accusateur vers Ralston. Celui du marquis resta froid. Il semblait la mettre au défi de contester ses décisions. Mais elle se contenta de marquer sa déception d'un signe imperceptible de la tête, avant de suivre son élève dans les profondeurs de Ralston House.

Gabriel la suivit du regard avant de se tourner vers son frère.

— Je boirais bien un verre.

Callie trouva Juliana dans sa chambre, en train de vider son armoire. Dans un coin de la pièce, l'air incertain, sa femme de chambre contemplait avec de grands yeux les soies et les satins qui s'amoncelaient aux pieds de la jeune fille.

Callie se percha sur le bord du lit et attendit que Juliana s'aperçoive de sa présence.

Après plusieurs minutes, ponctuées, à intervalles réguliers, par un marmonnement excédé en italien, Juliana finit par pivoter, les mains sur les hanches, et découvrit Callie. Ses yeux étincelaient d'exaspération. Elle inspira profondément avant d'annoncer :

— Je pars.

— Je te demande pardon ?

— Je pars. Je ne peux pas rester ici une minute de plus !

Elle se retourna pour soulever le couvercle d'une grande malle tout en lâchant une kyrielle de mots en italien, parmi lesquels Callie parvint à saisir « frère », « taureau » et « artichaut ».

— Juliana... Ne crois-tu pas que c'est un peu... précipité ? Que tu agis de manière irréfléchie ?

— Pas du tout ! D'ailleurs, je pensais qu'il se rendrait compte plus tôt qu'il me détestait.

Quand elle commença à fourrer les robes en vrac dans la malle, la femme de chambre jeta à Callie un regard horrifié. De si belles robes, traitées avec si peu d'égards !

Callie aurait ri si la situation n'avait pas été aussi volcanique.

— Il ne te déteste pas, affirma-t-elle.

Juliana releva la tête et la regarda avec une incrédulité évidente.

— Non ? Vous avez vu la manière dont il m'a regardée ? Vous l'avez entendu souhaiter que je sois déjà partie ?

Callie fut incapable de réprimer un léger sourire devant l'air outré de la jeune fille – sourire qui ne fit que s'accentuer lorsque cette dernière remarqua l'amusement de son amie.

— Vous trouvez ça drôle ? demanda-t-elle d'un ton accusateur.

— Pas du tout. Enfin... un peu, reconnut Callie.

Comme Juliana s'empourprait, elle se hâta d'ajouter :

— Vois-tu... tu n'as jamais eu de frère aîné.

— Non. Mais il semblerait que j'en aie un maintenant et qu'il se moque pas mal de jouer ce rôle !

— Ne dis pas de bêtises. Il t'adore. Tous deux t'adorent.

— C'est là que vous vous trompez ! Pour eux, je ne suis qu'une source de déception !

Elle passa la tête dans sa garde-robe pour en extraire des chaussures qu'elle se mit à jeter derrière elle, tout en continuant de vociférer d'une voix assourdie :

— Je suis... une roturière... une Italienne... une catholique.

— Je t'assure que ça n'a aucune importance aux yeux de lord Ralston.

— Ah ! s'exclama-t-elle en faisant face à Callie, haletante. Peut-être que non, mais je peux vous dire que ce qui a de l'importance, c'est que je sois la fille de sa mère... une femme qu'il méprise !

Callie secoua la tête.

— Je ne peux pas croire qu'il te tiendrait rigueur des agissements de votre mère...

— Pour vous, c'est facile de dire cela. *Vous*, vous n'avez pas eu notre mère !

En silence, Callie regarda Juliana commencer à lancer les chaussures dans la malle.

— C'était une femme terrible. Froide, totalement fascinée par sa propre personne. J'ai très peu de souvenirs d'elle, mais je me rappelle qu'elle avait toujours avec elle *uno specchio* – un miroir – pour pouvoir se regarder.

Au fur et à mesure qu'elle fouillait dans sa mémoire, son débit se ralentissait.

— Elle détestait que je la touche. Elle avait toujours peur qu'on froisse ou qu'on tache sa robe... Elle disait toujours : « Les enfants ont les mains sales. Quand tu seras plus grande, tu comprendras. »

Juliana secoua la tête.

— Mais je ne comprends pas, poursuivit-elle. Quel genre de femme refuse que sa petite fille la touche ? Quel genre de femme rejette ses fils ? Pourquoi nous a-t-elle tous abandonnés ?

Elle baissa son regard sur la malle, d'où débordait un fouillis d'étoffes, de chaussures et de sous-vêtements.

— Je rêvais d'avoir des frères... que je pourrais toucher, qui me permettraient de me salir et de faire des bêtises, qui joueraient avec moi, qui me protégeraient. *Una famiglia*... Finalement, il se trouve que j'en ai, continua-t-elle avec un sourire furtif. Elle me les a donnés.

— C'est un beau cadeau qu'elle t'a fait, déclara Callie. S'agenouillant à côté de Juliana, elle passa son bras autour de ses épaules.

— Et maintenant, j'ai tout gâché.

— Les disputes, ça arrive. Je te jure que Ralston ne veut pas que tu partes.

Relevant la tête, Juliana plongea ses yeux bleus si semblables à ceux de Ralston dans ceux de Callie.

— Je pourrais les aimer.

— Bien, dit Callie avec un sourire.

— Mais... et si je n'ai pas ma place ici ? Je ne suis pas du tout comme eux. En même temps, je ne suis pas certaine qu'il y ait une place pour moi ailleurs... Alors ?

Callie continua de tenir la jeune fille dans ses bras pendant que celle-ci s'abîmait dans ses réflexions, cherchant des réponses à ses questions – des réponses qui décideraient de son avenir.

Et alors qu'elles étaient assises sur le sol, en silence, Callie comprit une chose : seul Ralston pourrait faire comprendre à Juliana que sa place était ici.

Il fallait absolument qu'elle le voie.

15

— Juliana ne méritait pas une telle sévérité.

Gabriel, qui contemplait par la grande fenêtre le jardin qui s'étendait à l'arrière de Ralston House, se retourna et soutint le regard de son frère.

— Elle a traité son maître de danse d'idiot.

— Pour être honnête, elle n'avait pas totalement tort.

Nick traversa le bureau et lui tendit un verre de scotch, que Gabriel accepta avec reconnaissance. Sans rien dire, tous les deux regardèrent les rais du soleil qui, en jouant à travers les feuilles, mouchetaient d'ombre la pelouse d'un vert luxuriant.

— Es-tu en train de la défendre ? demanda Gabriel après un long moment.

— Pas du tout. Mais ta réaction a été disproportionnée. Juliana est plus fragile qu'elle n'en a l'air.

Gabriel but une longue gorgée de scotch avant de répliquer :

— Vu le regard assassin qu'elle m'a jeté, je ne suis pas certain qu'il y ait quoi que ce soit de fragile chez elle.

— Pourrais-tu me dire ce qui a déclenché ta colère ?

— Non.

Quittant la fenêtre, Nick alla s'installer dans un des grands fauteuils disposés devant la cheminée. Puis il attendit en sirotant son verre.

— Il semblerait, finit-il par dire, qu'après m'avoir vu valser avec lady Calpurnia tu aies perdu la tête.

— C'est assez exagéré.

— Je ne crois pas, Gabriel. Tu as terrifié le pianiste, mis à la porte le maître de danse et envoyé notre sœur dans sa chambre. Et je ne parle pas des insinuations selon lesquelles je ne serais pas un gentleman.

— Prétends-tu que tu n'étais pas en train de flirter de manière inconvenante avec elle ? rétorqua Gabriel.

— De flirter, oui. De manière inconvenante ? Non.

Gabriel reporta son regard sur le jardin. Nick n'avait pas flirté de manière inconvenante, bien évidemment.

En grandissant, les jumeaux avaient emprunté des chemins diamétralement opposés, chacun réagissant à sa façon aux dégâts causés par leur mère, qui s'était employée avec constance à salir leur nom.

Si Gabriel avait pris plaisir à répondre aux pires attentes de la société en devenant un séducteur invétéré, Nick, lui, s'était totalement soustrait à ces attentes en s'exilant pendant près de dix ans sur le continent pour s'y adonner à l'archéologie. Certes, il avait eu son lot de conquêtes féminines, mais il avait mené ses liaisons avec une telle discrétion qu'aucun commérage n'était jamais revenu aux oreilles de Gabriel ni de quiconque. En conséquence, les femmes poursuivaient les deux frères de leurs assiduités, mais pour des raisons très différentes : Gabriel était un libertin notoire, Nick un gentleman parfait.

— En réalité, nous parlions de toi, reprit Nick qui, devant l'air étonné de Gabriel, n'hésita pas à enfoncer le clou. Je voudrais que tu m'expliques une chose. Comment se fait-il que lady Calpurnia sache que tu joues ?

— Que je joue ? répéta Gabriel, indécis.

— Que tu joues du piano, précisa Nick.

— Je l'ignore.

— Tu peux tenter d'esquiver la question, dit Nick avec un profond soupir, mais la réponse est évidente. Si elle sait que tu joues… que tu es un *virtuoso*, comme elle le prétend… c'est qu'elle en a été témoin. Et je ne crois pas t'avoir vu jouer ailleurs que dans ta chambre. Ce qui n'est pas une pratique dont les marquis ont coutume de se vanter.

Il se tut, s'attendant apparemment que Gabriel réplique. Comme celui-ci gardait le silence, il continua :

— Ainsi, tu l'as prise pour maîtresse ?

— Non ! s'écria aussitôt Gabriel avec véhémence. Elle n'est pas ma maîtresse. Et je provoquerai en duel le premier homme qui osera l'insinuer. Quel que soit l'homme en question.

La menace était claire, et ce fut au tour de Nick de paraître surpris. Il cligna des yeux.

— Eh bien, voilà qui est intéressant... Je suis heureux de l'entendre, je l'admets. J'espérais bien qu'elle ne renoncerait pas aussi légèrement à son honneur.

Comme Gabriel se contentait de le foudroyer du regard sans répondre, Nick poursuivit :

— Tu as bien conscience, évidemment, que ce n'est pas le genre de femme avec lequel tu as tendance à te retrouver impliqué ?

— Nous ne sommes impliqués dans rien du tout.

— Non, bien sûr que non, répliqua Nick, ironique. Et il n'est pas inhabituel que tu me sautes dessus deux fois en une journée à cause d'une femme.

— Je m'efforce de garder sa réputation intacte. Le sort de Juliana en dépend, lui rappela Gabriel, dans l'espoir de détourner la conversation. Nous ne pouvons pas prendre le risque qu'un quelconque commérage trouve son chemin jusqu'à Ralston House.

— Tu ne t'es jamais beaucoup soucié de réputation auparavant, fit remarquer Nick.

— Auparavant, je n'avais pas de sœur.

Son frère haussa un sourcil incrédule.

— À mon avis, il ne s'agit pas du tout de Juliana, mais bel et bien de lady Calpurnia. Et je pense que tu es parti pour ruiner sa réputation.

— Inutile de te sentir obligé de défendre son honneur. Tu as bien vu le regard qu'elle m'a jeté avant de partir à la recherche de Juliana. Je ne serais pas surpris si c'était la dernière fois que je voyais lady Calpurnia Hartwell.

— Et tu en serais heureux ?

— Certainement.

— Dans ce cas, il n'y aurait pas de problème si je la courtisais ?

Gabriel eut l'impression d'avoir été frappé. Il se raidit et, les yeux plissés, fixa son frère.

— Si, je vois que ça pose un problème, dit Nick d'un air entendu. Curieux…

— Tu vas trop loin, Nick.

— Probablement. Mais il faut bien que quelqu'un te ramène à la réalité.

— C'est-à-dire ?

— Calpurnia Hartwell n'est pas ton genre de femme, Gabriel.

— Quel genre de femme est-ce ?

— Le genre à vouloir de l'amour.

— De l'amour ! rétorqua Gabriel avec mépris. Callie est trop sensée pour croire aux contes de fées. On n'arrive pas à son âge sans avoir compris que l'amour est une quête vaine.

— Callie ? répéta Nick.

— Tu as de la chance que je ne te casse pas la figure sur-le-champ, gronda Gabriel.

— Mmm…

Nick soutint son regard pendant un long moment, avant de se lever et de se diriger vers la porte du bureau. Une fois qu'il l'eut atteinte, il se retourna.

— Dis-moi simplement une chose. La vérité, cette fois. Elle t'intéresse ?

— Non, prétendit Gabriel, alors qu'une petite voix lui criait le contraire. Que diable pourrais-je attendre d'une créature aussi terne, aussi collet monté ? M'as-tu jamais vu poursuivre une femme comme elle ? J'ai besoin d'elle pour Juliana, c'est tout. Ce n'est pas ma faute si cette fille me trouve attirant.

Nick se contenta de hocher la tête, puis il tira la porte, qui était restée entrouverte. Derrière se tenait Callie, toute pâle, les yeux écarquillés. Si Gabriel n'avait pas su se maîtriser, il aurait juré.

Il était évident qu'elle avait surpris ses propos.

Callie regarda les deux frères tour à tour, sans plus penser à Juliana. Il lui fallait dire quelque chose, aussi ouvrit-elle la bouche.

Mais que pouvait-elle ajouter ? Ralston en avait dit assez.

Elle avait l'impression que ses paroles se répercutaient en écho autour d'elle. *Que diable pourrais-je attendre d'une créature aussi terne, aussi collet monté ?* Elle prit une profonde inspiration. Au moins, à présent, elle connaissait la vérité. Sans doute y avait-il là de quoi puiser un certain réconfort.

Pas à cet instant précis, certes. Mais peut-être… sûrement… un jour…

La douleur l'atteignit avec la force d'une claque. Puis une colère irrésistible et libératrice monta en elle. Elle ne désirait plus rien d'autre que blesser à son tour cet homme arrogant, imbu de lui-même, qui semblait ne pas avoir une once de bonté en lui.

— Eh bien, monsieur, vous paraissez avoir une haute opinion de votre personne, lança-t-elle, sarcastique, en franchissant le seuil.

Elle gardait les yeux fixés sur Ralston, mais cela ne l'empêcha pas d'entendre la toux de surprise de Nick, qui déclara :

— Je crois que je vais aller voir Juliana. Peut-être qu'elle se conduit mieux que notre frère.

Il s'inclina en un profond salut, auquel Callie fit à peine attention, et quitta la pièce en refermant soigneusement la porte derrière lui.

— Comment avez-vous osé ? demanda aussitôt Callie.

Ralston s'avança vers elle.

— Je n'avais pas l'intention…

Elle leva la main pour l'empêcher de poursuivre.

— Vous avez gâché la leçon de danse de votre sœur, pour ne rien dire du reste de son après-midi.

Il s'arrêta, manifestement surpris par le changement de sujet.

— Elle s'est arrangée pour gâcher l'une et l'autre elle-même, non ?

— Non. Et toutes les personnes présentes ont également pâti de votre attitude. À l'avenir, continua Callie en se redressant de toute sa taille, je vous serais reconnaissante de vous abstenir d'intervenir dans les leçons de Juliana, si vous ne voulez pas causer de nouveaux dégâts.

La sécheresse de ses paroles le fit ciller, mais il répliqua avec froideur :

— Vous sembliez bien vous amuser.

— Il se trouve que oui, je m'amusais bien, rétorqua-t-elle en levant le menton avec défi. Je regrette que l'après-midi se soit terminé de manière aussi abrupte.

Elle le toisa pendant un long moment avant de tourner les talons. À peine eut-elle posé la main sur la poignée de la porte qu'elle se retourna.

— Vous devez des excuses à votre sœur.

— Pourquoi ?

— Elle est jeune, elle est toute seule, et elle est terrifiée à l'idée de vous décevoir, lord Ralston. Vous pouvez dire ce que vous voulez à mon sujet, mais essayez de vous souvenir qu'elle est fragile. Et qu'elle a besoin de vous.

— Je ne suis pas un monstre.

Elle sourit, mais sans que son visage s'éclaire le moins du monde.

— Non. Bien sûr que non, déclara-t-elle, mais son ton ne lui parut guère convaincu.

Au moment où elle se retournait pour sortir, il lança à travers la pièce :

— Figure-t-il sur votre liste ?

— Je vous demande pardon ? demanda-t-elle avec raideur, en pivotant sur elle-même avec le dédain d'une reine.

— Nicholas. Mon frère, insista-t-il, comme s'il s'adressait à une simple d'esprit. Figure-t-il sur votre liste ? « Numéro trois : décrocher St. John ? »

Callie ouvrit de grands yeux.

— Vous pensez que j'ai mis votre frère sur ma liste ?

— C'est exactement ce que je pense, répliqua-t-il, le regard étincelant d'une émotion que Callie ne parvint pas à définir. Alors ?

Elle ne put s'empêcher de rire face à une accusation aussi ridicule.

— Non, lord Ralston. Je vous assure que si je m'étais donné pour défi de conquérir quelqu'un, ce ne serait pas votre frère.

— Qui donc, dans ce cas ?

« Hélas pour moi, ce serait vous, espèce d'imbécile », songea Callie, qui se contenta de dire à voix haute :

— J'en ai assez de cette conversation.

Alors qu'elle se tournait de nouveau vers la porte, il bondit vers elle, lui attrapa la main et la fit pivoter face à lui. Au contact de sa peau chaude, le trouble l'envahit, mais elle s'efforça de l'ignorer.

— Pour moi, elle n'est pas terminée.

— Lord Ralston, vous paraissez penser, à tort, que je suis censée me soumettre à vos caprices, répliqua-t-elle. Permettez-moi donc de mettre les points sur les « i ». Il vous est peut-être possible de diriger les membres de votre famille et vos domestiques selon vos souhaits, mais je n'appartiens à aucune de ces catégories. Et, bien que je sois une créature terne, collet monté et passive, j'en ai assez que vous me donniez des ordres. Je pars.

— Je ne vous ai jamais qualifiée de passive, répliqua-t-il en reculant légèrement. Il n'y a rien de passif chez vous.

D'un coup sec, elle dégagea sa main tout en le foudroyant du regard.

Mais quand, une nouvelle fois, elle se tourna vers la porte, il plaça sa paume contre le panneau de bois pour empêcher Callie de l'ouvrir.

— Vous n'appartenez peut-être pas à mon personnel ni à ma famille, Calpurnia, mais nous avons un accord.

Elle se figea sur place, le regard fixé sur la main de Ralston.

— J'ai exécuté la part qui me revenait.

— Le comportement de Juliana, cet après-midi, est la preuve du contraire.

— Oh, je vous en prie ! Nous savons tous les deux qu'elle est prête.

— Je ne sais rien de tel. Et moi seul en serai juge.

— Cette condition n'a pas été stipulée lorsque nous avons conclu notre accord.

— Elle n'a pas été écartée non plus. Et je la stipule maintenant. Vous avez reçu ce que vous demandiez. L'avez-vous oublié ?

Ses mots firent courir un frisson le long de sa colonne vertébrale. Il se tenait derrière elle, et elle sentait le baiser chaud de son souffle sur son cou nu.

— Je n'ai pas oublié, dit-elle malgré elle, avant de fermer les yeux.

Il posa la main sur son bras et, d'un geste beaucoup moins insistant, la fit pivoter une nouvelle fois. Leurs regards se soudèrent l'un à l'autre.

— Moi non plus. Et ce n'est pas faute d'avoir essayé.

Sans laisser à Callie le temps de réfléchir à la signification cachée de ses paroles, il posa sa bouche sur la sienne, lui ôtant toute capacité de penser.

— J'ai essayé d'oublier ce baiser… et le retour en voiture… et le club d'escrime… Mais tu sembles t'être installée… dans ma mémoire.

Entre de longs et enivrants baisers entrecoupés de murmures brûlants, il entraîna Callie vers l'un des grands fauteuils disposés devant la cheminée.

Après l'avoir fait asseoir, il s'agenouilla devant elle, posa sa grande main chaude sur sa joue et plongea son regard dans le sien. Il secoua la tête comme un homme incapable de comprendre ce qui lui est arrivé, puis l'embrassa de nouveau avec un grondement sourd. Callie enfonça ses mains dans sa chevelure épaisse, et il prit sa lèvre inférieure entre ses dents, la mordillant et la léchant, jusqu'au moment où elle crut périr tant les sensations étaient intenses. Un gémissement lui échappa, dont il la remercia en approfondissant leur baiser – ce qui était tout ce que Callie désirait.

Il y mit un terme lorsqu'il glissa l'une de ses mains sous ses jupes et la fit remonter le long de sa jambe. Tout en l'enlaçant plus étroitement, il fit courir ses lèvres de sa joue jusqu'au lobe de son oreille, qu'il suça tout en lui chuchotant des mots scandaleux. Ses doigts jouaient sur la face interne de ses cuisses, éveillant, à leur jonction, une brûlure exigeante qui la rendait folle de désir.

— Ta peau est si douce... Je me demandais ce que ce serait de te toucher là... Maintenant que je le sais...

Il changea de position pour approcher plus aisément sa main de cet endroit où Callie l'appelait de ses vœux.

— ... je vais être consumé par l'envie de sentir cette peau si douce contre la mienne...

Il déposa un baiser léger sur son cou tout en ramenant sa main plus haut sur sa cuisse.

Palpant de ses mains fébriles son torse et ses épaules, Callie ondula contre lui, tentant désespérément de l'inciter à venir poser ses mains dans cet endroit sombre et secret. Elle perçut son sourire contre son cou juste avant qu'il ne s'écarte et que ses doigts ne redescendent le long de sa jambe.

Quand il recula, elle rouvrit les yeux.

— Je ne m'en vais pas, princesse, la rassura-t-il avec un sourire gourmand. Je veux simplement mieux voir.

Il avait relevé ses jupes plus haut avant même que Callie ait pris pleinement conscience de ce qu'il voulait dire.

— Non... protesta-t-elle en essayant de se redresser, embarrassée à la simple idée qu'il puisse désirer *voir* une partie aussi intime de son corps.

Posant sa main sur sa nuque, il l'attira à lui pour un baiser brûlant. Quand elle se fut amollie une fois de plus contre lui, il la relâcha en murmurant :

— Oh, mais si, princesse.

Après avoir retroussé davantage ses jupes, il lui écarta doucement les cuisses, dont il caressa l'intérieur de ses mains expertes.

— Si douces... si lisses...

Il déposa un baiser sur le côté de son genou, avant de promener sa bouche le long de sa jambe, invitant Callie à s'offrir à lui. Elle ferma les yeux pour chasser la vision de cette caresse scandaleuse, mais les rouvrit quand il le lui demanda – elle lui était tout entière soumise, victime de ses assauts passionnés.

Lorsqu'il atteignit son entrejambe, il se redressa pour observer, l'air émerveillé, les boucles sombres et humides qui protégeaient son sexe. Un flot de sensations déferla en elle tandis qu'il effleurait le délicat duvet du bout des doigts, puis faisait jouer ceux-ci à l'entrée moite de son intimité.

— J'ai imaginé cet instant, tard dans la nuit, dans ma chambre à coucher, dit-il d'une voix rauque qui provoqua une vague de feu dans les veines de Callie. J'ai pensé à toi, offerte ainsi... entièrement mienne. J'ai imaginé que je te touchais ainsi, que je t'ouvrais, que je te caressais...

Il joignait le geste à la parole, écartant les replis délicats de son sexe, en caressant la moiteur chaude. Avec un hoquet, elle tendit les hanches vers lui, le suppliant silencieusement d'aller plus loin. Du pouce, il dessina de légers cercles autour du petit bouton dur et posa sur elle un regard intense quand un déferlement de sensations la submergea.

Elle fit bouger son bassin contre sa main, mais il la laissa retomber, et elle ne put réprimer un gémissement de frustration. L'espace d'un instant, elle crut qu'il allait s'arrêter là... jusqu'à ce qu'il pose la bouche sur cet endroit où le monde semblait connaître son début et sa fin.

Il ne releva la tête que pour faire courir son index entre ses replis mouillés et brûlants.

— Est-ce que tu te caresses, mon cœur ?

Callie ferma les paupières avec force. Elle ne pouvait pas parler... elle ne pouvait pas lui répondre... elle ne pouvait pas croiser son regard assombri par le désir. Mais il refusa de la laisser se dérober.

— Princesse... reprit-il d'un ton enjôleur, réponds-moi. Te caresses-tu ?

C'était à peine un chuchotement, un bruissement sensuel, licencieux, auquel elle ne pouvait pas ne pas répondre.

Elle inclina la tête, les dents plantées dans sa lèvre inférieure pour retenir une imperceptible plainte, les joues empourprées d'un mélange d'excitation et de gêne. Elle entrevit l'éclat soudain, fugitif, de ses dents blanches, et ses doigts reprirent leurs caresses insupportables.

— Ici ?

Le mot ne fut qu'un souffle contre la peau sensible de ses cuisses tandis qu'il enfonçait un doigt en elle, tout en posant son pouce sur l'endroit secret où s'embrasait son désir.

— Tu te touches ici ?

— Oui ! chuchota-t-elle dans un soupir fiévreux.

Un second doigt rejoignit le premier, envoyant des éclairs de plaisir dans tout son corps, dont le contrôle lui échappait à présent. Il appartenait à Ralston, comme elle en avait toujours rêvé.

— À quoi penses-tu lorsque tu te touches là ?

Les mots roulèrent sur sa peau tandis qu'il embrassait son ventre. Elle se mordit la lèvre. Impossible de le lui dire.

Ses doigts s'insinuèrent plus profondément en elle, la titillant et la caressant alors que, du pouce, il continuait à taquiner le petit bouton de feu entre ses cuisses. Elle cambra les reins pour suivre sa main lorsqu'il fit mine de retirer ses doigts. Alors qu'elle ouvrait davantage les jambes avec un gémissement, l'implorant de revenir, il souffla doucement sur le duvet qui recouvrait son mont de Vénus, et elle crut défaillir.

— Mon cœur… murmura-t-il d'une voix caressante.

De ses pouces, il écarta les replis qui protégeaient son intimité la plus profonde et, l'espace d'un instant, elle tenta de l'en empêcher. Il releva alors ses yeux bleus perçants vers les siens, et elle y lut une promesse qu'elle ne comprit pas vraiment, mais à laquelle elle aspirait désespérément.

— Callie…

Son souffle chaud, intense effleura son sexe.

— Je…

Les mots moururent sur ses lèvres quand il souffla plus fermement sur elle, taquinant avec ce courant d'air tiède l'endroit exact où son plaisir semblait se concentrer. Elle poussa un cri étouffé.

— À qui penses-tu ?

— À toi, admit-elle, incapable d'en supporter davantage.

Cet aveu se termina par un cri lorsqu'il usa de sa bouche pour récompenser son honnêteté. Callie plongea ses mains fébriles dans sa chevelure tandis que, de sa langue, il caressait, léchait, taquinait son sexe humide, dessinant des cercles minuscules qui menaçaient de lui ôter le souffle et la raison. Le plaisir qu'il lui prodiguait lui arracha un soupir qui ressemblait à un râle, et elle cambra davantage les reins, l'implorant de lui en donner plus alors même qu'une vague d'embarras la traversait.

Sa langue s'attarda alors avec une délicatesse savante sur son petit bouton dur et, submergée par les déferlantes du plaisir, Callie lui empoigna les épaules, à la fois pour le repousser et pour l'attirer plus près d'elle. En retour, il la saisit avec fermeté par les hanches, la maintenant immobile pendant qu'il refermait ses lèvres autour de l'endroit secret et le tétait, projetant Callie toujours plus haut vers la jouissance.

— Non... haleta-t-elle avec des gestes brusques de la tête, comme pour lutter contre la montée irrépressible de l'extase.

Mais Ralston ne fit qu'intensifier ses caresses, jouant de sa bouche en expert, y adjoignant ses doigts agiles. Puis, comme s'il savait précisément ce que son corps exigeait, il les fit bouger plus rapidement, et la vague du plaisir enfla, privant Callie de toute pensée cohérente. Juste au moment où elle croyait ne pouvoir en supporter davantage, la vague déferla et elle se tendit vers lui, s'abandonnant à la jouissance dans un cri qui prit la forme de son prénom.

Elle eut vaguement conscience que sa bouche s'amollissait, que ses doigts s'immobilisaient, à mesure qu'elle se sentait revenir à elle. Quand elle rouvrit les yeux, il fixait sur elle un regard intense, empli de désir, de satisfaction et... d'autre chose qu'elle ne sut définir. Il se redressa pour s'emparer de sa bouche avec une fermeté et une rudesse qu'elle ne reconnut pas, pour un baiser qui lui fit l'effet d'une marque au fer rouge plutôt que d'une caresse.

— Tu me désires bel et bien, déclara-t-il alors d'une voix dure, après s'être écarté.

Ces paroles percèrent la brume de sensations qui l'avaient consumée, et elle se raidit sur-le-champ. Leur sens était évident : ce n'était pas la passion qui l'avait poussé à lui donner du plaisir dans son bureau, en plein jour, mais le besoin de prouver qu'il en était capable. Ce n'était rien d'autre qu'une compétition, et elle ne représentait qu'une victoire à remporter.

Il ne la désirait pas...

Évidemment qu'il ne la désirait pas. N'était-elle pas terne et collet monté ?

À cette pensée, un frisson brutal la secoua et, d'un geste brusque, elle repoussa Ralston de toutes ses forces, saisie du violent désir de se soustraire à sa bouche, à ses mains, à sa chaleur. Elle se releva et, tout en rajustant au hasard, de ses mains tremblantes, ses jupes en désordre, elle l'enjamba et se précipita vers la porte du bureau pour mettre le plus de distance possible entre eux.

— Callie... dit-il en se relevant pour la suivre.

Elle se retourna en entendant son prénom et, surprise de le voir si proche, elle tendit la main, comme si elle pouvait l'empêcher de s'approcher. Comme si elle pouvait l'empêcher de s'incruster davantage dans son cœur. Comme s'il n'était pas trop tard !

Avec ses cheveux ébouriffés, sa cravate en désordre et son gilet déboutonné, Ralston incarnait le débauché parfait. Le doute n'était pas permis : Gabriel St. John, marquis de Ralston, était un jouisseur de la pire espèce. Probablement avait-il connu ce genre d'intermède avec d'innombrables femmes – et dans le même but, certainement.

Callie secoua la tête, déçue par son propre manque de perspicacité. Il sautait aux yeux qu'elle ne représentait rien pour lui. Comment avait-elle pu ne pas s'en apercevoir ?

Parce qu'elle n'avait pas voulu le voir. Elle était Séléné, condamnée à aimer un mortel plongé dans un sommeil éternel. Elle ferma les yeux pour retenir ses larmes. Elle ne voulait pas pleurer, du moins pas avant d'être sortie de cette pièce et de cette maison.

Il haussa un sourcil arrogant. Son souffle saccadé résonnait dans le bureau.

— Tu le nies ?

La douleur la foudroya, et elle ne put la dissimuler plus longtemps. Lorsqu'elle répondit, sa voix tremblait.

— Je ne le nie pas. Ça a toujours été toi.

Elle l'observa tandis qu'il prenait la mesure de ses paroles et de la vérité qu'elles contenaient.

— Et je regrette simplement que ce ne soit pas quelqu'un d'autre, ajouta-t-elle avant de tourner les talons et – au diable la fierté – de s'enfuir.

Gabriel la regarda partir, immobile. Quand il entendit la porte d'entrée se refermer, il lâcha un juron bien senti, dont l'écho se répercuta dans la pièce.

Bien plus tard, Gabriel s'assit à son piano avec l'espoir que l'instrument remplirait, une fois de plus, sa mission : l'aider à oublier. Il joua non seulement avec rigueur, mais aussi avec une force qui arracha au piano des sons passionnés. Les notes jaillissaient, rapides, furieuses, sous ses doigts qui volaient sur les touches, tandis que, les yeux fermés, il attendait que la musique chasse Callie de son esprit.

Ça a toujours été toi...

La musique l'enveloppa, sombre et venimeuse, exaspérant ses sens tandis qu'il s'attardait sur les touches les plus graves. Il déversait son émotion dans le jeu, et la musique, déchirante et lyrique, le punissait, lui rappelait sans relâche l'expression de Callie, si affligée, si douloureuse, juste avant qu'elle ne fuie Ralston House. Qu'elle ne le fuie, lui.

Je regrette simplement que ce ne soit pas quelqu'un d'autre...

Le juron qu'il laissa échapper fut couvert par la musique. La froideur que lui avait manifestée Callie, bien que totalement méritée, l'avait laissé consumé par le désir de la posséder, de la marquer comme sienne.

Il l'avait poussée jusqu'aux limites de son corps et de ses émotions. Il savait ce qu'il faisait, et il avait senti qu'il allait trop loin. Mais l'aurait-il voulu qu'il n'aurait pu s'arrêter, même si le roi en personne était entré dans le bureau.

Cette prise de conscience le troubla tant que ses doigts s'immobilisèrent sur le clavier. Il secoua la tête, comme si ce geste pouvait chasser Callie de sa mémoire. Pourquoi cette femme ? Cette femme quelconque, sans prétention, qu'il n'avait jamais remarquée auparavant ?

Mais il n'y avait rien en elle de quelconque, et il se détesta de l'avoir décrite ainsi.

Non... Lady Calpurnia Hartwell lui avait révélé une personnalité complètement différente de celle de toutes les femmes qu'il avait connues avant elle. C'était cette combinaison enivrante de curiosité innocente et de volonté féminine qui l'avait poussé à se conduire comme il l'avait fait.

Il la désirait viscéralement, comme il n'avait jamais désiré aucune femme.

Et, évidemment, il ne pouvait pas l'avoir.

Nick avait raison : Callie voulait de l'amour. Et Gabriel le savait depuis le début, puisqu'elle ne lui avait pas caché l'attrait qu'exerçait sur elle ce sentiment ni la foi inébranlable qu'elle avait en lui.

Quel effet cela faisait-il, de croire avec une telle force au bonheur qu'apportait l'amour ?

Penché sur le clavier, Gabriel secoua la tête. Lui n'avait jamais vu ce côté-là de l'amour. Il n'avait été témoin que de la douleur qu'il suscitait, des ravages irrémédiables qu'il provoquait lorsqu'il changeait d'objet. En un éclair, il revit son père qui proclamait son amour éternel pour sa femme. Une femme qui avait renoncé à ses devoirs d'épouse et de mère sans même jeter un regard en arrière. Et à deux reprises.

Voilà ce qu'il advenait de l'amour éternel.

De nouveau, il jura. Il pouvait ne pas être d'accord sur l'amour avec Callie, mais il n'avait pas pour autant le droit de la traiter avec une telle absence de scrupules. Il ne nierait jamais le plaisir qu'il avait éprouvé cet après-midi, lorsqu'il l'avait tenue dans ses bras, mais il reconnaissait que son comportement avait été inacceptable. Elle valait infiniment mieux.

Il allait lui présenter des excuses, même s'il ne regrettait pas ses actes un seul instant.

Il se remit à jouer, mais une musique plus lente, plus contemplative, qui reflétait son humeur.

Quelques minutes plus tard, on frappa à la porte de sa chambre, et il pivota sur son tabouret. Était-il possible que Callie soit revenue, qu'elle se trouve de l'autre côté de la porte, attendant qu'il l'autorise à entrer ?

— Entrez !

La lumière vive du couloir dessina une silhouette qu'il reconnut aussitôt : sa sœur. Une autre femme à qui il devait des excuses.

— Juliana, entre...

Il se leva et se saisit d'un briquet pour allumer un candélabre, tout en désignant à la jeune fille un fauteuil près de la cheminée.

— Je n'avais pas remarqué qu'il faisait aussi sombre.

— Il est assez tard, fit remarquer Juliana d'une voix posée.

Après s'être assise, elle attendit qu'il ait allumé plusieurs bougies supplémentaires et pris place en face d'elle. Lorsqu'elle ouvrit la bouche pour parler, Gabriel l'en empêcha d'un geste de la main.

— Je t'en prie, permets-moi de te présenter mes excuses. Je n'aurais pas dû me mettre en colère, continua-t-il quand Juliana ouvrit de grands yeux.

— Mon frère, répliqua-t-elle avec un large sourire, il semblerait que se mettre en colère soit un autre de nos points communs.

— Effectivement, acquiesça-t-il en lui rendant son sourire.

Avec un soupir d'aise, la jeune fille s'appuya au dossier du fauteuil.

— Je suis venue pour *fare la pace*.

À son tour, Gabriel se détendit, les jambes allongées devant lui.

— Je serais ravi de faire la paix.

— En Italie, reprit-elle en lui tendant un paquet enveloppé de papier brun, nous avons une expression pour désigner un cadeau que l'on offre après une dispute... C'est un rameau d'olivier.

— Nous avons la même en anglais, dit-il en acceptant le paquet.

— C'est agréable d'apprendre que certaines choses ne changent pas.

— Je pense que tu as enduré suffisamment de changement ces derniers temps.

— Comme tu dis, murmura-t-elle en baissant la tête.

Puis, comme son regard tombait sur le paquet, elle ajouta :

— N'es-tu pas curieux de découvrir ton cadeau ?

À son tour, Gabriel baissa son regard sur le paquet, soigneusement emballé et ficelé pour mieux protéger son contenu. Il se découvrit alors brûlant de curiosité. Depuis quand n'avait-il pas reçu de cadeau ? Un cadeau de quelqu'un qui n'attendait rien en retour ? Lorsqu'il reporta les yeux sur sa sœur, il lut sur son visage une attente mêlée d'excitation.

Après avoir rompu la ficelle, il écarta le papier. En découvrant le titre du livre, il fut touché par la prévenance de Juliana.

— Comment sais-tu que j'aime Mozart ?

— J'ai moi aussi une chambre dans cette maison, répondit-elle en souriant. Il n'est pas difficile de deviner ton compositeur favori.

Gabriel fit courir ses doigts avec révérence sur la reliure de cuir.

— Je commencerai à le lire ce soir... Merci, Juliana.

Il avait prononcé ces derniers mots avec sérieux, les yeux dans ceux de la jeune fille. Elle répondit par un petit sourire timide.

— Je t'en prie. Je suis heureuse qu'il te plaise.

— Il me plaît énormément.

Gabriel s'émerveillait que cette jeune fille qui avait subi tant d'épreuves, qui s'était retrouvée transplantée sans ménagement dans un pays étranger, chez un frère qu'elle ne connaissait ni d'Ève ni d'Adam, ait eu la délicatesse de lui acheter un cadeau.

— Je n'ai pas de présent pour toi.

— Bien sûr que non, répliqua-t-elle avec un léger rire. Pourquoi en aurais-tu un ? Nous formons une famille, poursuivit-elle quand Gabriel sembla incapable de trouver une réponse pertinente. C'est comme ça que ça se passe dans les familles, non ?

De nouveau, Gabriel resta silencieux. Il finit néanmoins par déclarer :

— En vérité, je n'en ai pas la moindre idée. Il y a très longtemps que je n'ai plus d'autre famille que Nick.

— Certes... Dans ce cas, pouvons-nous décider aujourd'hui que c'est ainsi que ça se passe dans les familles ? Dans *notre* famille, du moins.

— C'est une excellente idée.

Juliana battit des mains avec un sourire ravi.

— Formidable ! Sais-tu que j'ai toujours rêvé d'avoir un frère qui me gâterait ? ajouta-t-elle d'un ton détaché.

Son innocence feinte fit rire Gabriel.

— Vraiment ? Puis-je suggérer que tu fasses part de ce désir particulier à Nick ?

Elle arrondit les yeux, puis s'esclaffa.

— Ça aussi, c'est une excellente idée !

Elle baissa alors la voix pour chuchoter d'un ton de conspiratrice :

— À ton avis, Gabriel, il se montrera très extravagant ?

— On peut certainement l'espérer !

Ils gardèrent ensuite un silence complice, durant lequel Juliana regarda Gabriel feuilleter son livre. Quand il finit par relever les yeux, ce fut pour demander :

— Quand as-tu trouvé le temps de l'acheter ?

— Il y a quelques semaines. J'étais avec Callie et Mariana dans Bond Street, et nous avons découvert une librairie… Ce livre m'a été fortement recommandé, et Callie semblait penser que tu apprécierais ce cadeau.

En l'entendant prononcer le prénom de Callie, Gabriel se raidit.

— Vraiment ?

— Je trouve qu'elle est toujours d'excellent conseil.

Comme il changeait de position dans son fauteuil sans rien dire, elle posa sur lui un regard perspicace.

— Tu as un air coupable, mon frère.

Gabriel détourna les yeux et les fixa sur le candélabre qu'il avait allumé un peu plus tôt.

— Je l'ai fait fuir, tout à l'heure. J'imagine qu'elle est plutôt… fâchée contre moi, maintenant.

— Ah, fit-elle, un peu taquine, tu es en train de me dire que M. Latuffe n'était pas le seul *idiota* dans la salle de bal, cet après-midi ?

Gabriel esquissa un sourire sans joie.

— Apparemment non… Sais-tu que personne, je crois, ne m'a jamais parlé comme tu le fais ?

— Tu as attendu trop longtemps d'avoir une sœur, répliqua-t-elle avec un sourire radieux.

— Peut-être bien que tu as raison.

— Callie, elle est différente des autres femmes, continua Juliana. Elle est toujours si désireuse de faire ce qu'il faut pour arranger une situation !

En un éclair, Gabriel revit Callie sur le seuil de son bureau, manifestement blessée par les mots qu'elle avait surpris et s'acharnant pourtant à défendre Juliana en montrant à Gabriel où il avait péché dans son rôle de frère. Comme si sa fierté était moins importante que le bonheur de Juliana.

Lorsqu'il reporta son attention sur cette dernière, elle lui adressa un regard entendu.

— Je vois que tu l'as constaté toi aussi.

— Oui. C'est une femme assez remarquable.

— Tu devrais peut-être t'excuser pour ton…

Elle fit un geste de la main, comme pour attraper le mot qui lui échappait.

— Mon idiotie ?

— Si tu veux.

Gabriel changea encore de position, croisant une jambe sur l'autre, et ils restèrent de nouveau silencieux, perdus dans leurs pensées.

— T'intéresses-tu à l'art ? finit-il par demander.

— Oui. Pourquoi ?

— J'aimerais beaucoup t'emmener à la Royal Academy. Pour te remercier de ton cadeau, ajouta-t-il en levant le volume entre ses mains.

— Je n'attends rien en échange de ce cadeau. C'est comme ça que ça se passe dans notre famille, tu te souviens ?

Il inclina la tête.

— Dans ce cas, j'aimerais aussi que dans notre famille, on se rende à la Royal Academy.

— Eh bien, si tu en fais une règle… je suppose que je n'ai d'autre choix que d'accepter ton invitation.

— C'est vraiment magnanime de ta part, dit-il en riant.

— C'est bien ce que je pense.

— Je vais te dire une chose, Juliana : je crois que tu as attendu trop longtemps d'avoir un frère.

Elle pencha de nouveau la tête sur le côté, en un geste qu'il commençait à trouver délicieux.

— Il se peut que tu aies raison.

16

Callie descendit de la voiture des Rivington devant la Royal Academy et se retourna vers Mariana qui, une fois descendue à son tour, lui adressa un large sourire. Elles furent aussitôt entourées d'une foule de gens qui se rendaient à la visite privée de la nouvelle exposition, l'une des manifestations les plus recherchées de la saison.

Avec un regard amoureux, Mariana prit le bras de Rivington pour gravir le grand escalier de marbre. Callie ne put réprimer un petit soupir devant l'adoration évidente qu'ils avaient l'un pour l'autre.

— Mademoiselle ?

Callie sursauta et reporta son attention sur son propre compagnon, le baron Oxford.

— Y allons-nous ?

Callie plaqua un sourire éclatant sur son visage et prit le bras qu'il lui offrait.

— Avec plaisir, monsieur.

Ils suivirent Mariana et Rivington vers l'entrée de la grande galerie. Callie refusait de laisser le comportement étrange d'Oxford gâcher son après-midi. L'exposition présentée à la Royal Academy avait toujours été l'un de ses événements préférés de la saison, car elle offrait aux Londoniens le plaisir rare de contempler les dernières œuvres des artistes les plus connus. Passionnée d'art, Callie n'aurait pour rien au monde manqué cette visite.

— Il paraît que nous allons pouvoir admirer les eaux-fortes les plus récentes de Blake, dit-elle alors qu'ils gravissaient les marches.

Oxford lui jeta un coup d'œil curieux avant de demander, un peu incrédule :

— Vous n'êtes pas vraiment ici pour voir les œuvres, n'est-ce pas ?

— Si, bien sûr, répondit Callie sans parvenir à dissimuler sa perplexité. J'aime beaucoup la peinture. Pas vous ?

— J'apprécie un joli tableau autant que n'importe qui, rétorqua Oxford. Mais personne n'assiste à cette visite privée pour voir les œuvres, lady Calpurnia. Ce qui compte, c'est de prouver que vous avez une invitation.

Callie baissa la tête pour dissimuler son expression.

— Certes… Il n'empêche que c'est également une fête pour les yeux.

— Êtes-vous déjà venue ici ? reprit le baron avec un soupçon de fierté dans la voix.

Callie ne répondit pas immédiatement. Devait-elle dire la vérité ?

Grâce à Dieu, Mariana, qui avait attendu avec Rivington que Callie et Oxford les rejoignent, répondit à sa place.

— Notre père faisait partie du conseil d'administration de la Royal Academy. C'est l'un des jours préférés de Callie dans l'année.

— Vraiment ? Je ne pensais pas que vous étiez aussi… intellectuelle.

Il prononça ce dernier mot comme s'il s'agissait d'un terme étranger.

— Oh, Callie est plutôt brillante lorsqu'il s'agit d'art. Vous devriez l'entendre parler de la Renaissance !

Mariana adressa au baron un sourire éclatant avant d'ajouter :

— Cela ne vous ennuie pas que je vous l'enlève, n'est-ce pas ? J'aperçois un Pearce que nous étions très impatientes de voir.

Sur ce, Mariana saisit Callie par le bras et l'entraîna à travers la foule, loin de leurs compagnons.

— Pouah, il est insupportable ! Sapristi, quelle mouche t'a piquée d'accepter son invitation ?

— Au cas où tu ne l'aurais pas remarqué, Mariana, je ne suis pas en position de refuser une invitation quand on m'en fait une... En outre, il n'est pas si terrible que ça.

— C'est un imbécile. Et un ivrogne, décréta Mariana sans ambages, tout en adressant un large sourire à la vicomtesse Longwell, qui inclina la tête à leur passage. Pour l'amour du Ciel, tu es prête à t'habiller en homme et à t'introduire dans le club d'escrime de Benedick, mais pas à envoyer promener *Oxford* ?

— Chut ! fit Callie en s'assurant d'un coup d'œil circulaire que personne n'avait surpris les propos de Mariana. Es-tu folle de faire allusion à ça ici ? Le fait est que j'ai accepté l'invitation d'Oxford. Et qu'en ce moment nous nous montrons impolies.

— Pff... Rivington lui tiendra compagnie, répliqua distraitement Mariana qui, dressée sur la pointe des pieds, se tordait le cou pour voir par-dessus la foule. Tu n'aperçois pas Juliana, par hasard ?

Callie se figea sur place.

— Juliana Fiori ?

— Oui, Calpurnia, Juliana Fiori, répondit Mariana en lui adressant un regard intrigué. Quelle autre Juliana voudrais-tu que je cherche ?

— Je ne savais pas qu'elle devait venir ici.

— Mmm... Apparemment, Ralston a proposé de l'amener. Je lui ai promis que nous ne verrions pas la *Jerusalem* de Blake sans elle.

Callie ouvrit la bouche, ne sachant pas vraiment ce qu'elle allait dire mais sûre d'une chose : il lui fallait quitter l'exposition avant de tomber sur Ralston. Il lui était impossible de se trouver dans la même salle que lui. Peu lui importait que la moitié de Londres fût également là.

Au moment où la panique commençait à la gagner, une voix masculine s'exclama :

— Ah ! Voilà les demoiselles que nous cherchions !

Callie et Mariana pivotèrent et se retrouvèrent face à Oxford et à Rivington. Oxford s'approcha aussitôt de Callie avec un grand sourire.

— Vous nous avez abandonnés, mais nous excellons à traquer nos proies.

— Je veux bien le croire, monsieur.

L'après-midi devenait de plus en plus étrange. Callie commençait à regretter de ne pas être restée à la maison.

— Lady Calpurnia, puis-je vous emmener voir quelques tableaux de la galerie nord ?

— Je…

L'espace d'un instant, Callie envisagea de refuser. Mais supporter la compagnie d'Oxford serait infiniment moins embarrassant que de passer l'après-midi à éviter Ralston.

— J'en serais très heureuse, monsieur.

— Merveilleux ! dit-il en lui présentant son bras.

Elle le prit, et ils s'avancèrent dans la salle principale en direction de la galerie nord.

— Il nous faudra donc chercher les artistes de la Renaissance présentés aujourd'hui ?

Callie se mordit la langue pour ne pas rétorquer que, l'exposition étant consacrée aux artistes contemporains, il était peu probable qu'ils y trouvent des œuvres de la Renaissance. Elle se contenta de sourire et de laisser le baron la guider. Lorsqu'ils arrivèrent dans la galerie nord, un peu moins fréquentée, Oxford lui adressa de nouveau son sourire étincelant.

— Qu'en dites-vous ? dit-il avec un geste ample.

— L'exposition de cette année est très intéressante, répondit Callie avec politesse. Je vous remercie beaucoup de m'y avoir accompagnée.

— Allons, lady Calpurnia, répliqua-t-il en s'inclinant vers elle, vous avez sûrement davantage de choses à dire. Que pensez-vous de celui-ci ? demanda-t-il en désignant un grand tableau.

Il s'agissait d'un portrait plutôt flatteur du roi.

— Je pense que le roi George doit le trouver très réussi, déclara-t-elle, ce qui fit rire son compagnon.

— Vous avez une façon très diplomate de dire les choses.

Callie ne put s'empêcher de rire à son tour. Certes, le baron était un dandy insipide, mais il paraissait doté d'une bonne humeur et d'un entrain qui n'étaient pas déplaisants. Elle fut la première surprise de constater que, finalement, elle passait un moment plutôt agréable.

— J'espérais bien que nous pourrions fausser compagnie à votre sœur et à Rivington, lui souffla-t-il alors à l'oreille.

— Pardon ?

— Je sais, dit-il en se méprenant sur son ton circonspect. C'est difficile à croire...

Il fit discrètement descendre son index le long de l'avant-bras de Callie, et son sourire s'élargit lorsqu'il se pencha une fois de plus vers elle.

— Et pourtant, cela vous arrive aussi à vous, lady Calpurnia.

— Monsieur, je croyais que nous devions rechercher les œuvres de la Renaissance, dit-elle en hâte, pour échapper à une conversation qui menaçait de devenir embarrassante. Je ne les vois pas ici.

— Peut-être devrions-nous regarder dans un lieu plus calme et plus intime, suggéra-t-il à voix basse.

Étaient-ce des effluves de whisky que Callie sentait dans son haleine ? Elle essaya une nouvelle fois de détourner la conversation.

— Je me demande si elles ne sont pas exposées dans la galerie principale, finalement...

— Je comprends, dit-il après un instant. Vous craignez que quelqu'un ne puisse nous observer.

— Tout à fait, acquiesça-t-elle aussitôt. C'est précisément ce qui m'inquiète.

Elle fut une nouvelle fois gratifiée d'un éclair de ses dents blanches.

— Bien sûr. Retournons dans la grande galerie et ouvrons l'œil.

Qui aurait imaginé qu'Oxford se montrerait aussi compréhensif ?

Callie fut si surprise par son changement d'attitude qu'elle lui adressa un sourire reconnaissant. Une fois de retour dans la galerie principale, ils s'insinuèrent de nouveau dans la foule, si dense que Callie ne pouvait éviter une proximité gênante avec Oxford. Mais elle s'écarta brusquement lorsqu'elle sentit sa main glisser dans le dos de sa robe dans un geste dangereusement familier.

— J'ai très soif, prétendit-elle en portant la main à sa gorge. Auriez-vous l'amabilité d'aller chercher de la limonade pendant que je tente de retrouver ma sœur ?

Oxford la regarda en plissant les yeux – sa façon, sans doute, de manifester sa sollicitude.

— Bien sûr.

— Oh, merci, monsieur, dit-elle en s'essayant à la coquetterie.

Dès qu'il eut disparu, avalé par la foule, elle prit une profonde inspiration, puis relâcha lentement son souffle. L'après-midi tout entier était une erreur.

— Je vois qu'Oxford vous mange dans la main.

Ces paroles ironiques, prononcées contre son oreille, la firent sursauter, et elle se raidit aussitôt.

— Lord Ralston... Quelle surprise ! dit-elle avec un calme qu'elle était loin de ressentir.

Elle se sentait soudain très fatiguée. Fatiguée de se disputer avec Ralston, fatiguée d'esquiver les allusions d'Oxford, fatiguée de se trouver au milieu des personnalités les plus éminentes de Londres. Elle voulait rentrer chez elle.

— Bonjour, lady Calpurnia, dit Ralston en s'inclinant. J'espérais vous trouver ici.

Ces mots, qui sous-entendaient qu'il l'avait recherchée, l'auraient rendue folle de joie quelques mois plus tôt. Mais aujourd'hui, elle n'aspirait qu'à tourner les talons et à fuir loin de lui. La vue de ses yeux bleus ne faisait que lui rappeler l'embarras et la souffrance qu'elle avait éprouvés lors de leur dernière rencontre. Son cœur se serra à la pensée d'avoir une autre conversation avec lui, car elle savait qu'elle n'était rien de plus qu'un pion dans un jeu qu'elle ne comprenait pas.

— D'une part, ce n'est peut-être pas entièrement vrai, rétorqua-t-elle, incapable de se montrer gracieuse. D'autre part, vous saviez que je serais ici, puisque vous étiez présent quand Oxford m'a invitée.

— Effectivement, dit-il en inclinant la tête comme pour lui accorder ce point. J'avoue, cependant, avoir été découragé de vous voir sourire à Oxford comme s'il était le seul homme présent.

— Le baron s'est montré tout à fait complaisant.

— Complaisant... répéta Ralston en marquant sciemment une très légère pause après la première syllabe. Voilà qui le décrit parfaitement.

— Voulez-vous quelque chose, monsieur ? demanda-t-elle sans dissimuler son exaspération.

— J'aimerais m'entretenir avec vous.

Brusquement, Oxford apparut aux yeux de Callie comme un moindre mal.

— Ce n'est pas le meilleur moment. Un autre jour, peut-être... Je suis venue avec le baron et ne peux lui faire défaut.

Elle pivota, déterminée à partir rapidement.

— On dirait que votre compagnon vous a laissée vous défendre par vos propres moyens, souligna Ralston avec ironie. Je ne peux pas vous laisser fendre cette foule toute seule. Ce serait indigne d'un gentleman.

Il ne pouvait donc pas la laisser tranquille ?

Irritée au dernier degré, Callie lança, les yeux plissés :

— Oui, bien sûr, on peut compter sur vous pour agir en *gentleman*. Mais inutile de vous inquiéter, monsieur. Je suis certaine que le baron sera de retour sous peu.

— Dans cette foule ? Je ne le parierais pas.

Sans prendre la peine de lui répondre, Callie tenta de s'écarter de lui. Mais la foule qui ne cessait de croître l'en empêcha. Elle tapa du pied avec impatience en revenant face à lui.

— Vous l'avez fait exprès, lança-t-elle.

— Vous croyez que j'ai rassemblé cette foule pour vous prendre au piège ?

— Cela ne m'étonnerait pas.

— Vous surestimez mon influence sur le monde, princesse.

— Ne m'appelez pas comme ça, chuchota-t-elle en rougissant.

Lui saisissant le coude, il l'entraîna vers l'aile ouest. Tout d'abord, elle tenta de résister, puis elle prit conscience qu'ils risquaient d'attirer davantage l'attention et de susciter des commérages si elle se soustrayait à son étreinte.

Une fois dans la galerie latérale, il relâcha son coude mais continua de la guider vers l'extrémité de la salle, que fermait un grand paravent d'acajou.

— Où m'emmenez-vous ? chuchota-t-elle en jetant un coup d'œil aux visiteurs, dont aucun ne semblait leur prêter attention.

Ralston la poussa derrière le paravent, et ils se retrouvèrent seuls dans cette espèce d'alcôve. De nouveau, Callie fut submergée par un mélange d'excitation et de crainte. L'énorme panneau d'acajou était disposé à quelques pas des fenêtres ouvrant à l'ouest, afin d'empêcher les rayons du soleil de gêner la vision des tableaux. S'élevant plus haut que leur tête, il créait une enclave éclaboussée de lumière, où le bruit de la foule ne parvenait qu'assourdi.

« L'endroit parfait pour un rendez-vous amoureux », songea Callie, qui repoussa aussitôt cette pensée pour rappeler à elle la colère et la douleur qu'elle avait éprouvées dans les jours qui avaient suivi sa dernière rencontre avec Ralston. Elle ne pouvait pas lui laisser l'avantage. Pas ici.

— Es-tu fou ? murmura-t-elle avec irritation.

— Personne ne nous a vus.

— Qu'en sais-tu ?

— Je le sais.

Il tendit la main pour toucher son visage. Callie s'écarta avec un tressaillement.

— Ne me touche pas !

Son geste de recul fit courir une émotion fugitive dans ses yeux bleus, mais elle n'eut pas le temps de l'analyser.

— Je ne ferais jamais rien qui risquerait d'entacher ta réputation, Callie.

Sa sincérité était manifeste. Pourtant, pour le blesser, pour qu'il ressente à son tour la douleur qui la minait depuis des jours, elle riposta :

— Pardonne-moi, mais j'ai l'impression que dès que je suis en ta présence, ma réputation court les plus grands risques !

— Le reproche est mérité.

— J'irai plus loin, continua-t-elle en soutenant bravement son regard. Je t'ai dit cet après-midi-là, à Ralston House, que j'en avais assez de ces intermèdes. Et de toi. Tu t'es gravement mépris sur l'intérêt que je te porte. À présent, si tu veux bien m'excuser, je pense que le baron Oxford est en train de me chercher.

— Ça ne peut pas être sérieux, avec Oxford.

Sans relever sa remarque, elle passa devant lui, décidée à contourner le paravent pour rejoindre la salle. Mais, quand il saisit sa main au passage, Callie s'arrêta. Il ne la retenait pas avec assez de force pour qu'elle ne puisse se libérer, mais la chaleur de sa main gantée contre la sienne lui fit tourner la tête vers lui.

À cet instant, la seule chose que désirait Gabriel était qu'elle reste avec lui. Et qu'elle lui pardonne.

Il était venu en compagnie de Juliana, avec l'intention de chercher Callie et de la prier d'excuser son comportement inadmissible. Il était prêt à faire tout ce qu'il faudrait pour panser la blessure qu'il lui avait infligée. Et, s'il l'avait trouvée presque immédiatement, il avait eu la désagréable surprise de la surprendre alors qu'elle souriait d'un air enchanté à Oxford. Tous deux revenaient vers la galerie principale et semblaient passer un excellent moment. La vue de Callie, heureuse et adorable, à côté de ce dandy écervelé, l'avait fait bouillir de colère.

Jamais elle ne lui avait souri aussi ouvertement. Et si cela était arrivé, Gabriel n'aurait certainement pas réagi comme Oxford, cet idiot, qui était parti. Non. Si un jour elle le regardait de cette façon, il l'enlacerait avec fougue et l'embrasserait à perdre haleine, Royal Academy ou pas.

Dieu sait qu'il mourait d'envie de l'embrasser à perdre haleine, en cet instant précis. Hélas, elle ne lui souriait pas...

Gabriel avait trouvé un moyen de réparer les dégâts qu'il avait causés. Mais, d'abord, il lui fallait éliminer Oxford du paysage. Il regrettait la stupidité du pari qu'il avait engagé avec ce baron ridicule. Il se rendait compte à présent qu'il n'avait fait qu'exacerber la volonté d'Oxford de prouver qu'il pouvait conquérir Callie. Oxford renoncerait d'autant moins à la courtiser qu'il y avait maintenant mille livres à gagner s'il réussissait.

— Ne t'attache pas à Oxford, finit-il par dire.

— Pourquoi ?

— C'est un coureur de dot doublé d'une andouille, ne put-il s'empêcher de dire, sarcastique.

— Évidemment, se contenta-t-elle de dire, comme si Gabriel lui avait annoncé que le ciel était bleu.

— Dans ce cas, pourquoi venir ici avec lui ?

— Parce qu'il m'y a invitée.

Après s'être passé la main dans les cheveux, il répliqua :

— Cela ne devrait pas être suffisant. Pour l'amour du Ciel, Callie !

— Tu as raison, convint-elle contre toute attente, avec un petit sourire triste. Cela ne devrait pas être suffisant.

À ces mots, Gabriel éprouva un serrement étrange dans la poitrine. Ce fut à cet instant qu'il prit sa décision : Oxford ne conquerrait pas Callie. Il ne le permettrait pas.

Ils se regardèrent un long moment avant qu'elle ne tente de lui retirer sa main. Mais Gabriel était incapable de la lâcher. Au contraire, il resserra ses doigts autour des siens.

— Laisse-moi t'emmener quelque part, dit-il.

— Pardon ? fit-elle en le regardant avec surprise.

— Où aimerais-tu aller ? Tu ne vas sûrement pas refuser de m'offrir la même chance qu'à Oxford ?

— Il ne s'agit pas d'une compétition.

Elle avait prononcé ces mots d'un ton uni, dans lequel il perçut néanmoins un sous-entendu qu'il ne put comprendre.

Renonçant à chercher pour le moment, il répéta :

— Laisse-moi t'emmener quelque part. C'est toi qui choisis. Une pièce de théâtre ? Un pique-nique avec Mariana et Rivington ? Une promenade en voiture ?

— Je ne souhaite ta compagnie pour aucune de ces sorties, répondit-elle après quelques instants de réflexion.

— Pourquoi ?

— Je tourne une page. Je ne veux pas d'une sortie terne et collet monté.

Il eut l'impression de recevoir un soufflet. Bien sûr, c'étaient les mots cruels qu'il avait lui-même prononcés. Bon sang, que pouvait-il dire pour les corriger ? De nouveau, il se passa la main dans les cheveux.

— Sapristi, Callie, je suis désolé… Donne-moi une chance de te prouver que je ne suis pas seulement un mufle et un imbécile.

— Je ne crois pas que tu sois un imbécile.

— Je remarque que tu ne réfutes pas l'autre terme, dit-il avec un sourire en coin. Tout ce que tu veux…

Elle poussa un soupir excédé en évitant avec soin de le regarder. Mais, après avoir posé les yeux sur leurs mains jointes, elle finit par les relever vers les siens.

— Tout ce que je veux ?

Gabriel comprit aussitôt.

— Tu penses à ta maudite liste, c'est ça ?

— Eh bien, c'est toi-même qui m'as demandé de ne plus tenter d'aventure sans ta présence.

— Certes, mais…

— Je pourrais toujours demander à Oxford…

Elle laissa délibérément sa phrase en suspens, et il ne put retenir un léger rire.

— Tu apprends assez vite à me manipuler, petite rusée. Très bien. Nous allons donc braver un nouvel interdit. Lequel ?

Elle observa un temps de réflexion. En la voyant mordiller sa lèvre inférieure, Gabriel eut soudain du mal à garder son attention focalisée sur la conversation. Ne devait-il pas l'embrasser pour mettre un terme à ce geste nerveux ? L'espace d'un instant, il se plongea dans le souvenir de la douceur de sa bouche, de la tendresse de ses lèvres, de l'abandon sauvage avec lequel elle répondait à ses caresses. À cette pensée, son membre se durcit, et il était sur le point de s'emparer de sa bouche lorsqu'elle prononça un seul mot.

— Jouer.

Il ne put s'empêcher de secouer la tête. Il avait mal entendu, certainement.

— Jouer ?

— Oui, jouer. De l'argent. Dans un club pour gentlemen.

— Tu ne peux pas parler sérieusement, dit-il en s'esclaffant.

— Je suis tout à fait sérieuse, monsieur.

— Aucune femme n'a jamais franchi les portes du Brooks's, et...

— Permets-moi d'en douter, coupa-t-elle, ironique.

— Très bien. Aucune femme convenable n'a jamais franchi les portes du club. Je serais exclu si nous étions découverts...

Il secoua la tête avec énergie avant de continuer :

— Puis-je te convaincre de jouer au vingt-et-un à Ralston House à la place ? Nous jouerons pour de l'argent. Je t'assure que l'expérience sera à peu près semblable.

— En vérité, ce ne serait pas du tout pareil. Une grande partie du charme de ce défi tient au club lui-même.

— Mais pourquoi ? demanda-t-il, sincèrement déconcerté.

Elle observa un silence songeur avant de reprendre :

— T'es-tu jamais demandé ce que faisaient les femmes derrière les portes fermées des salons, lors des thés ou après le dîner ? De quoi nous parlons, comment nous vivons sans vous ?

— Non.

— Évidemment. Parce que nos vies sont totalement exposées. Nous sommes peut-être seules dans une pièce, isolées des hommes, mais c'est vous qui possédez les maisons dans lesquelles nous nous réunissons, et vous connaissez les pièces que vous nous octroyez. Vous ne vous gêneriez pas pour y entrer, aussi nous contentons-nous de faire du point de croix et de bavarder de tout et de rien. Nous ne nous autorisons jamais à dire ou à faire des choses trop contraires aux convenances, de crainte que vous n'en soyez témoins.

» C'est différent pour vous, continua-t-elle d'un ton de plus en plus passionné. Les hommes ont leurs endroits réservés : les tavernes, les salles d'armes ou les clubs.

Là, vous pouvez vous livrer à toutes sortes d'activités et tenter toutes les expériences que vous désirez. Loin du regard curieux des femmes.

— Exactement. Ce qui est la raison pour laquelle je ne peux pas t'emmener au Brooks's.

— Pourquoi seriez-vous les seuls à bénéficier de ce genre de liberté ? Pourquoi penses-tu que j'aie établi cette liste, au départ ? Je veux connaître cette sensation de liberté. Je veux voir cet endroit secret, ce sanctuaire où les hommes peuvent être réellement des hommes.

Ne sachant pas vraiment comment aborder cette nouvelle Callie revendicatrice, Gabriel ne répondit pas immédiatement. Il s'efforça ensuite d'adopter une voix unie mais ferme, pour essayer de lui faire entendre raison.

— Callie, si tu étais découverte, ce serait une catastrophe. Jouer est une chose, mais... au Brooks's ?

— Le grand marquis de Ralston a-t-il peur de ce qui pourrait arriver s'il prenait un tel risque ? Est-ce là l'homme qui, un jour, a compromis une princesse prussienne dans un parc ?

— Je n'ai rien fait de tel, protesta-t-il.

— Ah, dit-elle avec un petit sourire, nous découvrons enfin une légende qui n'est pas ancrée dans la réalité.

Gabriel plissa les yeux quand elle se redressa de toute sa taille pour dire, avec l'orgueil d'une reine :

— Je n'ai pas besoin de toi, tu sais. Je peux m'introduire au Brooks's toute seule... en utilisant une lettre d'invitation de Benedick.

— Il ne l'écrirait pas, assura Gabriel.

— Ce ne serait même pas nécessaire. Après tout, je me suis glissée dans son club d'escrime sans problème.

— Mais tu as eu besoin de moi pour en sortir ! répliqua-t-il d'une voix plus forte que ne le requérait la prudence.

— Es-tu en train de me dire que tu ne m'y accompagneras pas ?

— Exactement.

— Dommage. Je me réjouissais d'avance de ta compagnie.

Gabriel secoua la tête, abasourdi.

— Tu ne peux pas faire ça.

— Pourquoi ? Parce que je suis une femme ?

— Non ! Parce que tu es folle ! Tu vas te faire prendre !

— Je ne me suis pas fait prendre, jusqu'à présent.

— Si, par moi. Deux fois !

— Comme je l'ai déjà dit, toi, c'est différent.

— En quoi est-ce différent ? rétorqua-t-il, incapable de dissimuler son exaspération.

— Eh bien, il semblerait que tu sois mon complice...

Elle lui adressa alors un sourire radieux, qui ressemblait beaucoup à celui dont elle avait gratifié Oxford un peu plus tôt.

Face au plaisir qu'elle manifestait, l'irritation de Gabriel reflua, et une vague de fierté absurde le submergea. Il était fier d'être l'homme vers lequel elle se tournait avec une telle excitation, fier d'être celui auquel elle demandait de l'accompagner dans une telle aventure. En cet instant illuminé par le soleil, alors que le Tout-Londres se pressait à quelques pas de leur cachette, il fut frappé par la beauté de Callie. Ses yeux bruns étincelaient, la lumière éveillait des reflets auburn dans sa chevelure, et la générosité pulpeuse de ses lèvres aurait suffi à mettre un homme à genoux.

Elle était vraiment extraordinaire. Et cette prise de conscience fut si soudaine, si intense, qu'il éprouva quelque difficulté à respirer.

— Sapristi ! Tu es adorable.

Elle écarquilla les yeux de surprise, puis les plissa avec incrédulité.

— N'essaie pas de me détourner de mon but en me flattant.

— Loin de moi cette idée.

— Parce que je vais le faire. Je vais aller jouer. Et rien ni personne ne m'en empêchera.

— Bien sûr que non.

— Et me dire que je suis... euh... que je suis...

— Adorable.

— Oui. Me dire ce genre de chose ne me fera pas changer d'avis.

— Ce n'était pas mon intention.

— Je ne suis pas sotte, tu sais.

— Je le sais, dit-il en s'approchant d'elle. Je t'emmènerai.

— Et même si tu ne m'emmènes pas... Je te demande pardon ? dit-elle après s'être interrompue tout net.

— J'ai dit que je t'emmènerais au Brooks's.

— Oh... Très bien.

— Oui, je pense que c'est plutôt généreux de ma part, fit-il remarquer, avant de tendre la main pour repousser une boucle de cheveux derrière son oreille.

— Je ne suis pas adorable, balbutia-t-elle.

— Allons... murmura-t-il en scrutant son visage, comme pour mémoriser les traits de cette Callie qu'il venait de découvrir. Je suis obligé de te contredire.

Il posa alors sa bouche sur la sienne, et Callie éprouva une espèce d'ivresse sous l'effet conjugué de ce contact et de ses paroles. Le baiser fut différent de tous ceux qu'ils avaient échangés auparavant – celui-ci était plus doux, plus hésitant, comme si tous deux découvraient quelque chose d'entièrement nouveau. Ce fut une danse prolongée entre leurs langues et leurs lèvres, qui s'acheva lorsque Gabriel releva la tête et attendit que Callie ouvre les yeux. Il fut alors une nouvelle fois frappé par sa beauté. Il scruta son visage tandis que se dissipait la brume de sensualité dont ce baiser l'avait enveloppée.

— Tu as dit que j'étais terne.

Il secoua lentement la tête, émerveillé par la profondeur lumineuse de l'émotion qu'il lisait dans ses yeux bruns.

— Tu n'as rien de terne, répliqua-t-il avant de l'embrasser de nouveau.

Sa bouche s'offrait à lui comme un banquet. Il but à ses lèvres, en savoura le goût, la douceur. Callie noua les bras autour de son cou, et lorsqu'elle enfonça ses doigts dans ses cheveux, il sentit un frisson de plaisir le parcourir. Il la dévorait, tour à tour mordillant ses lèvres et les léchant de la pointe de la langue. Quand il finit par s'écarter et croisa de nouveau son regard, tous deux avaient le souffle court. Si seulement ils avaient pu être ailleurs, loin de ces centaines de Londoniens qui piétinaient à quelques pas d'eux !

Gabriel savait qu'il devait se reprendre. Il était sur le point de faire exactement ce qu'il avait résolu de ne pas faire. Ne s'était-il pas promis de ne pas la compromettre de nouveau ?

La vision de Callie nue, étendue devant lui dans une flaque de soleil, lui traversa l'esprit. Mais il la repoussa. Ce n'était pas le moment de se laisser aller à des rêveries qui ne feraient qu'accentuer son désir – son excitation était déjà bien assez évidente.

Il dénoua les bras que Callie gardait autour de son cou et embrassa tour à tour chacune de ses mains, avant de plonger son regard dans le sien.

— Je te dois des excuses.

Elle fronça les sourcils.

— Pardon ?

Il déposa un baiser léger sur son front tout en l'enlaçant.

— Des excuses. Des excuses pour tout. Pour cet après-midi à Ralston House, pour la salle d'armes et, sapristi, même pour ce qui vient de se passer. Je t'ai traitée assez abominablement, en te compromettant chaque fois que j'en avais l'occasion. Je dois donc... te présenter mes excuses.

Callie le regarda en battant des paupières. Dans les rayons du soleil, la roseur de sa peau touchait à la perfection. Comme elle gardait le silence, Gabriel reprit :

— Je voudrais me racheter. Je pense que t'emmener au Brooks's serait un bon début.

Une ombre imperceptible passa sur le visage de Callie, comme si elle était déçue, mais ce fut très fugitif.

— Je t'y emmènerai ce soir, insista Gabriel.

— Ce soir ?

— À moins que tu n'aies prévu de passer également la soirée avec Oxford, ajouta-t-il froidement.

— Non... Je devais cependant me rendre au bal des Cavendish. Il faudra que je me fasse porter pâle, ajouta-t-elle en évitant son regard.

— Ce serait parfait. Si nous y allons pendant que le bal bat son plein, ce sera beaucoup plus facile.

De nouveau, une image lui vint à l'esprit : Callie vêtue seulement d'un pantalon d'escrime moulant, ses seins libérés de leur bandeau pressés contre son torse, sa peau enflammée par le plaisir... Quand son propre pantalon lui sembla trop étroit, Gabriel, embarrassé, changea de position.

— Je suppose qu'il te faudra t'habiller en homme. As-tu des vêtements appropriés pour te rendre dans un club ? Ou porteras-tu ta tenue d'escrime ?

Tout en rougissant sous la taquinerie, elle secoua la tête.

— Non, j'ai une tenue plus adaptée.

Toute l'entreprise parut soudain insensée à Gabriel. Mais il lui avait donné sa parole. Mieux valait que ce soit lui qui l'accompagne plutôt que quelqu'un d'autre – Oxford, par exemple. La simple pensée qu'elle puisse se promener habillée en homme avec Oxford suffisait à lui donner envie de mettre son poing dans la figure du baron.

Tout en s'efforçant de chasser de son esprit la vision de Callie avec Oxford, Gabriel s'approcha de l'extrémité du paravent et coula un regard rapide dans le couloir pour s'assurer que personne ne les verrait sortir de leur cachette. Lorsqu'il fut certain de pouvoir regagner la salle sans attirer l'attention, il invita Callie à le précéder, puis tous deux adoptèrent une allure posée pour regagner la galerie principale.

— Puis-je venir te chercher à Allendale House à minuit et demi ? dit-il à voix basse, sans la regarder.

— Oui, ce serait le moment idéal. Suffisamment tard pour que tous soient au bal, mais trop tôt pour qu'ils en reviennent. Tu as bien calculé...

Gabriel inclina la tête, comme s'il acceptait un compliment.

— Ce n'est pas la première fois que j'organise un rendez-vous clandestin.

Elle détourna les yeux.

— Non, je peux l'imaginer, dit-elle avant de s'arrêter devant un grand tableau représentant l'épagneul du roi Charles. Retrouve-moi à la porte du jardin, ajouta-t-elle dans un murmure, après avoir pris une profonde inspiration.

Il hocha la tête avant de dire brusquement :

— J'ai fait la paix avec Juliana.

Gabriel ne savait pas pourquoi il avait éprouvé le besoin de le lui dire, mais ç'avait été plus fort que lui.

Une expression de surprise traversa le visage de Callie, si rapide qu'il faillit douter de l'avoir vue.

— Je suis heureuse de l'entendre. C'est une gentille fille. Et je crois qu'elle en est venue à beaucoup t'aimer.

Ces paroles le mirent mal à l'aise sans qu'il parvienne à comprendre pourquoi. Inclinant la tête, il désigna le tableau.

— Qu'en penses-tu ?

— J'en pense que c'est le portrait énorme d'un petit chien, répondit-elle après lui avoir jeté un regard curieux.

Il fit mine d'étudier le tableau, puis il hocha la tête d'un air pénétré.

— Une remarque perspicace... La peinture n'a jamais été mon fort, poursuivit-il alors qu'elle laissait échapper un léger rire. Je suis plutôt un amateur de musique, comme tu le sais...

Il avait parlé à voix basse, tout près de son oreille, parce qu'il voulait la troubler, lui rappeler cette soirée dans sa chambre... leur premier baiser. Sa stratégie fut couronnée de succès, à en croire son frémissement.

— Il vaudrait mieux que je rejoigne ma sœur, dit-elle d'une voix un peu tremblante.

— Je vais te ramener auprès d'elle.

— Non ! protesta-t-elle d'une voix un peu trop forte. Je... je préfère y aller seule.

L'espace d'un instant, il envisagea d'insister, de l'obliger à accepter sa compagnie. Mais il renonça et s'inclina sur sa main.

— Très bien, dit-il. À ce soir, alors ?

Leurs regards se croisèrent, et ils se perdirent dans les yeux l'un de l'autre un long moment avant qu'elle n'esquisse un signe de tête.

— À ce soir.

Elle ne tarda pas à disparaître, avalée par la foule.

17

Ce même soir, Callie faisait les cent pas dans sa chambre, comptant les heures qui la séparaient du moment où elle se glisserait dans l'escalier de service pour s'élancer vers une nouvelle aventure. Depuis sa rencontre avec Ralston à la Royal Academy, elle avait les nerfs à vif. Entre Oxford, qui ne cessait de parler de lui-même et lui faisait des avances saugrenues, et les incessants échanges amoureux du couple Mariana – Rivington, le reste de l'exposition lui avait semblé interminable. Au point qu'elle n'avait même pas apprécié à sa juste valeur *Jerusalem*.

Certes, se retrouver à la maison était encore moins divertissant que d'être à la Royal Academy. Elle s'était cloîtrée dans sa chambre dès son retour, se plaignant d'une migraine qui l'empêcherait malheureusement de se rendre au bal des Cavendish, comme elle l'avait déclaré à sa mère. À présent, elle arpentait la petite pièce avec l'impression d'être un lion en cage.

Elle se retourna une fois de plus vers la pendule, sur le manteau de la cheminée. 21 h 10. Avec un soupir, elle se jeta sur la banquette disposée sous la grande fenêtre qui surplombait les jardins.

Si seulement Ralston s'était abstenu de proclamer que les moments d'intimité qu'ils avaient partagés – ces moments exaltants où elle s'était sentie si vivante – avaient été une erreur !

Elle aurait voulu que la terre s'ouvre pour l'avaler lorsqu'il avait mis fin à leur baiser et, tout de suite après, s'était excusé. C'était peut-être la conduite que l'on attendait d'un gentleman, mais il n'était certainement pas dans le caractère de Ralston de s'excuser, sauf s'il regrettait son comportement.

Callie ne pouvait qu'en déduire qu'il regrettait même d'avoir fait sa connaissance. Après tout, une vieille fille naïve n'était guère la compagne idéale pour un débauché tel que lui.

Toutefois, ne lui avait-il pas dit qu'elle était « adorable » ? Avec un nouveau soupir, elle ramena ses jambes sous elle et se remémora cet instant. Ç'avait été aussi merveilleux qu'elle se l'était toujours imaginé. Le beau et séduisant Ralston, l'homme auquel elle pensait depuis plus de dix ans, l'avait enfin remarquée. Non, pas simplement remarquée... Il avait dit qu'il la trouvait adorable.

Puis il lui avait présenté ses excuses. Pour tout. Elle aurait préféré qu'il ne lui ait jamais prêté la moindre attention plutôt que de l'entendre regretter les moments qu'ils avaient passés ensemble.

Callie se releva pour s'approcher de la psyché qui se dressait dans un coin de la chambre. Une fois plantée devant, elle observa impitoyablement son reflet : ses cheveux trop bruns, ses yeux trop bruns aussi, sa taille trop courte, sa bouche trop pleine, sa poitrine et ses hanches trop rondes pour la mode...

Quoi d'étonnant à ce qu'il se soit excusé ?

Si seulement elle avait pu bannir de sa mémoire les paroles de Ralston, si franches qu'elles lui donnaient envie de pleurer !

Elle prit une profonde inspiration en s'adjurant de ne pas céder aux larmes qui lui picotaient les paupières. Elle n'allait quand même pas pleurer lors de ce qui serait – du moins, elle l'espérait – la nuit la plus excitante de sa vie ! Excitante non pas à cause de Ralston, bien sûr. Enfin, pas totalement. Et même, très peu...

Elle s'abîma dans ses pensées, tentant de déterminer ce qui l'excitait le plus : la perspective de jouer ou celle de pénétrer au Brooks's. Mais elle ne put y parvenir. Il lui faudrait simplement attendre d'être sur les lieux. Ce qui se produirait dans... Elle reporta son regard sur la pendule. 21 h 12. N'était-elle pas arrêtée ? Il était impossible que deux minutes seulement se soient écoulées depuis la dernière fois qu'elle l'avait regardée ! Callie se mit à surveiller les aiguilles. Après une attente interminable, la grande aiguille n'avait toujours pas bougé. Mais oui, la pendule ne marchait plus !

Callie pivota et se précipita vers la porte de sa chambre, avec l'intention de se glisser dans le vestibule pour avoir l'heure exacte. Il devait être près de 23 heures, sûrement. Elle allait devoir s'habiller rapidement, si elle voulait être à l'heure à son rendez-vous avec Ralston, et il lui fallait appeler Anne.

Mais à peine avait-elle fait deux pas que la porte s'ouvrit brusquement. Mariana fit irruption dans la chambre, referma aussitôt la porte puis s'immobilisa, les poings sur les hanches, aussi haletante que si elle avait couru.

Après avoir jeté un coup d'œil vers le lit, elle regarda Callie d'un air triomphant.

— Je le savais !

À croire qu'elle venait d'inventer la roue ou tout autre dispositif destiné à changer la face du monde.

Callie la regarda, les yeux écarquillés.

— Tu savais quoi ?

Mariana pointa un index accusateur sur elle, les yeux brillants d'excitation.

— Je savais que tu n'étais pas malade !

Puis elle ajouta dans un chuchotement :

— Tu vas relever un autre défi de ta liste !

Callie resta figée sur place un instant, avant de porter la main à son front et de se diriger vers son lit.

— Quelle idée ! Je venais de me lever pour demander qu'on m'apporte l'un des remèdes de la cuisinière.

Elle coula un regard en direction de sa sœur, qui n'accorda aucun crédit à ce mensonge.

— Un des remèdes de la cuisinière ? ironisa-t-elle. Tu pourrais être sur ton lit de mort que tu refuserais d'avaler un seul remède de la cuisinière !

Mariana se précipita vers le lit et se jeta dessus comme si elle portait une chemise de nuit, et non une éblouissante robe de bal en soie.

— C'est quoi, ce soir ? Course hippique ? Boxe ? Tabac à priser ?

Callie s'allongea sur le lit et cacha son visage sous un oreiller.

— Je sais ! Un bordel !

Horrifiée, Callie rejeta l'oreiller.

— Mariana ! Ton imagination est sans bornes. Bien sûr que non, je ne vais pas dans… une maison close.

— Oh… C'est bien dommage, dit sa sœur, l'air déçu.

— Je n'en doute pas, répliqua Callie, ironique. Il n'empêche, je ne visiterai aucune maison de mauvaise réputation cette nuit.

— Peut-être une autre nuit, alors ?

— Franchement, je trouve extraordinaire que quelques mois seulement te séparent de la condition de duchesse.

Avec un sourire jusqu'aux oreilles, sa sœur haussa les épaules en un geste totalement inconvenant.

— Exactement ! Je vais être duchesse ! Qui se permettra de me critiquer ? À part maman, évidemment.

— Tu ne vas pas être en retard pour le bal ? demanda Callie.

— Je ne veux pas y aller. Je veux t'accompagner.

— Je ne vais nulle part.

— Tu sais que le mensonge est un péché ? argua Mariana, brusquement sérieuse.

— Bon, d'accord. Je vais quelque part, mais tu ne peux pas venir. Si nous prétendons toutes les deux être malades, maman va deviner qu'il y a anguille sous roche.

Mariana frappa des mains avec enthousiasme.

— Où vas-tu ?

— Quelle heure est-il ?

— Callie, protesta sa sœur en plissant les yeux, ne change pas de sujet...

— Je ne change pas de sujet ! Je ne veux pas être en retard, c'est tout.

— Il est 21 h 20.

Callie se laissa retomber sur le lit avec un soupir.

— Cette soirée est interminable !

— Callie ! s'écria sa sœur. Où vas-tu ?

— Si la demie de minuit sonne un jour, je vais jouer... à des jeux d'argent.

— Non !

— Si ! répliqua Callie avec un grand sourire.

— Tu vas dans un tripot ?

— Non... J'ai pensé que ce serait trop risqué dans un tripot. Je vais au Brooks's.

Mariana ouvrit de grands yeux.

— Au Brooks's... Tu veux dire, le club pour messieurs ?

Callie opina, le rouge aux joues.

— Parce que tu crois qu'il sera moins dangereux d'être découverte au Brooks's que dans un tripot ? Tu es folle, conclut Mariana en secouant la tête, l'air abasourdi.

— Pas du tout !

— Mais comment vas-tu... Mon Dieu ! Callie, les femmes ne sont pas admises au Brooks's ! Si jamais on te...

— Cela n'arrivera pas.

— Comment peux-tu en être sûre ?

Comme Callie gardait un silence réticent, Mariana insista :

— Callie...

— C'est lord Ralston qui m'emmène.

Sa sœur resta un instant bouche bée, avant de s'exclamer :

— Le *marquis* de Ralston ?

— En personne.

— Tu y vas avec *Ralston* ?

Si ses mots n'avaient pas mis ses nerfs à rude épreuve, la voix suraiguë de Mariana aurait fait rire Callie. La tête baissée, elle tritura le bord du couvre-lit.

— Je le savais ! s'écria Mariana d'un ton triomphant. Je l'ai su dès que vous avez valsé ensemble au bal de mes fiançailles !

— Mariana, plus bas ! lui ordonna Callie dans un chuchotement pressant. Toute la maison va t'entendre !

— Tu seras déshonorée si tu es reconnue, annonça Mariana, comme si l'idée n'avait jamais traversé l'esprit de Callie.

Une nouvelle fois, Callie hocha la tête. Un ange passa, puis Mariana reprit :

— Eh bien... nous devrons nous montrer très prudentes pour nous assurer que tu ne sois pas prise sur le fait.

L'emploi du « nous » rasséréna Callie et ranima un peu son courage.

— Apparemment, continua sa sœur, tu as tout préparé pour sortir de la maison... Mais comment comptes-tu rentrer ?

— Je pensais passer par l'entrée de service et l'escalier des domestiques.

— Ce n'est pas possible. La porte du haut grince horriblement, et maman va l'entendre.

— Il va falloir que je mette de l'huile sur les gonds, conclut Callie après un instant de réflexion.

— Oui. Et méfie-toi de la troisième marche en partant du haut. Elle craque.

Callie observa sa petite sœur en plissant les yeux.

— Comment le sais-tu ?

— Disons simplement que Rivington et moi avons eu besoin d'emprunter cet escalier une fois ou deux.

— Mariana !

— Tu arrives un peu tard, avec ta mine scandalisée. Au moins, moi, je suis fiancée à Rivington ! riposta Mariana d'un ton taquin. Dire que tu retrouves Ralston pour un rendez-vous galant... Promets-moi que tu me raconteras tout !

— Ce n'est pas un rendez-vous galant, protesta Callie. Il va m'aider, c'est tout. Nous sommes simplement... amis.

— Si c'était ton ami, il ne mettrait pas en danger ta réputation, Calpurnia, rétorqua Mariana qui, ensuite, baissa la voix. Est-ce que toi et lui, vous...

Elle fit un geste de la main sans terminer sa phrase.

— Est-ce que nous... quoi ? fit Callie en feignant de ne pas comprendre.

— Tu sais très bien de quoi je parle.

— Je t'assure que non, prétendit Callie, qui détourna les yeux.

Mariana poussa un glapissement ravi avant de battre des mains.

— Si, tu mens ! J'en étais sûre. C'est délicieux !

— Ce n'est pas délicieux.

— Oh... Quel dommage, dit sa sœur, dont le visage se rembrunit. Pourtant, à le voir, on pourrait penser qu'il...

— Mariana ! Ce n'est pas ce que je voulais dire.

— Alors, c'est bel et bien délicieux.

— Oui, plutôt, admit Callie après avoir soupiré.

Le sourire de Mariana se fit impudent.

— J'aimerais bien que tu me racontes tout.

— C'est hors de question. Et cette conversation est tout à fait inconvenante.

D'un geste négligent de la main, sa sœur lui fit savoir ce qu'elle pensait de l'argument.

— Tu sais que si vous êtes surpris ensemble, il faudra que tu te maries. Imagine le scandale !

Callie ferma les yeux avec force. Il ne lui était que trop aisé de l'imaginer.

— On ne nous surprendra pas.

— Mariana !

Callie fut sauvée de cette conversation embarrassante par l'appel strident lancé par leur mère depuis le bas de l'escalier. Sa sœur leva les yeux au ciel.

— Si quelqu'un sait hurler, c'est bien notre mère, constata-t-elle. Tu devrais voir sa tenue, Callie. Que du velours... Du velours jaune canari. Avec le turban assorti. On dirait une banane en fourrure.

Cette description arracha une grimace à Callie.

— Ça fait partie de son charme.

— C'est un miracle que Rivington ait demandé ma main, déclara Mariana avec une ironie qui fit rire Callie.

— Amuse-toi bien !

— C'est toi qui vas bien t'amuser, rétorqua sa sœur en la serrant brièvement dans ses bras. Je vais penser à toi toute la nuit. Demain, tu me diras tout ! Promets-le-moi !

— Je te le promets.

Mariana se releva, lissa ses jupes froissées puis sortit après avoir effectué un petit bond d'excitation à l'intention de Callie. Celle-ci, après l'avoir suivie jusqu'à la porte, pressa son oreille contre le panneau de bois pour suivre le départ de sa famille. Ensuite, elle se précipita vers la fenêtre et écouta décroître le bruit des roues et le claquement des sabots. Lorsqu'elle n'entendit plus rien, elle fit appeler Anne.

Elle avait beaucoup à faire avant l'arrivée de Ralston.

Dix minutes avant de le retrouver, Callie se glissa dans les jardins plongés dans l'obscurité, en direction de la grille qui s'ouvrait dans le mur du fond. Quand elle la tira, après avoir débloqué le verrou, la grille émit un grincement sonore.

— Flûte, marmonna-t-elle.

Tous les gonds de la maison avaient donc besoin d'être graissés ?

Toutefois, grâce à Mariana, Callie s'était préparée à avoir besoin de la burette d'huile que Michael lui avait fournie un peu plus tôt dans la soirée – sans lui poser une seule question, le brave garçon. Après avoir copieusement aspergé les gonds du haut, elle fit aller et venir la grille pour répartir le liquide sombre et visqueux. Puis elle s'accroupit pour appliquer le même traitement à la charnière du bas. Elle était si absorbée par sa tâche qu'elle n'entendit pas arriver Ralston.

— Que voilà un gentleman doté de nombreux talents, lança-t-il, ironique.

Elle sursauta et, levant la tête, lui sourit, avant d'ajouter avec précaution quelques gouttes d'huile supplémentaires et de manœuvrer la grille.

Ralston ôta ses gants, puis s'accroupit à côté d'elle et lui prit la burette des mains.

— J'ai quelques sorties clandestines à mon actif, mais aucune n'a jamais inclus le graissage de gonds criards.

— Je ne peux pas prendre le risque de me faire surprendre par les membres de ma famille, si je rentre après eux à la maison.

— Sage précaution.

La grille ayant été réduite au silence, il reposa le flacon d'huile et sortit un mouchoir de sa poche pour s'essuyer les mains. Il le tendit ensuite à Callie, puis, lorsqu'elle l'eut imité, il se releva et l'aida à faire de même. Il recula alors d'un pas pour examiner son déguisement à la lueur de la lune. Cette fois, elle portait une tenue de soirée noire et blanche, parfaitement adaptée à une incursion au Brooks's : des bottes luisantes, un pantalon et un habit dont le noir tranchait sur le blanc de la chemise et du gilet immaculés, ainsi qu'une cravate, blanche elle aussi, amidonnée à la perfection. Anne devenait experte dans l'art d'habiller sa maîtresse en homme. Pour parfaire la tenue, les cheveux de Callie étaient rassemblés sous un haut-de-forme noir.

Tout en esquissant un moulinet avec sa canne, elle demanda à mi-voix :

— Alors ? Qu'en pensez-vous ?

— Qu'en penses-*tu*... J'en pense que, bien que tu sois un peu petite, tu ne devrais pas avoir de problème... à condition que la lumière au Brooks's soit la même qu'ici, dans le jardin, au beau milieu de la nuit.

Les lèvres pincées, il l'observa de nouveau, puis il secoua la tête.

— Il faudrait être un imbécile pour ne pas voir que tu es une femme. Ça va être un désastre.

Tout en enfilant ses gants, Ralston se dirigeait vers sa voiture. Callie lui emboîta le pas.

— Tu n'avais pas remarqué que j'étais une femme, au club d'escrime, lui rappela-t-elle.

Comme il émettait un grognement évasif, elle ajouta :

— Je suis persuadée que les gens voient ce qu'ils s'attendent à voir, et non ce qui est réellement.

Il ouvrit la porte de la voiture et l'aida à grimper dans l'habitacle, plongé dans la pénombre.

Une fois installé à côté d'elle, il referma la porte et frappa sur la paroi pour donner le signal du départ.

Ils roulèrent en silence. Callie s'efforçait de ne pas prêter attention à la réticence manifeste de Ralston. Elle n'était pas allée si loin pour renoncer maintenant.

Le trajet était court, et lorsque la voiture s'arrêta, Callie pressa avec curiosité son visage contre le carreau. C'est alors que Ralston lui tendit un grand pardessus.

— Tiens. Mets ça.

— Mais je...

— Ne discute pas, coupa-t-il d'un ton sec. C'est ma carte de membre qui est en jeu, si tu es prise sur le fait.

— Pour ne rien dire de ma réputation, répliqua-t-elle entre ses dents.

— Oui. Mais bon, ce soir, c'est plutôt pour moi que je m'inquiète. Mets ce pardessus, relève le col et garde la tête baissée. Ne croise le regard de personne. Reste près de moi. Et, pour l'amour du Ciel, n'use pas de cette voix ridicule dont tu crois qu'elle peut passer pour masculine.

— Mais je...

— Non, Callie. Je t'ai promis de t'emmener jouer au Brooks's. Mais je n'ai pas promis que ce serait selon tes termes.

Callie ne put que soupirer.

— Très bien.

Sitôt la portière ouverte, Ralston sauta hors de la voiture et s'avança à grands pas vers la porte du club. Après avoir attendu, surprise qu'il abandonne aussi facilement son devoir de gentleman et la laisse se débrouiller seule, Callie descendit à son tour de la voiture et claqua avec force la portière derrière elle.

Le bruit l'étonna elle-même et attira l'attention de Ralston et de quelques autres hommes. Comme plusieurs têtes se tournaient vers elle, Callie faillit trébucher. Et quand, paniquée, elle croisa le regard d'un bleu étincelant de Ralston, celui-ci haussa les sourcils. Le message était clair : « As-tu bientôt fini ? »

Baissant la tête, elle dissimula son visage dans l'ample col du pardessus et le rejoignit. Lorsqu'elle ne fut plus qu'à quelques pas de lui, il poussa la porte du club, avec suffisamment de force pour qu'elle reste ouverte le temps que Callie la rattrape et entre à son tour.

Stupéfiant !

Ce fut la première pensée de Callie lorsqu'elle se retrouva dans le vaste vestibule de marbre. Elle ne savait pas à quoi elle s'était attendue, mais pas à ces boiseries luxueuses et à ces dorures qui témoignaient de la richesse et du statut des hommes qui fréquentaient ce club.

Et des hommes, il y en avait partout, qui discutaient en petits groupes. Ils saluèrent Ralston par de brefs signes de tête lorsque celui-ci traversa le hall. Callie le suivit dans un long couloir qui s'enfonçait vers l'arrière du bâtiment et, tout en s'efforçant d'être discrète, elle ne put s'empêcher de glisser des coups d'œil curieux dans les salles. Certaines, grandes et brillamment éclairées, étaient occupées par des hommes qui jouaient au billard, aux cartes, ou discutaient ; dans d'autres, petites et intimes, des groupes plus réduits buvaient du porto et fumaient.

À mesure de sa progression, Callie ralentit le pas, car elle tenait à s'imprégner de l'atmosphère de cet endroit mystérieux et fascinant. Plus ils s'enfonçaient dans le dédale de couloirs, moins il y avait de portes, et l'ambiance devenait plus sombre et plus feutrée.

Alors qu'ils passaient devant une pièce dont la porte entrouverte laissait filtrer la lueur chaude et dorée des bougies, Callie entendit distinctement un rire féminin. Elle s'arrêta net, incapable de réprimer sa curiosité.

Devant la scène qui s'offrait à son regard indiscret, elle écarquilla les yeux. Trois hommes se tenaient à l'intérieur, le visage dissimulé par un loup noir. Ils étaient assis dans de larges fauteuils de cuir rassemblés en cercle, et toute leur attention s'attachait à une femme debout devant eux. Elle était grande, avec des courbes voluptueuses et une chevelure luxuriante qui retombait jusqu'à sa taille en boucles d'ébène. Ses pommettes hautes, sa peau parfaite, ses yeux ourlés de khôl, ses lèvres écarlates qui esquissaient un sourire entendu ajoutaient encore à son charme. Callie était fascinée – tout comme les trois hommes, apparemment. Il était manifeste que cette femme était une courtisane.

Elle était vêtue d'une robe très provocante en soie bleu saphir. Le corsage en était si moulant qu'il s'apparentait plutôt à un corset, et lorsqu'elle se pencha vers un des hommes, ses seins opulents menacèrent de s'échapper de leur prison. Callie retint son souffle lorsque l'homme en effleura un du bout des doigts, comme hypnotisé. Avec un rire de gorge, la femme plaça alors la main de l'homme sur la sienne pour l'inciter à la caresser plus franchement. Tandis qu'il s'exécutait, un autre homme saisit le bas de la robe de la courtisane et entreprit de la relever, dévoilant peu à peu ses longues jambes puis, enfin, ses fesses rondes, qu'il commença à palper.

Le hoquet étouffé qui échappa à Callie à cette vue se transforma en un petit cri lorsque Ralston la saisit par le bras pour l'entraîner plus loin.

— Voilà précisément pourquoi les clubs masculins ne sont pas faits pour les femmes, gronda-t-il à son oreille.

— Ce cabinet semblait pourtant absolument fait pour les femmes, riposta-t-elle d'un ton acerbe.

Au lieu de répondre, il la poussa dans la première pièce vide qui se présenta et en referma la porte derrière eux. Quand elle entendit le cliquetis du verrou, Callie pivota vers Ralston. Adossé au panneau de bois, il la foudroyait du regard.

— N'ai-je pas été suffisamment clair ? Tu étais censée rester près de moi et ne regarder personne.

— Mais je n'ai regardé personne !

— Ah non ? Tu n'étais pas plantée devant une pièce pleine de gens ?

— Je ne dirais pas qu'elle était *pleine*, répondit Callie. Et ce n'est pas comme s'ils m'avaient vue !

— Ils auraient pu !

— Ils étaient plutôt occupés, souligna-t-elle. D'ailleurs, pourrais-tu m'expliquer quelque chose ?

Le regard de Ralston se fit méfiant.

— Peut-être.

— Comment... comment une seule femme peut-elle être... suffisante pour trois hommes ?

Ralston leva les yeux au ciel tout en poussant une espèce de grognement étranglé. Après un moment, il rabaissa son regard sur elle.

— Je ne sais pas.

— Ce doit être une courtisane très talentueuse, insista Callie après lui avoir jeté un regard incrédule.

Il passa la main dans ses cheveux avant de murmurer :

— Callie...

— Parce que c'en est une, n'est-ce pas ?

— Oui.

— C'est vraiment fascinant ! Tu sais, je n'avais jamais vu de courtisane, ajouta-t-elle avec un sourire ravi.

— J'aurais pu le deviner.

— Elle ressemblait exactement à ce que j'imaginais ! Enfin... elle était même plus jolie.

Ralston jeta un regard circulaire autour de la pièce, comme s'il cherchait une échappatoire.

— Callie... Tu ne préférerais pas jouer plutôt que de parler de courtisanes ?

Inclinant la tête sur le côté, elle réfléchit.

— Je ne sais pas vraiment... Les deux choses sont également intéressantes, tu ne trouves pas ?

— Non, répliqua-t-il avec un rire surpris. Je ne trouve pas.

Sans lui prêter davantage attention, Callie regarda autour d'elle. La pièce était décorée de frises grecques dépeignant des dieux et des déesses dans des scènes variées, et meublée d'une grande table de jeu entourée de chaises en bois sculpté. Devant la cheminée où crépitait un grand feu, deux fauteuils profonds et une méridienne formaient un coin salon. C'était une pièce indubitablement masculine, mais confortable.

— Est-ce que les autres ne vont pas s'irriter que nous réquisitionnions ce cabinet ? demanda-t-elle en reportant son regard sur Gabriel.

Il ôta ses gants et son chapeau et les plaça sur une console, près de la porte.

— J'en doute. À cette heure de la nuit, les hommes se consacrent en général aux... aux activités qu'ils ont prévues pour la soirée.

— Aux activités... répéta-t-elle, ironique.

Comme lui, elle se débarrassa de son chapeau et de ses gants, puis elle enleva son pardessus, qu'elle suspendit à un portemanteau.

— Tu n'es plus fâché contre moi, n'est-ce pas ? poursuivit-elle. Nous sommes arrivés jusqu'ici sans encombre. Personne ne m'a découverte.

Un long moment s'écoula, durant lequel il examina sa tenue des pieds à la tête. Puis il secoua la tête.

— Tu n'as pas plus l'air d'un homme que d'une girafe, et je trouve tout simplement impossible que personne ici ne l'ait remarqué.

— À mon avis, si j'avais été une girafe, quelqu'un l'aurait remarqué. Et pourquoi dis-tu cela ? Tu ne le trouves pas bien, mon déguisement ?

Elle baissa les yeux sur sa tenue, en proie à un doute soudain.

— Je sais que j'ai des... des formes. Mais je pense que j'ai réussi à les cacher. Enfin, autant que faire se peut.

— Callie, répliqua-t-il d'une voix basse et grave, il faudrait être aveugle pour ne pas remarquer tes formes dans ces vêtements. Aucun homme que je connais n'a un aussi adorable...

— Cela suffit, coupa-t-elle de son ton le plus guindé. Il se fait tard. J'aimerais apprendre à jouer, à présent, si cela ne t'ennuie pas.

Avec un petit sourire suffisant, il tira une chaise pour l'inviter à s'asseoir à la table de jeu, puis alla ensuite s'installer en face d'elle et saisit le paquet de cartes posé sur la table.

— Je pense que nous devrions commencer par le vingt-et-un.

Il lui expliqua alors les règles de ce jeu, et les différentes stratégies pour approcher le plus possible un total de vingt et un points avec les cartes en main, sans toutefois dépasser ce chiffre. Ils jouèrent plusieurs parties, Ralston lui laissant gagner les deux premières avant de la battre à plate couture lors des deux suivantes. À la cinquième partie, Callie fut transportée d'aise lorsqu'elle aligna vingt points, jusqu'au moment où il abattit ses cartes et dévoila son vingt et un.

— Tu as triché ! lança-t-elle, mécontente d'avoir encore perdu.

Il la dévisagea d'un air faussement scandalisé.

— Pardon ? Si tu étais un homme, cette accusation mériterait que je te demande réparation.

— Eh bien, moi, monsieur, je vous assure que je monterais sur mon char pour défendre la vérité, l'humilité et la justice !

— Tu me cites la Bible ? demanda-t-il avec un petit rire, tout en battant les cartes.

— Exactement, répondit-elle, les paupières baissées avec une piété feinte.

— Alors que tu es en train de jouer ?

— N'est-ce pas l'endroit le plus favorable pour réformer quelqu'un comme toi ? rétorqua-t-elle, non sans malice.

Ils échangèrent un sourire, puis, tandis qu'il distribuait les cartes, elle reprit :

— Cela tomberait bien, toutefois, que tu me provoques en duel, puisque je rêve d'en voir un.

Il resta figé un instant, avant de secouer la tête avec incrédulité.

— Évidemment. Y a-t-il quelque chose sur cette liste qui ne me choquera pas ?

— Oh, certainement pas, dit-elle après avoir regardé ses cartes d'un air distrait.

— Eh bien, puisqu'il me revient, apparemment, de t'aider à relever chacun de tes défis, je dois te poser la question : comment trouves-tu le club ?

Les sourcils froncés, elle réfléchit quelques instants.

— Je le trouve remarquable. Je suis à peu près certaine que je n'aurais jamais pu vivre une telle expérience sans toi. Pourtant, je dois avouer que je ne comprends pas vraiment ce qui rend le jeu aussi irrésistible. Certes, c'est un agréable passe-temps, mais je ne vois pas comment ça peut mener autant de gens à la prison pour dettes.

Il se recula contre le dossier de sa chaise pour l'observer avec attention.

— Tu ne le vois pas, mon cœur, parce que tu ne risques rien.

— Je ne risque rien ?

— Exactement. L'attrait des tables de jeu est renforcé à la fois par l'émotion forte que procure la victoire *et* par la crainte de perdre.

Elle médita ces mots quelques instants, avant de hocher la tête d'un air songeur.

— Dans ce cas, jouerons-nous de l'argent ?

— Si tu veux.

Mais Callie changea d'avis.

— Cela ne te gêne pas de perdre de l'argent...

— Pas particulièrement.

— Il n'y a donc aucun risque pour toi.

— Peu importe. Il s'agit de ta nuit. Si tu es la seule à éprouver le frisson du risque, ce n'est pas grave. Je ne suis qu'un assistant compétent.

Elle ne put s'empêcher de sourire devant cette description.

— Oh non ! répliqua-t-elle. J'aimerais bien que tu aies conscience de pouvoir perdre.

— D'accord, dit-il, les yeux étincelants. Énonce tes conditions.

L'excitation de Callie s'accrut considérablement.

— Eh bien, pour chaque partie que je gagnerai... tu devras répondre à une question. En toute sincérité.

— Quel genre de question ? rétorqua-t-il en haussant les sourcils.

— Pourquoi veux-tu le savoir ? Tu as peur de perdre ?

— Très bien, princesse. Mais pour chaque partie que *je* gagnerai, tu devras m'accorder une faveur... de mon choix.

Un délicieux frisson la parcourut, aussitôt suivi d'une intense sensation de frayeur.

— Quel genre de faveur ?

— Pourquoi ? Tu as peur ?

Callie soutint son regard.

— Non, mentit-elle.

— Parfait. Dans ce cas, continua-t-il en distribuant rapidement les cartes, rendons le jeu intéressant, si tu le veux bien.

Tout à coup, le jeu parut à Callie le passe-temps le plus formidablement intéressant qui soit. Chaque fois qu'une carte était retournée, elle retenait son souffle, puis elle se creusait la tête pour trouver un moyen de battre Ralston.

Ce qui arriva dès la première partie. Encore qu'elle ne pût s'empêcher de se demander s'il ne l'avait pas laissée gagner…

Mais peu lui importait. Elle voulait poser sa question. S'adossant à sa chaise, elle l'observa un instant tandis que, de ses longs doigts précis, il ramassait les cartes, les rassemblait en un tas soigneux puis les battait avec une grâce désinvolte.

Il releva alors les yeux, attendant sa question.

— Parle-moi des courtisanes.

Il secoua la tête avec un léger rire.

— J'ai accepté de répondre à des questions. Ceci n'est pas une question.

Callie leva les yeux au ciel.

— Bon, d'accord… Y a-t-il souvent des courtisanes, ici ?

— Oui.

Comme il s'arrêtait là, elle insista :

— Et est-ce qu'il arrive régulièrement qu'elles divertissent des groupes d'hommes ?

— Callie… Où veux-tu en venir ?

— J'ai simplement du mal à comprendre comment elle… c'est-à-dire… ce qu'ils allaient…

Avec un sourire ironique, il attendait qu'elle termine sa phrase.

— Oh, tu sais bien ce que je veux dire !

— Je t'assure que non.

— Ils étaient trois, et elle, elle était toute seule !

— Trois, dis-tu ?

— Tu es insupportable ! Tu m'avais dit que tu répondrais à mes questions !

— Si tu me posais une question, mon cœur, je t'assure que j'y répondrais.

— Peut-on vraiment attendre d'elle qu'elle...

Callie s'interrompit, faute de trouver le mot adéquat.

— Leur donne du plaisir ? suggéra-t-il.

— Les divertisse ? Tous les trois ?

Il recommença à distribuer les cartes.

— Oui.

— Comment ?

Relevant les yeux, il lui sourit de toutes ses dents.

— Veux-tu vraiment que je te réponde ?

— Euh... non.

Il éclata alors d'un rire sonore, contagieux, qu'elle ne lui avait jamais entendu auparavant. Et elle fut stupéfaite devant le changement qui s'opéra en lui. Son visage s'éclaira sur-le-champ, le bleu de ses yeux s'adoucit, tout son corps parut se détendre.

— Tu jouis de mon embarras, dit-elle, sans toutefois pouvoir s'empêcher de sourire.

— C'est vrai, princesse.

— Tu ne devrais pas m'appeler comme ça, protesta-t-elle en rougissant.

— Pourquoi ? Tu portes le prénom d'une dame de haut rang, non ? De la femme de César, pas moins.

Elle ferma les yeux en faisant mine de frissonner.

— Je préfère qu'on ne me rappelle pas ce prénom hideux.

— Tu devrais en être fière. Tu es l'une des rares femmes que j'aie rencontrées à être capable de faire honneur à un tel prénom.

— Tu me l'as déjà dit.

— Moi ? demanda-t-il en lui jetant un regard intrigué.

Callie regretta immédiatement d'avoir ressuscité ce souvenir vieux de dix ans – si insignifiant pour lui, si important pour elle.

— Oui. Je ne me rappelle pas quand, dit-elle en hâte. Jouons-nous ?

Il l'observa un instant, les yeux plissés, avant de hocher la tête. Elle était si troublée qu'il gagna facilement la partie, à vingt points contre les vingt-huit qu'elle détenait.

— Tu aurais dû t'en tenir à dix-neuf, fit-il remarquer d'un ton désinvolte.

— Pourquoi ? Je n'aurais pas gagné non plus, marmonna-t-elle.

— Tiens, tiens, lady Calpurnia… J'ai l'impression que vous êtes mauvaise joueuse.

— Personne n'aime perdre, rétorqua-t-elle, certaine qu'il n'usait de son prénom que pour la provoquer. Que veux-tu ?

Il attendit qu'elle relève les yeux vers lui pour dire :

— Détache tes cheveux.

— Pourquoi ? demanda-t-elle, étonnée.

— Parce que j'ai gagné. Et que tu as accepté les conditions du jeu.

Après une hésitation, Callie entreprit de retirer les épingles qui maintenaient ses cheveux en place. Ils retombèrent en lourdes boucles sur ses épaules.

— Je dois avoir l'air bête, habillée en homme, avec une chevelure pareille.

— Je t'assure que « bête » n'est pas le mot que j'utiliserais, dit-il sans la quitter des yeux un instant.

Il avait parlé de cette voix grave qu'elle commençait à adorer et qui fit s'accélérer les battements de son cœur. Elle s'éclaircit la gorge.

— Nous continuons ?

Il distribua de nouveau les cartes et, cette fois, elle gagna. S'efforçant de prendre l'air calme et détaché, elle demanda :

— As-tu une maîtresse ?

Il était en train de rassembler les cartes. Quand elle le vit se figer brièvement, Callie regretta sa question. Elle ne voulait pas vraiment savoir s'il avait une maîtresse. Enfin, peut-être pas…

— Je n'en ai pas.

— Oh…

Elle ne savait pas exactement à quoi elle s'était attendue, mais pas à cette réponse.

— Tu ne me crois pas ?

— Je te crois. Je veux dire, tu ne serais pas ici avec moi si tu pouvais être ailleurs avec quelqu'un comme...

Prenant soudain conscience que ses paroles pouvaient prêter à confusion, elle s'interrompit.

— Non pas que je croie que tu sois ici pour... avec moi...

Il l'observait, impassible.

— Je serais néanmoins ici avec toi.

— Vraiment ? demanda-t-elle d'une voix étranglée.

— Oui. Tu es différente. Rafraîchissante.

— Oh... Eh bien... merci.

— Les maîtresses peuvent être compliquées.

— Je suppose que tu n'aimes pas les complications ?

— Non, c'est vrai, acquiesça-t-il avant de reposer le jeu de cartes sur la table. Pourquoi es-tu si intéressée par les maîtresses et les courtisanes ?

Pas *les* maîtresses. *Ses* maîtresses.

Callie haussa les épaules.

— Elles sont plutôt fascinantes pour des femmes qui ne sont pas aussi... libres qu'elles.

— Je ne les qualifierais certainement pas de femmes libres.

— Bien sûr que si ! Elles peuvent mener leur vie comme elles veulent, avec qui elles veulent ! Ce n'est pas du tout le cas des femmes de la haute société. On attend de nous que nous restions assises tranquillement dans un boudoir pendant que les hommes jettent leur gourme. Je pense qu'il est grand temps qu'on offre aux femmes la possibilité de jeter leur gourme, elles aussi. Et ces femmes-là – les courtisanes – n'ont pas besoin d'autorisation pour le faire.

— Tu as une vision beaucoup trop romantique de ce que ces femmes peuvent ou ne peuvent pas faire. Leur sort est lié aux hommes qu'elles fréquentent. Elles dépendent d'eux pour tout : l'argent, la nourriture, les vêtements.

— En quoi mon sort est-il différent ? Pour toutes ces choses, je dépends de Benedick.

Cette comparaison le mit visiblement mal à l'aise.

— Ce n'est pas pareil. Benedick est ton frère.

— Tu te trompes, c'est presque la même chose, répliqua-t-elle. Seules les femmes comme celle qui se trouve de l'autre côté du couloir ont le droit de choisir les hommes auxquels elles sont redevables.

— Tu ne connais absolument rien de la femme qui se trouve de l'autre côté du couloir, Callie, déclara-t-il d'un ton devenu sérieux. Elle est tout sauf libre, je peux te l'assurer. Et je te suggère de cesser de l'idéaliser, sous peine de t'exposer à des ennuis.

Était-ce la conséquence de son aventure de cette nuit ou de cette joute verbale avec Ralston ? Toujours est-il que la langue de Callie n'attendit pas d'être mue par la réflexion.

— Pourquoi ? Je ne suis pas sûre que je refuserais d'emblée, si l'on m'offrait de devenir la maîtresse de quelqu'un...

Sa déclaration le laissa apparemment si stupéfait qu'il en fut réduit au silence. Callie ne put réprimer un petit sourire suffisant quand elle remarqua sa surprise. Alors qu'elle s'apprêtait à ramasser les cartes pour les distribuer, il lui saisit la main, l'empêchant d'aller jusqu'au bout de son geste et l'obligeant à relever les yeux. Les siens brillaient d'une émotion qu'elle ne put identifier, mais qui n'augurait rien de bon.

— Tu ne parles pas sérieusement, dit-il d'un ton qui n'admettait pas de réplique.

— Je... Bien sûr que non, reconnut-elle.

— Cela figure-t-il sur ta liste ?

— Comment ? Non ! s'écria-t-elle, si manifestement choquée qu'il ne pouvait qu'être convaincu de sa sincérité.

— Tu es trop précieuse pour devenir la maîtresse d'un quelconque dandy, Callie. Ce n'est pas un rôle prestigieux ni romantique. Ces femmes vivent dans des cages dorées, alors que ta place est sur un piédestal.

— Je n'en veux pas, de ce piédestal. Je n'ai pas envie d'être celle à qui l'on fait des excuses, répliqua Callie, sarcastique.

Elle lui arracha sa main. La chaleur de sa peau était plus qu'elle n'en pouvait supporter. Elle ne lui rappelait que trop ce qu'elle voulait réellement – ce qu'elle avait toujours voulu, toute sa vie.

— Des excuses ?

Callie ferma les yeux un bref instant, le temps de rassembler son courage.

— Oui, des excuses. Comme celles que tu m'as présentées tout à l'heure. Si j'étais une autre… ta cantatrice… la femme de l'autre côté du couloir… te serais-tu excusé ?

Il eut l'air déconcerté.

— Non. Mais tu n'es aucune de ces deux femmes. Tu mérites mieux.

— « Mieux », répéta-t-elle sans dissimuler son irritation. C'est justement là que le bât blesse ! Toi et le reste de la société, vous pensez qu'il est mieux pour moi d'être placée sur un piédestal et protégée par un globe de convenances. Ce serait très bien si, après dix années passées sur ce piédestal, je ne me retrouvais pas statufiée en vieille fille. Peut-être que le piédestal convient à des jeunes filles comme nos deux sœurs, mais à moi ?

Sa voix s'enroua, et elle baissa les yeux sur les cartes qu'elle tenait.

— Moi, de là-haut, je ne connaîtrai jamais rien de la vraie vie. Je n'aurai droit qu'à de la poussière et à des excuses inopportunes. Comme elle, je serai dans une cage, conclut-elle avec un signe en direction de la pièce où se trouvait la courtisane. Sauf que la dorure ne sera pas la même.

Tandis que les mots se déversaient de sa bouche, Ralston ne prononça pas une parole, n'esquissa pas un geste. Comme il gardait le silence, elle finit par relever les yeux. Son visage était insondable.

À quoi pensait-il donc ?

— Distribue les cartes.

Quand Callie se fut exécutée, ils jouèrent la partie en silence. Mais il était évident que Ralston ne disputait plus une simple et innocente partie de vingt et un. À son visage durci, Callie devina qu'il allait gagner, et son cœur se mit à battre à coups redoublés. Comment allait-il réagir face à son soudain flot de confidences ?

La victoire acquise, il jeta ses cartes au milieu de la table. Toujours en silence, il se leva, s'approcha d'une console supportant quelques carafes et versa du scotch dans deux verres. Revenant sur ses pas, il en tendit un à Callie.

Elle fut surprise, lorsqu'elle but une première gorgée du liquide ambré, de ne pas tousser ni s'étrangler comme dans la taverne. En vérité, l'alcool ne fit qu'intensifier la chaleur qui se propageait dans ses veines tandis qu'elle attendait de savoir quelle faveur il allait réclamer.

Il gagna alors l'un des grands fauteuils, près de la cheminée, et resta assis, immobile, les yeux rivés sur les flammes. Songeait-il à la ramener chez elle ? Si elle était gênée de s'être emportée, il était possible qu'elle l'ait embarrassé, lui aussi. Devait-elle lui présenter des excuses ?

— Viens ici, lança-t-il brusquement, sans détourner son attention de l'âtre.

— Pourquoi ?

— Parce que je le veux.

Une heure plus tôt, son ton impérieux l'aurait fait rire, mais à cet instant, pour une raison inexplicable, Callie se sentit poussée à obtempérer.

À son tour, elle se leva et s'approcha de lui jusqu'à ce qu'elle se retrouve à quelques centimètres de son bras droit. Puis elle attendit. Le sang cognait dans ses oreilles, et elle avait l'impression que le bruit de son souffle emplissait la pièce.

Attendre ainsi était une torture.

Il finit par tourner vers elle ses prunelles d'un bleu dur.

— Assieds-toi.

Ce n'était pas ce à quoi elle s'attendait. Comme, d'un geste gauche, elle s'écartait en direction de l'autre fauteuil, il ajouta :

— Non, pas là, princesse. Ici.

Elle pivota, perplexe, hésitante.

— Où donc ?

— Ici, répéta-t-il en lui tendant la main.

Le mot résonna dans toute la pièce. Il lui demandait de s'asseoir sur ses genoux ?

— Je... je ne peux pas.

— Tu voulais endosser le rôle, mon cœur, dit-il d'une voix brusquement plus chaude, presque enjôleuse. Viens. Assieds-toi sur moi.

Il n'eut pas besoin d'en dire davantage. Callie savait que c'était là sa chance de tout connaître. Et avec Ralston...

Elle revint se placer juste devant lui et soutint son regard sans rien dire – ce n'était pas nécessaire. Une seconde plus tard, il l'attirait sur ses genoux et couvrait ses lèvres des siennes.

Les dés étaient jetés.

Callie s'abandonna à l'aventure, et à lui.

18

Leur baiser fut plus grave, plus intense que tous les précédents, et Callie comprit aussitôt que Ralston lui offrait l'expérience qu'elle recherchait. Cette idée la combla : l'homme dont elle rêvait depuis des années serait celui qui lui ferait découvrir ce monde mystérieux qu'elle avait tant hâte de connaître.

Tout en dessinant sa lèvre inférieure de la pointe de la langue, il entreprit de défaire les boutons de son gilet, dont il la débarrassa avant de tirer sur les pans de sa chemise pour la libérer de son pantalon. Elle sentit ses mains chaudes se poser sur son ventre. Puis, sans cesser de l'embrasser, il les fit remonter vers sa poitrine. Callie était submergée par les sensations que lui procuraient sa bouche exigeante et ses doigts habiles, et elle n'aspirait plus qu'à une chose : qu'il la touche là où elle l'appelait...

Quand sa main atteignit le bandeau de toile qui comprimait ses seins, il la retira avec un juron, les yeux étincelants.

— Je ne veux plus que tu les aplatisses ainsi, dit-il d'une voix entrecoupée, la main refermée sur sa nuque tandis qu'il plongeait son regard dans le sien. Jamais.

— Je ne le ferai plus, promit-elle.

Son ton dut le convaincre, car il reprit sa bouche, qu'il ne libéra que le temps de faire passer la chemise de Callie par-dessus sa tête. Après l'avoir jetée sur le côté, il porta aussitôt la main sur le bandage. Mais, alors qu'elle s'attendait qu'il le défasse, il posa ses paumes à plat dessus et cessa de nouveau de l'embrasser.

Callie rouvrit alors les yeux, et leurs regards se croisèrent. Elle eut le souffle coupé en voyant le désir qui brûlait dans le sien.

— Dois-je te libérer, mon cœur ?

Elle resta un instant pétrifiée par ce que ces mots sous-entendaient, après la conversation qu'ils venaient d'avoir. Les yeux de Ralston se fixèrent sur sa bouche entrouverte. Comme incapable de s'en empêcher, il se pencha et mordilla sa lèvre humide, avant de reposer sa question tout en suivant d'un doigt léger la chair qui se gonflait au-dessus du bandeau d'étoffe.

— Dois-je te libérer de ta cage ?

Cette question chargée de promesses sensuelles l'enivra. Il lui offrait l'aventure et l'excitation dont elle avait toujours rêvé – les choses qu'elle ne pouvait pas faire figurer sur sa liste, les choses qu'elle était incapable de s'avouer à elle-même. Comment aurait-elle pu refuser ?

Il lui suffit d'incliner la tête en signe d'assentiment.

Lentement, il se mit à dérouler la longue bande de lin, repoussant les mains de Callie quand elle voulut l'aider.

— Non, dit-il d'une voix possessive. Tu es mon cadeau. Je te découvre.

Comme la fois précédente, il appliqua ensuite ses lèvres sur sa chair rougie et meurtrie pour l'apaiser de ses caresses. Les mains de Callie s'enfoncèrent dans sa chevelure brune pour le maintenir contre elle tandis qu'elle rejetait la tête en arrière, subjuguée par les attentions exquises qu'il lui prodiguait.

Il noua ses bras autour d'elle pour la soutenir, tout en refermant ses lèvres sur la pointe durcie de l'un de ses seins. Sous l'assaut des vagues d'excitation qui la parcouraient, Callie se sentit plus heureuse, plus féminine, plus vivante que jamais.

Alors que Ralston la soulevait pour la replacer sur ses genoux, la liste, délogée de sa cachette, tomba en frôlant son avant-bras. Surpris, il regarda le papier plié qui avait atterri entre eux, le saisit et le tendit à Callie. Elle le prit et, les yeux fixés dans ceux de Ralston, le jeta avec désinvolte.

Il l'enlaça plus étroitement, et ce fut comme si ses mains étaient partout, caressant ses jambes, ses fesses, sa poitrine, relevant ses cheveux pour offrir sa nuque à sa bouche chaude, humide et gourmande. Il remonta ensuite jusqu'au lobe de son oreille et fit pleuvoir des baisers depuis la base de sa gorge jusqu'à ses seins.

Comme, d'un geste hésitant, elle refermait ses doigts sur un bouton de son gilet, il releva la tête pour la regarder franchement.

— Prends ce que tu veux, princesse.

Dès l'instant où ils avaient emprunté le chemin de la sensualité, il l'avait encouragée à ignorer les obstacles qu'elle rencontrait, à agir sans retenue ni fausse pudeur. Enhardie par ses paroles, elle déboutonna son gilet, mais n'alla pas plus loin. Il l'observa en plissant les yeux, alors qu'elle laissait ses mains inertes sur son torse.

— Que vas-tu faire de moi, à présent ? finit-il par demander.

— J'aimerais que tu portes moins de vêtements, dit-elle d'une voix que la nervosité faisait frémir.

Sa manière de s'exprimer, un peu trop convenable vu les circonstances, le fit sourire.

— Eh bien, les désirs d'une dame sont des ordres...

Sa voix un peu rauque fit courir un frisson de plaisir dans le dos de Callie. Et son plaisir s'accrut lorsque, pour se débarrasser de sa veste et de son gilet, il se souleva légèrement, ce qui eut pour effet d'accentuer la pression de son corps à l'endroit où elle aspirait le plus à le sentir. Comme elle poussait un soupir, il releva de nouveau son bassin, les yeux rivés aux siens.

— C'est ce que tu veux, mon cœur ?

Il avait parlé d'une voix hachée, et elle comprit que ce geste avait des conséquences chez lui aussi. Avec un sourire provocant, elle se frotta, et il l'empoigna aussitôt par les hanches. Son visage tendu par le désir procura à Callie un délicieux sentiment de toute-puissance féminine.

— Tu portes encore trop de vêtements...

Il sourit de nouveau, puis, se redressant, il dégagea sa chemise de son pantalon et l'envoya rejoindre celle de Callie sur le sol.

— Et maintenant, princesse ? demanda-t-il en pinçant délicatement le bout de ses seins entre ses doigts.

Les yeux fixés sur son torse magnifique, musclé, si viril, Callie déglutit avec peine, la bouche soudain sèche. C'était la première fois qu'elle voyait un homme sans sa chemise, et elle dut faire un effort pour soutenir de nouveau son regard.

— Est-ce que... Est-ce que je peux te toucher ?

— Je t'en prie, répondit-il avec un léger rire.

Après avoir posé ses mains sur sa poitrine, elle fit descendre ses doigts le long de son torse, dont elle éprouva la fermeté musculeuse. Puis elle effleura de ses pouces ses mamelons plats et s'émerveilla de les voir durcir tandis que le souffle de Ralston se faisait plus rapide. Elle répéta alors son geste, et il émit un sourd grondement.

— Je t'ai fait mal ? s'inquiéta-t-elle.

— Non !

Et, pour le prouver, il l'embrassa tout en taquinant à son tour la pointe de son sein, jusqu'au moment où elle gémit de frustration.

— Je te fais mal ? chuchota-t-il contre ses lèvres.

— Non. C'est une souffrance... mais une souffrance exquise.

Du pouce, elle traça de nouveau de petits cercles sur ses mamelons, avant de poser sa bouche sur sa poitrine. Sous la peau chaude de Ralston, elle percevait les battements de son cœur. Que se passerait-il si... si elle refermait ses lèvres sur son mamelon et le caressait avec sa langue ?

Il émit un son étouffé quand elle s'y aventura et la laissa explorer son torse avec ses mains et sa bouche, jusqu'au moment où il lui fit relever la tête pour l'embrasser avec une telle fougue qu'elle en perdit toute capacité de penser. Comme s'il avait perçu cet instant où elle basculait dans un monde de pur plaisir, il la souleva dans ses bras pour la porter sur la méridienne.

— Je veux te voir nue, princesse, murmura-t-il contre son oreille. Laisse-moi t'adorer.

Incapable de résister à ces mots dont elle avait rêvé pendant des années, elle prit sa main dans la sienne et, avec une impudeur délibérée, la posa sur son pubis. C'était la permission qu'il demandait. En un éclair, il la débarrassa de ses bottes et de son pantalon, et elle se retrouva offerte à son regard, entièrement nue.

Tout en la regardant, il posa ses mains sur son corps, à la peau rosie par un mélange de désir et d'embarras. Comme Callie tentait de masquer le triangle de boucles sombres qui dissimulait son intimité, il écarta sa main pour la remplacer par la sienne. Après un baiser ardent, il se releva juste assez pour chuchoter :

— Es-tu gênée, mon cœur ?

À son hochement de tête, il pressa fermement sa main contre elle, lui arrachant un soupir de plaisir, suivi d'un gémissement lorsqu'il glissa un doigt entre les replis humides de son sexe pour l'enfoncer en elle.

— Tu es si belle, mon amour... Je n'ai jamais vu une telle passion, un tel enthousiasme. Tu me donnes envie de t'attacher et de te faire subir mille tourments.

Surprise, elle rouvrit les yeux et croisa son regard amusé.

— Un jour, princesse, continua-t-il, je te montrerai quels sont ces plaisirs. Mais ce soir...

Son pouce frottait doucement contre sa chair gonflée, douloureuse, à la recherche du petit bouton sensible.

— Ce soir, je veux que tu me touches, toi aussi, reprit-il alors que ses caresses arrachaient à Callie de petits cris inarticulés. Tu es si mouillée...

Il glissa un deuxième doigt en elle, et sa chair se contracta.

— Si étroite… Si belle…

Callie se cambrait contre sa main, et il la poussait de plus en plus loin, jouant de son corps comme d'un instrument avec sa bouche, ses doigts et ses mots indécents. Elle tremblait contre lui, le suppliant, et soudain, il fut entre ses jambes, qu'il écarta largement pour poser sa bouche à l'endroit où elle l'appelait désespérément. Elle s'accrochait à ses cheveux quand, sous les assauts conjugués, délicats et insistants de sa langue et de sa main, une vague de plaisir gonfla en elle, qui déferla après qu'il eut refermé ses lèvres sur son sexe palpitant. L'orgasme la souleva de la méridienne et elle cria son nom, accrochée à lui – son roc dans la tempête.

À peine l'eut-il ramenée à la réalité, par des effleurements et des baisers sur sa chair échauffée, qu'elle tendit la main vers lui en un signe d'invite.

— Viens, l'implora-t-elle.

Quand Ralston se fut allongé à côté d'elle, elle fit descendre sa main le long de son torse, jusqu'à la protubérance dure de son pantalon et de suivre du doigt toute la longueur de son sexe comprimé. Elle jouit du son étouffé que cette caresse arracha à Ralston et, consciente de son pouvoir, elle la répéta, plus fermement cette fois. Ralston lui immobilisa alors la main.

Les yeux dans les siens, il articula d'une voix entrecoupéc :

— La volonté d'un homme ne fait pas tout, princesse. Si tu me touches comme ça, je ne peux pas t'assurer que je saurai me contenir.

Callie libéra sa main pour la poser sur son visage. Cette fois, ce fut elle qui prit le contrôle du baiser ; ce fut sa langue qui pénétra dans la bouche de Ralston, et ses lèvres, joueuses et séductrices, qui taquinèrent les siennes. Elle ne mit fin au baiser que pour faire glisser sa main jusqu'aux boutons de son pantalon. Mais si elle soutenait le regard de Ralston, ses doigts tremblaient lorsqu'elle les défit un à un. Elle put enfin refermer une main avide sur son sexe dur.

— Et si je te touche comme ça ? demanda-t-elle, consciente que son léger essoufflement trahissait sa nervosité.

Elle retint sa respiration. Les yeux de Ralston s'étaient assombris, et il resta comme figé, pendant un si long moment qu'elle se demanda si elle ne venait pas de commettre une erreur.

Mais il s'empara alors de sa bouche avec un grondement sourd, tout en refermant sa main sur la sienne.

Il y avait quelque chose dans l'enthousiasme et dans l'innocence de Callie, dans le désir qui embrasait son regard alors même qu'elle lui prodiguait des caresses exquises, qui le rendait fou. Jamais il n'avait rencontré de femme comme elle. Ce mélange d'audace et de timidité, de pudeur et de passion, était enivrant et capable de fasciner même le plus endurci des cyniques. D'ailleurs, il était absolument fasciné.

Il la désirait, et avec férocité, mais Callie méritait mieux. Une fois dans sa vie, quoi qu'il lui en coûtât, il allait se conduire en gentleman. Il ferma les yeux pour ne plus la voir nue, offerte, et plus passionnée que toutes les femmes qu'il avait connues.

Après avoir soulevé la main qu'elle gardait sur lui, il déposa un baiser dans sa paume.

— Je crois qu'il vaudrait mieux que je te ramène chez toi.

Elle cilla, puis un éclair de doute traversa son regard. Si seulement il avait pu l'attirer contre lui pour lui dire ce qu'il désirait vraiment, au lieu de faire ce qu'il pensait être son devoir !

— Mais je ne veux pas rentrer chez moi. Tu m'as dit que tu me libérerais de ma cage. Tu reviens sur ta parole ?

La question était enjôleuse, et elle se pressa contre lui d'un geste qui, bien que maladroit, affola les battements de son cœur.

Incapable de résister, il l'embrassa. Quand il abandonna sa bouche, elle murmura :

— S'il te plaît, Gabriel… Montre-moi. Permets-moi d'y goûter. Juste une fois.

La franchise de ses paroles lui alla droit au cœur, et il comprit qu'il avait été condamné dès le début. Il ne pouvait pas le lui refuser.

Quelques secondes plus tard, s'étant débarrassé de son pantalon, il était sur elle, entre ses jambes. Tout en l'embrassant, il caressait ses seins, les reprenant tour à tour entre ses lèvres, arrachant à Callie des gémissements de plaisir tandis qu'elle refermait des bras impatients autour de son dos.

Il se pressa contre la toison de son sexe, sensible à la chaleur et à la moiteur qui se préparaient à l'accueillir, et ce ne fut qu'au prix d'un effort surhumain qu'il réussit à ne pas plonger aussitôt au plus profond d'elle. Il s'obligea à se frotter doucement contre elle et fut récompensé par un soupir de plaisir. Elle se plaqua alors contre lui, cherchant quelque chose qu'elle ne savait pas nommer. S'écartant d'elle, il répondit à son regard ardent par un sourire malicieux.

— Que veux-tu, mon cœur ?

Elle se cambra de nouveau, essayant d'accentuer le contact entre leurs corps, mais, cette fois encore, il recula. Elle plissa les yeux.

— Tu le sais, ce que je veux.

Il prit sa lèvre boudeuse entre ses dents et la titilla doucement avant de reposer son sexe contre le sien.

— Ça, princesse ?

Avec un son étouffé, elle opina, et il répéta son geste, répandant sur les replis de son sexe la rosée qui perlait de son corps. À son tour, il réprima un gémissement.

— Oh, Callie… tu es si douce.

Il se pressa de nouveau contre cet endroit où tout le plaisir de Callie semblait se concentrer. Elle prit une inspiration haletante.

— Je veux… commença-t-elle avant de s'interrompre, incertaine.

— Dis-moi, mon cœur, murmura-t-il en imprimant à ses hanches, sans pour autant cesser de l'embrasser et de la caresser, un mouvement rythmique qui exacerbait son attente éperdue.

— Je… je ne sais pas ce que je veux. Je me sens tellement… tellement vide.

Il avait relevé la tête pour l'observer pendant qu'elle cherchait le mot adéquat. Il récompensa sa réponse par un baiser passionné, avant de glisser sa main entre leurs deux corps et, du bout du doigt, de suivre la fente de son sexe.

— Ici, mon cœur ? C'est ici que tu te sens vide ? Tu me veux ici ? demanda-t-il en introduisant profondément son doigt en elle.

Comme elle acquiesçait en se mordant la lèvre, il insista :

— Dis-le, princesse. Dis-le-moi.

Un second doigt rejoignit le premier, étirant sa chair, l'emplissant.

— Je te veux.

— Où ? chuchota-t-il, tout en lui soufflant la réponse de ses doigts agiles.

— Gabriel… souffla-t-elle entre la supplication et la protestation.

Elle perçut son sourire au creux de son cou.

— Où, mon cœur ?

— En moi.

Il retira ses doigts, à son vif désappointement. Mais, après avoir déposé des baisers légers le long de sa gorge, il se plaça entre ses cuisses ouvertes, et son sexe prit la place de ses doigts, à l'entrée de son intimité. Il referma les mains autour de son visage, comme s'il ne voulait pas qu'elle se soustraie à son regard en cet instant suprêmement intime.

Elle cessa de respirer lorsqu'il fit pénétrer délicatement son sexe en elle. Puis il s'immobilisa – l'acte le plus difficile qu'il eût jamais accompli, car la chaleur humide, veloutée de Callie accueillait la tête gonflée de son membre.

— Ça fait mal ? demanda-t-il en scrutant son visage.

Elle ferma les yeux et secoua la tête.

— Non, chuchota-t-elle. Si. C'est... Je veux... J'en veux davantage. Je veux tout. Tout de toi. S'il te plaît.

L'émotion brute qu'il percevait dans ses paroles et dans son expression aurait suffi à le faire jouir. Mais il ne devait pas gâcher ce moment où elle goûtait pour la première fois à la passion. Portant de nouveau la main sur le petit bouton dur, il traça autour de celui-ci de délicats cercles, attentif au plaisir qui flambait dans les yeux de Callie.

— Je vais te faire mal, Callie. C'est inévitable.

— Je sais. Je m'en moque, répondit-elle d'une voix saccadée.

— Moi, non, murmura-t-il en intensifiant sa caresse. Mais j'essaierai de me faire pardonner.

Leurs hanches bougeaient en rythme, et il serra les dents pour contenir le plaisir sublime qui montait en lui au fur et à mesure qu'il s'enfonçait doucement dans son fourreau étroit. Puis il se retira complètement pour lui donner le temps de s'habituer à lui.

Alors, comme elle se tordait de plaisir, il donna un coup de reins puissant et plongea entièrement en elle. Sous l'effet de la douleur, elle prit une brusque inspiration, et il s'immobilisa au-dessus d'elle, les muscles de ses bras et de ses épaules si rigides qu'ils en tremblaient.

— Je suis désolé, chuchota-t-il en effleurant de ses lèvres la ligne qui allait de sa joue à son oreille.

— Non... Ce n'est pas... ce n'est pas pénible, dit-elle avec un sourire.

Puis elle inclina la tête, comme à l'écoute de ses sensations intimes.

— C'est fini ?

À cette question innocente, il ne put retenir un rire.

— Non. C'est même loin de l'être.

— Oh...

Elle bougea contre lui, et ce fut au tour de Gabriel de prendre une brusque inspiration.

— Oh... C'est plutôt...

Comme elle continuait ses mouvements de va-et-vient, il immobilisa ses hanches d'une main ferme, de crainte de ne plus pouvoir se retenir.

Puis il se retira presque entièrement, avant de revenir d'une longue et souple poussée qui chassa les derniers tiraillements de douleur, remplacés dans les yeux de Callie par une étincelle de plaisir.

— Oh... oui.

— Oui ? la taquina-t-il en répétant le mouvement.

Cette fois, elle bougea avec lui et soupira :

— Oui...

— C'est exactement ce que je pense.

Leurs rythmes s'accordèrent, et les coups de reins de Ralston se firent de plus en plus rapides, de plus en plus profonds, arrachant à Callie de petits râles de plaisir qui le rendaient fou. Jamais il n'avait tant aspiré à jouir, et jamais il n'avait tant aspiré à se retenir pour donner à sa partenaire le plaisir qu'elle méritait.

— Gabriel, supplia-t-elle, je voudrais...

— Je sais, souffla-t-il contre son oreille. Je sais ce que tu veux. Prends-le.

— Je ne peux pas...

— Mais si.

Il plaça alors de nouveau son pouce sur la source de toutes les voluptés, caressant le bouton fragile sans cesser ses coups de boutoir, et Callie fut submergée par cette combinaison de sensations. La tension qu'elle sentait monter inexorablement en elle menaçait à présent de lui échapper, de tout engloutir sur son passage. Elle s'arc-bouta contre Gabriel, criant son prénom, effrayée de ce qui allait arriver mais refusant de s'y soustraire.

— Regarde-moi, princesse. Je veux te voir jouir avec moi.

— Je ne peux pas... Je... je ne sais pas... comment, haleta-t-elle en jetant sa tête d'un côté et de l'autre.

— Nous le découvrirons ensemble.

Gabriel ne mentait pas. La délicieuse et insupportable tension qui agitait Callie trouva brusquement son exutoire, et elle planta ses ongles dans ses épaules, submergée par la jouissance.

Alors seulement, avec un cri rauque, Gabriel s'abandonna à son propre plaisir, terrassé par un orgasme d'une violence qu'il n'avait jamais éprouvée. Puis il s'effondra sur Callie, haletant et vidé de ses forces.

Ils restèrent ainsi un long moment. Lorsqu'il eut recouvré son souffle, il se redressa, s'appuyant sur ses bras, et contempla Callie, sa peau rosie, emperlée de sueur, son sourire comblé, ses paupières à moitié closes, alourdies par le plaisir.

Et, soudain, il prit conscience d'une chose : il n'avait jamais connu une telle expérience. Jamais il n'avait rencontré de femme aussi libre et naturelle, aussi désireuse de donner que de recevoir, aussi déterminée à embrasser la passion.

Du regard, il caressa son corps nu que baignait la lueur dorée des bougies. Il n'avait qu'une envie : lui refaire l'amour. Sur-le-champ. Mais elle devait être endolorie...

Cette pensée fut comme un seau d'eau glacée qu'on lui aurait jeté au visage. Comment avait-il pu traiter ainsi Callie, qui était vierge ? Les vierges méritaient mieux, bon sang ! Certes, il ne s'était jamais trouvé dans cette situation ; il était néanmoins certain qu'elles avaient droit à de la poésie, à des roses et, au moins, à un vrai lit. Pas à une méridienne dans un club masculin.

Elle était vierge, et il l'avait traitée comme une banale...

Gabriel secoua la tête, incapable d'aller jusqu'au bout de sa pensée. Il se dégoûtait. Alors qu'elle lui faisait confiance, il avait abusé d'elle. Au Brooks's !

— Quelque chose ne va pas ? demanda-t-elle, ayant sans doute remarqué son brusque malaise.

Sa voix ramena Gabriel à l'instant présent. Incapable de soutenir son regard, il se contenta de déposer un baiser au creux de son épaule, puis il se redressa, refusant de prêter attention à la sensation de perte qui l'envahit lorsqu'il se dégagea de son corps chaud.

Il commença à se rhabiller. Après quelques instants interminables durant lesquels elle l'observa, Callie se releva pour l'imiter. Malgré lui, il ne put s'empêcher de la regarder lorsqu'elle se détourna pour enfiler son pantalon. Les mains lui démangeaient de la toucher, de la serrer contre lui et, une fois encore, de sentir son corps souple accueillir les angles durs du sien. Mais il s'obligea à reporter son attention sur sa cravate tandis qu'elle remettait sa chemise.

Quand elle se retourna pour reprendre son gilet, il croisa brièvement son regard empreint de tristesse. Elle regrettait déjà ce qu'ils avaient fait.

Il se pencha pour ramasser la bande d'étoffe qu'elle avait omis de remettre.

— Tu n'en as pas besoin ?

— Non, répondit-elle à voix basse. Ton pardessus est assez large pour dissimuler ma silhouette... Et puis, ajouta-t-elle après un silence, j'ai promis de ne plus les bander.

Ces mots restèrent suspendus entre eux, rappelant à Gabriel sa conduite inqualifiable. Callie se détourna au moment où il disait :

— Oui, c'est vrai.

Après avoir roulé le linge en une petite boule qu'il fourra dans sa poche, il se baissa pour attraper sa redingote. Un carré de papier gisait dessous – la liste à l'origine de ces actes débridés.

Il voulut la rendre à Callie, mais suspendit son geste. Elle lui tournait délibérément le dos et enfonçait d'une main ferme des épingles dans ses cheveux, la nuque et les épaules raides, comme si elle s'apprêtait à livrer bataille.

Quand elle finit par se retourner, il fut frappé par l'émotion qu'il lut dans ses yeux, humides de larmes retenues. Face à sa tristesse, ses remords décuplèrent. Il déglutit avec peine. Il voyait bien qu'elle attendait qu'il parle, qu'il dise les mots qui rachèteraient sa conduite… les mots qui empêcheraient ses larmes de couler.

Peut-être ne pourrait-il pas réparer le mal provoqué par son comportement inconsidéré, mais il lui restait la possibilité d'agir maintenant en gentleman. Aussi prononça-t-il les paroles qu'un gentleman se devait de prononcer dans ce genre de situation. Celles que les femmes voulaient entendre, certainement, et dont il était persuadé qu'elles empêcheraient Callie de pleurer.

— Je t'en prie, pardonne-moi de m'être conduit ainsi. Nous allons nous marier, évidemment.

Il attendit un long moment, durant lequel les mots semblèrent flotter entre eux. Puis Callie écarquilla les yeux, avant de le regarder comme s'il ne savait pas ce qu'il disait.

Elle allait sûrement se rendre compte qu'il agissait en gentleman, être heureuse – et même reconnaissante – de sa demande en mariage, dire quelque chose, n'importe quoi…

Gabriel attendit. Il attendait toujours lorsqu'elle s'enveloppa dans son manteau, enfila ses gants et plaça son chapeau sur sa tête.

Quand, enfin, elle lui fit face, ce fut comme s'il n'avait rien dit du tout.

— Je vous remercie pour cette soirée tout à fait édifiante, monsieur. Cela vous ennuierait-il beaucoup de me ramener chez moi ?

Au moins, elle n'avait pas pleuré.

19

— Je n'ai jamais connu d'homme plus arrogant, plus prétentieux, plus... horrible ! s'exclama Callie entre ses dents. « Nous allons nous marier, évidemment » ? Qu'il y compte ! Je ne l'épouserais pas... même s'il était... le dernier homme... dans tout Londres !

Elle laissa tomber les volumes qu'elle venait d'arracher à leur étagère sur la pile qui s'amoncelait à ses pieds, dans la bibliothèque d'Allendale House.

Tout en essuyant ses mains poussiéreuses sur sa robe de lainage gris, elle souffla sur une mèche de cheveux qui lui retombait devant les yeux. Puis, d'un coup d'œil circulaire, elle évalua les dégâts qu'elle venait de commettre durant cette dernière heure. La bibliothèque était sens dessus dessous. Il y avait des livres partout, sur les tables, sur les fauteuils, et en piles de plus en plus branlantes sur le sol.

Après que Ralston l'avait raccompagnée chez elle dans un silence de mort, quelques heures plus tôt, Callie s'était faufilée dans la maison. Elle s'était ensuite glissée dans son lit, partagée entre l'envie de se cacher sous les couvertures et de ne jamais en ressortir et celle, tout aussi forte, de se rendre tout droit à Ralston House, de réveiller le maître de maison et de lui dire en termes bien sentis ce qu'elle pensait de son offre si noble et si généreuse.

Pendant quelques heures, elle s'était abandonnée à la première, tout en revivant en esprit les événements de la nuit, oscillant entre les larmes et la colère. Ralston lui avait montré à quel point le plaisir pouvait être stupéfiant, lui avait fait connaître sa première extase, puis il avait tout gâché en rappelant à Callie, quelques instants seulement après qu'elle y avait goûté, qu'elle n'était pas destinée à vivre une quelconque passion.

Au lieu de prononcer des paroles merveilleuses, qui auraient pu être appropriées à la situation – « Tu es la femme la plus exceptionnelle que j'aie jamais connue... Comment pourrais-je vivre un jour sans toi, maintenant que j'ai trouvé le paradis entre tes bras ? Je t'aime, Callie, plus que je n'aurais cru pouvoir aimer... » ou même, pourquoi pas, « Si nous recommencions ? » –, il s'était... excusé.

Pire, il l'avait demandée en mariage !

Non pas que, de sa part, une demande en mariage eût été complètement malvenue. En vérité, Callie l'aurait bien accueillie, quelque part entre « Tu es la femme la plus exceptionnelle que j'aie jamais connue » et « Comment pourrais-je vivre un jour sans toi, maintenant que j'ai trouvé le paradis entre tes bras ? ». Ç'aurait été divin qu'il la regarde dans les yeux et que, éperdu de dévotion, il dise : « Fais de moi l'homme le plus heureux, le plus chanceux du monde entier, Callie. Épouse-moi. »

Évidemment, s'il avait dit cela ou – Callie se voulait magnanime – une quelconque variation sur ce thème, elle serait tombée dans ses bras, folle de joie, et il l'aurait embrassée à perdre haleine durant tout le trajet de retour jusqu'à Allendale House. Et, en ce moment, elle aurait été encore dans son lit, à rêver d'une longue vie heureuse en tant que marquise de Ralston.

Au lieu de cela, à 9 h 30, après ce qui aurait dû être la soirée la plus merveilleuse de sa vie, elle réorganisait la bibliothèque.

Les mains sur les hanches, elle hocha la tête en contemplant la scène de désolation qui s'offrait à elle.

— Après tout, pourquoi pas maintenant ? grommela-t-elle.

Un éternuement lui suggéra qu'en premier lieu il lui fallait enlever la poussière.

Elle marcha à grands pas vers la porte, avec l'intention de demander à un valet de pied d'aller chercher un chiffon à poussière. Mais, quand elle ouvrit le battant d'un geste vif, elle découvrit Mariana et Anne dans le vestibule, en compagnie d'une servante avec laquelle elles paraissaient en plein conciliabule.

Toutes trois tournèrent brusquement la tête au bruit de la porte qui s'ouvrait. En voyant Callie, la domestique demeura même bouche bée.

— J'ai besoin d'un chiffon à poussière, lui dit Callie.

La jeune fille resta figée sur place, comme si les paroles de Callie n'avaient aucun sens. Celle-ci fit donc une nouvelle tentative.

— Un chiffon... pour dépoussiérer les livres... dans la bibliothèque.

Rien à faire. La servante paraissait clouée au sol.

— J'aimerais dépoussiérer la bibliothèque *aujourd'hui*, insista Callie après avoir soupiré. Pensez-vous que ce soit possible ?

Enfin, la servante réagit et détala. Callie reporta son attention sur Mariana et Anne et fixa sur elles un regard sévère. Si elles pouvaient avoir la décence de ne pas faire de commentaires !

— Ô mon Dieu, dit cependant Mariana. C'est encore pire que ce qu'on craignait.

Après lui avoir adressé un coup d'œil éloquent, Callie tourna les talons et s'enfonça dans la pièce. Il était temps de s'attaquer au classement par ordre alphabétique des livres, qui se trouvaient à présent dans le désordre le plus total. Les deux femmes lui emboîtèrent le pas, Anne se plantant près de la porte refermée tandis que Mariana se perchait avec précaution sur le bras d'un fauteuil.

Elles gardèrent le silence pendant quelques minutes, observant Callie avec circonspection tandis que celle-ci choisissait des livres sur les piles les plus proches. Ce fut Mariana qui finit par rompre le silence.

— Tu en es à quelle lettre ?

Callie inclina la tête sur le côté pour voir sa sœur, qu'un élément de bibliothèque lui dissimulait à demi.

— A, répondit-elle sur le ton de l'évidence.

Mariana se pencha pour observer le tas de livres qui gisaient à ses pieds. Elle en saisit un et le brandit avec un sourire de satisfaction.

— Alighieri ! *L'Enfer*.

— C'est Dante, répliqua Callie en reportant son attention sur les piles. Il doit être rangé à la lettre D.

— Vraiment ? fit Mariana, qui considéra le volume en fronçant le nez. Ça semble bizarre. Son nom de famille commence par un A.

— Le nom de famille de Michel-Ange commence par un B. Il n'empêche qu'on le classe dans les M.

— Hum... Ça doit être les Italiens, commenta Mariana.

Elle se tut lorsque la servante frappa à la porte, puis entra avec le chiffon à poussière demandé par Callie. Lorsqu'elle fut ressortie, Mariana reprit d'un ton détaché :

— Je me demande si Juliana serait classée à J ou à F...

— C'est dommage qu'elle ne soit pas officiellement une St. John, intervint Anne. J'ai toujours aimé le S.

— Tout à fait d'accord avec toi, dit Mariana.

Callie releva brusquement la tête pour regarder sa sœur.

— À quoi jouez-vous, toutes les deux ?

— Que s'est-il passé la nuit dernière ?

— Il ne s'est rien passé, répondit Callie en reportant les yeux sur l'étagère qu'elle garnissait.

— Non ?

— Non.

— Dans ce cas, pourquoi es-tu en train de réorganiser la bibliothèque ? demanda Mariana.

Callie haussa les épaules.

— Pourquoi pas ? Je n'ai rien d'autre à faire aujourd'hui.

— Rien d'autre à faire que de réorganiser la bibliothèque…

— … ce que vous ne faites que lorsque vous avez besoin d'une distraction…

Callie s'interrogea : lui serait-il difficile d'étrangler sa sœur, et sa femme de chambre par la même occasion ?

Mariana se leva et vint s'adosser au rayonnage devant lequel se tenait Callie.

— Tu m'as promis que tu me raconterais tout, tu te rappelles ?

— Il n'y a rien à raconter, rétorqua Callie en haussant de nouveau les épaules.

Un coup frappé à la porte ponctua ces derniers mots. Les trois femmes tournèrent la tête à l'entrée du majordome, lequel tenta valeureusement d'ignorer la pagaille qui régnait dans la bibliothèque, la veille encore impeccablement rangée.

Il referma soigneusement la porte derrière lui, comme pour isoler la pièce du vestibule.

— Mademoiselle, lord Ralston est là et demande à s'entretenir avec vous.

Mariana et Anne échangèrent un regard stupéfait, puis la première se tourna vers Callie d'un air goguenard.

— Ah oui ? Il est là ?

Après l'avoir foudroyée du regard, Callie s'adressa au majordome.

— Je vous remercie, Davis. Dites au marquis que je suis sortie. Il peut revenir un peu plus tard s'il veut avoir une chance de me trouver prête à le recevoir.

— Très bien, mademoiselle.

Le majordome s'inclina, sortit, et Callie ferma les yeux en prenant une profonde inspiration pour tenter de recouvrer un peu de calme. Lorsqu'elle les rouvrit, Mariana et Anne, côte à côte, l'observaient.

— Rien à raconter, hein ? dit Anne.

— Non, répondit Callie en s'efforçant de réprimer le tremblement dans sa voix.

— Tu es vraiment une piètre menteuse, déclara Mariana. Espérons seulement que Davis est un peu plus doué que toi.

À peine eut-elle prononcé ces mots que la porte se rouvrit.

— Mesdemoiselles... murmura le vénérable majordome en s'inclinant.

— Il est parti ? s'enquit Callie.

— Hum... Non, mademoiselle. Il dit qu'il va attendre votre retour.

Mariana eut l'air un peu interloquée.

— Vraiment ?

Davis le lui confirma d'un signe de tête.

— Oui, mademoiselle.

— Eh bien, on dirait qu'une nouvelle aventure est au rendez-vous, déclara Mariana en se tournant vers Callie, le visage fendu d'un large sourire.

— Oh, tais-toi, lui ordonna Callie, avant de reporter son attention sur le majordome. Davis, il faut que vous fassiez clairement comprendre à lord Ralston que je ne reçois pas à une heure aussi indue. Il est bien trop tôt pour une visite.

— J'ai déjà souligné ce point, mademoiselle. Malheureusement, le marquis paraît plutôt... tenace.

Callie ne put retenir un soupir d'irritation.

— Oui. Je crois qu'on peut le dire. Il vous faut persévérer.

— Mademoiselle...

— Davis ! s'écria Callie avec impatience. Vous êtes considéré comme l'un des meilleurs majordomes de Londres, non ?

Davis se rengorgea. Du moins, autant qu'un majordome pouvait se rengorger tout en conservant la gravité requise par son état.

— D'Angleterre, mademoiselle.

— Eh bien... Pensez-vous pouvoir le prouver, ce matin ?

Anne pouffa devant la mine consternée du digne domestique. Mariana, le prenant en pitié, intervint :

— Ma sœur n'avait pas l'intention de vous insulter, Davis.

— Non, bien sûr, répliqua-t-il avec un reniflement presque imperceptible.

Puis il s'inclina, plus bas que Callie ne l'avait jamais vu s'incliner, avant de prendre de nouveau congé.

Avec un soupir, Callie s'enfonça entre deux bibliothèques pour reprendre sa tâche.

— Je serai punie pour mon attitude, je suppose ?

— Certainement, répondit Anne avec un amusement mal dissimulé. On va vous servir de la viande trop cuite pendant un mois.

Mariana passa en revue une pile de livres avant de demander d'un ton détaché :

— Vous pensez que lord Ralston va se laisser dissuader ?

— À votre place, lady Mariana, je ne parierais pas là-dessus.

Le cœur de Callie bondit lorsque ces paroles ironiques résonnèrent dans la pièce. Elle releva aussitôt la tête en direction de l'homme qui avait parlé, mais une bibliothèque lui barrait le passage. Elle voyait, en revanche, sa femme de chambre figée sur place, qui rivait des yeux écarquillés sur le seuil de la bibliothèque.

Dans le silence qui suivit, Mariana se tourna vers Callie. Sans tenir compte de la supplication muette de son aînée, elle lui adressa un sourire angélique.

— Callie, dit-elle d'une voix suave, je crois que tu as une visite.

Callie la foudroya du regard. Franchement, existait-il calamité pire au monde qu'une sœur ?

Elle la vit alors s'approcher de la porte – et de Ralston.

— C'est une belle journée, dit-elle.

— Une très belle journée, lady Mariana, acquiesça la voix désincarnée de Ralston.

Callie frappa du pied. Était-il obligé de paraître aussi maître de soi ?

— Je crois que je vais aller me promener dans le jardin, continua Mariana sur le ton de la conversation.

— Excellente idée, à mon avis.

— Oui, c'est aussi le mien. Si vous voulez bien m'excuser... Anne ?

Callie vit sa sœur esquisser une révérence puis quitter la pièce, Anne la traîtresse sur ses talons. Elle-même ne bougea pas, espérant que Ralston aurait la décence de repartir. Un gentleman s'abstiendrait de la coincer entre deux bibliothèques. Or, ne s'était-il pas donné beaucoup de peine, la nuit précédente, pour prouver qu'il était un gentleman ?

Dans le silence qui s'était abattu, elle s'appliqua à poursuivre son classement. *Adams... Ambrose...*

Mais un bruit de pas se fit entendre et, du coin de l'œil, elle vit qu'il se tenait à l'extrémité de la rangée et la regardait. *Aristote... Arnold...*

Elle pouvait faire semblant d'ignorer sa présence. Mais comment pouvait-il rester aussi silencieux ? Il y avait de quoi éprouver la patience d'un saint ! *Augustin...*

C'en était trop ! Sans quitter des yeux l'étagère sur laquelle elle alignait les volumes avec un soin maniaque, elle déclara d'un ton revêche :

— Je ne reçois pas.

— C'est intéressant... Parce que apparemment, tu me reçois.

— Non. Vous vous êtes introduit dans ma bibliothèque sans y avoir été invité.

— C'est donc de cela qu'il s'agit ? répliqua-t-il, ironique. J'en doutais un peu, vu toutes ces étagères vides de livres.

Elle ne chercha pas à dissimuler son exaspération dans le regard qu'elle lui jeta.

— Je la réorganise.

— C'est ce que j'ai cru comprendre.

— Et c'est la raison pour laquelle je ne reçois pas, rétorqua-t-elle en accentuant ces derniers mots, dans l'espoir qu'il prendrait conscience de sa grossièreté et qu'il partirait.

— Nous n'en sommes plus là, tu ne crois pas ?

Apparemment, il n'avait cure de se montrer grossier. Très bien. Elle allait lui rendre la monnaie de sa pièce.

— Vous vouliez quelque chose, lord Ralston ? demanda-t-elle froidement.

Elle pivota face à lui. Une erreur qu'elle regretta aussitôt. Il était aussi séduisant qu'à son habitude – les cheveux brillants, la peau dorée, la cravate impeccable et les sourcils haussés avec juste assez de distinction pour qu'elle ait l'impression d'être née et d'avoir été élevée dans une étable. Elle eut aussitôt une conscience aiguë de porter la plus grise, la plus laide et, à n'en pas douter, la plus sale de toutes ses robes et d'avoir cruellement besoin d'une sieste et d'un bain.

— J'aimerais continuer notre conversation de la nuit dernière, dit-il.

Sans répondre, elle se pencha pour ramasser quelques livres sur le sol.

Il resta immobile, comme s'il réfléchissait aux paroles qu'il allait prononcer ensuite. Callie attendit en replaçant lentement les livres sur leur étagère. Si seulement il pouvait ne rien dire ! Si seulement il pouvait renoncer et partir !

Mais il s'approcha d'elle, la coinçant dans le passage étroit et peu éclairé entre les rayonnages.

— Callie, je ne sais pas comment m'excuser.

Elle ferma brièvement les yeux en entendant ces mots prononcés avec une calme sincérité, puis fit descendre ses doigts sur le dos du livre qu'elle avait à la main. Elle voyait les lettres dorées sur la reliure, mais était incapable de les déchiffrer. Pour essayer de contenir l'émotion qui palpitait en elle, elle prit une profonde inspiration, avant de secouer la tête.

— Ne vous excusez pas, s'il vous plaît, chuchota-t-elle, sans le regarder. Ce n'est pas nécessaire.

— Bien sûr que si. Je me suis conduit de manière répréhensible. Le plus important, cependant, c'est de corriger la situation le plus tôt possible.

Ses intentions étaient claires. Callie secoua de nouveau la tête.

— Non, dit-elle à voix basse.

— Je te demande pardon ? s'écria-t-il avec une surprise évidente.

Elle s'éclaircit la gorge avec l'espoir que, cette fois, sa voix serait plus ferme.

— Non. Il n'y a pas de situation et, en conséquence, aucune nécessité de la rectifier.

Il eut un petit rire incrédule.

— Tu ne peux pas être sérieuse.

Carrant les épaules, elle passa devant lui pour gagner le milieu de la bibliothèque, où l'espace était plus dégagé. Après s'être essuyé les mains sur sa robe, elle fit mine de trier une pile de livres posés sur une table. Mais elle ne pouvait déchiffrer aucun des titres et ne reconnaissait aucun des auteurs.

— Je suis tout à fait sérieuse, monsieur. Quel que soit le crime dont vous semblez vous croire coupable, je peux vous assurer que vous n'en avez commis aucun.

Il se passa la main dans les cheveux avant de rétorquer d'un ton irrité :

— Callie, je t'ai compromise. Complètement compromise ! À présent, j'aimerais me racheter. Nous allons nous marier.

Callie déglutit. Puis elle prononça les mots les plus difficiles de toute son existence.

— Non, monsieur. Nous ne nous marierons pas. Non que je ne sois pas honorée par votre demande, ajouta-t-elle avec politesse.

— Pourquoi ? s'exclama-t-il, manifestement ébahi.

— Pardon ?

— Pourquoi ne veux-tu pas m'épouser ?

— Déjà, parce que vous ne m'avez rien demandé. Vous avez décrété.

Il leva les yeux au ciel, comme pour s'exhorter à la patience.

— Très bien. Veux-tu m'épouser ?

À ces mots, Callie fut parcourue par un frisson d'excitation. En dépit des circonstances, la demande en mariage du marquis de Ralston figurait indubitablement tout en haut de la liste des moments les plus formidables de sa vie.

— Non. Mais je vous remercie beaucoup de me le proposer.

— De toutes les maudites... Bon, reprit-il, veux-tu que je mette un genou à terre ?

— Non !

Comment pourrait-elle supporter de le voir la demander en mariage à genoux ? Quel cruel tour du destin ce serait !

— Où diable est le problème ?

Si seulement, elle avait pu crier : « Le problème, c'est que tu ne veux pas vraiment de moi ! »

— Je ne vois tout simplement pas de raison de nous marier.

— Pas de raison ? répéta-t-il. Je ne pense pas m'avancer en prétendant que je pourrais en donner une ou deux excellentes.

Callie finit par le regarder, et elle fut troublée par la détermination qu'elle lut dans ses yeux bleus.

— Vous n'avez certainement pas essayé d'épouser chaque femme que vous avez compromise. Pourquoi commencer avec moi ?

À ces mots, il écarquilla les yeux, et l'émotion qu'elle avait décelée dans son regard céda la place à une irritation manifeste.

— Réglons le problème une fois pour toutes. Apparemment, tu me crois bien plus débauché que je ne le suis. Et, contrairement à ce que tu sembles penser, j'ai bel et bien demandé en mariage chaque vierge que j'ai déflorée. C'est-à-dire une seule et unique femme.

La crudité de l'expression la fit rougir, et elle détourna les yeux en se mordillant la lèvre inférieure. Il était ébranlé, elle le voyait et en était désolée ; en toute sincérité, cependant, il ne pouvait pas être plus ébranlé qu'elle. Elle avait passé une soirée magnifique entre les bras du seul homme qu'elle eût jamais désiré et... mû par un soudain sens du devoir, il l'avait demandée en mariage avec le romantisme d'une brouette.

Et elle était censée se pâmer de gratitude devant la générosité confondante du marquis de Ralston ? Non, certainement pas. Elle vivrait le reste de son existence avec le souvenir merveilleux de cette nuit et s'en contenterait. Du moins, elle l'espérait.

— J'ai bien pris note de votre honorable proposition, monsieur...

— Pour l'amour du Ciel, Callie, arrête de me donner du « monsieur » ! As-tu pensé que tu pourrais attendre un enfant ?

L'une des mains de Callie se porta aussitôt à sa taille. Elle étouffa l'envie irrésistible qui s'empara d'elle à l'idée de porter l'enfant de Ralston. Elle n'avait pas envisagé cette possibilité, mais, sincèrement, quels étaient les risques qu'elle soit enceinte ?

— Je doute beaucoup que ce soit le cas.

— Il n'empêche qu'on ne peut exclure cette éventualité. Je refuse d'avoir un enfant bâtard.

— Moi aussi. Mais cette conversation est un peu prématurée, non ? Après tout, le risque est plutôt minime.

— Mais il demeure. Je veux que tu m'épouses. Je te donnerai tout ce que tu as toujours désiré.

« Non, justement. Tu ne m'aimeras jamais. Tu ne pourras jamais m'aimer. Je suis trop quelconque, trop ennuyeuse, et tu mérites tellement mieux », lui souffla une petite voix. Mais elle se contenta de secouer la tête en silence.

— Si tu ne veux pas entendre raison, dit-il après avoir soupiré avec impatience, je n'aurai d'autre choix que de m'entretenir avec Benedick.

— Tu ne ferais pas ça ! s'exclama Callie, horrifiée.

— De toute évidence, tu te trompes sur mon compte. Je t'épouserai, quitte à ce que ton frère te conduise de force à l'autel.

— Benedick ne m'obligerait pas à t'épouser, protesta Callie.

— C'est ce que nous allons voir sous peu, apparemment.

Ils s'affrontèrent du regard pendant un long moment. Quand il reprit la parole, ce fut pour dire d'un ton radouci :

— Ce serait si terrible que ça ?

L'émotion qui contracta la poitrine de Callie fut si violente qu'elle ne put répondre. Épouser Ralston ne serait pas terrible, bien sûr. Ce serait merveilleux. Pendant des années, elle avait rêvé de lui, l'admirant de loin chaque fois qu'elle le pouvait, tendant l'oreille pour surprendre le moindre commérage sur lui et ses aventures. Chaque fois que les doyennes de la haute société évoquaient une hypothétique marquise de Ralston, Callie s'était en secret imaginée dans ce rôle.

Mais, durant cette décennie, c'était à un mariage d'amour qu'elle pensait. Elle avait rêvé qu'un jour, en la voyant dans une salle de bal, une boutique de Bond Street ou lors d'un dîner, Ralston tomberait fou amoureux d'elle. Et qu'ils vivraient heureux et auraient beaucoup d'enfants…

Un mariage né du remords et de l'erreur n'augurait rien de bon pour l'avenir.

Certes, Callie savait qu'à son âge et dans sa situation il lui faudrait accepter un mariage sans amour si elle voulait un jour fonder une famille. Mais avec

Ralston ? Elle ne pourrait pas le supporter, tout simplement.

— Ce ne serait pas terrible, finit-elle par répondre. Bien sûr que non. Tu ferais un bon mari, j'en suis certaine. Mais je ne suis pas en quête d'un mari.

— Pardonne-moi si je ne te crois pas. Toutes les femmes célibataires de Londres sont en quête d'un mari. Est-ce moi, le problème ? s'enquit-il après un silence.

— Non.

Il allait la harceler jusqu'à ce qu'elle lui ait donné une raison. Aussi ajouta-t-elle, après avoir haussé les épaules :

— Je pense simplement que nous ne nous entendrions pas.

— Nous ne nous entendrions pas ?

— Non. C'est ce que je crois, dit-elle en soutenant son regard.

— Bon sang, et pourquoi ?

— Eh bien, je ne suis pas précisément ton genre de femme.

Il resta un instant déconcerté, puis leva les yeux au ciel.

— C'est-à-dire ?

Callie poussa un soupir excédé. Pourquoi la poussait-il toujours dans ses retranchements ?

— Tu veux vraiment m'obliger à te le dire ?

— Oui, vraiment. Parce que en toute honnêteté, Callie, je ne comprends pas.

À cet instant, elle le détesta. Elle le détesta presque autant qu'elle l'adorait.

— Belle… sophistiquée… expérimentée… Je ne suis rien de tout cela, déclara-t-elle avec un geste de la main qui trahissait sa frustration. Je n'ai rien en commun avec toi et les femmes dont tu t'entoures. Je préfère lire plutôt qu'aller au bal, je déteste la vie mondaine, et je manque tant d'expérience en matière amoureuse que j'ai dû me rendre chez toi au beau milieu de la nuit pour mendier mon premier baiser. La dernière chose que je souhaite, c'est un mariage avec quelqu'un qui regrettera de s'être engagé à l'instant même où nous échangerons nos serments.

Les mots se bousculaient dans sa bouche, et elle était furieuse qu'il l'ait forcée à se dévoiler ainsi. Elle conclut sa diatribe en marmonnant :

— Et merci beaucoup de m'avoir obligée à te dire tout ça.

Il cilla et, tout d'abord, resta silencieux.

— Je ne le regretterai pas, finit-il par dire simplement.

Ces mots furent la goutte d'eau qui fit déborder le vase. Callie en avait assez. Assez de sa gentillesse et de son désir, assez de la manière dont il affectait son esprit, son cœur et son corps, assez de se punir en passant des moments seule avec lui, assez des événements des dernières semaines qui avaient plus ou moins réussi à la convaincre que, finalement, elle avait peut-être une chance avec Ralston.

— Vraiment ? Tout comme tu n'as pas regretté les actes commis dans ton bureau ou les événements de la nuit dernière ? Gabriel, poursuivit-elle après avoir secoué la tête avec tristesse, tu as été si prompt à t'excuser à chaque fois qu'il est évident que, si tu avais le choix, m'épouser serait bien la dernière chose que tu ferais.

— Ce n'est pas vrai.

— Bien sûr que si. Et je refuse de t'obliger à passer ta vie entière à regretter de t'être lié à quelqu'un d'aussi... terne et collet monté... que moi.

Elle refusa de s'arrêter à son léger tressaillement lorsqu'elle employa les mots mêmes qu'il avait prononcés, cet après-midi-là, dans son bureau.

— Je ne le supporterais pas, poursuivit-elle. En conséquence, je te remercie beaucoup, mais il est hors de question que je t'épouse.

— Callie, je n'aurais jamais dû dire...

Elle leva les deux mains pour l'empêcher de parler.

— Arrête. S'il te plaît.

Il la regarda fixement pendant un long moment. Elle pouvait lire dans ses yeux la frustration que ses paroles suscitaient en lui.

— Ce n'est pas fini, dit-il alors d'une voix ferme.

— Si, c'est fini, rétorqua-t-elle en soutenant l'éclat inébranlable de son regard bleu.

Il tourna les talons et se précipita hors de la bibliothèque.

Ce ne fut que lorsqu'elle eut entendu claquer la porte d'entrée d'Allendale House que Callie autorisa ses larmes à couler.

20

Gabriel se rendit tout droit au Brooks's, ce qui se révéla être une erreur. Non seulement Callie avait décliné sa demande en mariage et lui avait donné l'impression d'être un parfait crétin, mais, à cause d'elle, son club lui était devenu insupportable.

En l'espace de douze heures, cet endroit conçu pour offrir aux hommes réconfort et consolation, à l'abri des tempêtes du monde extérieur, était devenu un monument de marbre et d'acajou à la mémoire de Calpurnia Hartwell. Lorsqu'il pénétra dans le grand vestibule, tout bourdonnant du bruit des conversations masculines, ce ne fut qu'à elle que Gabriel pensa : Callie, habillée en homme, se glissant dans les couloirs à l'éclairage tamisé ; Callie coulant des coups d'œil indiscrets par les portes entrouvertes pour s'imprégner de l'ambiance du premier – et, on pouvait l'espérer, unique – club masculin qu'elle visitait ; Callie lui souriant par-dessus la table de jeu ; Callie nue, sa peau douce et habituellement laiteuse rosie par la chaleur de leur désir.

Lorsqu'il aperçut l'entrée du long couloir qu'ils avaient emprunté tous les deux le soir précédent, Gabriel fut saisi du désir pervers de retourner dans le cabinet de jeu. L'espace d'un instant, il envisagea de demander qu'on lui apporte du café dans cette pièce, où il pourrait se torturer avec les souvenirs de la nuit et revenir sur tout ce qu'il n'aurait pas dû dire ou faire.

Mais il se ravisa aussitôt – il ne voulait pas risquer de devenir fou.

En toute sincérité, il était choqué que Callie ait refusé de l'épouser. Après tout, ce n'était pas tous les jours qu'un jeune, riche et séduisant marquis vous demandait en mariage. Et il était sans doute encore plus rare que le marquis en question soit rejeté. Pendant combien d'années Gabriel s'était-il évertué à décourager les mères de jeunes filles à marier et les débutantes aux abois qui, toutes, convoitaient le rôle de marquise de Ralston ? Et alors que, enfin, il proposait ce titre à une femme, celle-ci refusait !

Mais si Callie pensait qu'après ce qui s'était passé la nuit précédente elle pouvait simplement décliner son offre et s'en aller, elle se trompait.

Avec un soupir de frustration, il se débarrassa de son manteau et le jeta en direction du valet de pied le plus proche, reconnaissant au passage le parfum qui s'attardait dans l'étoffe – un mélange d'amande, de lavande et de… Callie. Il fronça alors les sourcils et prit un malin plaisir à voir détaler le valet de pied, visiblement impatient de fuir sa mauvaise humeur manifeste.

Mais son indignation reprit aussitôt le dessus. Qu'avait donc cette femme dans la tête ?

Franchement, elle ne pouvait pas croire que leurs caractères étaient incompatibles ! Malgré son inexpérience, Callie n'avait pas pu ne pas remarquer que leur entente cette nuit – ainsi que lors de toutes leurs précédentes rencontres – était loin d'être banale. À n'en pas douter, leur mariage serait exceptionnel de ce côté-là. Et, si la passion qui les animait ne suffisait pas, il y avait aussi l'accord de leurs intelligences, ainsi que leur maturité. Et puis, elle était si belle, avec ses formes douces, voluptueuses, dans lesquelles un homme aurait pu passer des années à se perdre.

Oui, lady Calpurnia Hartwell ferait une marquise idéale… si seulement elle voulait bien en prendre conscience !

Gabriel se passa la main dans les cheveux. Celle qui l'épouserait obtiendrait un titre, une fortune, des terres et l'un des célibataires les plus recherchés de tout le royaume. Que diable Callie voulait-elle de plus ?

« Un mariage d'amour », lui souffla une petite voix indésirable.

Il y avait déjà longtemps, elle lui avait avoué qu'elle croyait aux mariages d'amour, et il s'était moqué d'elle en lui prouvant que l'attirance était aussi puissante que cet amour qu'elle plaçait au-dessus de tout. Franchement, elle n'allait pas refuser de l'épouser parce qu'elle exigeait de l'amour ! La simple idée qu'elle pouvait risquer sa réputation et son avenir à cause d'un simple rêve de gamine auquel elle restait accrochée l'exaspérait. C'était tellement ridicule !

Il pénétra dans la grande antichambre qui succédait au vestibule, sachant qu'on pouvait toujours y trouver matière à distraction, avec l'espoir de tomber sur un débat politique qui lui changerait les idées.

Hélas, la pièce était presque vide, à l'exception de trois joueurs de cartes rassemblés autour d'une table. Parmi eux se trouvait Oxford, dont la tenue débraillée, comme celle de ses compagnons, indiquait qu'il avait passé là toute la nuit.

Écœuré à la vue de ces joueurs invétérés et peu désireux de se mêler à eux, Gabriel tenta de sortir aussi discrètement qu'il était entré. Malheureusement, au moment où il pivotait sur lui-même, Oxford lança d'une voix joviale :

— Ralston, mon vieux, venez donc faire une partie avec nous !

Alors que Gabriel cherchait un moyen de se soustraire à cette invitation, le baron ajouta :

— Saisissez cette chance de jouer contre moi, Ralston, car bientôt, vos poches seront considérablement plus légères...

Ces mots lourds de sous-entendus suscitèrent des grognements amusés autour de la table, mais poussèrent

Gabriel à se rapprocher des joueurs. Au visage cramoisi d'Oxford et à ses yeux vitreux, il comprit que le baron était fin soûl.

— Apparemment, mes poches ne courent guère de risques d'être allégées aujourd'hui, déclara-t-il en indiquant les piles de jetons gagnés par les compagnons du baron.

Oxford lui jeta un coup d'œil hostile avant de se rappeler la raison pour laquelle il l'avait interpellé.

— Oui... Eh bien, j'aurai bientôt tout l'argent que je voudrai pour jouer...

Il s'interrompit pour émettre un renvoi, avant de reprendre :

— Voyez-vous, j'ai l'intention d'être fiancé avant la fin de la semaine.

Gabriel s'efforça de conserver son air détaché.

— Avec qui ?

Oxford pointa sur lui un index peu assuré.

— Avec Calpurnia Hartwell, bien sûr ! s'écria-t-il d'un ton triomphant. Vous pouvez commencer à compter ces... ces mille livres.

Une vague de chaleur traversa Gabriel, aussitôt suivie par l'envie impérieuse de flanquer son poing dans la figure du baron pour lui ôter cette expression suffisante. Ce ne fut qu'au prix d'un effort surhumain qu'il parvint à conserver son calme.

— Vous pensez l'avoir conquise, c'est ça ?

Oxford sourit de toutes ses dents, ce qui lui donna l'air d'un imbécile.

— Oh, c'est sûr. C'était de la pâte à modeler entre mes mains, hier, à la Royal Academy, répondit-il avec un clin d'œil à l'adresse de ses amis.

Quel mensonge ! Gabriel serra les poings, en proie à une rage qui exigeait de trouver une issue, de préférence sous la forme d'un démembrement à petit feu du baron.

Inconscient de la colère qui tendait les muscles de Gabriel, Oxford poursuivit :

— Je vais lui rendre visite demain pour me débarrasser de la corvée de la demande en mariage. Et puis, avant la fin de la semaine, je m'arrangerai sans doute pour la compromettre. Comme ça, Allendale n'aura d'autre choix que de m'accepter dans la famille – même s'il est fort probable qu'il me remerciera, sous la forme d'une dot avantageuse, de le débarrasser de sa vieille fille de sœur.

À l'idée qu'Oxford puisse toucher un seul cheveu de Callie, Gabriel vit rouge. Il empoigna le baron et le souleva comme s'il ne pesait pas plus lourd qu'un enfant. Ses deux compagnons se levèrent précipitamment dans un fracas de chaises repoussées pour s'écarter du lieu de la bagarre.

La peur et la lâcheté que trahissait le corps flasque d'Oxford exacerbèrent le dégoût de Gabriel.

— Lady Hartwell vaut mille fois mieux que vous, gronda-t-il. Vous ne méritez pas de respirer le même air qu'elle.

Quand il le relâcha, il éprouva une satisfaction purement masculine à le voir s'effondrer comme une loque sur sa chaise.

— J'ai parié un millier de livres que vous ne l'auriez pas, et je maintiens ce que j'ai dit, lança-t-il avec hauteur. D'ailleurs, je suis si sûr de gagner... que je double la mise, ici et maintenant.

Tandis qu'il attendait la réaction du baron, il ne put s'empêcher de remarquer, quand celui-ci rajusta les manches de sa redingote, que ses mains tremblaient légèrement.

— Après cette démonstration de grossièreté, Ralston, je serai encore plus content d'alléger vos coffres.

Gabriel tourna les talons et quitta la pièce sans rien ajouter. S'il s'était conduit ainsi, c'était pour défendre une dame envers laquelle il avait une dette considérable. Du moins, il lui était plus facile de s'en persuader que d'analyser l'émotion qui l'agitait encore à l'idée que Callie devienne la baronne d'Oxford.

Quand, dans l'après-midi, Callie poussa la porte de la maison de couture de Mme Hébert, ce fut avec la hâte d'en terminer avec ce qui s'annonçait comme une corvée.

Après le départ précipité de Gabriel, elle avait pleuré pendant de longues minutes, jusqu'au moment où elle avait reçu un mot de la couturière. Celle-ci l'informait que la robe qu'elle lui avait commandée était prête, ainsi que plusieurs éléments de la nouvelle garde-robe de Juliana.

Prenant ce billet comme un signe qu'elle ne devait pas passer la journée à s'apitoyer sur elle-même, Callie s'était préparée à un après-midi au salon de couture – une sortie à peu près aussi excitante, à ses yeux, que des funérailles. Toutefois, elle avait grand besoin d'une distraction, et elle pouvait compter sur la couturière française pour la lui procurer.

Elle avait convaincu Mariana de l'accompagner, et celle-ci avait quitté Allendale House un peu plus tôt pour passer prendre Juliana. En temps normal, Callie se serait jointe à elles, mais elle ne pouvait tout simplement pas supporter l'idée de croiser de nouveau Ralston aujourd'hui, même s'il y avait fort peu de chances pour que la chose se produise.

Voilà pourquoi elle se retrouvait seule dans l'antichambre de la couturière, à attendre que quelqu'un s'aperçoive de sa présence.

La maison bourdonnait d'activité et, si Mme Hébert elle-même restait invisible, ses assistantes ne cessaient de franchir l'entrée fermée d'un rideau du salon d'essayage, les bras chargés de coupons de tissu, de boutons, de dentelles et de passementeries. Devant la baie vitrée qui donnait sur la rue, trois femmes regardaient les robes exposées et s'extasiaient devant le travail des petites mains.

— Oh, lady Calpurnia... fit une voix douce, aux intonations très françaises.

C'était Valérie, le bras droit de Mme Hébert, qui arrivait en hâte depuis le fond de la maison. Elle esquissa une rapide révérence à l'intention de Callie.

— Mme Hébert est désolée de vous avoir fait attendre. Elle doit terminer avec sa cliente, mais elle n'a pas pris d'autres rendez-vous cet après-midi et elle vous rejoint...

La jeune fille esquissa un geste de la main, comme pour attraper le mot qui lui échappait.

— ... *tout de suite*. D'accord ?

— D'accord, acquiesça Callie. Cela ne me gêne pas d'attendre.

— Valérie !

La voix de Mme Hébert leur parvint quelques secondes seulement avant que celle-ci ne passe la tête par le rideau.

— Faites entrer lady Calpurnia. Je commence avec elle immédiatement, poursuivit-elle en adressant un signe à Callie, accompagné d'un sourire d'encouragement.

Lorsque Valérie et elle se furent approchées du rideau, Mme Hébert chuchota à son assistante :

— Vous pouvez terminer avec Mlle Kritikos.

Callie se figea sur place, juste à l'extérieur du salon d'essayage. Avait-elle entendu correctement ? Était-il possible que l'ex-maîtresse de Ralston se trouve dans cette pièce ? Elle n'aurait cependant pas dû s'en étonner. C'était la suite logique d'une journée désastreuse.

Redressant les épaules, elle se prépara à franchir le rideau. Nastasia Kritikos n'avait aucune raison de la connaître ; en conséquence, Callie feindrait simplement de ne pas reconnaître la cantatrice.

Mais, lorsqu'elle eut repoussé le rideau, elle comprit que la tâche serait plus difficile que prévu. Nastasia se tenait sur une petite estrade dressée au centre du salon d'essayage, et Callie fut aussitôt frappée par la perfection de la silhouette en sablier de la chanteuse.

Se tournant d'un côté et de l'autre, Nastasia observait d'un œil critique son reflet dans un immense miroir et étudiait les détails de la splendide robe de soie écarlate qu'elle portait. Son corsage, fermé dans le dos par une succession de fins et élégants rubans artistement noués, épousait à merveille ses formes gracieuses.

Callie déglutit avec peine, aussitôt gagnée par l'impression d'être terne et quelconque. Si seulement elle avait choisi un autre jour pour venir chercher sa robe !

Quand elle s'aperçut qu'elle regardait la cantatrice bouche bée, elle se reprit et pivota pour suivre Mme Hébert. Mais lorsqu'elle passa derrière Nastasia, elle ne put s'empêcher de jeter un coup d'œil au miroir et de s'émerveiller une nouvelle fois devant la beauté de cette femme. Ralston et elle avaient dû former un couple magnifique. Nastasia était majestueuse. Elle possédait ce genre de beauté dont les femmes comme Callie ne pouvaient que rêver. Sa peau de porcelaine, ses boucles d'un noir luisant, sa bouche à l'arc délicieux et parfait ne constituaient qu'une partie de sa séduction. Au-delà de ses attraits physiques incontestables, c'était son assurance manifeste qui faisait toute la différence. Nastasia Kritikos régnait sur ce salon d'essayage comme elle régnait sur scène.

Alors que Callie la contemplait dans la psyché, lui enviant absolument tous ses traits, depuis la perfection de son maintien jusqu'au charme affolant de ses yeux violets, le regard de Nastasia croisa le sien dans le miroir.

Prise sur le fait, Callie rougit et, détournant immédiatement le regard, s'empressa de rejoindre Mme Hébert. À sa suite, elle contourna un grand paravent qui se dressait à l'extrémité de la pièce, avant de s'arrêter net devant l'un des mannequins de la couturière. Il était revêtu de ce qui était sans doute la plus jolie robe qu'elle eût jamais vue.

Mme Hébert lui adressa un petit sourire satisfait.

— Elle vous plaît ?

— Oh… oui !

Les doigts la démangeaient de toucher l'étoffe, de caresser cette cascade de soie encore plus sublime que dans son souvenir.

— Parfait. Je crois qu'il est temps que vous la voyiez en situation, c'est-à-dire… sur vous. Non ?

La couturière fit pivoter Callie pour s'attaquer aux boutons de la robe qu'elle portait.

— Nous allons commencer par la lingerie, dit-elle en désignant une pile de sous-vêtements disposés à côté de la robe.

Callie secoua aussitôt la tête.

— Oh, je ne peux pas… J'ai une quantité amplement suffisante de sous-vêtements… Je n'en ai pas besoin de nouveaux.

— Je peux vous assurer que si, objecta Mme Hébert alors que Callie enjambait sa robe tombée sur le sol. Les femmes les plus sûres d'elles sont celles qui ont conscience de chaque petit morceau d'étoffe qu'elles portent, poursuivit-elle tout en débarrassant Callie de son corset, puis de sa chemise de linon. Ce sont celles qui sont aussi satisfaites de leurs tiroirs que de leurs robes. Il est facile de distinguer une femme vêtue de soie et de satin d'une femme qui porte…

Elle marqua une pause en laissant tomber la chemise, simple et modeste, de Callie sur le sol.

— … autre chose.

Callie se glissa dans les magnifiques sous-vêtements, ornés de ravissants détails – rubans de satin, petites fleurs brodées dans des coloris raffinés, entre-deux de dentelle – qui ajoutaient une touche de féminité qu'elle n'avait jamais jugée nécessaire sur ce genre d'effets.

Mme Hébert avait raison. Malgré elle, elle se surprenait à apprécier la sensation de ces étoffes légères et soyeuses sur sa peau. Il y avait quelque chose d'un peu décadent à porter des sous-vêtements d'une beauté aussi frivole, surtout en sachant qu'Anne serait la seule personne à les voir.

Comme si elle lisait dans ses pensées, la couturière se pencha vers elle pour chuchoter :

— Et, ne l'oublions pas, on ne sait jamais qui peut déballer un jour un tel cadeau, n'est-ce pas ?

À ces mots, Callie s'empourpra, ce qui provoqua un rire entendu de la part de Mme Hébert.

Elle revêtit alors la robe, qui parut lui aller à la perfection. L'air tout à fait satisfait, Mme Hébert tourna lentement autour d'elle en relevant d'infimes détails, avant de déclarer :

— À présent, retournons dans le salon d'essayage pour les derniers ajustements.

Lorsqu'elle suivit la couturière, Callie constata que Nastasia se trouvait toujours sur l'estrade. Valérie, à ses pieds, marquait l'ourlet de la robe rouge. Repoussant l'accès de timidité qui l'assaillit aussitôt, Callie prit place sur la seconde estrade qui se dressait dans la pièce. Quand Mme Hébert l'eut invitée à se tourner vers le grand miroir et qu'elle prit conscience que c'était elle, la femme qui se reflétait dans la glace, elle écarquilla les yeux de surprise. Jamais elle ne s'était vue ainsi. Elle était complètement transformée. La Callie terne et empruntée était devenue… vraiment remarquable.

Ses seins étaient parfaitement mis en valeur par le décolleté de la robe, qui soulignait leur rondeur et leur plénitude, mais sans vulgarité ; le drapé de la soie sur ses hanches et sur son ventre équilibrait sa silhouette, qui paraissait à présent parfaitement proportionnée, et non plus trop ronde ; quant à la couleur – ce bleu le plus joli et le plus chatoyant qu'elle eût jamais vu –, elle donnait à sa peau, souvent trop colorée, l'apparence d'un bol de fraises surmontées de crème.

Elle ne put réprimer un sourire. Mme Hébert avait raison : cette robe était faite pour la valse.

— Elle est ravissante ! s'écria-t-elle, sans pouvoir s'empêcher de virevolter vers la couturière.

— C'est vrai, acquiesça celle-ci en lui rendant son sourire.

Puis, la tête inclinée sur le côté, elle observa le reflet de Callie.

— Il faut relever un tout petit peu la jupe. Si vous voulez bien m'excuser... Je vais chercher une de mes filles pour m'aider à placer les épingles.

Quand elle eut disparu par une porte latérale, Callie reporta les yeux sur le miroir et admira de nouveau le drapé de l'étoffe, la coupe admirable, très différente de tout qu'on voyait dans les salles de bal londoniennes, mais parfaitement adaptée à sa silhouette.

— Hébert est un génie, vous ne trouvez pas ?

Dans le miroir voisin, Callie croisa le regard violet, perçant, de Nastasia.

— Oui, c'est incontestable, approuva-t-elle avec un petit sourire poli.

Nastasia reporta son attention sur Valérie, qui épinglait l'ourlet, et l'observa un moment, avant de lancer d'un ton désinvolte :

— Ralston a toujours apprécié son travail.

Affreusement gênée, Callie détourna les yeux. Elle ne s'était jamais entretenue avec la maîtresse de quiconque, auparavant. Et certainement pas avec la maîtresse de l'homme qu'elle aimait !

— Inutile de jouer les effarouchées avec moi, lady Calpurnia, reprit Nastasia avec une pointe d'agacement. Nous ne sommes pas des gamines tout juste sorties de l'école, mais des femmes, non ? Je sais qu'il est avec vous, maintenant. Que voulez-vous ? Ainsi va le monde.

Callie resta d'abord bouche bée, puis elle secoua la tête.

— Lord Ralston n'est pas... avec moi.

La cantatrice haussa un sourcil à l'arc parfaitement dessiné.

— Allez-vous vraiment prétendre que Ralston ne vous a pas séduite ?

Callie rougit en détournant de nouveau le regard, ce qui provoqua le rire de Nastasia. Cependant, contrairement à ce qu'elle aurait cru, ce rire n'était pas méchant, mais plutôt amusé.

— Vous ne vous y attendiez pas, n'est-ce pas ? Mais je parierais que vous en avez apprécié chaque minute. Ralston est un homme d'une espèce rare... le genre d'amant qui se soucie davantage de sa maîtresse que de lui-même.

Alors que les joues de Callie s'enflammaient, la jeune femme poursuivit avec franchise :

— J'ai eu de nombreux amants... Il n'y en a qu'un qui se soit montré aussi généreux que Ralston. Vous avez de la chance qu'il ait été le premier pour vous... Puis-je vous donner un conseil ? ajouta-t-elle, alors que Callie se croyait sur le point de mourir d'embarras.

Elle finit par relever la tête. Nastasia ne la regardait plus, mais avait tourné les yeux vers une grande fenêtre par laquelle se déversait le soleil de l'après-midi. Comme le silence se prolongeait, la curiosité de Callie finit par l'emporter.

— Je vous en prie.

— J'avais dix-huit ans quand j'ai rencontré le premier de ces hommes, commença à raconter la jeune femme, une expression lointaine sur le visage. Dimitri était généreux, gentil, et c'était un amant remarquable... Tout ce dont j'avais toujours rêvé... Tout ce à quoi j'aspirais sans le savoir... Il était inévitable que je tombe amoureuse de lui. Ce fut un amour qui surpassa tout ce que j'aie jamais connu, tout ce dont on peut entendre parler... C'est le seul homme que j'aie jamais aimé.

Une ombre de tristesse passa sur son visage, mais si brièvement que Callie n'aurait su dire si elle l'avait rêvée.

— Mais il ne pouvait pas m'aimer en retour. Il était incapable d'éprouver ce genre de sentiment... Alors, il m'a brisé le cœur.

Callie fut surprise de sentir des larmes lui picoter les yeux. L'histoire de cette femme était si triste !

— Que s'est-il passé ? ne put-elle s'empêcher de demander.

Nastasia esquissa un haussement d'épaules léger et élégant.

— J'ai quitté la Grèce. Je me suis consacrée à mon art.

Ayant achevé sa tâche, Valérie se releva, et Nastasia parut revenir à l'instant présent. Ses yeux se mirent à briller quand elle examina le travail de la jeune employée dans le miroir.

— Ralston est votre Dimitri. Prenez bien garde à votre cœur.

Il y eut un moment de silence tandis que les deux femmes observaient chacune leur propre image.

— Si vous pouviez revenir en arrière... le prendriez-vous sans amour ? demanda soudain Callie, qui regretta sa question avant même d'avoir fini de la poser.

Nastasia resta songeuse un long moment, le visage empreint d'une profonde tristesse. Lorsque ses yeux rencontrèrent ceux de Callie dans la psyché, ils étaient embués d'émotion.

— Non, chuchota-t-elle. Je l'aimais trop pour supporter que ce ne soit pas partagé.

Callie essuyait une larme importune quand Mme Hébert entra dans le salon d'essayage, une apprentie sur ses talons.

— La robe de lady Calpurnia est magnifique, déclara Nastasia en tournant la tête vers la couturière. J'aimerais en avoir une dans le même tissu.

— Je suis désolée, mademoiselle Kritikos, répondit Mme Hébert d'un ton un peu sec. Ce tissu n'est plus disponible.

Le regard de Nastasia s'attarda sur Callie, la détaillant de la tête aux pieds.

— Eh bien, il semblerait que vous soyez vouée à recevoir les choses que je désire. Puissiez-vous avoir plus de chance que moi, ajouta-t-elle avec un léger sourire. Cette robe vous y aidera certainement.

— Je vous remercie, mademoiselle Kritikos. J'oserai dire, à mon tour, que j'apprécie énormément votre talent.

Après être descendue de l'estrade, Nastasia s'abîma dans une profonde et gracieuse révérence, tribut tardif à la condition sociale de Callie.

— Vous êtes trop aimable, lady Calpurnia.

Accompagnée de Valérie, elle se dirigea alors vers un salon adjacent, où d'autres toilettes l'attendaient certainement. Callie la suivit des yeux, à la fois surprise et attristée par la teneur de leur conversation.

Lorsqu'elle reporta son attention sur la couturière, celle-ci ne dissimulait pas sa curiosité. Qu'est-ce qu'une chanteuse d'opéra et la sœur d'un comte pouvaient bien avoir à se dire ? Callie se contenta de lui adresser un petit sourire tremblant. Mme Hébert dirigeait sa maison depuis trop longtemps pour prendre le risque d'offenser ses clientes par des questions indiscrètes. Aussi son regard se fit-il professionnel lorsqu'elle reporta son attention sur l'ourlet de la robe de Callie.

Après avoir ajusté la longueur de la jupe, elle donna ses instructions à son apprentie, puis quitta la pièce. Tandis que la jeune fille épinglait l'ourlet en silence, Callie repassa en esprit sa conversation avec Nastasia. Les paroles de la cantatrice lui avaient fait l'effet d'une gifle. Elle avait conscience de la réalité, bien sûr : Ralston ne l'aimerait jamais comme elle le souhaitait. Mais entendre le récit de Nastasia, avec son incontestable accent de vérité, avait accru la tristesse que ressentait déjà Callie.

Lorsqu'elle reporta les yeux sur la psyché, les larmes brouillaient son image. Même si elle était aussi belle, tous les jours, que la femme qui se reflétait face à elle, Ralston ne l'aimerait pas pour autant. Peut-être que s'il avait été un autre – quelqu'un qu'elle aurait moins aimé, voire pas du tout –, elle aurait accepté avec reconnaissance sa demande en mariage. Mais elle avait rêvé trop longtemps de lui appartenir. Il l'avait dégoûtée à jamais d'un mariage de convenance. Elle voulait tout de lui : son esprit, son corps, son nom et, plus que tout, son cœur.

Elle avait peut-être commis une erreur en refusant de l'épouser. Sans doute aurait-elle dû saisir cette chance de devenir marquise de Ralston... de porter ses enfants. Son cœur se serra lorsqu'elle imagina les bébés aux boucles brunes et aux yeux bleus qui se seraient accrochés à ses jupes. Mais Nastasia avait sans doute raison. La pire souffrance ne viendrait pas de vivre sans Ralston, mais de ne pas avoir tout de lui.

Callie poussa un léger soupir. Si seulement ces pensées démoralisantes n'étaient pas venues lui gâcher cet instant où elle découvrait une nouvelle et séduisante version d'elle-même ! Des éclats de rire familiers vinrent heureusement détourner son attention, et elle s'obligea à sourire lorsque Juliana et Mariana firent irruption dans le salon d'essayage après avoir repoussé le rideau. Toutes deux se figèrent sur place à sa vue.

— Oh, Callie... murmura sa sœur, l'air subjugué. Que tu es belle !

Ce compliment, si peu habituel, lui fit baisser la tête.

— Non.

— Si, c'est vrai, vous êtes très belle ! s'écria Juliana, qui hocha la tête avec enthousiasme.

— Merci, dit Callie en rougissant.

Après avoir lentement fait le tour de l'estrade, Mariana reprit :

— C'est une robe éblouissante. Mais, Callie... Il y a quelque chose... autre chose... Tu te *sens* belle, c'est ça ? demanda-t-elle après avoir plongé son regard dans le sien.

— En vérité, je crois que oui, admit Callie avec un léger sourire.

Juliana éclata de rire.

— *Brava !* Il est temps que vous vous sentiez belle, Callie. J'ai pensé que vous l'étiez dès que j'ai fait votre connaissance, bien sûr, poursuivit-elle, encouragée par un signe de tête de Mariana. Mais maintenant, dans cette robe... Il faut que vous la portiez pour le bal. *Dovete !* Il le faut absolument.

Le bal des Salisbury, qui devait marquer l'entrée officielle de Juliana dans le monde, devait avoir lieu trois jours plus tard. La jeune fille frappa des mains avec excitation.

— Nous allons faire notre entrée ensemble ! Dans de nouvelles robes ! Encore que je ne puisse pas imaginer qu'aucune des miennes sera aussi belle que celle-ci...

Comme Mariana opinait avec force, Callie regarda les deux jeunes filles tour à tour, un peu éberluée.

— Oh, je ne pense pas que cette robe sera prête pour le bal... Il faut encore faire l'ourlet, et je suis persuadée que Mme Hébert a des clientes bien plus importantes que moi à satisfaire.

— S'il vous la faut pour le bal, mademoiselle, vous l'aurez pour le bal, lança la couturière, qui revenait dans le salon pour contrôler le travail de son apprentie. Je ferai l'ourlet moi-même et je m'arrangerai pour qu'elle vous soit livrée demain matin. À une condition... Vous devez me promettre de danser toutes les valses.

— Je crains que cela ne dépende pas de moi, madame, répondit Callie, qui secoua la tête en souriant.

— Ne dites pas de bêtises. Dans cette robe, vous traînerez tous les cœurs derrière vous. Les hommes vous poursuivront de leurs assiduités, n'en doutez pas !

Callie s'esclaffa, tant le tableau lui paraissait improbable. Cependant, quand elle prit conscience qu'aucune des autres femmes ne semblait trouver l'idée amusante, le rire mourut sur ses lèvres.

— C'est évident ! renchérit Mariana.

Avec un sourire songeur, Juliana inclina la tête pour observer Callie.

— Comme je suis impatiente de voir la réaction de Ralston ! Vous êtes divine !

— Oh, avec Ralston, c'est réglé d'avance, assura Mariana.

Callie sentit qu'elle s'empourprait. Cette conversation était tout à fait inconvenante. Ses sentiments envers Ralston étaient-ils si évidents ? Juliana avait-elle dit quelque chose à son frère ?

Mais les deux jeunes filles ne prêtèrent pas attention à son embarras, occupées comme elles l'étaient à glousser.

Mme Hébert suggéra alors à Callie de revenir derrière le paravent. Une fois là, elle lui adressa un petit sourire entendu, juste avant de dire à voix basse :

— Le marquis de Ralston vous courtise, n'est-ce pas ?

— Non, protesta Callie en secouant la tête avec vigueur. Certainement pas.

Avec un imperceptible grognement d'incrédulité, Mme Hébert commença à déboutonner sa robe, et elle garda le silence si longtemps que Callie crut la conversation terminée.

Ce ne fut que lorsqu'elle eut émergé du nuage de soie arachnéenne que la couturière ajouta, comme si Callie n'avait rien dit :

— Eh bien, si lord Ralston est votre cible, assurez-vous de porter cette lingerie, mademoiselle. Il en tirera autant de plaisir que vous.

Et elle partit d'un petit rire entendu tandis que Callie rougissait furieusement.

21

Depuis le côté de la salle de bal où elles se tenaient, Callie et Mariana surveillaient le flot constant des nouveaux arrivants. Les centaines de bougies qui garnissaient les énormes lustres de cristal éclaboussaient la salle d'une lumière dorée. Les miroirs qui tapissaient l'un de ses murs la faisaient paraître deux fois plus grande et donnaient l'impression que le Tout-Londres assistait au bal.

Callie se hissa sur la pointe des pieds pour jeter un regard circulaire. Était-il possible qu'elles aient manqué l'entrée de Juliana ? Il commençait à se faire tard, et s'il était une chose condamnable chez une débutante, c'était d'arriver à une heure indue à son premier bal. Mais Ralston le savait certainement. Du moins Callie tenta-t-elle de s'en persuader tandis qu'elle parcourait la foule des yeux.

Tout le monde était tombé d'accord : le bal des Salisbury serait l'occasion parfaite pour les débuts de Juliana dans la haute société. Cet événement annuel, l'un des plus fréquentés de la saison, était donné par les très aimables comte et comtesse de Salisbury, que Callie avait toujours considérés comme l'un des couples les plus gentils de Londres. Lors du décès de lord Allendale, c'étaient lord et lady Salisbury qui s'étaient montrés les plus attentionnés, à la fois envers sa mère, anéantie, et envers Benedick qui, trop jeune et mal préparé, avait grandement profité des conseils du comte. Les Salisbury étaient des amis, et ils accueilleraient Juliana et Ralston sans poser de questions, Callie en était certaine.

À condition, évidemment, qu'ils arrivent...

Elle ne put réprimer un petit soupir, aussi nerveuse que le jour de sa propre entrée dans le monde.

— Ils vont arriver, affirma Mariana avec calme. Je ne connais pas Ralston aussi bien que toi, mais assez pour être persuadée qu'il ne voudra pas manquer cette soirée. Et quand il te verra dans cette robe, ajouta-t-elle avec un regard malicieux, il se félicitera de ne pas l'avoir manquée.

Callie leva les yeux au ciel avant de répliquer, ironique :

— C'est un peu exagéré, Mariana, même de ta part.

Sa sœur haussa délicatement les épaules en riant.

— Peut-être... mais c'est vrai. Mme Hébert s'est surpassée. Cette robe est éblouissante.

Callie baissa le regard sur le drapé de soie bleue qui soulignait son corsage, puis sur l'ample jupe qui se balançait gracieusement lorsqu'elle marchait. L'étoffe, qu'elle n'avait vue qu'à la lumière du jour, prenait un reflet très particulier à la lumière des bougies. Elle miroitait comme si elle était vivante, semblable au bleu changeant des océans. Un sourire se peignit sur ses lèvres tandis qu'elle se rappelait son image dans le miroir. La vieille fille coiffée d'un bonnet en dentelle n'existait plus ; cette robe l'avait transformée.

— Ils sont là.

Le chuchotement de Mariana tira Callie de sa rêverie, et elle tourna aussitôt les yeux vers l'entrée de la salle de bal. Celle-ci ouvrait sur un vaste escalier dont le palier offrait un excellent point de vue sur les invités qui arrivaient. De nombreuses personnes se pressaient donc à cet endroit, mais il était impossible de ne pas remarquer le trio qui attirait tous les regards.

Après qu'on l'eut débarrassée de sa cape d'un blanc immaculé, Juliana se tint parfaitement immobile, le dos droit, dans sa robe Empire du rose le plus évanescent. C'était la toilette parfaite pour cette soirée : magnifiquement travaillée sans être surchargée, luxueuse mais sans ostentation. Juste derrière elle, Ralston et son frère affichaient le même air résolu et parcouraient la foule du regard comme s'ils se préparaient à une bataille.

Le cœur battant, Callie observa Ralston. Il avait la mâchoire contractée, et le bleu de ses yeux était si intense qu'elle pouvait le distinguer de l'endroit où elle se trouvait, à la moitié de la salle.

C'est alors qu'il porta son attention sur elle. Une vague de chaleur la traversa quand son regard s'attarda sur elle. Un soupir profond et résigné lui échappa, qui poussa Mariana à lui donner un léger coup de coude.

— Callie, tu pourrais essayer de ne pas avoir l'air complètement enamouré ?

— Je n'ai pas du tout l'air enamouré ! riposta Callie en ramenant brusquement son regard sur sa sœur.

— Hum… Et moi, je suis la reine Charlotte, rétorqua Mariana, ironique, sans prêter attention à son expression courroucée. Ça y est, ça commence…

Suivant la direction de son regard, Callie constata que Juliana était présentée à la comtesse et au comte. La jeune fille exécuta une révérence parfaite, les yeux baissés, un sourire serein sur le visage. Sa longue nuque souple lui donnait une grâce de cygne qui, à n'en pas douter, ferait l'envie de toutes les femmes qui l'observaient. Et elles l'observaient toutes.

À côté de Callie, Mariana émit un petit soupir de satisfaction.

— Jamais je n'ai fait aussi bien !

Mais ce fut à peine si Callie lui prêta attention. En effet, ayant fait du regard le tour de la pièce, elle avait remarqué que tout le monde avait les yeux rivés sur Juliana. La partie était loin d'être gagnée…

— J'ai entendu dire que c'est une enfant illégitime, chuchota une voix féminine à sa gauche.

Quand elle se retourna, Callie découvrit le duc de Leighton et la duchesse douairière qui, tous deux, dévisageaient Juliana sans vergogne. Elle frémit de colère en voyant le dédain qu'exprimait le visage du duc, dont la mère continuait :

— Je n'arrive pas à comprendre que Salisbury lui laisse franchir sa porte. Et ce n'est pas comme si la réputation de Ralston valait beaucoup mieux. Je suis certaine qu'il a engendré quelques bâtards de son côté.

Ces paroles, absolument inconvenantes et, en même temps, tellement attendues, furent la goutte d'eau qui fit déborder le vase. Callie jeta à la duchesse un long regard de reproche – un regard destiné à être vu.

Le duc de Leighton, en tout cas, le remarqua et la toisa avec froideur.

— L'indiscrétion est un terrible défaut, lady Calpurnia.

Un an auparavant, Callie n'aurait pas eu le courage de répondre. Mais, avec un coup d'œil appuyé en direction de la duchesse douairière, elle rétorqua :

— Je crois que j'en connais de pires, Votre Grâce.

Sur ce, elle pivota et s'élança dans la salle de bal pour voler au secours de Juliana et la protéger de ces vipères.

— Bien joué, ma sœur ! s'écria Mariana en lui emboîtant le pas. Tu as vu leur tête ? C'était à mourir de rire !

— Ils le méritaient. Leur snobisme est insupportable, répondit distraitement Callie.

Il était impératif qu'elle rejoigne Juliana pour la placer, aux yeux de tous, sous la protection des Allendale. Les commérages ne cesseraient pas pour autant, bien sûr, mais ils seraient moins virulents.

Alors qu'elles se frayaient un chemin dans la foule, elles passèrent devant Rivington. Posant rapidement la main sur le bras de son fiancé, Mariana lui dit à voix basse :

— Viens faire la connaissance de Juliana, James.

Celui-ci la connaissait déjà, évidemment, mais il comprit aussitôt l'intention de Mariana : donner à la jeune fille l'aval d'un duc. Il emboîta sur-le-champ le pas aux deux sœurs.

Lorsque Callie finit par rejoindre Juliana, celle-ci se trouvait dans un espace étonnamment vide, à quelques pas des différents groupes d'invités, lesquels paraissaient si absorbés par leur conversation qu'il leur était visiblement impossible de l'interrompre pour s'adresser à elle. Mais Callie ne fut pas dupe, pas plus que les invités eux-mêmes. Et pas plus que Ralston et Nick qui se tenaient de chaque côté de leur sœur, l'air prêt à en découdre avec la moitié de Londres. En croisant brièvement le regard de Ralston, elle remarqua sa colère manifeste contre cette société qui excluait si facilement ceux qui ne répondaient pas à ses critères. Combien de fois n'avait-elle pas éprouvé ce qu'il ressentait à cet instant précis ?

Elle n'avait néanmoins pas le temps de s'appesantir sur la question.

— Juliana ! dit-elle d'une voix claire, un peu plus forte qu'à l'ordinaire. Je suis si heureuse de te voir ! Mariana et moi attendions impatiemment ton arrivée.

Saisissant les mains de Juliana dans les siennes, Mariana renchérit :

— La soirée était vraiment triste sans toi ! Rivington, n'êtes-vous pas d'accord ?

Le duc de Rivington s'inclina profondément sur la main de Juliana.

— Tout à fait d'accord. Mademoiselle Fiori, j'aimerais beaucoup que vous m'accordiez la prochaine danse, dit-il d'une voix chaleureuse, un peu plus sonore, elle aussi, qu'il n'était nécessaire. À moins que vous ne l'ayez déjà promise à un autre...

— Non, Votre Grâce, répondit Juliana, qui semblait un peu dépassée par les événements.

— Quelle excellente idée ! s'exclama Mariana avec un sourire ravi à l'intention de son futur époux. Fais attention qu'il ne te marche pas sur les pieds, ajouta-t-elle d'un ton de conspiratrice en se penchant vers Juliana.

Tous quatre éclatèrent de rire, puis Rivington entraîna Juliana vers le centre de la pièce. Quand la jeune fille eut fait officiellement son entrée dans le monde en dansant avec l'un des hommes les plus puissants d'Angleterre, Callie et Mariana se regardèrent, puis échangèrent un sourire qui trahissait leur fierté.

— À vrai dire, j'aimerais beaucoup danser moi aussi, fit une voix derrière elles. Lady Mariana… poursuivit St. John quand elles se retournèrent, ne me dites pas que vous avez promis cette danse à quelqu'un d'autre.

Mariana baissa les yeux sur son carnet de bal et se mit à rire.

— Elle était effectivement réservée, chuchota-t-elle, mais il semble que mon cavalier ait préféré votre sœur.

— Je vais donc avoir à cœur de réparer cet outrage.

— Ce serait très aimable de votre part, répliqua Mariana avec un large sourire.

Callie les regarda s'éloigner, amusée. Elle en oubliait presque qu'ils la laissaient, de fait, en compagnie de Ralston.

Quand elle se retourna, il rivait sur elle un regard insondable. Que dire après leur dernière conversation ? S'efforçant de dissimuler sa nervosité, elle opta pour un sujet inoffensif.

— Votre sœur fait une débutante parfaite.

— Oui. Grâce à vous et à votre famille.

— Rivington prouve qu'il fera une excellente recrue lorsqu'il rejoindra notre équipage, dit-elle en souriant, alors que tous deux suivaient les évolutions des danseurs.

— J'ai une dette envers lui. Et envers vous, ajouta Ralston en reportant son attention sur elle.

Elle vit ses yeux s'assombrir tandis qu'il l'observait et, à son imperceptible changement d'attitude, elle sut qu'il avait remarqué sa robe. « Invite-moi à danser », fut l'idée totalement inopportune qui lui vint à l'esprit. Comment envisager de se laisser enlacer par Ralston ce soir, quelques heures après avoir refusé de l'épouser et décidé de rester loin de lui ? « Invite-moi à danser, que ma première valse dans cette robe soit avec toi… » Elle étouffa cette petite voix avec résolution. Danser avec Ralston était vraiment une idée affreuse.

— Lady Calpurnia, me feriez-vous l'honneur d'une danse ?

Callie fut d'abord prise au dépourvu en entendant ces paroles qu'elle appelait de ses vœux, mais qui n'étaient pas tombées des lèvres de Ralston. Elle cligna des yeux, déconcertée, et, remarquant le regard furibond qu'il jetait par-dessus son épaule, elle se retourna et se retrouva face au baron Oxford.

« Non ! » gémit-elle intérieurement en se retenant de frapper du pied.

Elle ne pouvait pas décliner son offre. Non seulement ç'aurait été le comble de l'impolitesse, mais, en outre, elle n'était pas en position de refuser une invitation à danser, vu la rareté de celles-ci. Elle jeta un coup d'œil à la dérobée en direction de Ralston, au cas où il aurait voulu intervenir et réclamer cette danse. Elle ne l'aurait pas contredit s'il avait prétendu l'avoir déjà invitée pour la valse en question.

Mais il ne dit rien, se contentant de fixer sur elle un regard indéchiffrable.

— J'accepte avec grand plaisir, monsieur, dit-elle alors à Oxford. Merci.

Il lui offrit sa main et, quand elle la saisit, il eut un large sourire qui n'atteignit pas ses yeux.

— Parfait.

Gabriel suivit le couple des yeux. Une fureur sourde vibrait dans tout son corps à la vue des bras de cet homme refermés autour de Callie. Ce ne fut qu'au prix d'un effort surhumain qu'il résista à l'envie de s'élancer sur la piste de danse pour l'arracher aux griffes de ce dandy coureur de dot.

C'était lui qui aurait dû être en train de danser avec elle, bon sang !

Se traitant de tous les noms, Gabriel fendit la foule pour se rapprocher du couple qui tournoyait dans un nuage de soie bleue. Comme si cela ne lui avait pas suffi de repousser sa demande en mariage, elle était à présent dans les bras d'Oxford, vêtue comme une déesse !

Où diable avait-elle trouvé une robe comme celle-là ? Elle lui allait à la perfection, soulignant et célébrant ses courbes féminines, mettant en valeur sa poitrine magnifique, la courbe subtile de ses hanches, ses formes voluptueuses. C'était une robe conçue pour rendre les hommes fous et susciter en eux un seul désir : la lui enlever.

À cet instant, le hasard de la danse fit que Callie se retrouva face à lui. Quand leurs regards se croisèrent, il fut troublé par la tristesse qu'il lut dans ses yeux. Une petite voix lui souffla qu'il était la cause de cette tristesse. Il avait tout gâché, y compris sa demande en mariage, en lui laissant croire qu'il ne voulait pas vraiment l'épouser.

Il ravala un juron quand Oxford et Callie disparurent dans la foule des danseurs. Pour continuer à apercevoir l'éclat intermittent de la soie bleue, il se faufila entre les spectateurs qui se massaient le long de la salle de bal. Tout en adressant des signes de tête distraits à ses connaissances, il s'efforçait de se déplacer assez lentement pour ne pas susciter la curiosité, mais assez vite pour suivre le mouvement des danseurs.

— Lord Ralston, quel plaisir de vous voir ce soir, roucoula la comtesse Marsden, au moment où il s'apprêtait à la contourner.

Il s'arrêta, incapable de se montrer grossier malgré le regard prédateur de la comtesse. Il n'aurait pas été surpris de la voir passer une langue lascive sur ses lèvres artificiellement rougies.

— Bonsoir, lady Marsden, dit-il d'un ton froidement poli, dont il savait qu'il irriterait la comtesse. J'aimerais beaucoup présenter mes respects à votre mari. Il est ici ?

— Non. Il n'est pas là, répliqua la comtesse, ses yeux plissés indiquant qu'il avait atteint son but.

— Dommage, lança-t-il en s'éloignant. Saluez-le de ma part, s'il vous plaît.

Quand il put reporter son regard sur les danseurs, Juliana riait entre les bras de Rivington, montrant au Tout-Londres que, demi-sœur ou pas, étrangère ou pas, Juliana Fiori était une danseuse tout aussi douée que n'importe quelle autre jeune fille. Une émotion soudaine gonfla la poitrine de Gabriel quand il vit sa jeune sœur, qui avait su si rapidement trouver le chemin de son cœur, sourire au duc, comme s'il n'y avait pour elle rien de plus naturel au monde que de danser avec l'un des membres les plus prestigieux de l'aristocratie britannique.

Il serait difficile à la haute société de trouver le moindre défaut à la jeune fille, même si ses membres allaient s'y employer de toutes leurs forces. Entre Nick et lui, et avec le soutien des familles Rivington et Allendale, elle serait toutefois protégée, dans la mesure du possible. Former une alliance avec Callie avait été l'une des meilleures décisions que Gabriel eût prises pour assurer l'admission de Juliana dans le monde.

Callie...

Elle était remarquable. Même si elle l'avait excédé, mis à l'épreuve et rejeté, elle avait honoré ses promesses et transformé Juliana en une débutante dont n'importe quel frère aurait été fier. Elle avait joué un rôle capital dans le succès de Juliana. Et, d'une manière ou d'une autre, elle était devenue un élément capital de sa propre existence.

Soudain, il n'eut plus qu'une envie : revoir Callie seule. Ce n'était plus qu'il *devait* l'épouser par souci des convenances ou de ses responsabilités, mais qu'il *voulait* l'épouser. Il lui fallait simplement la convaincre, à présent, qu'elle le voulait également.

Il parcourut la foule des yeux, dans l'espoir d'apercevoir l'éclair bleu de sa robe. Si seulement cette valse pouvait finir !

Enfin, il fut exaucé, et les couples de danseurs commencèrent à refluer vers les bords de la salle. Il vit Juliana et Rivington rejoindre Mariana et Nick, mais, nulle part il n'aperçut Oxford et Callie.

Où diable étaient-ils partis ?

Après leur valse, Oxford conduisit Callie dans un petit salon privé, afin d'échapper un peu à la touffeur qui régnait dans la salle de bal. Mais quand elle le vit repousser presque complètement la porte, alors que la pièce était plongée dans la pénombre, elle lui adressa un sourire incertain.

— Je vous remercie, monsieur, de m'avoir accompagnée. J'avais oublié à quel point cette atmosphère pouvait être épuisante.

— Oh, ne me remerciez pas, répondit Oxford en esquissant un pas vers elle.

— Je suis assoiffée, prétendit-elle tout en reculant. Nous pourrions peut-être essayer de trouver des rafraîchissements...

— Ou peut-être pourrions-nous user d'autres moyens pour oublier notre soif... chérie.

— Monsieur ! protesta-t-elle, interloquée, quand il l'accula contre le mur, à côté de la porte. Monsieur Oxford !

— Rupert, souffla-t-il à son oreille. Il est temps que nous renoncions aux formalités, non ?

— Monsieur Oxford, reprit Callie avec fermeté, j'aimerais retourner dans la salle de bal. Immédiatement. Ceci est tout à fait inconvenant.

— Vous changerez d'avis lorsque vous aurez entendu ce que j'ai à vous dire. Voyez-vous... je vous offre la chance de devenir baronne.

Comme Callie, stupéfaite, haussait les sourcils, il répéta, du ton dont on s'adresse aux enfants :

— Vous avez la chance de vous marier. Avec moi.

Callie ne put réprimer un rire nerveux. Seigneur, il n'y avait donc pas un seul homme à Londres capable d'instiller une pointe de romantisme dans une demande en mariage ?

— Monsieur, dit-elle en essayant de se glisser vers la porte, je suis honorée que vous ayez pensé à moi...

Elle s'interrompit, cherchant le moyen de formuler son refus le plus délicatement possible.

Mais soudain, Oxford l'enlaça et plaqua ses lèvres sur les siennes – des lèvres molles, mouillées et très déplaisantes. Puis il introduisit sa langue dans sa bouche, et Callie, dégoûtée, agrippa ses épaules pour tenter de le repousser. Mais il se méprit et insista, l'écrasant contre le mur et ne relevant la tête que brièvement pour chuchoter :

— N'ayez pas peur. Nous ne serons pas surpris. Et dans le cas contraire, nous sommes fiancés.

Callie secoua la tête, stupéfiée par une telle arrogance. L'idée qu'elle puisse s'évanouir de gratitude à la simple évocation d'une demande en mariage aurait été humiliante si elle n'avait été aussi ridicule.

— Je crains que vous ne vous mépreniez gravement, dit-elle en le repoussant de toutes ses forces. Je n'ai pas l'intention de vous épouser. J'aimerais que vous sortiez.

Oxford cligna des yeux à deux reprises, comme s'il n'en croyait pas ses oreilles.

— Vous ne pouvez pas être sérieuse...

L'ironie de la situation n'échappait pas à Callie. Après vingt-huit ans à attendre que quelqu'un, n'importe qui, lui montre de l'intérêt, deux hommes la demandaient en mariage, et elle les rejetait tous les deux. Était-elle folle ?

— Je suis tout à fait sérieuse. Je n'éprouve pour vous que de l'amitié.

Oxford émit un ricanement.

— De l'amitié ! fit-il, avec un changement de ton si brusque que Callie prit peur. Parce que vous croyez que c'est de l'amitié que je cherche ? Non. Je cherche une femme !

Callie s'écarta instinctivement, surprise par ce nouvel Oxford. Le dandy inconsistant, au sourire trop éclatant, avait cédé la place à un homme désagréable et agressif.

— Si vous pensiez que, de mon côté, je cherchais un mari, vous vous êtes fourvoyé.

— À d'autres, rétorqua-t-il avec grossièreté. Vous n'allez pas me faire croire que vous ne l'espériez pas. N'est-ce pas ce dont rêvent toutes les vieilles filles ?

Callie se redressa de toute sa taille.

— Certainement. Nous rêvons d'être demandées en mariage, lord Oxford, mais pas par vous, tout simplement.

À ces mots, la rage parut le submerger, et il se raidit, le visage cramoisi. En temps ordinaire, Callie aurait tiré une certaine fierté de cette transformation, mais à cet instant, elle craignit fugitivement qu'il ne la frappe. Heureusement, il se contenta de reculer et de la libérer de son insupportable proximité. De furieuse, son expression se fit écœurée et, enfin, révéla ce qu'il ressentait vraiment envers elle : un mépris absolu.

— Vous commettez une terrible erreur, la prévint-il.

— Permettez-moi d'en douter. Cette conversation est terminée, monsieur.

Elle eut le temps de voir ses yeux luire de colère, avant de détourner la tête avec résolution et de fixer du regard les jardins plongés dans l'obscurité.

— Vous n'aurez jamais de demande plus avantageuse que la mienne. Pensez-vous donc que quelqu'un s'intéresserait à une grassouillette comme vous ? conclut-il avant de sortir.

Ces mots destinés à la blesser y réussirent parfaitement. Le dos raide, Callie écouta décroître le bruit de ses pas. Puis elle se laissa tomber dans un fauteuil et poussa un long soupir, avec l'impression que ses forces l'abandonnaient. Les paroles horribles d'Oxford résonnaient sous son crâne. Il avait raison, bien sûr. Elle avait reçu deux demandes en mariage, et aucune d'elles ne la concernait directement. Oxford avait besoin de l'argent de sa dot ; quant à Ralston... Ralston voulait lui permettre de garder sa réputation intacte, ce qui, bien qu'honorable, n'avait rien de romantique. Pourquoi personne ne la désirait-il pour elle-même ?

Des larmes lui piquèrent les yeux. Quel gâchis ! La tête baissée, les épaules affaissées, elle serra ses mains l'une contre l'autre. Il fallait qu'elle recouvre son sang-froid. Combien de temps pourrait-elle rester dans ce salon sans qu'on remarque son absence ?

— Tu ne devrais pas être ici toute seule.

Callie se redressa, mais ne tourna pas la tête, cachant son visage baigné de larmes à Ralston.

— Comment avez-vous su que j'étais ici ?

— J'ai vu Oxford venir de cette direction. Il s'est passé quelque chose ? Tout va bien ?

— Je vous en prie, partez, chuchota-t-elle dans la pénombre.

Il y eut un silence, puis elle sentit qu'il s'approchait d'elle.

— Callie ? dit-il avec une inquiétude qui lui déchira le cœur. Tu vas bien ? Sapristi, Oxford t'a-t-il touchée ? Je vais le tuer.

— Non... Non, il n'a rien fait. Je vais bien. J'aimerais simplement que vous partiez avant que ma... que ma réputation ne soit entachée.

— Je pense qu'il est trop tard pour cela, non ? répliqua-t-il avec un léger rire. C'est en partie pour cela que je suis parti à ta recherche, ajouta-t-il comme elle ne répondait pas.

— Gabriel, s'il te plaît, murmura-t-elle, les mains crispées sur les accoudoirs, va-t'en.

Mais il s'approcha davantage et posa ses mains sur ses épaules.

— Je ne peux pas. Callie... Tu dois me donner une chance de te convaincre que ma demande est sincère. Je t'en prie. Épouse-moi.

Pour Callie, c'en fut trop. Les larmes jaillirent de nouveau, brûlantes, incontrôlables et tout à fait embarrassantes. Elle garda le silence pour ne pas risquer de trahir son chagrin.

— Épouse-moi, répéta-t-il à son oreille.

— Je ne peux pas, finit-elle par murmurer, le cœur déchiré.

— Pourquoi ?

— Je... je ne veux pas t'épouser.

— Je ne te crois pas.

— C'est la vérité.

— Regarde-moi et dis-le.

Il y eut un long silence durant lequel les mots restèrent suspendus entre eux. Callie n'avait pas le choix. Elle tourna la tête vers lui, en remerciant le Ciel que son visage soit dans l'ombre, et, la voix tremblante, elle répéta :

— Je ne veux pas t'épouser.

Il secoua lentement la tête.

— Je ne te crois pas. N'as-tu pas remarqué comme nous nous entendons bien ? Intellectuellement ? Physiquement ? Dois-je juste te le prouver de nouveau ?

Les lèvres de Ralston étaient toutes proches des siennes. Le souffle de ses mots les effleurait de telle manière qu'elle ne désirait rien d'autre que l'embrasser.

— Tu sais que je te donnerai tout, insista-t-il.

— Pas tout, murmura-t-elle en fermant les yeux.

— Tout ce que je peux te donner.

Il avança la main pour toucher son visage, mais la retira quand Callie tressaillit presque violemment.

— Et qu'arrivera-t-il quand cela se révélera insuffisant ?

Il frappa du plat de la main le dossier derrière elle, et elle sursauta au bruit de sa paume contre le bois.

— Que veux-tu de plus ? Je suis riche, je suis séduisant...

Elle le coupa d'un rire douloureux.

— Parce que tu crois que cela m'importe ? Je te prendrais même si tu étais pauvre et laid – je m'en moque ! –, si seulement tu...

Il l'observa, les yeux plissés, lorsqu'elle s'arrêta net.

— Si seulement je... quoi ?

Si seulement tu m'aimais...

Il secoua la tête avec une perplexité mêlée de colère.

— Mais que veux-tu de moi ? Dis-le et je te le donnerai ! Je suis marquis, pour l'amour du Ciel !

— Tu serais le roi que cela ne changerait rien, riposta-t-elle, excédée. Je ne t'épouserai pas !

— Mais pourquoi, que diable ?

— Pour beaucoup de raisons !

— Donne-m'en une valable, dans ce cas.

Il était si proche, si furieux, qu'elle dit la première chose qui lui passa par la tête.

— Parce que je t'aime !

Tous deux restèrent pétrifiés par la surprise. Ce fut lui qui réagit le premier.

— Quoi ?

Callie secoua la tête, de nouveau submergée par les larmes. Quand elle réussit à recouvrer la parole, elle s'appliqua à parler d'un ton ironique.

— S'il te plaît, ne me le fais pas répéter.

— Je...

— Tu n'es pas obligé de dire quoi que ce soit, dit-elle devant son hésitation. D'ailleurs, je préfère même que tu t'abstiennes. Mais voilà pourquoi je ne peux pas t'épouser. Cela me tuerait de passer le reste de mes jours avec toi alors que tu ne m'aurais épousée que par devoir ou par un sens de l'honneur mal placé.

Il l'observa pendant un long moment, les yeux rivés sur les larmes qui ruisselaient le long de ses joues.

— Je... fit-il de nouveau, manifestement à court de mots.

— Tu te rappelles cette nuit dans ta chambre ? chuchota-t-elle, incapable de le regarder. Quand nous avons négocié les termes de notre contrat ?

— Bien sûr.

— Tu te souviens que tu m'as promis une faveur ? De mon choix ?

— Callie, s'il te plaît, pas ça.

— Je te demande d'honorer cette promesse. Tout de suite. S'il te plaît… va-t'en.

Après avoir paru hésiter, Ralston se passa les mains dans les cheveux en jurant avec violence.

— Callie…

— S'il te plaît, dit-elle en levant la main. Si tu tiens un peu à moi, je t'en prie, va-t'en. Va-t'en et laisse-moi seule.

Comme c'était l'unique requête de sa part qu'il pouvait honorer, Ralston s'exécuta.

Callie resta longtemps assise dans la pièce sombre. Bientôt, ses larmes refluèrent, cédant la place à une tristesse profonde. Elle venait de prendre conscience qu'elle serait seule pour toujours.

Peut-être avait-elle commis une erreur, peut-être aurait-elle pu aimer Ralston pour deux. Mais aurait-elle été capable de vivre une existence entière en sachant qu'il ne la désirait pas vraiment ? Que, dans d'autres circonstances, il aurait trouvé une femme infiniment plus sophistiquée ? Infiniment plus belle ? Infiniment plus… tout ?

Non. Elle n'avait pas d'autre choix que de refuser sa demande.

Elle essuya une dernière larme en reniflant doucement. Elle savait qu'elle aurait dû retourner dans la salle de bal, mais elle était incapable de se lever.

— Callie ?

Ce fut à peine un chuchotement. Callie tourna brusquement la tête vers la porte et se trouva face à Juliana, qui cherchait manifestement à s'assurer que la femme dans la pénombre était bien son amie.

— Juliana, tu ne devrais pas venir ici toute seule !

Ignorant sa mise en garde, la jeune fille referma la porte d'un geste ferme puis vint s'asseoir en face de Callie.

— J'en ai assez qu'on me dise ce que je devrais ou ce que je ne devrais pas faire. Vous, vous êtes ici, non ? Je ne suis donc plus seule.

— Tu n'as pas tort, admit Callie avec un sourire tremblant.

— Et j'ai l'impression que vous avez besoin d'une compagne, *amica*. Tout comme moi.

Callie scruta le visage de Juliana. Ce qu'elle lut dans ses yeux lui fit oublier un peu sa propre tristesse.

— Que s'est-il passé ?

Juliana agita la main d'un air faussement désinvolte.

— Je me suis un peu éloignée de la fête et je me suis perdue.

— Juliana, tu ne dois pas te laisser affecter par leur attitude.

— Je ne suis pas affectée, rétorqua Juliana, un pli ironique sur les lèvres. En fait, je brûle même d'envie de leur montrer ce dont je suis capable.

— Très bien ! C'est ainsi qu'il faut les affronter. Être fière, forte et glorieusement toi-même. Ils ne pourront pas te résister, je te le jure.

— Malheureusement, certains me résisteront, je pense.

Une ombre s'était peinte sur son visage. Secouant la tête, Callie posa une main qui se voulait rassurante sur le genou de la jeune fille.

— Je t'assure qu'ils ne pourront pas tenir longtemps.

— Je peux vous dire quelque chose ? demanda Juliana, qui se pencha au point que son front toucha celui de Callie.

— Bien sûr.

— J'ai décidé de rester ici. En Angleterre.

— Vraiment ? s'écria Callie en écarquillant les yeux. Mais c'est merveilleux ! Quand as-tu pris cette décision ?

— Il y a quelques instants.

— C'est le bal qui a décidé de ton destin ? s'étonna Callie.

— Exactement. Il est hors de question que je me laisse effrayer par ces snobinards d'aristocrates, dit-elle, visiblement satisfaite d'avoir placé ce mot d'argot. Si je décidais de retourner en Italie, qui leur dirait leurs quatre vérités ?

— Excellent ! approuva Callie en riant. Je prendrai un grand plaisir à te voir leur rabattre leur caquet. Quant à tes frères, Juliana, ils vont être enchantés !

— Oui, je le suppose, acquiesça la jeune fille avec un sourire radieux.

Mais celui-ci disparut quand elle plongea son regard dans celui de Callie.

— Toutefois, je ne suis pas certaine que Ralston mérite une bonne nouvelle comme celle-là.

Callie baissa la tête. Juliana prit alors ses mains dans les siennes.

— Callie, que s'est-il passé ?

— Rien.

Ton frère m'a simplement brisé le cœur. C'est tout...

Juliana attendit que Callie relève les yeux. Quand elle les vit pleins de larmes, elle scruta son regard et, sans doute, finit par trouver ce qu'elle cherchait.

— Face à lui, Callie, vous devez vous montrer forte, fière et glorieusement *vous-même*.

Ces mots, venant en écho à ceux que Callie avait prononcés quelques instants plus tôt, firent jaillir de nouvelles larmes. Aussitôt, Juliana vint se percher à côté d'elle, sur le bras du fauteuil, et referma les bras autour d'elle.

Alors, Callie prononça les mots qu'elle ne pouvait contenir plus longtemps :

— Et si ce n'était pas suffisant ?

22

Gabriel quitta aussitôt le bal et, laissant la voiture à ses frère et sœur, il se dirigea à pied vers Ralston House.

Durant sa vie entière, il s'était arrangé pour ne pas se retrouver dans cette situation précise : il ne se liait pas avec des femmes avec lesquelles il aurait eu trop de points communs, et il évitait comme la peste les mères de filles à marier, de crainte qu'une de ces jeunes filles ne lui plaise trop. N'avait-il pas grandi dans un foyer détruit par une femme ? N'avait-il pas été témoin des ravages que l'amour avait provoqués chez son père ? Le cœur brisé, celui-ci n'avait pas lutté contre la fièvre qui l'avait emporté prématurément.

Et voilà qu'il se trouvait face à Callie, avec sa fraîcheur, son charme, son intelligence. Sa personnalité semblait à l'opposé de celle de sa mère et, pourtant, aux yeux de Gabriel, elle était tout aussi dangereuse qu'elle. Car, lorsqu'elle avait posé sur lui ses magnifiques yeux bruns et lui avait déclaré son amour, il n'avait plus été capable d'une seule pensée cohérente.

Lorsqu'elle l'avait supplié de partir, il avait ressenti exactement ce que son père avait éprouvé au moment où sa femme l'avait quitté : un sentiment d'impuissance totale, comme si on lui arrachait une part de lui-même et qu'il ne pouvait rien y faire.

C'était un sentiment terrifiant. S'il s'agissait là d'amour, il ne voulait pas en entendre parler.

Londres était noyée sous un fin crachin très pénétrant, mais Gabriel n'y prenait pas garde tant il était obsédé par la vision de Callie, désespérée et le visage ruisselant de larmes – à cause de lui.

S'il était honnête avec lui-même, il lui fallait reconnaître que la situation lui avait échappé dès l'instant où elle avait franchi le seuil de sa chambre pour lui demander de l'embrasser. Il aurait dû comprendre, alors, qu'elle allait bouleverser une existence qu'il jugeait parfaitement satisfaisante.

Ce soir, elle lui avait offert la possibilité de retrouver cette vie. De passer ses journées entre son club, sa salle d'armes et ses tavernes, et d'oublier qu'un jour il s'était lié à une femme stupéfiante de courage et d'esprit d'indépendance.

Le problème, c'était que non seulement le souvenir de Callie imprégnait désormais tous ces lieux, mais que cette vie ne lui semblait plus du tout satisfaisante. Elle manquait singulièrement de rires, de conversations, d'escapades inconvenantes, de sourires complices, de courbes voluptueuses et de listes idiotes.

Bref, elle manquait de Callie, et la perspective de reprendre une existence dont elle ne ferait pas partie l'accablait.

Gabriel marcha plusieurs heures, perdu dans ses pensées et, lorsqu'il finit par relever les yeux, il découvrit qu'il se trouvait devant Allendale House. La maison était plongée dans l'obscurité, à l'exception d'une fenêtre éclairée au rez-de-chaussée. Bien que trempé jusqu'aux os, il resta un long moment à fixer le rai de lumière dorée.

Sa décision prise, il frappa à la porte. En reconnaissant l'homme qui l'avait terrorisé quelques jours plus tôt, le majordome écarquilla brièvement les yeux. Mais Gabriel se contenta de dire :

— Je suis ici pour voir votre maître.

Le respectable serviteur sembla percevoir l'importance de la requête, car il n'essaya pas de dissuader

Gabriel en lui opposant l'heure tardive ou l'absence possible du comte d'Allendale. Moins d'une minute après avoir prié Gabriel d'attendre, il était de retour. Après l'avoir débarrassé de son manteau dégoulinant, il l'invita à le suivre jusqu'au bureau.

Benedick, des lunettes sur le nez, étudiait un dossier. Il leva les yeux en entendant la porte se refermer.

— Merci de me recevoir, dit Gabriel.

— Pour tout dire, je passais une soirée plutôt ennuyeuse, répliqua Benedick avec un sourire. Je suis heureux de la distraction que vous m'offrez.

— Je ne suis pas certain que vous le penserez toujours lorsque vous aurez entendu ce que j'ai à vous dire.

— Dans ce cas, reprit Benedick, qui avait haussé les sourcils, allez droit au but, si vous le voulez bien.

— J'ai compromis votre sœur.

Tout d'abord, rien n'indiqua que Benedick avait entendu cette confession. Après quelques secondes d'immobilité, néanmoins, il se leva, ôta lentement ses lunettes, les posa sur le dossier qu'il avait refermé, puis contourna le bureau pour s'approcher de Gabriel.

— Je suppose que nous parlons de Callie ?

— Oui.

— Et vous n'exagérez pas la situation ?

— Non. Je l'ai bel et bien compromise.

Benedick hocha la tête d'un air songeur, puis lui décocha un coup de poing.

Gabriel fut pris par surprise, et une douleur fulgurante explosa dans sa joue quand il fut projeté vers l'arrière.

— Il fallait que je le fasse, déclara Benedick sur un ton d'excuse, après avoir secoué sa main endolorie.

Gabriel hocha la tête, tout en tâtant avec précaution la peau autour de son œil.

— Je n'en attendais pas moins de vous.

Après s'être approché d'une desserte, Benedick remplit deux verres de scotch. Il en tendit un à Gabriel.

— Vous feriez peut-être bien de vous expliquer.

— C'est assez simple, en fait. J'ai compromis votre sœur et j'aimerais l'épouser.

— Si c'était si simple, objecta Benedick, après s'être assis dans un grand fauteuil, pourquoi vous présenteriez-vous chez moi au beau milieu de la nuit, trempé jusqu'aux os ?

— Eh bien, je suppose que c'est simple… de mon côté, répondit Gabriel en prenant place dans le fauteuil opposé.

— Ah, je comprends. Callie a refusé votre demande ?

— Votre sœur est exaspérante.

— Je l'ai déjà remarqué, oui.

— Elle refuse de m'épouser. Je suis donc venu vous demander votre aide.

— Elle vous épousera, bien sûr…

En entendant ces mots, Gabriel fut submergé par une vague de soulagement – bien plus puissante qu'il n'aurait voulu se l'avouer.

— … mais je ne peux pas l'y forcer. Il va vous falloir la convaincre.

— J'ai essayé, répliqua Gabriel, dont le soulagement avait été de courte durée. Elle refuse d'entendre raison.

Benedick s'esclaffa.

— On voit que vous n'avez pas été élevé avec des sœurs ! Leur faire entendre raison relève de l'impossible.

— Oui, je commence à m'en rendre compte, admit Gabriel avec un léger sourire.

— A-t-elle dit pourquoi elle refusait de se marier avec vous ?

Gabriel but une longue gorgée de scotch, le temps de réfléchir à sa réponse.

— Elle dit qu'elle m'aime.

— Cela me semble plutôt être une raison d'épouser quelqu'un, fit remarquer Benedick, qui avait écarquillé les yeux.

— C'est exactement ce que je pense. Mais comment puis-je l'en convaincre, elle ?

— Callie est d'un romantisme incurable, finit par expliquer Benedick, en considérant Gabriel avec commisération. Et c'est naturel, vu que nous sommes issus d'un véritable mariage d'amour, qu'elle a lu tous les romans d'amour qui lui sont tombés sous la main ces vingt dernières années et que je l'ai encouragée dans son refus de faire un mariage de raison. Je ne suis donc pas surpris qu'elle ne veuille pas se marier avec vous sans qu'il y ait de promesse d'amour. La question est donc : l'aimez-vous ?

— Je...

Benedick eut un sourire en coin.

— Il vous faudra faire mieux que ça quand elle vous posera la question, mon vieux.

— Je serai un bon mari pour elle...

— Je n'en doute pas.

— Je possède la fortune, les terres et le titre nécessaires.

— Telle que je connais Callie, tout cela lui importe assez peu.

— Effectivement. Ce qui est une raison supplémentaire pour moi de penser que je ne la mérite pas. Mais vous, cela devrait vous intéresser. C'est pourquoi je vous le dis.

— Et je vous en remercie, assura Benedick, redevenu sérieux.

— J'ai donc votre bénédiction ?

— Pour l'épouser ? Oui. Mais ce n'est pas mon accord que vous devez obtenir.

— J'en ai conscience. Cependant, pour pouvoir la convaincre, j'ai besoin de passer un peu de temps avec elle. En tête à tête. Et le plus tôt possible.

Benedick l'observa longuement tout en sirotant son scotch. Sans doute prit-il en pitié l'homme que sa sœur rendait fou car il finit par dire :

— Si Callie est à moitié aussi désespérée que vous paraissez l'être, elle doit se trouver dans la bibliothèque.

— Pourquoi me dites-vous cela ? demanda Gabriel, déconcerté.

— Disons simplement que je n'aime pas l'idée que ma sœur soit désespérée, même moitié moins que vous. Essayez la bibliothèque. Je ne vous dérangerai pas. Mais, pour l'amour du Ciel, ne vous faites pas surprendre par ma mère. Sinon, ça vous coûtera cher !

— Je ferai de mon mieux pour être discret, promit Gabriel, qui sourit malgré lui en ajoutant : Pour être honnête, votre mère exigerait réparation, ce qui serait le meilleur moyen d'obtenir précisément ce que je veux. Je vous remercie... Et je m'engage à consacrer ma vie à rendre votre sœur heureuse.

Benedick leva son verre dans sa direction.

— À partir du moment où vous consacrez votre journée de demain à obtenir une licence de mariage...

Après avoir indiqué d'un signe de tête solennel qu'il épouserait Callie dès que ce serait humainement possible, Gabriel sortit du bureau et traversa le vestibule pour rejoindre la bibliothèque. La main sur la poignée de la porte, il prit une profonde inspiration pour calmer les battements précipités de son cœur. Jamais il n'avait ressenti une telle angoisse avant une conversation : les quelques minutes à venir seraient les plus importantes de sa vie.

Il la vit dès qu'il eut poussé la porte. Pelotonnée dans un des grands fauteuils de cuir placés devant la cheminée, elle regardait fixement les flammes, le menton posé sur la main. Elle portait toujours sa ravissante robe de soie bleue, dont l'ample jupe frôlait le sol.

Elle poussa un soupir en entendant la porte se refermer, mais ne se retourna pas. Une fois derrière elle, Gabriel l'observa longuement, jusqu'au moment où elle déclara :

— Je n'ai pas envie de compagnie, vraiment, Benny.

Sans rien dire, Gabriel contourna son fauteuil et alla s'asseoir sur l'ottomane placée un peu plus loin. Elle tourna alors la tête et, d'un geste brusque, se redressa, reposant les pieds sur le sol.

— Que... que faites-vous ici ?

— J'ai essayé de garder mes distances. Mais certaines choses doivent être dites.

Elle secoua la tête, les yeux écarquillés.

— Si vous êtes surpris... Benedick est dans la pièce voisine ! Comment êtes-vous entré ?

— C'est lui-même qui m'a indiqué où tu étais. Il sait que je suis ici. Et, princesse, je crains qu'il ne soit de mon côté.

— Vous lui avez parlé ? s'exclama Callie, horrifiée.

— Oui. Tu ne m'as guère laissé le choix. À présent, reste tranquille et écoute-moi, car j'ai beaucoup de choses à dire.

— Gabriel... Non, s'il vous plaît, protesta Callie, qui redoutait plus que tout de revenir sur sa décision s'il usait de persuasion.

— C'est avec nos deux vies que tu joues, à cet instant. Je ne veux pas que tu décides de notre avenir à tous les deux sans connaître tous les tenants et aboutissants.

Elle remonta ses pieds sous elle, et le cœur de Gabriel se serra quand il la vit se recroqueviller tristement dans son fauteuil.

— Tu m'aimes, poursuivit-il. Ne penses-tu pas que tu te dois à toi-même d'entendre ce que j'ai à dire là-dessus ?

Callie ferma les yeux avec force, au comble de l'embarras.

— Ô Seigneur... gémit-elle. N'en parlez pas, s'il vous plaît. Je n'arrive pas à croire que je vous l'aie dit.

Il tendit la main pour effleurer sa joue du bout des doigts.

— Je ne te laisserai pas revenir sur tes paroles, tu sais, dit-il d'une voix sourde.

— Je ne le ferai pas.

Il parut perdre un instant le souffle. Puis, non sans hésitation, il commença :

— À présent, écoute-moi… Ma mère était très belle, avec des cheveux noirs, des yeux bleus étincelants et des traits délicats, comme Juliana. Elle était à peine plus âgée que cette dernière lorsqu'elle nous a abandonnés pour fuir sur le continent. Les souvenirs que j'ai gardés d'elle sont assez vagues. Mais il y a une chose que je me rappelle avec certitude : mon père était fou d'elle.

» Je me souviens que, petit, je me glissais hors de mon lit pour écouter leurs conversations. Un soir, j'ai entendu un drôle de bruit en provenance du bureau de mon père, et j'ai descendu l'escalier sur la pointe des pieds. Le vestibule était sombre – il devait être très tard –, et la porte du bureau était entrouverte…

Comme il s'interrompait, Callie se pencha en avant, redoutant la suite de ce récit manifestement douloureux. Elle aurait attendu toute la nuit, s'il l'avait fallu, pour l'entendre.

— Ma mère était de dos. Elle se tenait au milieu de la pièce, gracieuse, comme toujours, et très droite, dans une robe d'un bleu lavande très pâle… C'est curieux comme les détails restent précis après si longtemps. Mon père était agenouillé à ses pieds. *Agenouillé !* Il tenait l'une de ses mains entre les siennes et il pleurait. Le bruit que j'avais entendu, c'étaient les sanglots de mon père…

» Il la suppliait de rester, il lui disait qu'il l'aimait plus que sa vie, plus que ses fils. Il ne cessait de le répéter, comme si cela pouvait mettre un terme à sa froideur et à son indifférence.

» Le lendemain matin, elle était partie. Et lui aussi, en un sens. Cette nuit-là, je me suis juré deux choses : d'abord, que je n'espionnerais plus jamais personne ; ensuite, que je ne serais jamais une victime de l'amour. C'est ce jour-là que j'ai commencé à jouer du piano – c'était le seul moyen de ne plus entendre souffrir mon père.

Lorsqu'il reporta les yeux sur Callie, il vit que des larmes coulaient silencieusement sur ses joues.

— Oh, Callie, ne pleure pas, dit-il en refermant ses mains sur son visage, puis en l'embrassant doucement. Ne pleure pas sur moi, princesse, continua-t-il avec un léger sourire, le front appuyé contre le sien. Je n'en vaux pas la peine.

— Je ne pleure pas sur toi, répliqua-t-elle, la main posée sur sa joue. Je pleure sur ce petit garçon qui n'a jamais eu la chance de croire à l'amour. Et sur ton père, qui ne l'a pas connu non plus, manifestement. Ce n'était pas de l'amour qu'il éprouvait, car l'amour n'est pas égoïste. Il est partage et générosité, et s'il transforme la vie, c'est pour la rendre meilleure. L'amour ne détruit pas, Gabriel, il crée.

S'il fut sensible à l'émotion qui transparaissait dans ses paroles, à sa croyance absolue en un sentiment qu'il avait évité toute sa vie d'adulte, il tint néanmoins à être franc avec elle.

— Je ne peux pas te promettre l'amour, Callie. La porte qui y donne accès en moi est restée fermée trop longtemps. Je peux te promettre néanmoins de faire tout ce qui est en mon pouvoir pour être un mari attentionné et généreux. Je m'attacherai à te donner la vie que tu mérites. Et, si tu acceptes, tu ne pourras jamais douter que je tiens à toi.

Il se laissa glisser à bas de son siège pour tomber à genoux, et Callie ne put s'empêcher d'établir un parallèle entre cet instant et l'histoire qu'il venait de lui raconter.

— Je t'en prie, Callie… Fais-moi le très grand honneur de devenir ma femme, implora-t-il dans un chuchotement fervent.

Comment refuser après tout ce qu'il venait de lui confier ? Comment renoncer à lui ?

— Oui, murmura-t-elle d'une voix à peine audible.

— Tu veux bien le redire ?

— Oui, répéta-t-elle, d'un ton plus ferme cette fois. Oui, je serai ta femme.

Il plongea alors ses mains dans sa chevelure, éparpillant les épingles, et s'empara de ses lèvres. Avec un soupir, Callie enlaça cet homme qu'elle aimait depuis si longtemps et qui était enfin à elle. Un sentiment d'allégresse la submergea tandis qu'il faisait pleuvoir des baisers dans son cou, murmurant son prénom comme une litanie.

Puis il glissa ses mains dans le décolleté de sa robe pour les refermer sur ses seins en un geste possessif.

— Cette robe, dit-il d'une voix étranglée, c'est un péché.

— Vraiment ?

— Vraiment. Elle est faite pour rendre les hommes fous… Pour révéler tes courbes affolantes sans montrer quoi que ce soit, continua-t-il en effleurant du doigt un mamelon. C'est une torture pour les yeux.

Il tira sur le satin pour dégager l'un de ses seins, qu'il saisit brièvement dans sa bouche chaude. Quand Callie commença à se frotter contre lui, il s'écarta.

— Une fois que tu m'auras épousé, je t'en achèterai une de chaque couleur.

Elle gloussa à ces mots, puis son rire se transforma en soupir qui, lui-même, devint un sourd gémissement lorsque Ralston taquina de nouveau de ses lèvres sa chair sensible.

— Je me rends compte que l'endroit est très mal choisi pour une entreprise aussi inconvenante, mon cœur, murmura-t-il après avoir fait durer le plaisir autant qu'il le pouvait. Ta famille n'est qu'à quelques pas…

Mais, quand leurs regards enfiévrés s'accrochèrent, il poussa un léger grondement et s'empara de sa bouche avec une avidité renouvelée. Ils étaient hors d'haleine tous les deux, quelques minutes plus tard, quand il s'écarta et rajusta son corsage, non sans couvrir au passage sa gorge de légers baisers.

— Je ne peux pas rester, princesse, murmura-t-il contre son oreille. Tu représentes une trop grande tentation, et je ne suis pas assez fort pour te résister. Je reviendrai demain. Nous pourrions peut-être aller nous promener vers la Serpentine ?

Callie ne voulait pas qu'il parte, ni que la nuit s'achève. Et s'il s'agissait d'un rêve et qu'elle voulait le prolonger à tout prix ?

— Ne pars pas, chuchota-t-elle, et, s'accrochant à sa nuque, elle l'embrassa longuement. Reste avec moi.

— Tu ne m'aides pas, finit-il par dire en souriant. Moi qui essaie de me conduire en gentleman…

— Et si je préfère que tu restes un voyou ? le taquina-t-elle, les doigts refermés autour du premier bouton de son gilet. Et même, un libertin ?

— Callie… protesta-t-il d'une voix rauque lorsque, le premier bouton libéré, elle s'attaqua au deuxième.

— Et si c'est le débauché que je veux ?

— Que dis-tu ?

Après avoir embrassé sa pommette dure, elle murmura, d'une voix que la timidité rendait frémissante :

— Viens dans mon lit, Gabriel. Fais-moi connaître le goût du scandale.

— Je crois que tu as eu plusieurs occasions de le connaître au cours des dernières semaines, princesse.

— Une fois que nous serons mariés, je serai de nouveau la terne et sage Callie. Il s'agit peut-être de ma dernière chance.

— Tu te leurres, mon cœur, il n'y a rien de terne en toi, affirma-t-il en l'embrassant de nouveau à en perdre haleine.

— Viens avec moi, dans ma chambre, lui dit-elle ensuite, avec, dans le regard, une invitation brûlante et irrésistible.

Tout d'abord, Ralston resta immobile. Puis, se redressant, il la prit par la main pour l'aider à se lever.

— Tu as bien conscience que si nous sommes surpris, nous devrons nous marier sur-le-champ.

— Oui, acquiesça Callie, qu'un frisson d'excitation parcourut des pieds à la tête.

— Et que nous ne pourrons pas avoir le grand mariage dont ta mère rêve probablement depuis des années.

— Je n'ai jamais voulu d'un mariage de ce genre, de toute manière. Mariana peut l'avoir pour nous deux.

— Et ta mère ne me pardonnera jamais d'avoir déshonoré sa fille aînée, continua-t-il en l'enlaçant.

— Oh, elle te pardonnera. Le ressentiment envers un marquis ne dure jamais, chez une mère. En outre, avez-vous oublié, mon bon monsieur, que je suis déjà déshonorée ?

— C'est vrai !

— Il y a un escalier de service qui mène tout droit à ma chambre. Les gonds des portes sont merveilleusement silencieux. Je les ai huilés moi-même.

— Il serait dommage que tu aies fait cet effort pour rien, dit-il avec un léger rire. Je vous en prie, mademoiselle, indiquez le chemin.

Ils gravirent l'escalier sur la pointe des pieds en prenant soin d'éviter la marche qui craquait. Sitôt la porte de la chambre refermée avec précaution, l'atmosphère entre eux se chargea de désir, et Callie fut saisie d'une brusque fébrilité.

Dans cette chambre où elle avait dormi toute sa vie, Ralston semblait occuper tout l'espace. Sa force et sa virilité paraissaient complètement incongrues dans cette petite pièce. S'habituerait-elle un jour à l'avoir si près d'elle, dans un espace aussi intime ?

Mais alors, il la toucha, releva son menton, s'empara de sa bouche et l'attira contre lui, et Callie oublia tout.

Il n'eut aucune difficulté à défaire la longue ligne de boutons dans le dos de sa robe. Quand le tissu retomba sur ses pieds, elle sentit l'air froid contre sa peau échauffée. Cette nuit allait être la plus importante de sa vie : elle avait accepté la demande en mariage de

Ralston, elle lui avait avoué son amour, et ce serait la première du reste de leur vie ensemble.

— Oh, sapristi... Princesse !

Son exclamation la tira de ses pensées. Il venait de découvrir la magnifique lingerie de soie, qui soulignait délicatement ses courbes et suggérait tout ce qu'elle ne dévoilait pas. Son regard lui rappela celui d'un loup, avide et carnassier, et le souffle lui manqua lorsqu'il releva vers elle des yeux brûlants de désir.

— Mme Hébert m'a dit que j'en avais besoin, expliqua-t-elle en rougissant.

— Mme Hébert avait raison, répliqua-t-il en jouant avec le petit ruban de satin qui fermait sa chemise. Comment te sens-tu, dans ces sous-vêtements ?

Callie ferma brièvement les yeux, embarrassée. Il la fit pivoter et, les mains posées sur la dentelle de son corset, il lui souffla à l'oreille :

— Quel effet cela te fait-il d'être enveloppée de soie précieuse ?

Elle répondit la première chose qui lui vint à l'esprit.

— Je me sens... féminine.

— Quoi d'autre ? insista-t-il, les mains refermées sur ses hanches.

Callie respirait précipitamment, et l'excitation rendait sa voix haletante.

— Je me sens... jolie.

— Bien, dit-il en l'embrassant doucement au creux du cou. Parce que tu es, de fait, exquise. Mais encore ?

Quand son corset délacé tomba sur le sol, Callie rouvrit les yeux et découvrit que Gabriel l'avait placée face au miroir de la chambre. Incapable de détourner les yeux, elle le regarda poser ses mains sur son torse et l'attirer contre lui. Il les referma ensuite en coupe sous ses seins, et elle laissa échapper un son étouffé, à la fois troublée par la chaleur de sa peau à travers la soie et fascinée par la vue de ses mains hâlées sur l'étoffe bleu pâle de sa chemise. Elle savourait la découverte d'une sensualité nouvelle, tout en se demandant si elle n'aurait pas dû détourner les yeux.

Elle s'aperçut alors qu'il l'observait, et ce fut d'une voix rauque, suggestive, qu'il souffla à son oreille :

— Te sens-tu dévergondée dans cette lingerie ?

— Oui, avoua-t-elle. Et je me sens... je me sens vivante.

Il acquiesça d'un grondement sourd.

— Moi aussi, je me sens vivant.

Il la souleva alors dans ses bras pour l'emmener jusqu'au lit. Elle se retrouva nue, et la soie fut oubliée, remplacée par la merveilleuse chaleur de sa bouche et de ses mains.

Il l'embrassa au creux de la gorge, et elle sourit quand ses lèvres s'attardèrent sur la mince cicatrice qu'elle portait au bras, là où son épée l'avait égratignée.

— Je suis tellement désolé de t'avoir blessée, mon cœur, chuchota-t-il en suivant la ligne rose de la pointe de la langue.

— Je n'accepterai aucune excuse pour cet après-midi-là, murmura-t-elle, avant de refermer ses mains sur son visage pour l'embrasser avec passion.

Il fit pleuvoir ensuite une série de baisers sur son corps, mais elle finit par l'immobiliser.

— Attends...

— Qu'y a-t-il, mon cœur ?

— Je veux te toucher, cette fois.

— Si je me souviens bien, répliqua-t-il avec un bref sourire, tu m'as touché la dernière fois, et je ne l'ai pas supporté très longtemps.

— Tu ne veux pas essayer de nouveau ?

Il fit mine de réfléchir, les sourcils haussés. Puis, avec un nouveau sourire, il s'étendit à côté d'elle, les mains sous la tête, nu et sans aucune gêne.

— Je suis tout à toi, princesse.

Je suis tout à toi... Les mots résonnèrent dans sa tête, et un frisson la parcourut. Il était à elle ! Cette nuit était la première d'une longue série où elle pourrait le toucher et se gorger de sa merveilleuse chaleur. Il était à elle ! se répéta-t-elle, incapable de s'empêcher de sourire.

— Tu ressembles à un chat devant une jatte de crème.

— Dis plutôt que je me *sens* comme un chat devant une jatte de crème, corrigea-t-elle en l'admirant tout son soûl.

Elle s'émerveillait de la puissance de son corps musclé, de la toison douce qui assombrissait sa poitrine et qui allait s'amincissant jusqu'à son... Ô Seigneur ! C'était la première fois qu'elle le voyait ainsi exposé. Il était si long, si dur, si gros qu'elle s'étonna d'avoir pu l'accueillir en elle.

— Touche-moi, mon cœur, murmura-t-il alors.

Incapable de refuser, elle posa sa main d'abord sur sa poitrine, puis la fit descendre vers cet endroit qui la rendait si nerveuse.

Gabriel tressaillit quand elle l'effleura, et elle retira aussitôt sa main.

— Je t'ai fait mal ?

— Non, dit-il, déjà à moitié fou. Recommence.

Elle referma ses doigts autour de son membre durci et le caressa avec une innocence qui fut bien près d'achever Gabriel. Avec un gémissement, il plaça sa main sur la sienne et lui montra la manière de le tenir, où le caresser et comment lui procurer du plaisir.

L'inexpérience de Callie était largement compensée par son empressement, et il se retrouva bientôt plus dur et plus gonflé qu'il ne l'avait jamais été. À mesure qu'elle prenait confiance en elle, sa caresse se faisait plus ferme, accroissant le plaisir de Gabriel, jusqu'au moment où il comprit que, si ses doigts délicats et chauds continuaient leur danse un instant de plus, il serait incapable de se retenir.

Il crut alors perdre l'esprit lorsqu'elle demanda :

— Je peux... l'embrasser ?

Il partit d'un rire étranglé et secoua la tête.

— Non.

— Mais toi... tu m'as embrassée.

— Oui, princesse, et j'accepterai un jour... avec joie... que tu me rendes la pareille. Mais ce soir, je ne peux pas... car je te désire déjà bien trop.

— Oh, je comprends, murmura-t-elle, même si, à son regard, il devina qu'elle n'en était pas entièrement certaine.

Après avoir écarté sa main, Gabriel vint s'allonger sur elle, plaçant ses cuisses entre les siennes et pressant son membre contre son sexe humide et accueillant.

— Je te désire trop pour te laisser me prendre dans ta bouche. Le simple fait que tu me touches me rend fou... Je préférerais, et de loin, continua-t-il en embrassant alternativement un sein puis l'autre, passer le reste de la nuit en toi, jusqu'à ce que ni toi ni moi ne soyons plus en état de penser.

Quand il fit mouvoir ses hanches, se frottant contre le sensible petit bouton dur de son intimité, Callie fut submergée par une vague de plaisir.

— Tu n'es pas d'accord ?

— Oh, si, acquiesça-t-elle dans un soupir, alors qu'il répétait son geste.

— À vrai dire, je n'en doutais pas.

D'une seule poussée délicieuse, il fut en elle, et elle ne s'aperçut qu'avec un temps de retard qu'il n'y avait eu ni douleur ni inconfort comme lors de la première fois, simplement une plénitude espérée et merveilleuse.

— Tu n'as pas mal ? s'inquiéta-t-il.

— Non, tout va bien, répondit Callie avec un mélange de plaisir et d'éblouissement.

Elle se tordit sous lui et, avec un gémissement, il donna plusieurs coups de reins avant de se retirer, ne laissant que l'extrémité de son sexe en elle.

— Gabriel... S'il te plaît, soupira-t-elle, avec l'impression qu'elle allait devenir folle s'il ne revenait pas en elle.

Exauçant sa prière, il l'emplit de nouveau, et ses coups de boutoir habiles finirent par lui arracher un cri. Il s'immobilisa alors pour murmurer à son oreille, taquin :

— Attention, princesse... Tu vas nous faire prendre.

Comme elle écarquillait les yeux, il sourit.

— Ça rend la chose encore meilleure, non ? le risque d'être découverts ?

Comme pour mettre sa volonté à l'épreuve, il fit jouer ses doigts juste au-dessus de l'endroit où leurs corps se joignaient. Et, dans la fine toison, il trouva le dur bourgeon de plaisir, qu'il caressa jusqu'à ce que Callie se morde les lèvres pour rester silencieuse.

Quand elle fut incapable de se retenir plus longtemps, il emprisonna sa bouche sous la sienne et l'embrassa jusqu'au moment où l'extase la foudroya.

Alors, Callie s'écarta pour chuchoter :

— Je t'aime, je t'aime, je t'aime...

Cette litanie signa pour Gabriel sa défaite glorieuse, et il eut toutes les peines du monde à contrôler ses propres cris de plaisir lorsqu'il se répandit en elle.

Après un très long moment, il la libéra de son poids. Mais comme elle poussait un petit soupir de protestation, sitôt allongé, il l'attira dans ses bras. Après avoir posé sa joue sur son torse, Callie murmura une fois encore des mots d'amour, si bas qu'il les entendit à peine.

Il resta ensuite immobile, à la regarder dormir, à se gorger de sa beauté sans artifice, à s'émerveiller de l'intensité de cet instant, de cette nuit. Puis une émotion inconnue, troublante le submergea et, fugitivement, il s'interrogea : qu'avait-il fait ?

23

Ce fut un bruit de papier froissé qui réveilla Callie. Elle entrouvrit les yeux, mais les referma quand elle vit la vague lueur grise qui précédait l'aube. Le feu, dans la cheminée, s'était éteint des heures auparavant, et elle se rapprocha de la source de chaleur qu'elle percevait à son côté... avant de se rappeler soudain à qui appartenait cette peau chaude.

Elle rouvrit aussitôt les yeux et croisa le regard amusé de Ralston.

— Bonjour, princesse.

Callie rougit, ne sachant que dire. Après tout, ce n'était pas tous les jours qu'elle se réveillait avec un homme dans son lit. Embarrassée, elle s'écarta pour tenter de recouvrer un semblant de dignité.

— Bonjour, Gabriel. Quelle heure est-il ?

— Pas tout à fait 5 heures, répondit-il en la ramenant vers lui d'un bras ferme. Il est bien trop tôt pour quitter ce lit.

— Nous allons être surpris ! chuchota-t-elle.

— Je partirai avant que cela se produise, mon cœur, promit-il. Mais d'abord, je dois te rendre quelque chose.

Il leva sa main libre. Horrifiée, Callie reconnut le papier qu'il brandissait : sa liste.

Elle se redressa d'un bond pour la lui prendre, mais il la maintint hors de sa portée. Il ne fallut pas longtemps à Callie pour comprendre que la bataille était perdue.

— C'est *toi* qui l'avais !

— Inutile de me regarder comme si je l'avais volée, rétorqua-t-il, l'air faussement vexé. Tu l'avais placée au mauvais endroit. Je l'ai simplement récupérée pour toi.

— Eh bien, j'ai beaucoup de chance de t'avoir comme sauveur. Et maintenant, poursuivit-elle d'une voix sucrée, j'aimerais bien que tu me la rendes.

— Ce sera avec plaisir, bien sûr, mais ne penses-tu pas que, vu nos nouvelles relations, je devrais être informé du contenu de cette petite liste ? Je préférerais ne pas être pris au dépourvu par tes excentricités, une fois que nous serons mariés.

— Non ! C'est impossible ! Tu m'as promis que tu ne regarderais pas !

Callie se tortilla de nouveau contre lui pour essayer de lui arracher le papier.

— Eh bien, voilà ce que tu gagnes à t'être attachée à un mufle notoire, la taquina-t-il, avant de pousser un grognement quand elle écrasa ses seins contre son torse. Prends garde, princesse, ajouta-t-il en l'immobilisant, ou je vais être obligé, une fois de plus, de me conduire en débauché.

Callie, à présent consciente du pouvoir que sa nudité avait sur lui, glissa sur sa poitrine en se frottant délibérément contre l'un de ses mamelons plats, lui arrachant un son étranglé qui la ravit.

— Petite friponne, murmura-t-il avant de l'embrasser. Mais je ne me laisserai pas distraire. Jetons un coup d'œil à cette liste.

Vaincue, Callie enfouit son visage contre l'épaule de Ralston, les joues brûlantes. Qu'allait-il penser d'elle ? Qu'allait-il dire une fois qu'il aurait parcouru cette liste ridicule ?

Après être resté silencieux un long moment, il finit par demander :

— Laquelle de ces tâches as-tu entreprise en premier ?

Au comble de la mortification, elle secoua la tête.

— Callie... Qu'as-tu fait en premier ?

— Le baiser, murmura-t-elle.

La poitrine de Ralston s'éleva, puis s'abaissa, lorsqu'il prit une profonde inspiration.

— La nuit où tu es venue à Ralston House ?

Elle hocha la tête, le visage en feu.

— Pourquoi moi ?

Il lui avait posé la question, cette nuit-là. Et elle avait répondu par une demi-vérité. Ce matin, cependant, alors que l'aube commençait à teinter le ciel de longues traînées roses, elle n'avait plus envie de mentir. Elle souhaitait, à ses risques et périls, qu'il sache tout d'elle.

— Parce que je voulais que ce soit toi. Dès le début. Je voulais que ce soit toi qui me donnes mon premier baiser.

— L'autre jour, à Ralston House, tu as dit que ç'avait toujours été moi. Qu'est-ce que cela signifiait ?

Callie se raidit, détournant les yeux, et ce fut sans le regarder qu'elle finit par répondre :

— Je t'aime depuis une éternité. Depuis plus longtemps que je ne le devrais, je suppose.

— C'est-à-dire ?

Elle garda le silence si longtemps qu'il dut croire qu'elle n'allait pas poursuivre.

— Nous nous étions déjà rencontrés... J'étais jeune, impressionnable ; tu étais charmant, inaccessible, et... je n'ai pas pu résister. Il était plutôt difficile de t'ignorer, ajouta-t-elle, les yeux dans le vague.

— Pourquoi est-ce que je ne m'en souviens pas ?

Avec un sourire forcé, Callie se mit à jouer avec la toison brune de son torse.

— Je ne suis pas exactement une beauté inoubliable... En fait, on me remarque rarement.

Il emprisonna sa main dans la sienne pour l'immobiliser, obligeant Callie à croiser son regard.

— Je ne sais pas comment j'ai pu ne pas te remarquer. Mais je peux te dire une chose : c'est que j'ai été un sacré imbécile de ne pas le faire.

Face à ces paroles si franches, si sincères, Callie sentit sa gorge se serrer. Mais, déjà, il avait reporté les yeux sur le papier.

— Tu as encore des lignes à rayer, constata-t-il.

— Oui. Mais je peux déjà rayer « jouer ». Ce que je ferai dès l'instant où j'aurai de nouveau cette liste en main... si cela arrive un jour.

Elle s'était appliquée à parler d'un ton léger, ce qui n'empêcha pas Ralston de river sur elle un regard sombre et sérieux.

— Il n'y a pas que le jeu. Callie, il est temps que tu prennes conscience de ta beauté.

Comme elle détournait de nouveau les yeux, il la saisit par le menton et l'obligea à le regarder.

— Tu es sans doute la plus belle femme que j'aie jamais rencontrée.

— Non... ce n'est pas vrai, murmura-t-elle. Mais c'est très gentil de ta part de le dire.

— Écoute-moi bien. Je ne peux même pas établir la liste de tout ce qui est beau en toi : un homme se perdrait dans tes yeux, se damnerait pour tes lèvres pulpeuses, tes cheveux de soie, tes courbes sensuelles, ta peau douce qui, quand tu rougis, prend la couleur exquise d'une pêche mûre. Et je ne parle pas de ta chaleur, de ton intelligence, de ton humour et de la manière dont je suis irrésistiblement attiré par toi lorsque tu pénètres dans une pièce.

Les larmes lui montèrent aux yeux quand elle entendit ces mots – des mots qu'elle voulait désespérément croire.

— Ne doute jamais de ta beauté, Callie. Elle m'a rendu aveugle à celle de toutes les autres femmes. Et, honnêtement, je regrette de ne pas t'avoir connue il y a des années.

Callie le déplorait aussi. Que se serait-il passé, alors ? L'aurait-il courtisée ? Aurait-elle eu une vie pleine de passion, dénuée de cette solitude profonde, taraudante, qu'elle avait niée si longtemps ?

Et lui ? Aurait-il appris à aimer ?

Ses sentiments devaient se refléter sur son visage car, après l'avoir observée, Ralston s'empara de ses lèvres pour lui donner un baiser passionné.

Lorsqu'ils furent hors d'haleine, il lui décocha un sourire malicieux.

— Il va falloir que je travaille à rattraper le temps perdu, je présume, dit-il d'un ton si lourd de sous-entendus qu'elle ne put s'empêcher de rire. Aimerais-tu rayer une autre ligne de ta liste aujourd'hui ?

— Cela me plairait beaucoup. Laquelle suggères-tu ?

Avant de répondre, il laissa tomber le papier et, attirant Callie à lui, la fit se placer sur lui. Elle frémit aussitôt au contact de ses muscles fermes et chauds et de la douceur de sa peau entre ses cuisses.

— Il est temps que tu apprennes à monter à califourchon.

Quand elle comprit le sous-entendu, une lave brûlante se forma à l'endroit précis où elle sentait le sexe gonflé de Ralston se presser.

— Tu ne veux pas dire que…

Elle s'interrompit quand, après l'avoir fait asseoir sur lui, il referma ses mains sur ses seins et en taquina les pointes déjà érigées avec ses pouces.

— Oh, mais si, princesse.

Il l'attira légèrement à lui pour pouvoir atteindre ses mamelons avec sa bouche tout en laissant ses mains descendre le long de son dos. Il les referma ensuite sur ses fesses et, sans cesser de la regarder, les paupières mi-closes, il glissa sa main entre ses cuisses, caressa les replis humides de son sexe, puis dessina de légers cercles autour du bourgeon délicat qui réclamait son attention.

Callie murmura son prénom tandis qu'il l'encourageait.

— Oui, c'est cela, princesse… Je veux te regarder pendant que tu jouis… Tu es si passionnée… si belle…

En entendant ces mots scandaleux et irrésistibles, Callie dut faire un effort surhumain pour secouer la tête.

— Non, protesta-t-elle en posant ses paumes sur son torse pour se soutenir. Je ne veux pas... pas toute seule. Gabriel... S'il te plaît, fais-moi l'amour.

Une seconde plus tard, il l'avait soulevée pour se placer à l'entrée de son sexe chaud et moite et la laissait s'empaler lentement sur lui, jusqu'au bout. Sous l'effet de la surprise et du plaisir conjugués, Callie écarquilla les yeux et, à cet instant, il adora en elle cette incertitude mêlée de curiosité qui la rendait irrésistible.

Posant les mains sur ses hanches, il l'invita à bouger, et elle ne tarda pas à imprimer à son corps voluptueux le rythme parfait pour infliger à Gabriel une torture délicieuse.

— Oui, continue, chuchota-t-il. Chevauche-moi...

De petits râles de plaisir accompagnaient la montée continue de Callie vers l'extase, et il agrippa plus fortement ses hanches pour l'encourager à s'abandonner.

Rejetant la tête en arrière, le dos cambré, elle ferma les yeux, secouée par un spasme violent.

Mais elle releva alors les paupières.

— Jouis... avec moi, balbutia-t-elle.

Comment aurait-il pu ne pas obéir à une telle injonction ? Alors qu'elle se laissait tomber sur lui, vaincue par le déferlement du plaisir, il étouffa ses cris d'un baiser tout en l'enlaçant étroitement pour la faire pivoter sur le dos. Alors seulement, il s'autorisa à la rejoindre dans un orgasme dont l'intensité lui donna envie de ne plus jamais quitter ses bras ni son lit.

Quelques minutes plus tard, alors qu'ils gisaient sur le dos, membres emmêlés, et tentaient encore de reprendre leur souffle, Callie laissa échapper un imperceptible gloussement. Quand il tourna la tête, elle arborait un large sourire.

— Qu'est-ce qui t'amuse autant, mon cœur ?

— Je pensais simplement que… que si c'est ça, monter à califourchon, la population féminine est privée d'une des expériences les plus agréables de la vie.

Ses derniers mots furent pratiquement inaudibles, car elle pouffait de nouveau. Gabriel soupira, incapable de s'empêcher de sourire.

— Tu sais, princesse, que les hommes n'aiment pas qu'on rie à un moment comme celui-là ? L'effet est dévastateur pour la confiance en soi.

Elle releva brusquement la tête et vit son air amusé.

— Oh, toutes mes excuses, mon bon monsieur, fit-elle, moqueuse. Je m'en voudrais d'ébranler une confiance en soi aussi fragile que celle du marquis de Ralston.

— Petite coquine, tu vas me le payer, dit-il en l'immobilisant sur le matelas.

Puis il se pencha pour l'embrasser dans le cou, jusqu'au moment où elle soupira de plaisir.

— Si c'est ainsi que je dois payer, monsieur, vous pouvez être sûr que je vous taquinerai beaucoup dans les mois à venir.

— Plus que des mois, j'espère. Des années. Des décennies, même.

— Des décennies, répéta Callie, impressionnée.

— Hum… murmura-t-il, avant de l'embrasser encore une fois. C'est pourquoi, bien que ce me soit très difficile, je vais à présent te laisser seule dans ton lit, car je sais que, très bientôt, je n'aurai plus à le faire.

Elle le regarda se rhabiller, émerveillée par sa beauté. Dire qu'il allait être son mari !

— Assisteras-tu au bal des Chilton, ce soir ? lui demanda-t-il en se penchant pour lui dire au revoir.

— J'en avais l'intention.

— Parfait. Je t'y retrouverai donc. Réserve-moi une valse. Et même, toutes les valses.

— Cela va faire jaser.

— Certes. Mais je pense que nos réputations sont capables de le supporter. J'aurai une licence spéciale en main, ajouta-t-il avec un clin d'œil. Que dirais-tu de te marier ce soir à Chilton House, que l'on en finisse avec ces maudites formalités ?

— Pour le coup, toute la bonne société aurait des vapeurs.

— Tant mieux ! dit-il en lui donnant un dernier baiser.

Puis il sortit, laissant Callie éblouie, épuisée et heureuse.

Elle s'endormit immédiatement. Et, lorsqu'elle rêva, ce fut de lui et de leur future vie commune.

— Callie, je n'en reviens pas ! Un marquis !

Callie leva les yeux au ciel – c'est-à-dire au plafond de la voiture – et quêta de l'aide du côté de son frère et de sa sœur, assis en face d'elle. Mais elle ne tarda pas à comprendre qu'elle ne devait pas compter sur leur soutien. Mariana affichait un sourire narquois, manifestement ravie que son propre mariage soit relégué au second plan le temps de la soirée. Quant à Benedick, il paraissait prêt à sauter de la voiture en marche pour se soustraire à l'excitation tonitruante de leur mère.

— Je n'arrive pas à croire que tu aies décroché un marquis, Callie ! Et Ralston, pas moins ! Et toi, Benedick, continua la comtesse douairière en reportant son attention sur son fils, quand je pense que tu m'as caché les intentions de Ralston pendant tout ce temps !

— Eh bien… c'est-à-dire que Callie et Ralston souhaitaient garder le secret, mère.

— Quand même ! Notre Callie ! Fiancée ! Avec Ralston !

— Mère, si vous vouliez bien essayer de rester discrète ce soir… intervint Callie. Je n'aimerais pas que Ralston soit gêné.

Benedick et Mariana éclatèrent de rire.

— C'est un peu tard, tu ne crois pas, Callie ? la taquina Benedick qui, une fois la voiture arrêtée, descendit le premier.

Avant de l'imiter, sa mère plaça une main réconfortante sur le bras de Callie.

— Ne dis pas de bêtises. Ralston sait bien comment les choses se passent dans ces circonstances. Il pardonnera à une mère d'être folle de joie.

— J'aurais dû lui demander de m'enlever, grommela Callie.

— À présent, tu sais ce que je ressens, déclara Mariana.

Puis, avec un sourire accompagné d'un clin d'œil, elle descendit de voiture à la suite de leur mère.

Le temps que Callie mette à son tour pied à terre, la comtesse partait déjà à l'assaut du perron de Chilton House, prête à clamer la bonne nouvelle.

Callie fit la grimace. Elle allait passer la nuit la plus horrible de toute son existence.

— Vous n'êtes pas d'un grand secours, lança-t-elle à son frère et à sa sœur, dont les yeux pétillaient d'amusement.

— Tu ne devrais pas essayer de retrouver Ralston avant que mère n'ait fait un malheur ? suggéra Mariana.

Callie reporta son regard sur cette dernière. Éclatante en jaune canari, depuis sa robe jusqu'à son monumental chapeau orné de dentelle et de plumes d'autruche, elle conversait avec lady Lovewell, la commère la plus redoutable de la haute société.

— Seigneur… murmura Callie.

— J'ai moi-même essayé la prière, lui dit Benedick. Mais ça semble inefficace, avec elle. Je me demande si elle n'a pas passé un accord avec notre Créateur.

— Ou avec quelqu'un d'autre, grommela Callie en emboîtant le pas à sa mère, accompagnée du rire de son frère et de sa sœur.

Une fois à l'intérieur de la demeure, Callie tenta désespérément de trouver Ralston. Mais, trop petite pour le découvrir parmi la foule qui se pressait dans la salle de bal, elle finit par renoncer avec un soupir.

Machinalement, elle se dirigea vers le coin des vieilles filles.

Elle apercevait Mlle Héloïse et sa tante Béatrice lorsqu'une voix grave et désormais familière résonna au niveau de son épaule.

— Où vas-tu donc, princesse ?

Un frisson la parcourut et elle pivota, incapable de dissimuler le plaisir qu'elle éprouvait à l'idée que Ralston l'ait cherchée. Pourtant, lorsqu'elle se retrouva face à lui, si grand, si fort, si beau, si élégant, elle fut saisie d'un brusque accès de timidité. Que devait-on dire à un fiancé qu'on avait vu pour la dernière fois dans sa chambre, à l'aube ?

Il haussa les sourcils, comme s'il lisait dans ses pensées. Les premiers accords d'une valse résonnèrent au moment où il lui prenait la main.

— J'aimerais beaucoup danser la première valse avec ma fiancée…

Sans dire un mot, Callie se laissa entraîner vers la piste, et il l'enlaça. Après quelques instants de silence, il reprit :

— Alors… où allais-tu ?

— Nulle part, prétendit-elle, les yeux fixés sur sa cravate.

Il rejeta légèrement la tête en arrière pour l'observer.

— Callie…

— Dans le coin des vieilles filles, lâcha-t-elle, ce qu'elle regretta aussitôt.

Il cilla. Ses yeux allèrent se poser sur le cercle de demoiselles d'âge mûr, puis revinrent à elle.

— Pourquoi ? demanda-t-il avec un demi-sourire.

— Je… je ne sais pas, balbutia-t-elle, les joues brûlantes.

— Tu n'es plus une vieille fille, mon cœur, lui chuchota-t-il à l'oreille.

— Ne m'appelle pas comme ça.

Callie jeta un coup d'œil circulaire dans la salle pour voir si quelqu'un les regardait ou aurait pu les entendre.

En vérité, *tout le monde* les regardait. Sa mère n'avait pas perdu de temps !

— Mais c'est la vérité, insista Ralston en jouant les innocents. Tu vas bientôt être marquise de Ralston. Je ne dis pas qu'il te faudra cesser de fréquenter Mlles Héloïse et Béatrice... simplement qu'il faudra rebaptiser l'endroit où vous vous réunirez.

— Je préférerais, et de loin, valser avec vous plutôt que de rester assise en leur compagnie, monsieur, répliqua-t-elle avec un sourire.

— Je le préférerais également, mademoiselle, assura-t-il, l'air amusé.

Callie s'abandonna un instant au plaisir de savoir qu'elle danserait de nouveau, et souvent, avec lui lorsqu'ils seraient mariés. Alors qu'ils tournoyaient, elle aperçut Juliana qui les observait, un sourire jusqu'aux oreilles.

— Tu as parlé de nous à ton frère et à ta sœur ?

— J'ai pensé qu'il valait mieux qu'ils apprennent la nouvelle de ma bouche plutôt que de celle de ta mère.

Callie fit la grimace.

— Je suis vraiment désolée, Gabriel. J'ai pourtant essayé de modérer son enthousiasme.

— Tu aurais dû te douter que c'était perdu d'avance, répliqua-t-il en riant. Ne lui gâche pas son plaisir, mon cœur.

— Je te préviens, tu changeras bientôt d'avis sur ma mère.

— Eh bien, dans ce cas, profitons de ma magnanimité pendant qu'elle dure...

Il la fit tourbillonner une dernière fois au moment où la musique s'arrêtait, et ils se rapprochèrent de Juliana, qui se jeta au cou de Callie avec un petit cri ravi.

Elles n'eurent cependant pas le temps de bavarder car, alors qu'un quadrille commençait, Nick vint s'incliner devant Callie pour l'inviter à danser. Elle fut ensuite invitée pour une danse traditionnelle, puis pour un deuxième quadrille, pour un menuet, et cela continua ainsi durant la première heure du bal.

Alors qu'elle prenait congé de lord Weston, un charmant jeune homme destiné à devenir duc, elle s'étonna de la tournure soudaine, étrange, qu'avaient prise les événements. Après avoir fait tapisserie durant des années, elle se retrouvait aujourd'hui reine du bal, et il avait suffi pour cela d'une demande en mariage.

Oui... mais d'une demande en mariage de Gabriel. Du marquis de Ralston !

Comme par magie, il se matérialisa alors à son côté.

— Tu t'amuses ? lui demanda-t-il d'un ton innocent en la prenant par le coude pour l'entraîner à l'écart.

— Oui, et tu le sais très bien. C'est toi qui as tout manigancé !

Callie fut surprise lorsqu'il poussa une porte-fenêtre qui donnait sur un petit balcon, presque invisible de la salle.

— Je ne sais pas de quoi tu parles.

— Tu leur as demandé à tous de danser avec moi ! À cause de ma liste ! Je trouve cela embarrassant, lâcha-t-elle, avant de prendre une profonde inspiration et de lui tourner le dos. Vraiment très embarrassant !

— Callie... en toute honnêteté, je ne sais absolument pas de quoi tu parles.

— « Ne pas manquer une seule danse », lui rappela-t-elle. Gabriel, de ma vie, je n'ai jamais autant dansé que ce soir. Tu ne vas quand même pas prétendre que cela n'a rien à voir avec toi ? Tu as lu ma liste...

— Je peux effectivement prétendre que cela n'a rien à voir avec moi, puisque cela n'a rien à voir avec moi.

— C'est plutôt gentil de ta part, en fait, de te donner tout ce mal pour m'aider à compléter ma liste, rétorqua-t-elle en pivotant face à lui. Je suppose que je devrais te remercier.

— Tu peux me remercier, mon cœur, mais, je te le répète, je n'ai rien à voir avec ça. Veux-tu que je te le prouve ?

Tout en parlant, il s'était rapproché d'elle. Callie fut d'autant plus sensible à la chaleur qui émanait de lui que l'air nocturne était frais.

— S'il te plaît.

— Cela ne m'amuse pas de te voir danser avec une flopée de débauchés qui t'enlacent de manière inconvenante.

— Il n'y a jamais rien eu d'inconvenant ! protesta Callie, indignée.

— Il faudra t'habituer à ce que moi seul en juge. Ils se sont montrés inconvenants. Weston en particulier.

Il n'était plus qu'à un pas d'elle et il leva la main pour repousser une boucle qui retombait sur la joue de Callie.

— Lord Weston est fou amoureux de sa femme, répliqua-t-elle en riant. Lady Weston est considérée comme l'une des plus belles femmes de Londres.

— Sa beauté pâlit en comparaison de la tienne, déclara-t-il avec une sincérité si flagrante que Callie rougit.

— Tu n'y es vraiment pour rien ?

— Vraiment, princesse. Mais je ne suis pas surpris qu'ils aient tous voulu danser avec toi. Après tout, tu es remarquablement belle, ce soir.

À court de mots, Callie n'émit qu'un son indistinct. Gabriel la prit alors par le menton pour lever son visage vers le sien.

Après lui avoir mordillé délicatement les lèvres, il s'empara de sa bouche et l'embrassa avec fougue. Les jambes flageolantes, Callie lui rendit ses caresses tout en regrettant de ne pas être ailleurs avec lui. Elle se pressa davantage contre son grand corps musclé, et une onde de chaleur naquit au creux de son ventre quand il émit un sourd gémissement.

— J'aurais dû me douter que vous seriez ici à la tripoter, Ralston. Vous affermissez votre victoire ?

Callie s'écarta aussitôt. Même si elle ne voyait pas celui qui venait de parler, son ton persifleur fit courir un frisson dans son dos.

— Oxford ! gronda Ralston d'une voix menaçante.

— J'ai appris l'imminence de vos noces. J'avoue que j'ai été plutôt surpris que vous vous soyez découvert un tel intérêt pour lady Calpurnia, Ralston.

— À votre place, je pèserais soigneusement mes paroles, riposta Ralston entre ses dents.

— Et pourquoi ? Je ne risque pas grand-chose, voyez-vous. J'ai déjà perdu, non ?

Callie remarqua que le baron vacillait en prononçant ces derniers mots. Était-il ivre ? Mais elle n'eut pas le loisir de s'interroger davantage, car Mariana et Benedick firent irruption sur le balcon.

— Callie, tu devrais venir avec moi, lui dit la première d'une voix entrecoupée.

— Pourquoi ? Que se passe-t-il ? demanda Callie, éberluée, tandis que sa sœur foudroyait Ralston du regard.

— Rien pour le moment, heureusement. Mais il faut que tu viennes avec moi. Maintenant.

Tout en secouant la tête, Callie recula pour se rapprocher de Ralston. Que signifiaient le sourire suffisant d'Oxford, le regard suppliant de Mariana et celui, stoïque, de Benedick ?

— Gabriel ? dit-elle d'un ton interrogateur en se tournant vers lui.

— Callie, va avec Mariana, intervint Benedick.

— Non. Je ne partirai pas d'ici avant de savoir de quoi il retourne. Mariana, que se passe-t-il ?

— On dit qu'Oxford et Ralston ont parié à ton sujet.

C'était si ridicule que Callie éclata de rire.

— Quel genre de pari ?

— Il paraît que Ralston a parié avec Oxford que ce dernier n'obtiendrait pas ta main, expliqua Mariana.

— Et que, quand il a découvert qu'Oxford était tout près de te conquérir… il a entrepris de te séduire, ajouta Benedick, dont le regard, fixé sur Ralston, exprimait un mépris à peine dissimulé.

— On dit que tu as été déshonorée, Callie, reprit Mariana, et que c'est pour cela que Ralston...

— Tout cela est bien théâtral ! s'exclama Callie en riant de nouveau.

Elle se tourna vers Ralston, s'attendant à le voir partager son amusement. Mais, devant son expression dure, figée, la vérité lui apparut.

— Oh... murmura-t-elle.

— Pauvre fille, ironisa Oxford. Vous pensiez vraiment qu'il s'intéressait à vous ?

— Ça suffit, Oxford, dit Ralston d'une voix glaciale.

— Tu as parié ? Sur moi ? lui demanda Callie.

— Mais bien sûr qu'il a parié ! claironna Oxford. Il a parié que vous ne m'épouseriez pas. Et quand il s'est aperçu que je pouvais gagner, il a doublé la mise et vous a courtisée pour s'assurer la victoire. Je suppose que la cerise sur le gâteau, c'était qu'une alliance avec votre famille garantissait à sa sœur une bonne place dans la société.

— C'est vrai ? demanda Callie, qui ne quittait pas Ralston du regard. Tu as parié sur moi ?

Les quelques secondes durant lesquelles il chercha une réponse adéquate furent une réponse suffisante pour Callie. Quand il esquissa un pas vers elle, elle recula. Mariana plaça une main rassurante sur son épaule au moment même où Gabriel disait, d'un ton presque désespéré :

— Ça ne s'est pas passé comme ça.

— Combien ?

— Callie... chuchota Mariana, soucieuse d'éviter une scène.

— Combien ? répéta Callie sans prêter attention à sa sœur.

— Deux mille livres, répondit-il en détournant le regard.

— Quand ? insista-t-elle, presque anéantie.

— Callie...

— Quand ?

— Le jour du bal des fiançailles de Mariana.

— Le jour où tu m'as invitée à danser…

— Callie… répéta Ralston, qui avait cillé à ce souvenir.

— Non ! Et quand as-tu doublé la mise ?

Comme il ne répondait pas, elle se tourna vers Oxford.

— Quand l'a-t-il doublée ?

— Mardi.

Le matin où il l'avait demandée en mariage… Il y avait très peu de temps, elle n'était encore pour lui que l'objet d'un pari.

— J'aurais dû m'en douter, chuchota-t-elle avec une tristesse infinie. J'aurais dû savoir que tu ne pouvais pas vraiment…

Elle leva les yeux vers lui, mais les larmes lui brouillaient la vue.

— Je t'aurais aidé avec Juliana, de toute manière. J'aurais fait tout ce que tu me demandais.

Elle essuya avec irritation une larme qui roulait sur sa joue. C'était à peine si elle entendait la rumeur du bal, tant le sang battait dans ses oreilles.

Comme elle avait été stupide !

Combien de fois s'était-elle dit que Ralston n'était pas pour elle ? Qu'elle était trop quelconque, trop ronde, trop inexpérimentée, trop inintéressante pour retenir son attention ? Combien de fois avait-elle été mise en garde ? Par sa famille, par ses amies, et même par la maîtresse de Ralston en personne ! Pourtant, elle avait voulu croire que le rêve était devenu réalité, que le monde avait légèrement dévié de son axe et que Ralston était tombé amoureux d'elle. Alors que sa vie future n'était que l'objet d'un pari… Il s'était amusé avec ses sentiments, comme si elle n'était rien d'autre qu'un jouet qu'on pouvait utiliser puis rejeter à sa guise.

Et c'était bien ce qu'elle éprouvait : d'être rejetée vers son invisibilité de vieille fille que personne ne remarquait vraiment.

Elle finit par se redresser et, carrant les épaules, elle s'appliqua à ôter toute émotion de sa voix.

— Vous avez vraiment gagné, monsieur. Car non seulement je n'épouse pas lord Oxford, mais je ne vous épouse pas non plus. Je vous libère de votre engagement. Vous êtes libre de reprendre votre existence d'égoïste et de débauché.

Gabriel ouvrit la bouche pour répondre, pour s'expliquer – son orgueil idiot, sa colère ridicule, irrationnelle, face à cet imbécile d'Oxford –, mais elle ne lui en laissa pas le temps.

— Je vous demande simplement de rester le plus loin possible de moi.

Elle pivota et rentra dans la salle de bal, suivie de près par Mariana.

Gabriel esquissa un geste pour la suivre. En lui, l'incertitude le disputait à la fierté de lui voir cette force nouvelle, cette confiance en elle, cette intransigeance. Il aurait voulu lui dire la vérité, que peu lui importaient l'entrée de Juliana dans le monde, la réputation de sa famille ou quoi que ce soit d'autre.

— Laissez-la, lui ordonna Benedick en se plaçant devant la porte-fenêtre.

— Je ne voulais pas la blesser. Ce pari ne signifie rien. Je n'ai pas besoin d'argent, Allendale, vous le savez très bien.

— Je le sais, oui. Et je ne comprends vraiment pas ce qui vous a pris de vous livrer à ce jeu ridicule. Il n'empêche que vous l'avez bel et bien blessée. Et si vous tentez de l'approcher, je vous écraserai. En attendant, nous allons devoir affronter les conséquences d'une rupture de fiançailles.

— Les fiançailles ne sont pas rompues, répliqua Gabriel.

— Vous devriez laisser tomber, Ralston. Elle n'en vaut pas la peine, lança Oxford d'un ton jovial.

Gabriel l'avait oublié, ce dandy malfaisant. Il se tourna vers cet homme qui venait de détruire la meilleure chose qui lui fût jamais arrivée.

— Qu'avez-vous dit ?

— J'ai dit qu'elle n'en valait pas la peine, répéta Oxford en toute inconscience. Évidemment, ce qu'il y a de bien avec les vieilles filles, c'est qu'elles ne demandent qu'à être culbutées. Mais vous n'allez quand même pas me raconter que vous avez besoin de recourir à une fille aussi banale et fade que celle-ci. Encore qu'apparemment elle ait été plus que disposée à s'offrir à vous…

Une fureur brutale submergea Gabriel quand il entendit ces mots odieux, dirigés contre la femme qu'il avait l'intention d'épouser. Parce qu'il n'en doutait pas : Callie serait sa femme.

Ivre ou pas, Oxford allait payer pour ses insultes.

L'attrapant par les revers de son habit, il l'envoya valser contre le mur de pierre qui formait l'un des côtés du balcon. Le souffle coupé, le baron s'effondra sur le sol, les mains serrées contre sa poitrine.

— Vous venez d'attenter à l'honneur de ma future femme, déclara Gabriel. Choisissez votre témoin. Nous nous retrouverons sur le pré demain, à l'aube.

Gabriel s'adressa ensuite à Benedick :

— Quand j'en aurai fini avec lui, je reviendrai vers votre sœur. Et si vous avez l'intention de m'en empêcher, mieux vaut que vous ayez une armée à vos côtés.

24

Réfugiée sur la banquette disposée sous la fenêtre de sa chambre, Callie s'essuya les yeux.

Comment allait-elle pouvoir se passer de Ralston ? Mais comment aurait-elle pu continuer cette mascarade en sachant que tout ce qu'ils avaient vécu ensemble signifiait si peu pour lui ? Qu'il ne s'était agi pour lui que de remporter un pari et de faciliter l'entrée dans le monde de sa sœur ?

Non, c'était impossible ! De toutes les fibres de son être, elle rejetait l'idée qu'il ait pu se servir d'elle avec un tel égoïsme.

Et pourtant, il n'avait rien nié.

Mais après tout, pourquoi n'aurait-ce pas été possible ? Le marquis de Ralston, débauché invétéré, ne l'avait-il pas utilisée dès le début, lorsqu'il l'avait embrassée en échange du soutien qu'elle apporterait à sa sœur ?

Elle avait été tellement persuadée qu'il était capable de changer ; qu'en l'aimant suffisamment elle lui prouverait que le monde était digne de son affection et de sa confiance ; qu'elle pouvait le transformer en l'homme dont elle rêvait depuis si longtemps !

C'était là, peut-être, le plus douloureux : cet homme n'avait jamais existé. Ralston n'avait jamais été le courageux Ulysse, le distant Darcy ou le puissant et passionné Antony ; seulement Gabriel, marquis de Ralston, arrogant, indifférent, et fait de chair et de sang.

Mais il n'avait jamais prétendu être autre chose ni tenté de la tromper. Il le lui avait dit : elle lui était utile pour aider Juliana. Quant aux deux mille livres... Le fait qu'il n'ait pas besoin de cet argent rendait la chose presque pire.

Submergée par la tristesse, Callie baissa la tête sous l'assaut renouvelé des larmes. Comment avait-elle pu se montrer aussi sotte ?

Même lorsqu'elle en était venue à connaître le vrai Ralston, celui qui n'avait pas l'étoffe d'un héros, elle avait refusé de voir la vérité. Au lieu de se protéger, elle était tombée amoureuse non pas de l'homme de ses rêves, mais de ce nouveau Ralston, avec ses défauts.

Elle avait été si persuadée qu'il pouvait changer qu'elle ne s'était pas aperçue que le changement, c'était elle qui l'avait subi.

À travers ses larmes, elle regarda le papier chiffonné et taché qu'elle serrait dans sa main, cette liste qui n'était plus seulement la sienne, mais qui était devenue la leur. Son cœur se serra quand elle prit conscience que cette nouvelle Callie, déterminée et aventureuse, elle la devait en partie à Ralston. Il l'avait aidée à la conquérir.

Comment survivait-on lorsqu'on avait le cœur brisé ?

Callie l'ignorait. Ce qu'elle savait, en revanche, c'était qu'elle ne pouvait pas passer un instant de plus dans cette chambre.

Sur la pointe des pieds, elle traversa la maison silencieuse pour gagner le bureau de Benedick, avec l'intention d'essayer de s'enivrer. Les hommes semblaient trouver du réconfort dans l'abus de boisson, lorsqu'ils étaient au plus bas. Pourquoi ne les imiterait-elle pas ?

Mais elle s'arrêta sitôt le seuil franchi, surprise de voir son frère assis derrière son énorme bureau. Il avait le regard perdu dans le vague, et une ombre passa sur son visage quand il la vit.

— Callie... dit-il, prononçant son prénom sur un ton qui lui fit de nouveau monter les larmes aux yeux. Il est 4 heures du matin.

— Je suis désolée, murmura-t-elle en faisant mine de battre en retraite.

— Non. Reste.

Après avoir refermé la porte derrière elle, elle s'approcha du bureau et s'assit, ramenant ses pieds nus sous elle, dans le fauteuil confortable qui faisait face à celui de son frère.

— Tu sais, commença-t-elle d'une voix qui tremblait de larmes contenues, quand j'étais petite, je m'asseyais ici, en chemise de nuit, et je regardais père remplir et trier des papiers sur son bureau. Pendant très longtemps, je n'ai pas compris pourquoi il avait autant de travail. Tout ça – le titre, la maison, les terres – n'était donc pas simplement à lui ?

— C'était pareil pour moi. Imagine ma surprise lorsque j'ai découvert qu'il s'agissait d'un vrai travail et que père ne jouait pas la comédie.

— C'est étonnant, dit-elle avec un faible sourire. Je suis là, en chemise de nuit, dans ce fauteuil, et je te regarde. Si peu de choses ont changé…

Leurs regards se croisèrent, et Benedick murmura :

— Callie ?

Les larmes jaillirent alors, silencieuses et rapides. Callie secoua la tête, les yeux baissés, en triturant le tissu de sa chemise de nuit.

— J'ai cru que je pouvais le changer… mais je comprends maintenant que c'était impossible. Je pensais pouvoir le convaincre de m'aimer…

Benedick resta silencieux un long moment. Quand il reprit la parole, ce fut avec une circonspection affectueuse.

— L'amour se construit, tu sais. Tout le monde n'éprouve pas un coup de foudre comme nos parents, ou comme Mariana et Rivington. Ralston a été seul pendant longtemps.

— Je l'aime, chuchota-t-elle tandis que les larmes roulaient sur ses joues.

— N'est-il pas envisageable qu'il puisse t'aimer aussi ?

— Benny, il a parié deux mille livres sur mon avenir.

— Je ne vais pas nier qu'il s'est conduit comme un imbécile, répliqua son frère avec l'ombre d'un sourire. Mais, à mon avis, ce pari n'était rien de plus qu'une manifestation d'orgueil.

— D'orgueil ?

— D'orgueil masculin.

— Vous êtes vraiment des animaux bizarres, vous, les hommes, commenta Callie, avant de hausser les épaules. Mais cela ne signifie pas qu'il m'aime. Je ne suis même pas sûre qu'il tienne un tant soit peu à moi.

— C'est ridicule !

Benedick attendit qu'elle le regarde de nouveau avant de poursuivre :

— Crois-moi, je préférerais que Ralston et toi, vous ne vous revoyiez jamais, vu le scandale que vous avez causé ce soir. Et je ne parle pas des autres scandales que vous avez provoqués sans que je le sache – et dont je ne veux même pas entendre parler. Toutefois, tu oublies que je lui ai parlé la nuit dernière. Il est venu me voir avant de te rejoindre dans la bibliothèque. Il tient à toi, j'en suis persuadé. Sinon, je ne lui aurais jamais donné ma bénédiction.

— Tu te trompes, répliqua Callie. Je croyais que je pourrais l'aimer suffisamment pour deux. J'avais tort.

Un lourd silence s'installa entre eux. Ce fut Benedick qui finit par le rompre, non sans hésitation.

— Callie… Ralston a provoqué Oxford en duel.

Elle releva brusquement la tête, certaine d'avoir mal compris.

— Je… je te demande pardon ? Non, ça ne peut pas être vrai ! protesta-t-elle en voyant son expression. Tu es sûr que c'est lui et pas St. John ? Ils sont jumeaux, on peut les confondre.

— Je sais très bien qu'ils sont jumeaux. Mais j'étais présent. Et vu que c'est pour toi qu'ils vont se battre…

Callie faillit s'étrangler.

— Pour moi ? Ralston ne risquerait pas sa vie pour moi ! Je n'en vaux pas la peine. Je veux dire, ce n'est pas comme s'il m'aimait...

Cependant, comme Benedick la dévisageait en silence, le regard grave, elle murmura :

— Ô mon Dieu...

— Peut-être qu'il ne t'aime pas, Callie, mais je parierais qu'il ressent quelque chose d'assez fort pour toi, sinon Oxford et lui ne seraient pas en train de choisir leurs témoins au moment même où nous parlons.

— Ô mon Dieu ! répéta Callie.

Se penchant par-dessus le bureau, elle saisit le bras de son frère.

— Benedick, il faut que tu m'emmènes là-bas.

— Tu sais bien que ce n'est pas possible.

— Benedick ! Il pourrait mourir ! s'écria-t-elle avant de se précipiter hors du bureau.

Elle gravit l'escalier en courant, Benedick sur ses talons, et s'engouffra dans sa chambre.

— Il pourrait se faire tuer ! s'exclama-t-elle tout en ouvrant à la volée la porte de son armoire pour en sortir la première robe venue.

— Il ne se fera pas tuer. Les duels ne se terminent plus comme ça, de nos jours.

— Parce que tu crois que j'ignore comment ça se passe ? Vingt pas, demi-tour et feu ? Avec un pistolet ?

— Oui, c'est vrai, concéda Benedick. Mais la mort est rarement au rendez-vous. Pour l'amour du Ciel, Callie, on pourrait aller en prison si on tuait quelqu'un en duel !

— Ah, il s'agit donc d'un accord entre gentlemen ? Ils font semblant et visent à côté ?

— Exactement.

— Et dans le cas où l'un des gentlemen en question est mauvais tireur ? argua-t-elle, les yeux plissés.

Benedick ouvrit la bouche, puis la referma. Callie secoua la tête tout en se dirigeant vers le paravent qui se dressait dans un coin de la chambre.

— Tu vas m'y conduire.

— Je ne t'y conduirai pas. Tu attendras à la maison, comme le font les femmes.

— Certainement pas ! Je ne suis plus docile, figure-toi, ni conciliante.

— On se demande où tu es allée chercher que tu as été un jour docile et conciliante !

Ayant enfilé sa robe, Callie réapparut, une paire de bottines à la main. Ses yeux lançaient des éclairs.

— Tu as deux options. Soit tu m'accompagnes, en bon frère que tu es, soit tu retournes dans ton bureau pendant que je sors de la maison pour traverser Londres, toute seule et dans l'obscurité.

— Tu ne trouveras pas le lieu du duel.

— Ne dis pas de bêtises. Tu oublies que je connais une ou deux tavernes. Je suis sûre que la nouvelle d'un duel impliquant l'un des aristocrates les plus connus de la ville s'est très vite répandue.

— Je vais t'enfermer à clé !

— Eh bien, je descendrai par le treillis !

— Bon sang, Callie !

— Benedick, je l'aime. Je l'aime depuis dix ans. Et il n'a été à moi qu'une journée avant que je ne gâche tout. Ou bien lui, je ne sais toujours pas... Mais tu crois vraiment que je ne vais pas me battre pour le sauver ?

Les mots restèrent suspendus entre eux tandis qu'ils s'affrontaient du regard.

— Je t'en supplie, Benny, gémit-elle. Je l'aime.

Benedick poussa un long soupir.

— Seigneur, délivrez-moi des sœurs... Je fais atteler le cabriolet.

— Tu es sûr que tu veux aller jusqu'au bout ? demanda Nick.

Appuyé contre le tronc d'un arbre, les épaules rentrées pour se protéger du froid, il regardait son frère qui vérifiait son pistolet.

— Tu pourrais te faire tuer, ajouta-t-il.

— Je ne me ferai pas tuer, répliqua Gabriel d'un ton distrait en reportant son attention sur le terrain choisi pour l'affrontement avec Oxford.

— Tu n'es pas le premier à dire ça, Gabriel. Je ne veux pas avoir à te mettre en terre.

— Ce serait pourtant une bonne chose pour toi. Tu deviendrais marquis.

— Je te fréquente depuis assez longtemps pour savoir que je ne veux pas être marquis, merci bien.

— Eh bien, dans ce cas, je m'efforcerai de conserver mon titre.

— Excellent.

En silence, les deux frères attendirent l'arrivée d'Oxford et de son témoin. L'aube baignait le champ d'une lumière grise, pâle et triste. Gabriel resserra son manteau autour de lui avec un frisson. Au bout de quelques minutes, il reprit :

— Je ne peux pas le laisser dire des horreurs pareilles au sujet de Callie.

— Je comprends.

— Elle mérite tellement mieux.

— C'est toi qu'elle mérite. Vivant.

Gabriel se tourna vers son frère et plongea son regard dans le sien.

— Tu dois me promettre une chose.

— Non, répondit aussitôt Nick, qui avait deviné ce qu'il s'apprêtait à dire.

— Si, tu y es obligé. Tu es mon frère et mon témoin. Tu n'as d'autre choix que d'entendre et de prendre en compte mon dernier souhait.

— Si c'est ton dernier souhait, je te suivrai jusqu'en enfer pour te le faire payer.

— Quoi qu'il en soit, promets-moi de prendre soin d'elle.

— Tu prendras soin d'elle toi-même, mon frère.

— Je jure devant toi et devant Dieu que je le ferai. Mais, si jamais il arrive quelque chose, promets-moi de t'occuper d'elle. Promets-moi que tu lui diras...

— Que je lui dirai quoi ? demanda Nick quand Gabriel se tut.

Ce dernier prit une profonde inspiration, car les mots qu'il s'apprêtait à prononcer lui contractaient la poitrine.

— Promets-moi de lui dire que j'ai été idiot. Que l'argent n'avait aucune importance. Que la nuit dernière, face à l'éventualité terrifiante de la perdre à jamais... j'ai compris qu'elle était ce que j'avais eu de plus précieux dans ma vie. Mais à cause de mon arrogance, à cause de ma répugnance à accepter ce qui était depuis longtemps dans mon cœur... Qu'ai-je fait, sapristi ?

— Apparemment, tu t'es décidé à tomber amoureux.

Alors que l'ancien Gabriel se serait moqué d'une telle déclaration, à la fois si banale et si effrayante, le nouveau Gabriel sentit une onde de chaleur se répandre en lui à l'idée qu'il pouvait aimer Callie. Et qu'elle l'aimait en retour. Peut-être, effectivement, s'était-il « décidé à tomber amoureux ».

Avec un sourire narquois, Nick poursuivit :

— Veux-tu que je te dise ce que je ferais si je découvrais que je me suis conduit comme un parfait imbécile et que j'ai perdu la seule femme que j'aie jamais voulue ?

— Je suppose que je ne peux pas t'en empêcher, répliqua Gabriel en l'observant, les yeux plissés.

— Non. Je te le dis : je ne serais pas là, dans ce champ perdu, à me geler en attendant que cet idiot d'Oxford me tire dessus. Je me soustrairais à cet exercice ridicule et démodé, et j'irais retrouver la femme en question pour lui dire que je suis un parfait imbécile. Ensuite, je ferais tout pour la convaincre de laisser une chance au parfait imbécile. Cela fait, je l'emmènerais sur-le-champ chez le pasteur le plus proche, et je l'épouserais.

Gabriel ferma brièvement les yeux. Puis il murmura lentement :

— Je croyais que si je m'autorisais à l'aimer, je deviendrais comme père... Qu'elle me rendrait faible, comme lui.

— Tu ne ressembles en rien à père.

— Je le vois, maintenant. C'est elle qui me l'a fait comprendre.

Il se tut un instant, perdu dans le souvenir des larges yeux bruns de Callie, de sa bouche généreuse et souriante.

L'attention des deux frères fut alors attirée par l'apparition d'Oxford, flanqué de lord Raleigh, son témoin, et d'un médecin.

Nick jura entre ses dents.

— Je l'avoue, j'avais espéré qu'Oxford serait trop éméché, hier, pour se rappeler cette histoire de duel.

Après avoir pris le pistolet des mains de Gabriel, il s'avança vers Raleigh pour établir les règles de la rencontre. Comme le voulait la coutume, Oxford rejoignit Gabriel et lui tendit la main. La peur se lisait dans ses yeux.

— Pour ce que cela vaut, Ralston, je vous présente mes excuses pour ce que j'ai dit au sujet de lady Calpurnia. Et, sachez-le, même si je ne possède pas deux mille livres en ce moment, je trouverai un moyen de régler cette dette.

Gabriel se raidit quand il entendit l'allusion à ce pari stupide, qui avait provoqué tant de chagrin et de souffrance. Il ne saisit pas la main tendue d'Oxford, se contentant de le regarder dans les yeux.

— Gardez votre argent. J'ai lady Calpurnia. Je n'en demande pas plus.

Dès qu'il eut prononcé ces mots, Gabriel trouva accablante la perspective de ce duel, alors qu'il venait de découvrir que rien d'autre ne comptait pour lui que d'être avec Callie. Pourquoi se trouvait-il dans un champ humide et glacial quand il aurait pu retourner à Allendale House, se glisser dans son lit chaud et accueillant, et l'abreuver d'excuses jusqu'à ce qu'elle lui pardonne et l'épouse ?

Les deux témoins ne tardèrent pas à revenir, pressés d'en finir. Pendant que Raleigh informait Oxford des conventions fixées, Nick fit de même pour Gabriel, en concluant :

— Et je sais, de source sûre, qu'Oxford a l'intention de viser large.

Gabriel inclina la tête. « Viser large » assurerait aux deux opposants d'avoir la vie sauve tout en conservant leur honneur.

— Je ferai de même, dit-il en se débarrassant de son manteau, qu'il remit à Nick en échange de son pistolet.

— Bien. Si nous y allions ? Il fait trop froid pour s'attarder.

Lorsque les deux adversaires furent dos à dos, Raleigh commença à compter.

— Un... Deux...

Tout en marchant au rythme des chiffres égrenés, Gabriel songeait à Callie, à ses yeux étincelants, à ses sourires chaleureux. En cet instant précis, elle dormait sans doute profondément.

— Seize... Dix-sept...

Comme il avait hâte d'en avoir fini avec Oxford et de retourner auprès d'elle ! Une fois tous les malentendus dissipés, il la supplierait de l'épous...

— Non ! Arrêtez !

Le cri venait de l'autre extrémité du champ. Gabriel pivota, conscient avant même de la voir que Callie était là, qu'elle courait vers lui. Et Oxford qui devait viser large ! Si jamais il choisissait de faire feu dans la direction de Callie...

Sans hésiter un instant, il s'élança.

— Vingt !

La détonation d'un pistolet retentit. Une détonation unique. Au moment où il tombait à genoux, Gabriel vit les yeux de Callie – ces yeux auxquels il n'avait cessé de penser ces dernières heures – s'élargir d'horreur. Elle ouvrit la bouche, et son hurlement déchira le silence. Nick poussa un juron tandis que Benedick appelait :

— Docteur !

Oxford, lui, lança d'une voix suraiguë :

— J'ai visé large !

« Je ne lui ai jamais dit que je l'aimais... » fut la seule pensée de Gabriel.

Callie se laissa tomber devant lui et commença à repousser sa redingote, lui palpant la poitrine à la recherche de la blessure.

Elle était vivante ! Le déferlement d'émotions qu'il avait ressenti juste avant d'être touché par la balle lui coupa le souffle. Puis elle bougea son bras, et il ne put retenir un gémissement de douleur. Elle releva la tête, les yeux pleins de larmes.

— Où es-tu blessé ?

Gabriel ravala la boule qui se formait dans sa gorge à la voir si inquiète, si aimante. Il n'avait qu'une envie : la prendre dans ses bras.

Mais d'abord, il devait la réprimander.

— Que diable fais-tu ici ? s'écria-t-il.

Elle écarquilla les yeux de surprise, mais Nick, en s'interposant entre eux, l'empêcha de répondre aussitôt.

— Du calme, Gabriel, dit-il tout en entaillant la manche de son frère à l'aide d'un couteau.

— Certainement pas ! répliqua Gabriel, qui ne quittait pas Callie des yeux. Tu ne peux pas te balader comme ça dans Londres quand l'envie t'en prend !

— Je suis venue pour te sauver...

Elle s'interrompit, tandis que Gabriel s'esclaffait durement.

— Eh bien, c'est réussi : j'ai reçu une balle.

C'est à peine s'il entendit Oxford se défendre en répétant :

— J'ai visé large !

— Gabriel... intervint de nouveau Nick. Ça suffit.

Tout en parlant, il déchirait la manche de sa chemise. Gabriel tressaillit – il soupçonnait Nick de prendre un plaisir pervers à sa souffrance.

— Et vous, Allendale, lança-t-il à l'intention de Benedick, qu'est-ce qui vous a pris de l'amener ici ?

— Vous savez aussi bien que moi qu'on ne peut pas l'arrêter.

— Il faudrait apprendre à contrôler les femmes de votre famille, que diable ! Quand tu seras ma femme, poursuivit Gabriel en revenant à Callie, je t'enfermerai. Je le jure devant Dieu !

— Gabriel, arrête ! s'exclama Nick d'un ton franchement courroucé, cette fois.

— Elle aurait pu se faire tuer ! protesta Gabriel, alors que le médecin s'agenouillait à côté de lui pour examiner sa blessure.

— Et toi, alors ?

C'était Callie, dont l'extrême frayeur ressortait sous forme de colère. Surpris de l'entendre, tous les hommes tournèrent la tête vers elle.

— Toi et ton idée idiote de laver mon honneur en jouant avec des armes, au beau milieu de nulle part ! continua-t-elle. Et contre *Oxford* !

Elle accentua le nom du baron avec dédain avant de poursuivre :

— Des gamins ! Il n'y a que les hommes pour se livrer à une activité aussi ridicule et vaine... D'ailleurs, qui se bat encore en duel, de nos jours ?

— J'ai visé large, répéta le baron.

— Oh, tout le monde s'en moque, Oxford, lança Callie, qui reporta aussitôt son attention sur Gabriel. Tu t'inquiétais pour moi ? Et que crois-tu que j'aie ressenti à la pensée que je pouvais te trouver mort à mon arrivée ? Quand j'ai entendu le coup de feu ? Quand j'ai vu l'homme que j'aime tomber sur le sol ? De toutes les choses égoïstes que tu as faites dans ta vie, et j'ai l'impression que tu en as fait beaucoup, celle-là est, et de loin, la plus arrogante et la plus ignoble !

À présent, elle pleurait.

— Gabriel... que suis-je censée faire si tu meurs ?

Devant ses larmes, l'humeur combative de Gabriel reflua. Comment supporter qu'elle se torture ainsi à cause de lui ? Repoussant le médecin, il prit le visage de Callie entre ses mains et, malgré la douleur fulgurante qui lui traversa le bras, l'attira à lui.

— Je ne vais pas mourir, assura-t-il avec fermeté. Ce n'est qu'une blessure superficielle.

À ces mots, qui faisaient écho à ceux qu'elle lui avait dits plusieurs semaines auparavant, dans la salle d'armes, elle esquissa un sourire tremblant.

— Que connais-tu aux blessures superficielles ?

— Voilà bien ma princesse, dit-il en souriant, avant de l'embrasser doucement, sans se soucier des témoins. Nous aurons des cicatrices assorties, c'est tout.

Comme de nouvelles larmes lui montaient aux yeux et qu'elle jetait un coup d'œil sceptique à sa blessure, il répéta :

— Je ne vais pas mourir, mon cœur. Pas avant très longtemps.

— Je ne sais pas si je dois te croire. Apparemment, tu n'es pas très bon tireur.

Comme Nick ricanait, Gabriel le foudroya du regard avant de reporter son attention sur Callie.

— Apprends, Calpurnia, que je suis un excellent tireur lorsque je ne crains pas que tu te retrouves sur la trajectoire de la balle !

Il sursauta alors, car le médecin explorait sa plaie. La douleur lui arracha un son étouffé.

— Monsieur, il va falloir que j'extraie la balle. Ça ne va pas être agréable.

Gabriel acquiesça d'un signe de tête. Mais Callie regarda avec nervosité les instruments à l'aspect barbare que le médecin retirait de sa sacoche.

— Êtes-vous sûr de vouloir opérer ici, docteur ? Nous pourrions peut-être nous rendre dans un endroit moins... rustique.

— Cet endroit en vaut un autre, mademoiselle, répondit le médecin avec affabilité. Ce n'est pas la première balle que je retire dans ce champ, et certainement pas la dernière.

— Je vois, murmura-t-elle d'un ton qui prouvait le contraire.

De sa main libre, Gabriel saisit l'une des siennes. Quand il parla, ce fut d'un ton pressant qu'elle ne lui avait jamais entendu.

— Callie... le pari.

— Je me moque de ce stupide pari.

— Il n'empêche, répliqua Gabriel, qui tressaillit quand le médecin fouilla sa blessure. Je me suis conduit comme un idiot.

— Effectivement. Mais j'ai agi moi-même en idiote en imaginant le pire. Et puis, Benedick m'a dit que tu étais ici... et j'ai eu tellement peur que tu sois tué ! Alors, je suis venue, et à cause de moi, tu as reçu une balle.

— Mieux vaut que ce soit moi qui l'ai prise que toi. Car vois-tu, princesse, il se trouve que je suis tombé amoureux de toi.

Callie cligna des yeux, comme si elle ne comprenait pas le sens de ses paroles.

— Je te demande pardon ? chuchota-t-elle.

— Je t'aime. J'aime ton prénom extravagant, ton beau visage, ton esprit, ta liste ridicule et ton goût pour l'aventure – dont j'imagine qu'il sera la véritable cause de ma mort. Et je voulais vraiment te dire tout ça avant que tu ne reçoives une balle dans un champ.

Les hommes qui les entouraient se détournèrent en même temps, embarrassés et désireux d'échapper à cet instant excessivement intime.

Mais Callie se moquait qu'ils en soient témoins. La seule chose qui comptait, c'était qu'elle avait bien entendu.

— Je… Tu… tu en es certain ?

— Oui. Je t'aime. Et je suis prêt à t'aimer une vie entière. Il y a cependant une chose…

— Tout ce que tu veux, répondit Callie.

— Nick ! appela alors Gabriel. Tu pourrais essayer de trouver mon pistolet ? ajouta-t-il quand son frère pivota vers lui. Callie en a besoin.

— Gabriel, non ! protesta-t-elle dans un éclat de rire qui fit se retourner les autres hommes.

— Oh, mais si, ma petite friponne, rétorqua-t-il d'un ton où l'amusement se mêlait à la tendresse. Je veux en finir avec cette liste. C'est un danger non seulement pour ta réputation, mais aussi, manifestement, pour ma personne. Et puisque ce matin, tu viens de rayer « Assister à un duel », autant faire d'une pierre deux coups et te donner l'occasion de tirer au pistolet, non ?

Callie soutint son regard pendant un long moment, puis elle lui adressa un large sourire.

— D'accord. Je vais le faire. Mais uniquement parce que tu insistes.

Il éclata de rire alors même que la douleur dans son bras lui arrachait une grimace.

— C'est très gentil de ta part.

— Tu as conscience, évidemment, de ce qui arrivera lorsque j'aurai rayé cette dernière ligne ?

— Quoi donc ? s'enquit Gabriel en l'observant d'un air méfiant.

— Il faudra que je commence une nouvelle liste.

— Non, Callie ! protesta-t-il. Le temps des listes est révolu. C'est un miracle que j'aie survécu à celle-ci.

— Ma nouvelle liste ne comporte qu'un élément.

— Ça doit être une liste très dangereuse.

— Effectivement. Elle est très dangereuse. En particulier pour ta réputation.

— Quel est cet unique élément ? demanda-t-il, gagné par la curiosité.

— Réformer un débauché.

Il resta songeur un instant, avant de l'attirer à lui et de l'embrasser avec fougue. Puis, posant son front contre le sien, il chuchota :

— C'est fait.

Épilogue

Affectant un air désinvolte, Callie se glissa hors de la salle de bal étouffante de Worthington House, avant de dévaler les grandes marches de pierre qui menaient aux jardins plongés dans la pénombre. Un frisson d'excitation la parcourut lorsqu'elle s'engagea dans le labyrinthe de verdure. L'obscurité, associée à la chaleur de cette soirée d'été et au parfum entêtant de la lavande, exacerbait ses sens tandis qu'elle parcourait les tours et les détours du labyrinthe.

À peine la balle avait-elle été extraite du bras de Gabriel que la rumeur s'était répandue : lady Calpurnia Hartwell et le marquis de Ralston avaient été surpris en pleine étreinte, et en public encore ! Et comme si cela ne suffisait pas, rapportaient les commères, l'endroit où avait eu lieu ladite étreinte avait été, quelques instants plus tôt, le théâtre d'un duel !

Callie parvint au centre du labyrinthe, où se dressait une grande fontaine dont le marbre luisait doucement au clair de lune. Malgré les années écoulées, elle lui sembla familière. Son cœur se mit à battre plus fort lorsqu'elle s'approcha du bassin et plongea la main dans l'eau fraîche qui cascadait sur les statues de chérubins.

Des bras puissants se refermèrent alors autour d'elle, et elle se retrouva pressée contre un torse large et ferme. Elle ne put s'empêcher de sourire lorsque Ralston lui murmura à l'oreille :

— Je ne savais pas vraiment à quoi m'attendre lorsqu'un valet de pied m'a remis une invitation à un rendez-vous secret...

Un frisson la parcourut quand il posa ses lèvres sur sa nuque et en mordilla doucement la peau.

— Vous faites courir un risque sérieux à ma réputation, lady Ralston.

— Vous oubliez, monsieur, que j'ai tout appris de vous, répliqua-t-elle, et, pivotant entre ses bras, elle plongea les doigts dans ses cheveux. Vous m'avez transformée en libertine, je crois.

Ils avaient été mariés en moins de deux semaines. Ralston étant manifestement fou amoureux de son épouse, personne ne paraissait plus douter que ce mariage hâtif était un mariage d'amour. La bonne société semblait plus que désireuse de pardonner au marquis et à la nouvelle marquise leurs infractions à l'étiquette.

— Et quelle chance j'ai d'avoir pour épouse une telle débauchée ! assura-t-il, avant de s'emparer de ses lèvres pour lui donner un baiser qui la laissa haletante. Tu peux m'entraîner dans un coin sombre quand tu veux, mon amour. En fait, j'aimerais beaucoup que tu me ramènes à la maison pour me montrer de quoi tu es capable... Penses-tu que nous pouvons partir immédiatement ?

Callie, qui savourait chaque instant de leur scandaleuse conversation, éclata de rire.

— Comme il s'agit du premier bal auquel nous assistons en tant que mari et femme, je ne crois pas que nous puissions nous éclipser à la faveur de l'obscurité, sous peine de ne plus jamais être invités à aucun bal.

De la pointe de la langue, il taquina le creux délicat à la base de sa gorge, tout en refermant une main sur l'un de ses seins.

— Est-ce que ce serait si terrible ? murmura-t-il. Pense à toutes les choses que nous pourrions faire à la maison... Je t'assure, mon amour, que tes soirées seraient bien occupées.

Le gloussement de Callie se transforma en soupir quand il caressa un mamelon durci à travers l'étoffe de sa robe.

— Oui, mais... Juliana serait peut-être triste de ne plus se rendre dans le monde. Elle commence à y être tout à fait à l'aise, tu ne trouves pas ?

— Si, bien sûr. Je ne t'ai jamais remerciée de l'avoir convaincue de rester avec nous, ajouta-t-il après l'avoir observée d'un air songeur.

— Je ne peux pas imaginer qu'une femme, sœur ou autre, veuille te quitter une fois qu'elle t'a trouvé, Gabriel. Je crains que tu ne puisses te débarrasser de moi.

— C'est parfait, chuchota-t-il contre ses lèvres. Parce que je ne te permettrai jamais de partir.

Ils s'embrassèrent avec fougue, durant de longues minutes, jusqu'au moment où Callie s'écarta, mais à peine, pour plonger son regard dans celui de Ralston.

— Je crois que je t'ai aimé toute ma vie.

— Et moi, je t'aimerai le reste de la mienne, princesse.

Elle rejeta la tête en arrière et sourit.

— Sais-tu que la première fois que tu m'as appelée « princesse », c'était ici ? Dans ce jardin ?

— Comment est-ce possible ?

Se libérant de son étreinte, elle se tourna vers la fontaine.

— C'était il y a dix ans. Je venais de faire mon entrée dans le monde et je me cachais dans le labyrinthe, cherchant désespérément une distraction pour oublier l'échec lamentable de ma première saison, et tu étais là... Je ne savais pas, alors, que tu me distrairais pendant une décennie entière.

Il l'embrassa de nouveau, avant de reprendre :

— J'ai l'intention de te distraire pendant bien plus longtemps que ça. Je sais que je devrais être désolé de t'avoir fait languir pendant toutes ces années, mais, je l'avoue, je suis ravi que tu aies attendu que j'ouvre les yeux et qu'enfin je te voie, mon amour.

Il l'attira dans ses bras avant d'ajouter :

— Même si je suis un peu frustré de ne pas t'avoir remarquée alors... parce que nous aurions connu une décennie de bonheur et engendré des tas d'enfants pour le prouver.

— Mais nous aurions deux cicatrices en moins.

— Tu as tout à fait raison, ma petite friponne.

— Et nous n'aurions pas eu ma liste, ajouta-t-elle. Tu n'aurais donc pas eu de défis à relever. Comme celui de ce soir, par exemple.

— Celui de ce soir ?

Les yeux bleus de Ralston s'assombrirent sous l'effet du désir, et il l'enlaça plus étroitement, avant de la soulever et de l'emmener jusqu'au banc voisin, sur lequel il la posa. Puis il s'agenouilla à côté d'elle et glissa ses mains chaudes sous sa jupe pour caresser ses chevilles. Callie laissa échapper un léger rire qui se prolongea en soupir quand il fit remonter sa main le long de sa jambe.

— Mais oui, celui de ce soir, murmura-t-elle avec un sourire mystérieux, en nouant ses bras autour de la nuque de Ralston. « Donner un rendez-vous galant dans un jardin. »

Ses lèvres contre les siennes, Gabriel chuchota :

— Loin de moi l'idée de te refuser une aventure, princesse.

11540

Composition
FACOMPO

Achevé d'imprimer en Italie
par GRAFICA VENETA
le 4 mai 2025

Dépôt légal : juin 2025
EAN 9782290413906
OTP L21EPSN002679-642678

ÉDITIONS J'AI LU
82, rue Saint-Lazare, 75009 Paris

Diffusion France et étranger : Flammarion